La fable montre q
peut-être à la vengea
mais ne sauraient se

2 (Ch. 5). L'aigle, le geai, et le berger [3].

Fondant d'une roche élevée, un aigle avait enlevé un agneau. Un geai qui l'avait vu faire voulut se montrer son émule. Il se laissa donc tomber en claquant bruyamment des ailes sur un bélier. Mais ses serres restèrent prises dans la toison, et notre geai se débattait sans parvenir à se dégager. Enfin le berger s'en aperçut, accourut, et le captura. Le soir venu, après lui avoir rogné les ailes, il en fit don à ses enfants. Comme ils lui demandaient ce qu'était cet oiseau, il leur répondit : « Je sais bien que c'est un geai, mais lui se prend pour un aigle ! »

C'est ainsi qu'à rivaliser avec plus fort que soi, non seulement l'on n'arrive à rien, mais l'on ajoute le ridicule à l'insuccès.

3 (Ch. 4). L'aigle et le hanneton [4].

Un aigle pourchassait un lièvre. N'ayant vu personne qui pût venir à son secours, à l'exception d'un hanneton que le hasard avait mis sur sa route, le lièvre lui demanda la protection du suppliant. Après l'avoir rassuré, le hanneton, voyant approcher l'aigle, exhorta celui-ci à ne pas lui arracher son suppliant. Mais l'aigle n'eut que dédain pour sa petitesse, et dévora le lièvre sous les yeux du hanneton. Dès lors, plein de rancune, celui-ci ne cessa d'épier les lieux où l'aigle établissait son aire ; et dès que l'aigle y avait pondu, le hanneton s'élevait jusque-là, faisait rouler les œufs et les brisait. Enfin l'aigle, chassé de partout, chercha refuge auprès de Zeus, à qui cet oiseau est consacré, et lui demanda de lui concéder un lieu sûr pour sa couvée. Zeus lui accorda de pondre dans son giron.

τοῦτο ἑωρακώς, κόπρου σφαῖραν ποιήσας ἀνέπτη καὶ γενόμενος κατὰ τοὺς τοῦ Διὸς κόλπους ἐνταῦθα καθῆκεν. Ὁ δὲ Ζεὺς ἀποσείσασθαι τὴν κόπρον βουλόμενος, ὡς διανέστη, ἔλαθεν τὰ ᾠὰ ἀπορρίψας. Ἀπ' ἐκείνου τέ φασι περὶ ὃν καιρὸν οἱ κάνθαροι γίνονται τοὺς ἀετοὺς μὴ νεοττεύειν.
Ὁ λόγος δηλοῖ μηδενὸς καταφρονεῖν, λογιζομένους ὅτι οὐδείς οὕτως ἐστὶν ἀδύνατος ὡς προπηλακισθεὶς μὴ δύνασθαί ποτε ἑαυτὸν ἐκδικῆσαι.

4. Ἀηδὼν καὶ ἱέραξ

Ἀηδὼν ἐπί τινος ὑψηλῆς δρυὸς καθημένη κατὰ τὸ σύνηθες ᾖδεν. Ἱέραξ δὲ αὐτὴν θεασάμενος, ὡς ἠπόρει τροφῆς, ἐπιπτὰς συνέλαβεν. Ἡ δὲ μέλλουσα ἀναιρεῖσθαι ἐδέετο αὐτοῦ μεθεῖναι αὐτήν, λέγουσα ὡς οὐχ ἱκανή ἐστιν ἱέρακος αὐτὴ γαστέρα πληρῶσαι· δεῖ δὲ αὐτόν, εἰ τροφῆς ἀπορεῖ, ἐπὶ τὰ μείζονα τῶν ὀρνέων τρέπεσθαι. Καὶ ὃς ὑποτυχὼν εἶπεν· "Ἀλλ' ἔγωγε ἀπόπληκτος ἂν εἴην, εἰ τὴν ἐν χερσὶν ἑτοίμην βορὰν παρεὶς τὰ μηδέπω φαινόμενα διώκοιμι."
Οὕτω καὶ τῶν ἀνθρώπων ἀλόγιστοί εἰσιν οἱ δι' ἐλπίδα μειζόνων πραγμάτων τὰ ἐν χερσὶν ὄντα προΐενται.

5. Ἀθηναῖος χρεωφειλέτης

Ἀθήνησι χρεωφειλέτης ἀνήρ, ἀπαιτούμενος ὑπὸ τοῦ δανειστοῦ τὸ χρέος, τὸ μὲν πρῶτον παρεκάλει ἀναβολὴν αὐτῷ δοῦναι, ἀπορεῖν φάσκων. Ὡς δὲ οὐκ ἔπειθε, προσαγαγὼν ὗν ἣν μόνην εἶχε, παρόντος αὐτοῦ ἐπώλει. Ὠνητοῦ δὲ προσελθόντος καὶ διερωτῶντος εἰ τοκὰς ἡ ὗς εἴη, ἐκεῖνος ἔφη μὴ μόνον αὐτὴν τίκτειν, ἀλλὰ καὶ παραδόξως· τοῖς μὲν γὰρ μυστηρίοις θήλεα ἀποκύειν, τοῖς δὲ Παναθηναίοις ἄρσενα. Τοῦ δὲ ἐκπλαγέντος πρὸς τὸν λόγον, ὁ δανειστὴς εἶπεν·

Mais le hanneton veillait : il roula une boulette de crotte, prit son essor, et survola le giron de Zeus, où il la laissa choir. Alors Zeus, pour secouer la crotte, se leva d'un bond sans plus songer aux œufs, qu'il renversa. C'est depuis ce temps-là, dit-on, que les aigles ne nichent pas pendant la saison des hannetons.

La fable enseigne à ne mépriser personne, et à songer que nul n'est démuni au point de ne pouvoir un jour se venger d'un outrage.

4 (Ch. 8). Le rossignol et l'épervier [5].

Un rossignol perché sur un chêne élevé chantait comme à son ordinaire. Un épervier l'aperçut ; n'ayant rien à manger, il fondit sur lui et s'en empara. Se voyant en danger de mort, sa victime lui demanda de la relâcher, alléguant qu'elle ne suffirait pas à remplir à elle seule un ventre d'épervier : il lui fallait, s'il manquait de nourriture, s'en prendre à de plus gros oiseaux. « Mais je serais fou », répondit l'épervier, « de lâcher la pâture que je tiens dans mes serres pour chasser celle que je ne vois pas encore. »

De même chez les hommes : il est déraisonnable, dans l'espoir de plus grands biens, de laisser filer entre ses doigts ce que l'on tient.

5 (Ch. 10). Le débiteur athénien [6].

A Athènes, un débiteur auquel son créancier réclamait son dû lui demanda d'abord un délai, sous prétexte qu'il manquait d'argent. Comme l'autre ne voulait rien entendre, le bonhomme amena une truie, la seule qu'il eût, et la mit en vente en présence de son créancier. Un acheteur s'approcha et lui demanda si la truie était féconde ; il lui répondit que sa fécondité tenait même du prodige : aux Mystères, elle mettait bas des femelles, et des mâles aux Panathénées. Comme l'acheteur n'en croyait pas ses oreilles, le

"'Αλλὰ μὴ θαύμαζε· αὕτη γάρ σοι καὶ Διονυσίοις ἐρίφους τέξεται."
Ὁ λόγος δηλοῖ ὅτι πολλοὶ διὰ τὸ ἴδιον κέρδος οὐκ ὀκνοῦσιν οὐδὲ τοῖς ἀδυνάτοις ψευδομαρτυρεῖν.

6. Αἰπόλος καὶ αἶγες ἄγριαι

Αἰπόλος τὰς αἶγας αὐτοῦ ἀπελάσας ἐπὶ νομήν, ὡς ἐθεάσατο ἀγρίαις αὐτὰς ἀναμιγείσας, ἑσπέρας ἐπιλαβούσης, πάσας εἰς τὸ ἑαυτοῦ σπήλαιον εἰσήλασε. Τῇ δὲ ὑστεραίᾳ χειμῶνος πολλοῦ γενομένου, μὴ δυνάμενος ἐπὶ τὴν συνήθη νομὴν αὐτὰς παραγαγεῖν, ἔνδον ἐτημέλει, ταῖς μὲν ἰδίαις μετρίαν τροφὴν παραβάλλων πρὸς μόνον τὸ μὴ λιμώττειν, ταῖς δὲ ὀθνείαις πλείονα παρασωρεύων πρὸς τὸ καὶ αὐτὰς ἰδιοποιήσασθαι. Παυσαμένου δὲ τοῦ χειμῶνος, ἐπειδὴ πάσας ἐπὶ νομὴν ἐξήγαγεν, αἱ ἄγριαι ἐπιλαβόμεναι τῶν ὀρῶν ἔφευγον. Τοῦ δὲ ποιμένος ἀχαριστίαν αὐτῶν κατηγοροῦντος, εἴγε περιττοτέρας αὐταὶ τημελείας ἐπιτυχοῦσαι καταλείπουσιν αὐτόν, ἔφασαν ἐπιστραφεῖσαι·
"'Αλλὰ καὶ δι' αὐτὸ τοῦτο μᾶλλον φυλαττόμεθα· εἰ γὰρ ἡμᾶς τὰς χθές σοι προσεληλυθυίας τῶν πάλαι σὺν σοὶ προετίμησας, δῆλον ὅτι, εἰ καὶ ἕτεραί σοι μετὰ ταῦτα προσπελάσουσιν, ἐκείνας ἡμῶν προκρινεῖς."
Ὁ λόγος δηλοῖ μὴ δεῖν τούτων ἀσμενίζεσθαι τὰς φιλίας οἳ τῶν παλαιῶν φίλων ἡμᾶς τοὺς προσφάτους προτιμῶσιν, λογιζομένους ὅτι, κἂν ἡμῶν ἐγχρονιζόντων ἑτέροις φιλιάσωσιν, ἐκείνους προκρινοῦσιν.

7. Αἴλουρος ἰατρὸς καὶ ὄρνεις

Αἴλουρος ἀκούσας ὅτι ἔν τινι ἐπαύλει ὄρνεις νοσοῦσιν, σχηματίσας ἑαυτὸν εἰς ἰατρὸν καὶ τὰ τῆς ἐπιστήμης πρόσφορα ἀναλαβὼν ἐργαλεῖα,

créancier intervint : « Ne sois pas surpris : cette bête-là te donnera même des chevreaux aux Dionysies [7] ! »

La fable montre que bien des gens n'hésitent pas, en vue de leur profit personnel, à se porter garants de l'impossible même.

6 (Ch. 17). Le chevrier et les chèvres sauvages [8].

Un chevrier qui menait paître ses chèvres s'aperçut que des chèvres sauvages s'étaient jointes à elles ; au soir, il entreprit de les ramener toutes à sa grotte. Le lendemain, comme une violente tempête l'empêchait de les conduire comme de coutume au pacage, il prit soin d'elles dans la grotte : à celles qu'il possédait, il accorda tout juste de quoi ne pas souffrir de la faim ; aux chèvres étrangères, il offrit une ration plus conséquente, dans l'intention de se les approprier. Lorsque le beau temps fut revenu, il les mena toutes au pâturage ; les chèvres sauvages gagnèrent alors les hauteurs et s'enfuirent. Comme il leur reprochait leur ingratitude, elles qui l'abandonnaient après avoir joui d'un traitement de faveur, les chèvres se retournèrent et lui firent cette réponse : « Raison de plus pour rester sur nos gardes : car si tu nous as préférées à ton troupeau de toujours, nous que tu ne connaissais que d'hier, il est clair que si de nouvelles chèvres viennent se joindre à toi, tu feras plus grand cas d'elles que de nous. »

La fable montre qu'il ne faut pas nous réjouir de l'amitié d'individus qui nous préfèrent, nous les derniers venus, à leurs anciens amis : songeons qu'avec le temps, s'ils viennent à lier de nouvelles amitiés, ils en feront plus grand cas que de la nôtre.

7 (Ch. 14). Le chat et les poules [9].

Un chat avait appris que les poules d'une ferme étaient malades : déguisé en médecin et muni des instruments de l'art, il se présenta à la porte, d'où il

παρεγένετο καὶ στὰς πρὸ τῆς ἐπαύλεως ἐπυνθάνετο πῶς ἔχοιεν. Αἱ δὲ ὑποτυχοῦσαι· "Καλῶς, ἔφασαν, ἐὰν σὺ ἐντεῦθεν ἀπαλλαγῇς."
Οὕτως καὶ τῶν ἀνθρώπων οἱ πονηροὶ τοὺς φρονίμους οὐ λανθάνουσι, κἂν τὰ μάλιστα χρηστότητα ὑποκρίνωνται.

8. Αἴσωπος ἐν ναυπηγίῳ

Αἴσωπός ποτε ὁ λογοποιὸς σχολὴν ἄγων εἰς ναυπήγιον εἰσῆλθε. Τῶν δὲ ναυπηγῶν σκωπτόντων τε αὐτὸν καὶ ἐκκαλουμένων εἰς ἀπόκρισιν, ὁ Αἴσωπος ἔλεγε τὸ παλαιὸν χάος καὶ ὕδωρ γενέσθαι, τὸν δὲ Δία βουλόμενον καὶ τὸ τῆς γῆς στοιχεῖον ἀναδεῖξαι παραινέσαι αὐτῇ ὅπως ἐπὶ τρὶς ἐκροφήσῃ τὴν θάλασσαν. Κἀκείνη ἀρξαμένη τὸ μὲν πρῶτον τὰ ὄρη ἐξέφηνεν, ἐκ δευτέρου δὲ ἐκροφήσασα καὶ τὰ πεδία ἀπεγύμνωσεν· "ἐὰν δὲ δόξῃ αὐτῇ καὶ τὸ τρίτον ἐκπιεῖν τὸ ὕδωρ, ἄχρηστος ὑμῶν ἡ τέχνη γενήσεται."
Ὁ λόγος δηλοῖ ὅτι οἱ τοὺς κρείττονας χλευάζοντες λανθάνουσι μείζονας ἑαυτοῖς τὰς ἀνίας ἐξ αὐτῶν ἐπισπώμενοι.

9. Ἀλώπηξ καὶ τράγος ἐν φρέατι

Ἀλώπηξ πεσοῦσα εἰς φρέαρ ἐπάναγκες ἔμενε πρὸς τὴν ἀνάβασιν ἀμηχανοῦσα. Τράγος δὲ δίψῃ συνεχόμενος, ὡς ἐγένετο κατὰ τὸ αὐτὸ φρέαρ, θεασάμενος αὐτὴν ἐπυνθάνετο εἰ καλὸν εἴη τὸ ὕδωρ· ἡ δὲ τὴν δυστυχίαν ἀσμενισαμένη πολὺν ἔπαινον τοῦ ὕδατος κατέτεινε, λέγουσα ὡς χρηστὸν εἴη, καὶ δὴ καὶ αὐτὸν καταβῆναι παρῄνει. Τοῦ δὲ ἀμελετήτως καθαλλομένου διὰ τὸ μονὴν ὁρᾶν τότε τὴν ἐπιθυμίαν, καὶ ἅμα τῷ τὴν δίψαν σβέσαι μετὰ τῆς ἀλώπεκος σκοποῦντος τὴν ἄνοδον, χρήσιμόν τι ἡ ἀλώπηξ ἔφη ἐπινενοηκέναι εἰς τὴν ἀμφοτέρων σωτηρίαν· "ἐὰν γὰρ θελήσῃς τοὺς ἐμπροσθίους πόδας τῷ τοίχῳ προσερείσας ἐγκλῖναι καὶ τὰ κέρατα, ἀναδραμοῦσα αὐτὴ διὰ τοῦ σοῦ νώτου καὶ σὲ ἀνασπάσω." Τοῦ δὲ καὶ πρὸς τὴν δευτέραν

leur demanda comment elles allaient. « Très bien, répondirent-elles, pourvu que tu t'en ailles. »

De même, les gredins ont beau jouer l'honnêteté de leur mieux, les hommes sensés les percent à jour.

8 (Ch. 19). Esope au chantier naval [10].

Un jour qu'il avait du loisir, le fabuliste Esope entra dans un chantier naval. Comme les ouvriers le raillaient et le mettaient au défi de répliquer, Esope entreprit de leur raconter qu'autrefois n'existaient que l'eau et le chaos ; mais Zeus, qui voulait que se manifeste en outre l'élément terrestre, invita la terre à engloutir la mer par trois fois. La terre s'y attaqua donc une première fois, et fit surgir les montagnes ; la deuxième fois qu'elle engloutit la mer, elle découvrit les plaines — « et s'il lui plaît d'épuiser l'eau une troisième fois, votre art ne servira plus à rien ».

La fable montre qu'à tourner plus fort que soi en dérision, on s'attire étourdiment des répliques d'autant plus cinglantes.

9 (Ch. 40). Le renard et le bouc dans le puits [11].

Un renard tombé dans un puits se vit contraint d'y rester, faute de pouvoir en remonter. Or un bouc assoiffé vint au même puits ; avisant le renard, il lui demanda si l'eau était bonne. Feignant la joie dans son malheur, le renard fit longuement l'éloge de l'eau, prétendant qu'elle était excellente, et engagea le bouc à descendre à son tour. N'écoutant que son désir, le bouc plongea sans plus réfléchir ; dès qu'il se fut désaltéré, il chercha avec le renard un moyen de remonter. Le renard lui dit qu'il avait une idée qui pourrait les sauver tous les deux : « Appuie donc tes pattes de devant contre la paroi et incline tes cornes : je monterai sur ton dos, puis je te hisserai à mon tour. » Le bouc se rangea de bon cœur à ce deuxième

παραίνεσιν ἑτοίμως ὑπηρετήσαντος, ἡ ἀλώπηξ
ἀναλλομένη διὰ τῶν σκελῶν αὐτοῦ ἐπὶ τὸν νῶτον
ἀνέβη καὶ ἀπ' ἐκείνου ἐπὶ τὰ κέρατα
διερεισαμένη ἐπὶ τὸ στόμα τοῦ φρέατος
ἀνελθοῦσα ἀπηλλάττετο. Τοῦ δὲ τράγου
μεμφομένου αὐτὴν ὡς τὰς ὁμολογίας
παραβαίνουσαν, ἐπιστραφεῖσα εἶπεν· " Ὦ οὗτος,
ἀλλ' εἰ τοσαύτας φρένας εἶχες ὅσας ἐν τῷ
πώγωνι τρίχας, οὐ πρότερον δὴ καταβεβήκεις
πρὶν ἢ τὴν ἄνοδον ἐσκέψω."

Οὕτω καὶ τῶν ἀνθρώπων τοὺς φρονίμους δεῖ
πρότερον τὰ τέλη τῶν πραγμάτων σκοπεῖν, εἶθ'
οὕτως αὐτοῖς ἐγχειρεῖν.

10. Ἀλώπηξ λέοντα θεασαμένη

Ἀλώπηξ μηδέποτε θεασαμένη λέοντα, ἐπειδὴ
κατά τινα συντυχίαν ὑπήντησε, τὸ μὲν πρῶτον
ἰδοῦσα οὕτως ἐξεταράχθη ὡς μικροῦ καὶ
ἀποθανεῖν. Ἐκ δευτέρου δὲ αὐτῷ περιτυχοῦσα
ἐφοβήθη μέν, ἀλλ' οὐχ οὕτως ὡς τὸ πρότερον. Ἐκ
τρίτου δὲ θεασαμένη οὕτω κατεθάρρησεν ὡς καὶ
προσελθοῦσα αὐτῷ διαλέγεσθαι.

Ὁ λόγος δηλοῖ ὅτι ἡ συνήθεια καὶ τὰ φοβερὰ
τῶν πραγμάτων καταπραΰνει.

11. Ἁλιεὺς αὐλῶν

Ἁλιεὺς αὐλητικῆς ἔμπειρος, ἀναλαβὼν αὐλοὺς
καὶ τὰ δίκτυα, παρεγένετο εἰς τὴν θάλασσαν
καὶ στὰς ἐπί τινος προβλῆτος πέτρας τὸ μὲν
πρῶτον ᾖδε, νομίζων αὐτομάτους πρὸς τὴν
ἡδυφωνίαν τοὺς ἰχθύας ἐξαλεῖσθαι πρὸς αὐτόν.
Ὡς δέ, αὐτοῦ ἐπὶ πολὺ διατεινομένου, οὐδὲν
πέρας ἠνύετο, ἀποθέμενος τοὺς αὐλοὺς ἀνείλετο
τὸ ἀμφίβληστρον καὶ βαλὼν κατὰ τοῦ ὕδατος
πολλοὺς ἰχθύας ἤγρευσεν. Ἐκβαλὼν δὲ αὐτοὺς
ἀπὸ τοῦ δικτύου ἐπὶ τὴν ἠιόνα, ὡς ἐθεάσατο
σπαίροντας, ἔφη· " Ὦ κάκιστα ζῷα, ὑμεῖς, ὅτε
μὲν ηὔλουν, οὐκ ὠρχεῖσθε, νῦν δέ, ὅτε πέπαυμαι,
τοῦτο πράττετε."

avis ; le renard, escaladant en trois bonds ses pattes, grimpa sur son dos, d'où il prit appui sur ses cornes, atteignit l'orifice du puits et se disposa à prendre le large. Comme le bouc lui reprochait de ne pas respecter leur accord, le renard se retourna : « Mon gaillard », lui dit-il, « si tu avais autant de cervelle que de barbe au menton, tu ne serais pas descendu sans songer d'abord au moyen de remonter [12] ! »

De même chez les hommes : si l'on a du sens, il convient d'examiner l'issue d'une entreprise avant de s'y attaquer.

10 (Ch. 42). Le renard qui n'avait jamais vu de lion [13].

Un renard qui n'avait jamais vu de lion finit cependant par en croiser un. A le voir pour la première fois, il fut saisi d'une telle terreur qu'il faillit en mourir. A leur deuxième rencontre, le renard eut peur, mais moins qu'à la première. Enfin, lorsqu'il l'eut vu une troisième fois, il s'enhardit au point de l'aborder pour lui causer.

La fable montre qu'avec l'habitude, même les choses effrayantes font moins impression.

11 (Ch. 24). Le pêcheur jouant de la flûte [14].

Un pêcheur qui savait jouer de la flûte prit son instrument et son filet, puis se rendit au bord de la mer. Debout sur une roche en surplomb, il commença par jouer, estimant que les poissons, séduits par la douceur de la mélodie, bondiraient d'eux-mêmes jusqu'à lui. Après un long moment, voyant que ses efforts n'aboutissaient à rien, il déposa sa flûte pour déployer son filet qu'il jeta à l'eau, et qu'il retira plein de poissons. Il le vida alors sur la grève, et voyant les poissons frétiller, s'exclama : « Sales bêtes, quand je jouais, vous ne dansiez pas, et vous le faites maintenant que j'ai cessé ! »

Πρὸς τοὺς παρὰ καιρόν τι πράττοντας ὁ λόγος εὔκαιρος.

12. Ἀλώπηξ καὶ πάρδαλις

Ἀλώπηξ καὶ πάρδαλις περὶ κάλλους ἤριζον. Τῆς δὲ παρδάλεως παρ' ἕκαστα τὴν τοῦ σώματος ποικιλίαν προβαλλομένης, ἡ ἀλώπηξ ὑποτυχοῦσα ἔφη· "Καὶ πόσον ἐγὼ σοῦ κάλλιων ὑπάρχω, ἥτις οὐ τὸ σῶμα, τὴν δὲ ψυχὴν πεποίκιλμαι."
Ὁ λόγος δηλοῖ ὅτι τοῦ σωματικοῦ κάλλους ἀμείνων ἐστὶν ὁ τῆς διανοίας κόσμος.

13. Ἁλιεῖς λίθον ἀγρεύσαντες

Ἁλιεῖς σαγήνην εἷλκον. Βαρείας δὲ αὐτῆς οὔσης ἔχαιρον καὶ ὀρχοῦντο, πολλὴν εἶναι νομίζοντες τὴν ἄγραν. Ὡς δὲ ἀφελκύσαντες ἐπὶ τὴν ἠιόνα τῶν μὲν ἰχθύων ὀλίγους εὗρον, λίθων δὲ καὶ ὕλης μεστὴν τὴν σαγήνην, οὐ μετρίως ἐβαρυθύμουν, οὐχ οὕτω μᾶλλον ἐπὶ τῷ συμβεβηκότι δυσφοροῦντες ὅσῳ καὶ τὰ ἐναντία προειλήφεισαν. Εἷς δέ τις ἐν αὐτοῖς γηραιὸς ὢν εἶπεν· "Ἀλλὰ παυσώμεθα, ὦ ἑταῖροι· χαρᾶς γάρ, ὡς ἔοικεν, ἀδελφή ἐστιν ἡ λύπη, καὶ ἡμᾶς ἔδει τοσαῦτα προησθέντας πάντως παθεῖν τι καὶ λυπηρόν."
Ἀτὰρ οὖν καὶ ἡμᾶς δεῖ τοῦ βίου τὸ εὐμετάβλητον ὁρῶντας μὴ τοῖς ἀεὶ πράγμασιν ἐπαγάλλεσθαι, λογιζομένους ὅτι ἐκ πολλῆς εὐδίας ἀνάγκη καὶ χειμῶνα γενέσθαι.

14. Ἀλώπηξ καὶ πίθηκος περὶ εὐγενείας ἐρίζοντες

Ἀλώπηξ καὶ πίθηκος ἐν ταὐτῷ ὁδοιποροῦντες περὶ εὐγενείας ἤριζον. Πολλὰ δὲ ἑκατέρου διεξιόντος, ἐπειδὴ ἐγένοντο κατά τινας τάφους,

La fable vise ceux qui agissent à contretemps.

12 (Ch. 37). Le renard et la panthère [15].

Un renard et une panthère disputaient de leur beauté. La panthère ne cessait de mettre en avant la finesse de son pelage. Le renard l'interrompit : « Combien je suis plus beau que toi », dit-il, « moi qui ai l'esprit fin, sinon le poil [16] ! »

La fable montre que les ornements de la pensée valent mieux que la beauté du corps.

13 (Ch. 23). Les pêcheurs de cailloux [17].

Des pêcheurs traînaient une seine. Comme elle était lourde, ils se réjouissaient et dansaient, croyant qu'il y avait là une grosse prise. Mais lorsqu'ils l'eurent ramenée sur la grève, ils n'y trouvèrent que peu de poisson : elle était pleine de cailloux et de divers débris. Ils en furent fort mécontents, car ils ne déploraient pas tant leur mésaventure que d'avoir préjugé d'une tout autre issue. Alors l'un d'eux, un vieillard, leur dit : « Suffit, camarades ! On dirait bien que la joie a pour sœur le chagrin, et de toutes façons, nous qui nous sommes tant réjouis d'avance, il nous fallait bien subir quelque revers. »

A notre tour, il nous faut considérer combien le cours de la vie est prompt à se renverser, afin de ne point présumer toujours du même succès, et songer que le ciel le plus serein finit par se couvrir de nuages.

14 (Ch. 39). Le renard et le singe disputant de leur noblesse [18].

Un renard et un singe, tout en cheminant de conserve, disputaient de leur noblesse. L'un et l'autre en détaillaient les quartiers lorsqu'ils arrivèrent devant

ἀποβλέψας ἀνεστέναξεν ὁ πίθηκος. Τῆς δὲ ἀλώπεκος ἐρομένης τὴν αἰτίαν, ὁ πίθηκος ἐπιδείξας αὐτῇ τὰ μνήματα ἔφη· "'Αλλ' οὐ μέλλω κλαίειν, ὁρῶν τὰς στήλας τῶν πατρικῶν μου ἐλευθέρων καὶ δούλων;" Κἀκείνη πρὸς αὐτὸν ἔφη· "'Αλλὰ ψεύδου ὅσα βούλει· οὐδεὶς γὰρ τούτων ἀναστὰς ἐλέγξει σε."
Οὕτω καὶ τῶν ἀνθρώπων οἱ ψευδόλογοι τότε μάλιστα καταλαζονεύονται, ὅταν τοὺς ἐλέγχοντας μὴ ἔχωσιν.

15. 'Αλώπηξ καὶ βότρυς

'Αλώπηξ λιμώττουσα, ὡς ἐθεάσατο ἀπό τινος ἀναδενδράδος βότρυας κρεμαμένους, ἠβουλήθη αὐτῶν περιγενέσθαι καὶ οὐκ ἠδύνατο.
'Απαλλαττομένη δὲ πρὸς ἑαυτὴν εἶπεν· "Ὄμφακές εἰσιν."
Οὕτω καὶ τῶν ἀνθρώπων ἔνιοι τῶν πραγμάτων ἐφικέσθαι μὴ δυνάμενοι δι' ἀσθένειαν τοὺς καιροὺς αἰτιῶνται.

16. Αἴλουρος καὶ ἀλεκτρυών

Αἴλουρος συλλαβὼν ἀλεκτρυόνα τοῦτον ἐβούλετο μετ' εὐλόγου αἰτίας καταθοινήσασθαι. Καὶ δὴ ἀρξάμενος κατηγόρει αὐτοῦ λέγων ὀχληρὸν αὐτὸν εἶναι τοῖς ἀνθρώποις νύκτωρ κεκραγότα καὶ οὐδὲ ὕπνου τυχεῖν ἐῶντα αὐτούς. Τοῦ δὲ εἰπόντος ὡς ἐπ' ὠφελείᾳ αὐτῶν τοῦτο ποιεῖ, ἐπὶ γὰρ τὰ συνήθη τῶν ἔργων διεγείρει, ἐκ δευτέρου ἔλεγεν· "'Αλλὰ καὶ ἀσεβὴς εἰς τὴν φύσιν καθέστηκας καὶ ἀδελφαῖς καὶ μητρὶ ἐπεμβαίνων." Τοῦ δὲ καὶ τοῦτο εἰς ὠφέλειαν τῶν δεσποτῶν πράττειν φήσαντος, πολλὰ γὰρ αὐτοῖς ᾠὰ τίκτεσθαι παρασκευάζει, διαπορηθεὶς ἐκεῖνος ἔφη· "'Εὰν οὖν σὺ ἀεὶ ἀφορμῶν εὐπορῇς, ἐγώ σε οὐ κατέδομαι;"

des tombeaux. Le singe, en les contemplant, poussa un profond soupir. Au renard qui lui en demandait la cause, le singe indiqua les monuments : « Comment retenir mes larmes », répondit-il, « quand j'ai sous les yeux les stèles des affranchis et des esclaves de mes pères ? » « Tu peux mentir tranquille », rétorqua le renard : « personne ici ne va se lever pour te contredire ! »

De même chez les hommes : les menteurs ne sont jamais plus fanfarons qu'en l'absence de contradicteurs.

15 (Ch. 32). Le renard et les raisins [19].

Un renard affamé aperçut des grappes qui pendaient d'une vigne grimpante et voulut les cueillir, mais n'y parvint pas. Il s'éloigna donc en murmurant à part soi : « Ils sont trop verts. »

De même certains hommes, quand leur propre faiblesse les empêche d'arriver à leurs fins, s'en prennent aux circonstances.

16 (Ch. 12). Le chat et le coq [20].

Un chat qui avait attrapé un coq voulait alléguer un motif plausible de s'en régaler. Aussi l'accusa-t-il d'abord d'importuner les hommes qui ne pouvaient fermer l'œil à cause de son tapage nocturne. Comme le coq répondait qu'il agissait ainsi en vue de leur rendre service, pour les tirer du sommeil et les ramener à leurs tâches accoutumées [21], le chat l'attaqua sous un autre chef : « n'offenses-tu pas la nature en couchant avec ta mère et tes sœurs [22] ? » Le coq répéta qu'à cet égard encore, il ne visait qu'à se rendre utile à ses maîtres : les poules leur pondaient ainsi des œufs en quantité [23]. Alors le chat, embarrassé : « Tu ne manques peut-être pas d'arguments, mais je ne t'en mangerai pas moins ! »

Ὁ λόγος δηλοῖ ὅτι πονηρὰ φύσις πλημμελεῖν προελομένη, κἂν μὴ μετ' εὐλόγου προσχήματος δυνηθῇ, ἀπαρακαλύπτως πονηρεύεται.

17. Ἀλώπηξ κόλουρος

Ἀλώπηξ ὑπό τινος πάγης τὴν οὐρὰν ἀποκοπεῖσα, ἐπειδὴ δι' αἰσχύνην ἀβίωτον ἡγεῖτο τὸν βίον ἔχειν, ἔγνω δεῖν καὶ τὰς ἄλλας ἀλώπεκας εἰς τὸ αὐτὸ προαγαγεῖν, ἵνα τῷ κοινῷ πάθει τὸ ἴδιον ἐλάττωμα συγκρύψῃ. Καὶ δὴ ἁπάσας ἀθροίσασα παρῄνει αὐταῖς τὰς οὐρὰς ἀποκόπτειν, λέγουσα ὡς οὐκ ἀπρεπὲς μόνον τοῦτο, ἀλλὰ καὶ περισσόν τι αὐταῖς βάρος προσήρτηται. Τούτων δέ τις ὑποτυχοῦσα ἔφη· "Ὦ αὕτη, ἀλλ' εἰ μή σοι τοῦτο συνέφερεν, οὐκ ἂν ἡμῖν τοῦτο συνεβούλευσας."

Οὗτος ὁ λόγος ἁρμόττει πρὸς ἐκείνους οἳ τὰς συμβουλίας ποιοῦνται τοῖς πέλας οὐ δι' εὔνοιαν, ἀλλὰ διὰ τὸ ἑαυτοῖς συμφέρον.

18. Ἁλιεὺς καὶ μαινίς

Ἁλιεὺς καθεὶς τὸ δίκτυον ἀνήνεγκε μαινίδα. Τῆς δὲ ἱκετευούσης αὐτὸν πρὸς τὸ παρὸν μεθεῖναι αὐτήν, ἐπειδὴ μικρὰ τυγχάνει, ὕστερον δὲ αὐξηθεῖσαν συλλαμβάνειν εἰς μείζονα ὠφέλειαν, ὁ ἁλιεὺς εἶπεν· " Ἀλλ' ἐγὼ εὐηθέστατος ἂν εἴην, εἰ τὸ ἐν χερσὶ παρεὶς κέρδος ἄδηλον ἐλπίδα διώκοιμι."

Ὁ λόγος δηλοῖ ὅτι αἱρετώτερόν ἐστι τὸ παρὸν κέρδος, κἂν μικρὸν ᾖ, ἢ τὸ προσδοκώμενον, κἂν μέγα ὑπάρχει.

19. Ἀλώπηξ καὶ βάτος

Ἀλώπηξ φραγμὸν ἀναβαίνουσα, ἐπειδὴ ὀλισθαίνειν ἔμελλε, βάτου ἐπελάβετο. Ξυσθεῖσα

La fable montre qu'un naturel mauvais et résolu à mal faire, à défaut de prétextes spécieux, commet ses méfaits ouvertement.

17 (Ch. 41). Le renard à la queue coupée [24].

Un renard, après avoir perdu sa queue dans un piège, considérant qu'une vie aussi honteuse ne vaudrait pas d'être vécue, décida qu'il lui fallait amener les autres renards à subir le même sort, afin de noyer dans le malheur public son infirmité personnelle. Après avoir convoqué tous ses congénères, il les exhorta donc à se couper la queue, alléguant qu'ils étaient affligés là non seulement d'un appendice malséant, mais d'un poids inutile. Un des renards prit alors la parole : « Voyons, camarade », lui dit-il, « si tu n'y trouvais pas ton compte, tu ne nous aurais pas donné ce conseil ! »

Cette fable s'applique à qui conseille son prochain non par bienveillance, mais par intérêt propre.

18 (Ch. 26). Le pêcheur et la mendole [25].

Après avoir laissé couler dans la mer son filet, un pêcheur en retira une mendole. Celle-ci supplia le pêcheur de ne pas la prendre pour le moment, mais de la relâcher, puisqu'elle n'était encore que menu fretin ; s'il la laissait grandir, il pourrait la repêcher plus tard et ferait un meilleur profit. « A d'autres ! » répondit le pêcheur : « je serais vraiment trop bête de renoncer au gain, même médiocre, que je tiens entre les mains, dans l'espoir d'un gain à venir, si alléchant soit-il. »

La fable montre qu'un profit modeste mais immédiat vaut mieux qu'un profit escompté, même considérable.

19 (Ch. 31). Le renard et la ronce [26].

Alors qu'il franchissait une clôture, sentant qu'il perdait l'équilibre, un renard agrippa une ronce ; mais

δὲ τὸ πέλμα καὶ δεινῶς διατεθεῖσα ᾐτιᾶτο αὐτήν, εἴγε καταφυγούσῃ ἐπ' αὐτὴν ὡς ἐπὶ βοηθὸν χεῖρον αὐτῇ ἐχρήσατο. Καὶ ἡ βάτος ὑποτυχοῦσα εἶπεν· "'Αλλ' ἐσφάλης τῶν φρενῶν, ὦ αὕτη, ἐμοῦ ἐπιλαβέσθαι βουληθεῖσα, ἥτις αὐτὴ πάντων ἐπιλαβέσθαι εἴωθα."

Οὕτω καὶ τῶν ἀνθρώπων μάταιοί εἰσιν ὅσοι τούτοις ὡς βοηθοῖς προσφεύγουσιν οἷς τὸ ἀδικεῖν μᾶλλόν ἐστιν ἔμφυτον.

20. Ἀλώπηξ καὶ κροκόδειλος

Ἀλώπηξ καὶ κροκόδειλος περὶ εὐγενείας ἤριζον. Πολλὰ δὲ τοῦ κροκοδείλου διεξιόντος περὶ τῆς τῶν προγόνων λαμπρότητος καὶ τὸ τελευταῖον λέγοντος ὡς γεγυμνασιαρχηκότων ἐστὶ πατέρων, ἡ ἀλώπηξ ὑποτυχοῦσα ἔφη· "Ἀλλὰ κἂν σὺ μὴ εἴπῃς, ἀπὸ τοῦ δέρματος φαίνῃ ὅτι ἀπὸ πολλῶν εἶ γυμνασμάτων."

Οὕτω καὶ τῶν ψευδολόγων ἀνθρώπων ἔλεγχός ἐστι τὰ πράγματα.

21. Ἁλιεῖς καὶ θύννος

Ἁλιεῖς ἐπ' ἄγραν ἐξελθόντες καὶ πολὺν χρόνον κακοπαθήσαντες οὐδὲν συνέλαβον· καθεζόμενοι δὲ ἐν τῇ νηῒ ἠθύμουν. Ἐν τοσούτῳ δὲ θύννος διωκόμενος καὶ πολλῷ τῷ ῥοίζῳ φερόμενος ἔλαθεν εἰς τὸ σκάφος ἐναλλόμενος. Οἱ δὲ συλλαβόντες αὐτὸν καὶ εἰς τὴν πόλιν ἐλάσαντες ἀπημπόλησαν.

Οὕτω πολλάκις ἃ μὴ τέχνη παρέσχε, ταῦτα τύχη διεβράβευσεν.

22. Ἀλώπηξ καὶ δρυτόμος

Ἀλώπηξ κυνηγοὺς φεύγουσα, ὡς ἐθεάσατό τινα δρυτόμον, τοῦτον ἱκέτευσε κατακρύψαι αὐτήν. Ὁ

il s'y écorcha les pattes et se trouva bien mal en point. Il s'en prit donc à la ronce : lui qui cherchait refuge et assistance auprès d'elle ne s'en était trouvé que plus mal ! « Tu as eu tort, mon cher », dit la ronce, « de vouloir t'agripper à moi, qui ai pour habitude d'agripper tout le monde [27]. »

Ainsi des hommes : la fable montre qu'agissent sottement tous ceux qui cherchent secours auprès de qui incline d'instinct à faire le mal.

20 (Ch. 35). Le renard et le crocodile [28].

Le renard et le crocodile disputaient de leur noblesse. Après avoir exposé en détail l'illustration de ses ancêtres, le crocodile conclut en invoquant ses pères gymnasiarques [29]. « Mais cela va sans dire », lui rétorqua le renard : « On voit bien à ta peau combien tu as fait de gymnastique ! »

De même chez les hommes : les menteurs sont réfutés par les faits.

21 (Ch. 22). Les pêcheurs et le thon [30].

Des pêcheurs qui avaient pris la mer avaient longtemps redoublé d'efforts sans rien prendre. Assis dans leur barque, ils cédaient au découragement. A cet instant même, un thon poursuivi [31] qui fendait les flots à grand bruit bondit par mégarde dans leur barque. Ils s'en emparèrent et amenèrent leur prise à la ville, où ils la vendirent [32].

C'est ainsi que bien souvent la fortune accorde ce que l'art a refusé.

22 (Ch. 34). Le renard et le bûcheron [33].

Un renard traqué par des chasseurs, apercevant un bûcheron, le supplia de lui fournir une cachette. Le

δὲ αὐτῇ παρῄνεσεν εἰς τὴν ἑαυτοῦ καλύβην εἰσελθοῦσαν κρυβῆναι. Μετ' οὐ πολὺ δὲ παραγενομένων τῶν κυνηγῶν καὶ τοῦ δρυτόμου πυνθανομένων εἰ τεθέαται ἀλώπεκα τῇδε παριοῦσαν, ἐκεῖνος τῇ μὲν φωνῇ ἠρνεῖτο ἑωρακέναι, τῇ δὲ χειρὶ νεύων ἐσήμαινεν ὅπου κατεκρύπτετο. Τῶν δὲ οὐχ οἷς ἔνευε προσσχόντων, οἷς δὲ ἔλεγε πιστευσάντων, ἡ ἀλώπηξ ἰδοῦσα αὐτοὺς ἀπαλλαγέντας ἐξελθοῦσα ἀπροσφωνητὶ ἐπορεύετο. Μεμφομένου δὲ αὐτὴν τοῦ δρυτόμου, εἴγε διασωθεῖσα ὑπ' αὐτοῦ, ἀλλ' οὐδὲ διὰ φωνῆς αὐτῷ ἐμαρτύρησεν, ἔφη· "'Αλλ' ἔγωγε ηὐχαρίστησα ἄν σοι, εἰ τοῖς λόγοις ὅμοια τὰ ἔργα τῆς χειρὸς καὶ τοὺς τρόπους εἶχες."

Τούτῳ τῷ λόγῳ χρήσαιτο ἄν τις πρὸς ἐκείνους τοὺς ἀνθρώπους τοὺς χρηστὰ μὲν σαφῶς ἐπαγγελλομένους, δι' ἔργων δὲ φαῦλα δρῶντας.

23. Ἀλεκτρυόνες καὶ πέρδιξ

Ἀλεκτρυόνας τις ἐπὶ τῆς οἰκίας ἔχων, ὡς περιέτυχε πέρδικι τιθασῷ πωλουμένῳ, τοῦτον ἀγοράσας ἐκόμισεν οἴκαδε ὡς συντραφησόμενον. Τῶν δὲ τυπτόντων αὐτὸν καὶ ἐκδιωκόντων, ὁ πέρδιξ ἐβαρυθύμει, νομίζων διὰ τοῦτο αὐτὸν καταφρονεῖσθαι ὅτι ἀλλόφυλός ἐστι. Μικρὸν δὲ διαλιπών, ὡς ἐθεάσατο τοὺς ἀλεκτρυόνας πρὸς ἑαυτοὺς μαχομένους καὶ οὐ πρότερον ἀποστάντας πρὶν ἢ ἀλλήλους αἱμάξαι, ἔφη πρὸς ἑαυτόν· "'Αλλ' ἔγωγε οὐκέτι ἄχθομαι ὑπ' αὐτῶν τυπτόμενος· ὁρῶ γὰρ αὐτοὺς οὐδὲ αὑτῶν ἀπεχομένους."

Ὁ λόγος δηλοῖ ὅτι ῥᾴδιον φέρουσι τὰς ἐκ τῶν πέλας ὕβρεις οἱ φρόνιμοι, ὅταν ἴδωσιν αὐτοὺς μηδὲ τῶν οἰκείων ἀπεχομένους.

24. Ἀλώπηξ ἐξογκωθεῖσα τὴν γαστέρα

Ἀλώπηξ λιμώττουσα, ὡς ἐθεάσατο ἔν τινι ὀρυὸς κοιλώματι ἄρτους καὶ κρέα ὑπό τινων ποιμένων καταλελειμμένα, ταῦτα εἰσελθοῦσα

bûcheron l'invita à se glisser dans sa cabane pour s'y dissimuler. Peu après survinrent les chasseurs, qui demandèrent au bûcheron s'il n'avait pas vu un renard passer par là. Le bûcheron répondit à voix haute que non, tout en indiquant la cachette d'un geste de la main. Mais les chasseurs, sans remarquer son geste, se fièrent à ses paroles. Quand le renard les vit partis, il sortit et s'éloigna sans souffler mot. Comme le bûcheron lui reprochait de ne pas lui adresser ne fût-ce qu'un mot de gratitude, alors qu'il lui devait son salut : « Je t'aurais dit merci », dit le renard, « si tes gestes et tes façons de faire répondaient à tes discours [34] ! »

Cette fable pourrait s'appliquer aux hommes qui protestent hautement de leur honnêteté, mais qui en fait se conduisent bassement.

23 (Ch. 21). Les coqs et la perdrix [35].

Un homme qui élevait des coqs [36] avait trouvé une perdrix domestique à vendre. Il l'acheta et la ramena chez lui pour la nourrir dans sa basse-cour. Or les coqs ne cessaient de la frapper et de la pourchasser ; la perdrix en était mortifiée, et attribuait ces rebuffades à sa race étrangère. Mais après quelque temps, ayant remarqué qu'ils se battaient entre eux et ne rompaient pas le combat avant de s'être mis en sang, elle se dit en elle-même : « Eh bien ! je ne me plains plus d'être houspillée par ces coqs : à ce que je vois, ils ne se font pas même grâce entre eux. »

La fable montre que les hommes de sens supportent sans peine les outrages de leurs voisins, lorsqu'ils constatent que ces derniers n'épargnent pas même leurs proches.

24 (Ch. 30). Le renard au ventre enflé [37].

Un renard affamé avait aperçu des morceaux de pain et de viande que des bergers avaient laissés dans

κατέφαγεν. Ἐξογκωθεῖσα δὲ τὴν γαστέρα, ἐπειδὴ οὐκ ἠδύνατο ἐξελθεῖν, ἐστέναζε καὶ ὠδύρετο. Ἑτέρα δὲ ἀλώπηξ τῇδε παριοῦσα, ὡς ἤκουσεν αὐτῆς τὸν στεναγμόν, προσελθοῦσα ἐπυνθάνετο τὴν αἰτίαν. Μαθοῦσα δὲ τὰ γεγενημένα ἔφη πρὸς αὐτήν· "Ἀλλὰ μένε τέως σὺ ἐνταῦθα, ἕως ἂν τοιαύτη γένῃ ὁποία οὖσα εἰσῆλθες, καὶ οὕτω ῥᾳδίως ἐξελεύσῃ."
Ὁ λόγος δηλοῖ ὅτι τὰ χαλεπὰ τῶν πραγμάτων ὁ χρόνος διαλύει.

25. Ἀλκυών

Ἀλκυὼν ὄρνεόν ἐστι φιλέρημον διὰ παντὸς ἐν θαλάττῃ διαιτώμενον. Ταύτην λέγεται τὰς τῶν ἀνθρώπων θήρας φυλαττομένην ἐν σκοπέλοις παραθαλαττίοις νεοττοποιεῖσθαι. Καὶ δή ποτε τίκτειν μέλλουσα παρεγένετο εἴς τι ἀκρωτήριον καὶ θεασαμένη πέτραν ἐπὶ θαλάττῃ ἐνταῦθα ἐνεοττοποιεῖτο. Ἐξελθούσης δὲ αὐτῆς ποτε ἐπὶ νομήν, συνέβη τὴν θάλασσαν ὑπὸ λαβροῦ πνεύματος κυματωθεῖσαν ἐξαρθῆναι μέχρι τῆς καλιᾶς καὶ ταύτην ἐπικλύσασαν τοὺς νεοττοὺς διαφθεῖραι. Καὶ ἡ ἀλκυὼν ἐπανελθοῦσα, ὡς ἔγνω τὸ γεγονός, εἶπεν· "Ἀλλ' ἔγωγε δειλαία, ἥτις τὴν γῆν ὡς ἐπίβουλον φυλαττομένη ἐπὶ ταύτην κατέφυγον, ἣ πολλῷ μοι γέγονεν ἀπιστοτέρα."
Οὕτω καὶ τῶν ἀνθρώπων ἔνιοι τοὺς ἐχθροὺς φυλαττόμενοι λανθάνουσιν πολλῷ χαλεπωτέροις τῶν ἐχθρῶν φίλοις ἐμπίπτοντες.

26. Ἁλιεὺς ὕδωρ τύπτων

Ἁλιεὺς ἔν τινι ποταμῷ ἡλίευε. Καὶ δὴ κατατείνας τὰ δίκτυα, ὡς ἐμπεριέλαβεν ἑκατέρωθεν τὸ ῥεῦμα, προσδήσας καλῷ λίνῳ λίθον, ἔτυπτε τὸ ὕδωρ, ὅπως οἱ ἰχθύες φεύγοντες ἀπροφυλάκτως τοῖς βρόχοις ἐμπέσωσι. Τῶν δὲ περὶ τὸν τόπον οἰκούντων τις θεασάμενος αὐτὸν τοῦτο ποιοῦντα, ἐμέμφετο ἐπὶ τῷ τὸν ποταμὸν θολοῦν καὶ μὴ ἐᾶν αὐτοὺς διαυγὲς ὕδωρ πίνειν.

le creux d'un chêne. Il y pénétra et les mangea. Mais comme son ventre enflé ne lui permettait plus de ressortir, il se mit à gémir et à se lamenter. Un autre renard, qui passait par là, entendit ses plaintes et s'approcha pour lui en demander la cause. Lorsqu'il eut appris sa mésaventure : « Reste donc là-dedans », lui conseilla-t-il, « jusqu'à ce que tu redeviennes tel que tu étais en entrant : ainsi, tu sortiras sans peine ! »

La fable montre que le temps résout les difficultés.

25 (Ch. 28). L'alcyon [38].

L'alcyon est un oiseau qui aime la solitude et qui passe toute sa vie en mer. Pour échapper aux chasseurs, il niche, dit-on, dans les rochers du rivage. Un jour qu'il [39] s'apprêtait à pondre, il s'éleva sur un promontoire et aperçut, surplombant la mer, un récif où il alla faire son nid. Or, comme il en était sorti pour trouver sa pâture, il arriva une fois que les flots, soulevés par un coup de vent, atteignirent le nid, l'inondèrent et noyèrent les oisillons. A son retour, lorsque l'alcyon eut compris son malheur, il s'écria : « Pauvre de moi, qui pour me garder d'une terre insidieuse, ai cherché un refuge auprès de cette mer, qui s'est montrée plus traîtresse encore ! »

De même, certains hommes qui cherchent à se garder de leurs ennemis se jettent à leur insu dans les bras d'amis bien pires que ces derniers.

26 (Ch. 27). Le pêcheur en eau trouble [40].

Un homme pêchait dans une rivière. Après avoir tendu ses filets de façon à barrer le courant de part en part, il attacha une pierre à une corde de lin et se mit à en battre l'eau, afin de rabattre les poissons pris de panique vers les mailles de son filet. L'un des habitants du voisinage, à le voir procéder ainsi, lui reprocha de troubler la rivière et de les priver d'eau pure et

Ὁ δὲ ἀπεκρίνατο· "'Αλλ' ἐὰν μὴ οὕτως ὁ ποταμὸς ταράσσηται, ἐμὲ δεήσει λιμώττοντα ἀποθανεῖν."
Οὕτω καὶ τῶν πόλεων οἱ δημαγωγοὶ τότε μάλιστα ἐνεργάζονται, ὅταν τὰς πατρίδας εἰς στάσεις περιαγάγωσιν.

27. Ἀλώπηξ πρὸς μορμολύκειον

Ἀλώπηξ εἰσελθοῦσα εἰς πλάστου ἐργαστήριον καὶ ἕκαστον τῶν ἐνόντων διερευνῶσα, ὡς περιέτυχε τραγῳδοῦ προσωπείῳ, τοῦτο ἐπάρασα εἶπεν· "Οἵα κεφαλὴ ἐγκέφαλον οὐκ ἔχει."
Πρὸς ἄνδρα μεγαλοπρεπῆ μὲν σώματι, κατὰ ψυχὴν δὲ ἀλόγιστον ὁ λόγος εὔκαιρος.

28. Ἀνὴρ φέναξ

Ἀνὴρ πένης νοσῶν καὶ κακῶς διακείμενος ηὔξατο τοῖς θεοῖς ἑκατόμβην τελέσειν, εἰ περισώσειαν αὐτόν. Οἱ δὲ ἀπόπειραν αὐτοῦ ποιήσασθαι βουλόμενοι ῥαῖσαι τάχιστα αὐτὸν παρεσκεύασαν. Κἀκεῖνος ἐξαναστάς, ἐπειδὴ ἀληθινῶν βοῶν ἠπόρει, στεατίνους ἑκατὸν πλάσας ἐπί τινος βωμοῦ κατέκαυσεν εἰπών· "Ἀπέχετε τὴν εὐχήν, ὦ δαίμονες." Οἱ δὲ θεοὶ βουλόμενοι αὐτὸν ἐν μέρει ἀντιβουκολῆσαι ὄναρ αὐτῷ ἔπεμψαν, παραινοῦντες ἐλθεῖν εἰς τὸν αἰγιαλόν· ἐκεῖ γὰρ αὐτὸν εὑρήσειν ἀττικὰς χιλίας. Καὶ ὃς περιχαρὴς γενόμενος δρομαῖος ἧκεν ἐπὶ τὴν ἠιόνα. Ἔνθα δὴ λῃσταῖς περιπεσὼν ἀπήχθη, καὶ ὑπ' αὐτῶν πωλούμενος εὗρε δραχμὰς χιλίας.
Ὁ λόγος εὔκαιρος πρὸς ἄνδρα ψευδολόγον.

29. Ἀνθρακεὺς καὶ γναφεύς

Ἀνθρακεὺς ἐπί τινος οἰκίας ἐργαζόμενος, ὡς ἐθεάσατο γναφέα αὐτῷ παροικισθέντα,

potable. « Sans doute », rétorqua le pêcheur, « mais faute de troubler ainsi la rivière, c'est moi qui devrai mourir de faim. »

De même dans les cités : les affaires des démagogues n'y sont jamais aussi florissantes que lorsqu'ils ont plongé leur patrie dans la guerre civile.

27 (Ch. 43). Le renard face au masque [41].

Un renard pénétra dans l'atelier d'un modeleur. A force de fouiller dans ses affaires, il tomba sur un masque tragique, qu'il souleva entre ses pattes : « Quelle tête ! » s'écria-t-il, « mais elle n'a pas de cervelle. »

Cette fable vise les hommes dont le corps est plein de prestance, mais dont l'âme est dépourvue de jugement.

28 (Ch. 55). Le perfide [42].

Un pauvre hère, malade et mal en point, fit le vœu de sacrifier aux dieux une hécatombe de bœufs s'ils lui rendaient la santé. Les dieux, qui voulaient l'éprouver, lui accordèrent un très prompt rétablissement : l'homme put quitter le lit. Comme il n'avait pas de vrais bœufs, il en façonna cent avec du suif, qu'il brûla sur un autel avec ces mots : « Recevez mon vœu, ô divinités ! » Les dieux voulurent alors lui rendre la monnaie de sa pièce, et l'invitèrent en songe à se rendre sur le rivage : il devait y trouver son prix — mille drachmes attiques. Fou de joie, notre homme courut à la plage. Il y tomba sur des pirates qui l'enlevèrent — et lorsqu'ils le vendirent, il trouva bien son prix de mille drachmes.

Cette fable vise le menteur.

29 (Ch. 56). Le charbonnier et le foulon.

Un charbonnier établi dans une certaine maison s'aperçut qu'il avait pour voisin un foulon. Il alla le

προσελθὼν παρεκάλει αὐτὸν ὅπως αὐτῷ σύνοικος γένηται, διεξιὼν ὡς οἰκειότεροι ἀλλήλοις ἔσονται καὶ λυσιτελέστερον διάξουσι μίαν ἔπαυλιν οἰκοῦντες. Καὶ ὁ γναφεὺς ὑποτυχὼν ἔφη· " Ἀλλ' ἔμοιγε τοῦτο παντελῶς ἀδύνατον· ἃ γὰρ ἐγὼ λευκανῶ, σὺ ἀσβολώσεις."
Ὁ λόγος δηλοῖ ὅτι πᾶν τὸ ἀνόμοιον ἀκοινώνητόν ἐστιν.

30. Ναυαγὸς καὶ Ἀθηνᾶ

Ἀνὴρ πλούσιος Ἀθηναῖος μεθ' ἑτέρων τινῶν ἔπλει. Καὶ δὴ χειμῶνος σφοδροῦ γενομένου καὶ τῆς νηὸς περιτραπείσης, οἱ μὲν λοιποὶ πάντες διενήχοντο, ὁ δὲ Ἀθηναῖος παρ' ἕκαστα τὴν Ἀθηνᾶν ἐπικαλούμενος μυρία ἐπηγγέλλετο, εἰ περισωθείη. Εἷς δέ τις τῶν συννεναυαγηκότων παρανηχόμενος ἔφη πρὸς αὐτόν· "Σὺν Ἀθηνᾷ καὶ σὺ χεῖρα κίνει."
Ἀτὰρ οὖν καὶ ἡμᾶς μετὰ τῆς τῶν θεῶν παρακλήσεως χρὴ καὶ αὐτούς τι ὑπὲρ αὑτῶν λογιζομένους δρᾶν.
Ὅτι ἀγαπητόν ἐστι καὶ εὐεργετοῦντας θεῶν εὐνοίας τυγχάνειν ἢ ἑαυτῶν ἀμελοῦντας ὑπὸ τῶν δαιμόνων περισῴζεσθαι.
Τοὺς εἰς συμφορὰς ἐμπίπτοντας χρὴ καὶ αὐτοὺς ὑπὲρ ἑαυτῶν κοπιᾶν καὶ οὕτω τοῦ θεοῦ περὶ βοηθείας δέεσθαι.

31. Ἀνὴρ μεσαιπόλιος καὶ δύο ἑταῖραι

Ἀνὴρ μεσαιπόλιος δύο ἐρωμένας εἶχεν, ὧν ἡ μὲν νέα ὑπῆρχεν, ἡ δὲ πρεσβῦτις. Καὶ ἡ μὲν προβεβηκυῖα, αἰδουμένη νεωτέρῳ αὐτῆς πλησιάζειν, διετέλει, εἴ ποτε πρὸς αὐτὴν παρεγένετο, τὰς μελαίνας αὐτοῦ τρίχας περιαιρουμένη. Ἡ δὲ νεωτέρα ὑποστελλομένη γέροντα ἐραστὴν ἔχειν τὰς πολιὰς αὐτοῦ ἀπέσπα. Οὕτω τε συνέβη αὐτῷ ὑπὸ ἀμφοτέρων ἐν μέρει τιλλομένῳ φαλακρὸν γενέσθαι.
Οὕτω πανταχοῦ τὸ ἀνώμαλον ἐπιβλαβές ἐστι.

trouver et lui proposa de partager sa demeure, soulignant qu'ainsi ils se lieraient d'amitié et feraient des économies, puisqu'ils n'occuperaient qu'un local. « Cela m'est absolument impossible », répondit le foulon : « ce que je blanchirai, ta suie le noircira ! »

La fable montre qu'on ne saurait concilier les dissemblables.

30 (Ch. 53). Athéna et le naufragé.

Un riche Athénien naviguait avec quelques compagnons. Un grain éclata, qui fit chavirer leur navire. Tous cherchèrent à se sauver à la nage ; cependant, l'Athénien invoquait à tout instant Athéna, lui promettant mille et mille offrandes s'il en réchappait. L'un des naufragés, qui nageait à ses côtés, lui dit : « Prie Athéna, mais n'oublie pas de nager [43] ! »

De même pour nous : s'il nous faut prier les dieux, nous n'en devons pas moins songer à servir notre propre cause.

Mieux vaut, par nos bonnes actions, nous concilier les dieux, que de négliger notre salut en comptant sur les divinités.

Lorsque l'on tombe dans le malheur, il faut travailler soi-même à s'en tirer, et alors seulement appeler la divinité à son secours [44].

31 (Ch. 52). Le grison et ses maîtresses [45].

Un grison avait deux maîtresses, l'une jeune et l'autre vieille. La plus âgée, rougissant de fréquenter un homme plus jeune qu'elle, ne manquait jamais, lors de ses visites, de lui arracher ses cheveux noirs. Quant à la cadette, qui n'admettait pas d'avoir pour amant un barbon, elle lui extirpait ses cheveux blancs. C'est ainsi qu'épilé tantôt par l'une, tantôt par l'autre, notre homme se retrouva chauve.

De même, ce qui s'accorde mal cause partout du tort.

32. Ἀνδροφόνος

Ἄνθρωπόν τις ἀποκτείνας ὑπὸ τῶν ἐκείνου συγγενῶν ἐδιώκετο. Γενόμενος δὲ κατὰ τὸν Νεῖλον ποταμὸν, λύκου αὐτῷ ἀπαντήσαντος, φοβηθεὶς ἀνέβη ἐπί τι δένδρον τῷ ποταμῷ παρακείμενον κἀκεῖ ἐκρύπτετο. Θεασάμενος δὲ ἐνταῦθα δράκοντα κατ' αὐτοῦ διαιρόμενον, ἑαυτὸν εἰς τὸν ποταμὸν καθῆκεν. Ἐν δὲ τῷ ποταμῷ κροκόδειλος αὐτὸν κατεθοινήσατο.
Ὁ λόγος δηλοῖ ὅτι τοῖς ἐνάγεσι τῶν ἀνθρώπων οὔτε γῆς οὔτε ἀέρος οὔτε ὕδατος στοιχεῖον ἀσφαλές.

33. Ἀνὴρ κομπαστής

Ἀνὴρ πένταθλος ἐπὶ ἀνανδρίᾳ ἑκάστοτε ὑπὸ τῶν πολιτῶν ὀνειδιζόμενος, ἀποδημήσας ποτὲ καὶ μετὰ χρόνον ἐπανελθών, ἀλαζονευόμενος ἔλεγε ὡς πολλὰ μὲν καὶ ἐν ἄλλαις πόλεσιν ἀνδραγαθήσας, ἐν τῇ Ῥόδῳ τοιοῦτον ἥλατο πήδημα ὡς μηδένα τῶν Ὀλυμπιονικῶν ἐφικέσθαι· καὶ τούτου μάρτυρας ἔφασκε παρέξεσθαι τοὺς παρατετυχηκότας, ἂν ἄρα ποτὲ ἐπιδημήσωσι. Τῶν δὲ παρόντων τις ὑποτυχὼν ἔφη πρὸς αὐτόν· "Ἀλλ', ὦ οὗτος, εἰ τοῦτο ἀληθές ἐστι, οὐδὲν δεῖ σοι μαρτύρων· αὐτοῦ γὰρ καὶ Ῥόδος καὶ πήδημα."
Ὁ λόγος δηλοῖ ὅτι ὧν πρόχειρος ἡ δι' ἔργων πεῖρα, περὶ τούτων πᾶς λόγος περιττός ἐστιν.

34. Ἀνὴρ ἀδύνατα ἐπαγγελλόμενος

Ἀνὴρ πένης νοσῶν καὶ κακῶς διακείμενος, ἐπειδὴ ἀπὸ τῶν ἰατρῶν ἀπηλπίσθη, τοῖς θεοῖς ηὔχετο ἑκατόμβην ποιήσειν ἐπαγγελλόμενος καὶ ἀναθήματα καθιερώσειν, ἐὰν ἐξαναστῇ. Τῆς δὲ γυναικὸς (ἐτύγχανε γὰρ αὐτῷ παρεστῶσα)

32 (Ch. 45). L'assassin [46].

Un assassin était poursuivi par les parents de sa victime. Parvenu au bord du Nil, il tomba sur un loup ; dans son effroi, il grimpa sur un arbre du rivage pour s'y cacher. Mais il y aperçut un serpent qui se dressait vers lui, se laissa tomber dans le fleuve — et dans le fleuve, un crocodile le dévora.
La fable montre que nul élément, ni la terre, ni l'air, ni l'eau, n'offre un asile sûr à l'homme souillé d'un crime.

33 (Ch. 51). Le fanfaron.

Un spécialiste du pentathlon [47], à qui ses concitoyens reprochaient à tout bout de champ son manque de ressort, partit un jour en tournée. Quelque temps après, il revint se vanter d'une foule d'exploits qu'il avait accomplis en différentes cités, notamment Rhodes, où il avait réussi un saut tel que nul vainqueur des jeux Olympiques ne pouvait l'égaler ; il prétendait d'ailleurs qu'il en appellerait au témoignage des spectateurs qui viendraient, le cas échéant, visiter son pays. Quelqu'un dans l'assistance prit alors la parole : « Enfin, mon gaillard », lui dit-il, « si tu dis vrai, à quoi bon des témoins ? Voici Rhodes : voyons ton saut [48] ! »
La fable montre qu'est superflu tout discours sur une question que peut trancher l'épreuve des faits.

34 (Ch. 46). L'homme qui promet l'impossible [49].

Un pauvre hère était malade et mal en point. Comme les médecins jugeaient son état désespéré, il fit une prière aux dieux, leur promettant de leur sacrifier une hécatombe et de leur consacrer des offrandes s'il recouvrait la santé. « Et comment comptes-tu payer tout cela ? » lui demanda sa femme, qui se trou-

πυνθανομένης· "Καὶ πόθεν αὐτὰ ἀποδώσεις;" ἔφη·
"Νομίζεις γάρ με ἐξαναστήσεσθαι, ἵνα καὶ ταυτά
με οἱ θεοὶ ἀπαιτήσωσιν;"
Ὁ λόγος δηλοῖ ὅτι ταῦτα ῥᾴδιον ἄνθρωποι
κατεπαγγέλλονται, ἃ τελέσειν ἔργῳ οὐ
προσδοκῶσιν.

35. Ἄνθρωπος καὶ σάτυρος

Ἄνθρωπόν ποτε λέγεται πρὸς σάτυρον φιλίαν
σπείσασθαι. Καὶ δὴ χειμῶνος καταλαβόντος καὶ
ψύχους γενομένου ὁ ἄνθρωπος προσφέρων τὰς
χεῖρας τῷ στόματι ἐπέπνει. Τοῦ δὲ σατύρου τὴν
αἰτίαν ἐρομένου δι' ἣν τοῦτο πράττει, ἔλεγεν
ὅτι θερμαίνει τὰς χεῖρας διὰ τὸ κρύος. Ὕστερον
δὲ παρατεθείσης αὐτοῖς τραπέζης καὶ
προσφαγήματος θερμοῦ σφόδρα ὄντος, ὁ
ἄνθρωπος ἀναιρούμενος κατὰ μικρὸν τῷ στόματι
προσέφερε καὶ ἐφύσα. Πυνθανομένου δὲ πάλιν
τοῦ σατύρου τί τοῦτο ποιεῖ, ἔφασκε καταψύχειν
τὸ ἔδεσμα, ἐπεὶ λίαν θερμόν ἐστι. Κἀκεῖνος ἔφη
πρὸς αὐτόν· " Ἀλλ' ἀποτάσσομαί σου τῇ φιλίᾳ, ὦ
οὗτος, ὅτι ἐκ τοῦ αὐτοῦ στόματος καὶ τὸ θερμὸν
καὶ τὸ ψυχρὸν ἐξιεῖς."
Ἀτὰρ οὖν καὶ ἡμᾶς περιφεύγειν δεῖ τὴν φιλίαν
ὧν ἀμφίβολός ἐστιν ἡ διάθεσις.

36. Ἀνὴρ κακοπράγμων

Ἀνὴρ κακοπράγμων συνορισάμενος πρός τινα
ψευδὲς ἐπιδείξειν τὸ ἐν Δελφοῖς μαντεῖον, ὡς
ἐνέστη ἡ προθεσμία, λαβὼν στρουθίον εἰς τὴν
χεῖρα καὶ τοῦτο τῷ ἱματίῳ σκεπάσας, ἧκεν εἰς
τὸ ἱερὸν καὶ στὰς ἄντικρυς ἐπηρώτα πότερόν τι
ἔμπνουν ἔχει μετὰ χεῖρας ἢ ἄψυχον, βουλόμενος,
ἐὰν μὲν ἄψυχον εἴπῃ, ζῶν τὸ στρουθίον
ἐπιδεῖξαι, ἐὰν δὲ ἔμπνουν, ἀποπνίξας
προενεγκεῖν. Καὶ ὁ θεὸς συνεὶς αὐτοῦ τὴν
κακότεχνον γνώμην εἶπεν· " Ἀλλ' ὦ οὗτος,
πέπαυσο· ἐν σοὶ γάρ ἐστι τοῦτο ὃ ἔχεις ἢ
νεκρὸν εἶναι ἢ ἔμψυχον."

vait justement à son chevet. « Tu crois donc que je vais m'en tirer », lui répondit le bonhomme, « pour que les dieux me réclament leur dû ? »

La fable montre que les hommes promettent sans façons ce qu'ils ne pensent pas avoir à tenir un jour.

35 (Ch. 60). L'homme et le satyre [50].

Il était une fois, dit-on, un homme qui s'était lié d'amitié avec un satyre. L'hiver venu, comme il gelait, l'homme porta ses mains à sa bouche pour souffler dessus : au satyre qui lui en demandait la raison, il expliqua qu'il se réchauffait les mains à cause du froid. Plus tard, on leur dressa une table. Comme le plat était brûlant, l'homme le découpait en petits morceaux, les approchait de ses lèvres, et soufflait dessus. A nouveau le satyre lui en demanda le motif ; l'homme lui dit qu'il refroidissait son mets, parce qu'il était trop chaud. « Fort bien, camarade ! », conclut le satyre : « je mets un terme à notre amitié, car tu souffles de la même bouche et le chaud et le froid. »

Nous devons, nous aussi, fuir l'amitié des gens dont l'attitude est ambiguë.

36 (Ch. 50). Le fourbe [51].

Un fourbe s'était engagé envers quelqu'un à lui prouver que l'oracle de Delphes était mensonger. Au jour dit, il prit dans sa main un moineau qu'il dissimula sous son manteau, puis se rendit au sanctuaire, où il demanda, face à l'oracle, si ce qu'il tenait dans sa main était vivant ou inanimé : il comptait en effet, si le dieu répondait « inanimé », découvrir le moineau vivant, et s'il répondait « vivant », étrangler le moineau avant de le montrer. Mais le dieu, qui avait compris la manigance, lui répondit : « Homme, restons-en là : car il dépend de toi que soit mort ou vivant ce que tu tiens. »

Ὁ λόγος δηλοῖ ὅτι τὸ θεῖον ἀπαρεγχείρητόν ἐστιν.

37. Ἀνὴρ πηρός

Ἀνὴρ πηρὸς εἰώθει πᾶν τὸ ἐπιθέμενον εἰς τὰς αὐτοῦ χεῖρας ζῷον ἐφαπτόμενος λέγειν ὁποῖόν τί ἐστι. Καὶ δή ποτε λυκιδίου αὐτῷ ἐπιδοθέντος, ψηλαφήσας καὶ ἀμφιγνοῶν εἶπεν· "Οὐκ οἶδα πότερον κυνός ἐστιν ἢ ἀλώπεκος ἢ τοιούτου τινὸς ζώου γέννημα· τοῦτο μέντοι σαφῶς ἐπίσταμαι, ὅτι οὐκ ἐπιτήδειον τοῦτο τὸ ζῷον προβάτων ποίμνῃ συνιέναι."
Οὕτω τῶν πονηρῶν ἡ διάθεσις πολλάκις καὶ ἀπὸ τοῦ σώματος καταφαίνεται.

38. Ἀρότης καὶ λύκος

Ἀρότης λύσας τὸ ζεῦγος ἐπὶ ποτὸν ἀπῆγε. Λύκος δὲ λιμώττων καὶ τροφὴν ζητῶν, ὡς περιέτυχε τῷ ἀρότρῳ, τὸ μὲν πρῶτον τὰς τῶν ταύρων ζεύγλας περιέλειχε, λαθὼν δὲ κατὰ μικρόν, ἐπειδὴ καθῆκε τὸν αὐχένα, ἀνασπᾶν μὴ δυνάμενος, ἐπὶ τὴν ἄρουραν τὸ ἄροτρον ἔσυρεν. Ὁ δὲ ἀρότης ἐπανελθὼν καὶ θεασάμενος αὐτὸν ἔλεγεν· "Εἴθε γάρ, ὦ κακὴ κεφαλή, καταλιπὼν τὰς ἁρπαγὰς καὶ τὸ ἀδικεῖν ἐπὶ τὸ γεωπονεῖν τραπείης."
Οὕτως οἱ πονηροὶ τῶν ἀνθρώπων, κἂν χρηστότητα ἐπαγγέλλονται, διὰ τὸν τρόπον οὐ πιστεύονται.

39. Χελιδὼν καὶ ὄρνεα

Ἄρτι τοῦ ἰξοῦ φυομένου, χελιδὼν αἰσθομένη τὸν ἐνιστάμενον τοῖς πετεινοῖς κίνδυνον, συναθροίσασα πάντα τὰ ὄρνεα συνεβούλευσεν αὐτοῖς μάλιστα μὲν ταῖς ἰξοφόροις δρυσὶν

La fable montre que la divinité ne se laisse pas circonvenir.

37 (Ch. 54). L'aveugle.

Un aveugle pouvait, avec l'habitude, reconnaître au toucher quelle sorte d'animal on lui mettait entre les mains. Un jour, on lui apporta un louveteau [52], qu'il palpa sans pouvoir se décider : « Je ne sais pas », dit-il, « s'il s'agit d'un chiot [53], d'un renardeau, ou de quelque autre bête du même genre ; mais en tout cas, s'il y a une chose dont je suis sûr, c'est que cet animal-là n'est pas fait pour tenir compagnie à un troupeau de moutons ! »

Les mauvais penchants se trahissent souvent à l'aspect physique.

38 (Ch. 64). Le loup et le laboureur.

Ayant dételé ses bœufs, un laboureur les menait boire. Un loup affamé qui cherchait sa pitance rencontra la charrue. Tout d'abord, il lécha les deux pièces du joug, puis insensiblement vint à y glisser le cou ; enfin, incapable de s'en dégager, il traîna la charrue dans le sillon. A son retour, le laboureur s'exclama devant ce spectacle : « Mauvaise bête, si seulement tu renonçais à piller et à nuire pour te consacrer au travail de la terre ! »

De même, les mauvaises gens ont beau proclamer leur vertu : leur caractère ne trompe personne.

39 (Ch. 349). L'hirondelle et les oiseaux [54].

Lorsque le gui vint à pousser, une hirondelle sentit le danger qui menaçait la gent ailée. Aussi rassembla-t-elle tous les oiseaux pour leur conseiller avant tout de couper le gui sur les chênes où il poussait, ou du

ἐκκόψαι, εἰ δ' ἄρα τοῦτο αὐτοῖς ἀδύνατον, ἐπὶ τοὺς ἀνθρώπους καταφυγεῖν καὶ τούτους ἱκετεῦσαι, ὅπως μὴ χρησάμενοι τῇ τοῦ ἰξοῦ ἐνεργείᾳ συλλαμβάνωσιν αὐτά. Τῶν δὲ ἐγγελασάντων αὐτῇ ὡς ματαιολογούσῃ, αὐτὴ παραγενομένη ἱκέτις τῶν ἀνθρώπων ἐγένετο. Οἱ δὲ ἀποδεξάμενοι αὐτὴν ἐπὶ τῇ συνέσει καὶ σύνοικον αὐτὴν προσελάβοντο. Οὕτως συνέβη τὰ μὲν λοιπὰ ὄρνεα ἀγρευόμενα ὑπὸ τῶν ἀνθρώπων κατεσθίεσθαι, μόνην δὲ τὴν χελιδόνα ὡς πρόφυγα καὶ ἐν ταῖς αὐτῶν οἰκίαις ἀδεῶς νεοττοποιεῖσθαι.

Ὁ λόγος δηλοῖ ὅτι οἱ τὰ μέλλοντα προορώμενοι εἰκότως τοὺς κινδύνους διακρούονται.

40. Ἀστρολόγος

Ἀστρολόγος ἐξιὼν ἑκάστοτε ἑσπέρας ἔθος εἶχε τοὺς ἀστέρας ἐπισκοπῆσαι. Καὶ δή ποτε περιιὼν εἰς τὸ προάστειον καὶ τὸν νοῦν ὅλον ἔχων πρὸς τὸν οὐρανὸν ἔλαθε καταπεσὼν εἰς φρέαρ. Ὀδυρομένου δὲ αὐτοῦ καὶ βοῶντος, παριών τις, ὡς ἤκουσε τῶν στεναγμῶν, προσελθὼν καὶ μαθὼν τὰ συμβεβηκότα ἔφη πρὸς αὐτόν· " Ὦ οὗτος, σὺ τὰ ἐν οὐρανῷ βλέπειν πειρώμενος τὰ ἐπὶ τῆς γῆς οὐχ ὁρᾷς;"

Τούτῳ τῷ λόγῳ χρήσαιτο ἄν τις ἐπ' ἐκείνων τῶν ἀνθρώπων οἳ παραδόξως ἀλαζονεύονται, μηδὲ τὰ κοινὰ τοῖς ἀνθρώποις ἐπιτελεῖν δυνάμενοι.

41. Ἀλώπηξ ἀρνίον καταφιλοῦσα καὶ κύων

Ἀλώπηξ εἰς ἀγέλην προβάτων εἰσελθοῦσα, θηλαζόντων τῶν ἀρνίων ἓν ἀναλαβομένη, προσεποιεῖτο καταφιλεῖν. Ἐρωτηθεῖσα δὲ ὑπὸ κυνός· "Τί τοῦτο ποιεῖς;" "Τιθηνοῦμαι αὐτό," ἔφη, "καὶ προσπαίζω." Καὶ ὁ κύων ἔφη· "Καὶ νῦν, ἐὰν μὴ ἀφῇς τὸ ἀρνίον, τὰ κυνῶν σοι προσοίσω."

moins, s'ils ne le pouvaient, de se réfugier auprès des hommes afin de les supplier de ne pas employer à les prendre la glu qu'ils tireraient du gui. Mais les oiseaux se moquèrent d'elle : elle parlait pour ne rien dire ! L'hirondelle se rendit donc elle-même en suppliante auprès des hommes, qui lui firent bon accueil en raison de son intelligence [55] et la laissèrent même partager leur demeure. Voilà pourquoi les hommes font la chasse aux autres oiseaux et s'en nourrissent, tandis que la seule hirondelle, en vertu de l'asile accordé, niche sans crainte jusque dans leurs maisons.

La fable montre qu'avec de la prévoyance, l'on évitera sans doute les dangers.

40 (Ch. 65). L'astronome [56].

Un astronome avait l'habitude de sortir tous les soirs pour observer les astres. Un soir qu'il errait dans les faubourgs, plongé dans la contemplation du ciel, il tomba par inadvertance dans un puits. Comme il poussait des cris lamentables, un passant fut attiré par ses gémissements ; apprenant ce qui s'était produit : « Eh bien, toi ! » dit-il à l'astronome, « tu cherches à saisir les phénomènes célestes, et ce qu'il y a sur terre, tu ne le vois pas ? »

On pourrait adresser cette fable à ceux qui se vantent d'accomplir des prodiges, sans pouvoir s'acquitter des tâches les plus communes.

41 (Ch. 36). Le renard cajolant l'agneau et le chien.

Un renard qui s'était glissé dans un troupeau de moutons prit un des agneaux de lait et fit mine de le couvrir de baisers. « Que fais-tu là ? » lui demanda un chien. « Je lui fais risette », répondit le renard, « et je joue avec lui. » « Et si tu ne lâches pas cet agneau à l'instant », rétorqua le chien, « je vais te cajoler à la mode canine [57] ! »

Πρὸς ἄνδρα ῥᾳδιουργὸν καὶ μωροκλέπτην ὁ λόγος εὔκαιρος.

42. Γεωργὸς καὶ παῖδες αὐτοῦ

Ἀνὴρ γεωργὸς μέλλων τελευτᾶν καὶ βουλόμενος τοὺς αὑτοῦ παῖδας ἐμπείρους εἶναι τῆς γεωργίας, μετακαλεσάμενος αὐτοὺς ἔφη· "Τέκνια, ἐν μιᾷ μου τῶν ἀμπέλων θησαυρὸς ἀπόκειται." Οἱ δὲ μετὰ τὴν αὐτοῦ τελευτὴν ὕννας τε καὶ δικέλλας λαβόντες πᾶσαν αὐτῶν τὴν γεωργίαν ὤρυξαν. Καὶ τὸν μὲν θησαυρὸν οὐχ εὗρον, ἡ δὲ ἄμπελος πολλαπλασίαν τὴν φορὰν αὐτοῖς ἀπεδίδου.

Τοῦτο μὲν ἔγνωσαν ὅτι ὁ κάματος θησαυρός ἐστι τοῖς ἀνθρώποις.

43. Βάτραχοι ὕδωρ ζητοῦντες

Βάτραχοι δύο, ξηρανθείσης αὐτῶν τῆς λίμνης, περιῄεσαν ζητοῦντες ποῦ καταμεῖναι. Ὡς δὲ ἐγένοντο κατά τι φρέαρ, ὁ ἕτερος συνεβούλευεν ἀμελητὶ ἄλλεσθαι. Ὁ δὲ ἕτερος ἔλεγεν· "Ἐὰν οὖν καὶ τὸ ἐνθάδε ὕδωρ ξηρανθῇ, πῶς δυνησόμεθα ἀναβῆναι;"

Ὁ λόγος ἡμᾶς διδάσκει μὴ ἀπερισκέπτως προσέρχεσθαι τοῖς πράγμασιν.

44. Βάτραχοι αἰτοῦντες βασιλέα

Βάτραχοι λυπούμενοι ἐπὶ τῇ ἑαυτῶν ἀναρχίᾳ πρέσβεις ἔπεμψαν πρὸς τὸν Δία, δεόμενοι βασιλέα αὐτοῖς παρασχεῖν. Ὁ δὲ συνιδὼν τὴν εὐήθειαν αὐτῶν ξύλον εἰς τὴν λίμνην καθῆκε. Καὶ οἱ βάτραχοι, τὸ μὲν πρῶτον καταπλαγέντες τὸν ψόφον, ἑαυτοὺς εἰς τὰ βάθη τῆς λίμνης

Cette fable vise l'individu sans scrupules, ainsi que le voleur sans finesse.

42 (Ch. 83). Le paysan et ses enfants [58].

Un paysan allait mourir. Désireux de transmettre à ses fils quelque expérience du travail de la terre, il les assembla pour leur dire : « Mes enfants, dans une de mes vignes est enfoui un trésor. » Après sa mort, ses enfants, prenant leurs coutres et leurs hoyaux, retournèrent le sol de toute la propriété. De trésor, ils n'en trouvèrent point, mais la vigne, dans sa terre ameublie, leur donna une vendange sans précédent.
C'est ainsi qu'ils comprirent que l'effort est le trésor des hommes.

43 (Ch. 68). Les grenouilles qui cherchaient de l'eau.

Leur marais s'étant asséché, deux grenouilles s'étaient mises en quête d'un autre séjour. Ayant trouvé un puits, l'une suggérait d'y sauter, sans autre forme de procès. « Mais si ce puits se dessèche à son tour », répondit l'autre, « comment en ressortirons-nous [59] ? »
La fable nous apprend qu'il ne faut rien entreprendre à l'étourdie.

44 (Ch. 66). Les grenouilles qui réclamaient un roi [60].

Les grenouilles, qu'affligeait leur régime anarchique, avaient dépêché à Zeus une ambassade pour lui demander de leur donner un roi. Voyant leur niaiserie, Zeus lança dans leur marais un pieu. Les grenouilles, d'abord effrayées par le bruit, se réfugièrent dans les profondeurs du marais ; puis, comme

ἐδίδοσαν· ὕστερον δέ, ὡς ἀκίνητον ἦν τὸ ξύλον, ἀναδύντες εἰς τοσοῦτον καταφρονήσεως ἦλθον ὡς ἐπιβαίνοντες αὐτῷ ἐπικαθέζεσθαι. Ἀναξιοπαθοῦντες δὲ τοιοῦτον ἔχειν βασιλέα, ἦκον ἐκ δευτέρου πρὸς τὸν Δία καὶ τοῦτον παρεκάλουν ἀλλάξαι αὐτοῖς τὸν ἄρχοντα· τὸν γὰρ πρῶτον λίαν εἶναι νωχελῆ. Καὶ ὁ Ζεὺς ἀγανακτήσας κατ' αὐτῶν ὕδρον αὐτοῖς ἔπεμψεν, ὑφ' οὗ συλλαμβανόμενοι κατησθίοντο.

Ὁ λόγος δηλοῖ ὅτι ἄμεινόν ἐστι νωθεῖς καὶ μὴ πονηροὺς ἔχειν ἄρχοντας ἢ ταρακτικοὺς καὶ κακούργους.

45. Βόες καὶ ἄξων

Βόες ἅμαξαν εἷλκον. Τοῦ δὲ ἄξονος τρίζοντος, ἐπιστραφέντες ἔφασαν πρὸς αὐτόν· "Ὦ οὗτος, ἡμῶν τὸ ὅλον βάρος φερόντων, σὺ κέκραγας;"

Οὕτω καὶ τῶν ἀνθρώπων ἔνιοι, μοχθούντων ἑτέρων, αὐτοὶ προσποιοῦνται κάμνειν.

46. Βορέας καὶ Ἥλιος

Βορέας καὶ Ἥλιος περὶ δυνάμεως ἤριζον. Ἔδοξε δὲ αὐτοῖς ἐκείνῳ τὴν νίκην ἀπονεῖμαι ὃς ἂν αὐτῶν ἄνθρωπον ὁδοιπόρον ἀποδύσῃ. Καὶ ὁ Βορέας ἀρξάμενος σφοδρὸς ἦν· τοῦ δὲ ἀνθρώπου ἀντεχομένου τῆς ἐσθῆτος, μᾶλλον ἐπέκειτο. Ὁ δὲ ὑπὸ τοῦ ψύχους καταπονούμενος ἔτι μᾶλλον καὶ περιττοτέραν ἐσθῆτα προσελάμβανεν, ἕως ἀποκαμὼν ὁ Βορέας τῷ Ἡλίῳ αὐτὸν μεταπαρέδωκε. Κἀκεῖνος τὸ μὲν πρῶτον μετρίως προσέλαμψε· τοῦ δὲ ἀνθρώπου τὰ περισσὰ τῶν ἱματίων ἀποτιθεμένου, σφοδρότερον τὸ καῦμα ἐπέτεινεν, μέχρις οὗ, πρὸς τὴν ἀλέαν ἀντέχειν μὴ δυνάμενος, ἀποδυσάμενος ποταμοῦ παραρρέοντος ἐπὶ λουτρὸν ἀπῄει.

Ὁ λόγος δηλοῖ ὅτι πολλάκις τὸ πείθειν τοῦ βιάζεσθαι ἀνυτικώτερόν ἐστι.

47. Παιδίον ἐμοῦν σπλάγχνα

Βοῦν τινες ἐπ' ἀγροῦ θύοντες τοὺς σύνεγγυς ἐκάλεσαν. Ἐν δὲ τούτοις ἦν τις καὶ γυνὴ

le pieu restait immobile, elles remontèrent, et finirent par tant le mépriser qu'elles grimpaient dessus pour s'y accroupir. Humiliées d'avoir un tel roi, elles se rendirent à nouveau auprès de Zeus pour le prier de leur donner un autre maître : le premier était par trop indolent. Alors Zeus courroucé leur envoya une hydre, qui les prit et les dévora.

La fable montre qu'il vaut mieux avoir pour chefs des hommes nonchalants, mais sans méchanceté, que de cruels fauteurs de trouble.

45 (Ch. 70). Les bœufs et l'essieu [61].

Des bœufs tiraient un chariot. Comme l'essieu grinçait, ils se retournèrent pour lui adresser ces mots : « Dis donc, toi, c'est nous qui portons tout le fardeau, et c'est toi qui gémis ? »

Il est ainsi des gens qui feignent d'être épuisés, alors que ce sont d'autres qui se tuent à la tâche.

46 (Ch. 73). Hélios et Borée [62].

Hélios et Borée, qui disputaient de leur pouvoir, s'accordèrent à reconnaître vainqueur celui qui dépouillerait un voyageur de ses vêtements. Borée commença, et souffla avec force ; voyant que le voyageur agrippait son habit, il redoubla de violence. Mais l'homme, que le froid pinçait davantage, enfila un autre vêtement encore, tant et si bien que Borée se lassa et le livra à Hélios. Celui-ci, tout d'abord, ne brilla que d'un éclat modéré ; comme le voyageur retirait son second vêtement, Hélios resplendit avec plus d'ardeur ; enfin l'homme, n'y tenant plus sous cette canicule, se déshabilla et alla se baigner dans un fleuve des environs.

La fable montre que persuasion fait souvent plus que violence.

47 (Ch. 292). L'enfant qui vomit des tripes [63].

Des campagnards avaient invité leurs voisins au sacrifice d'un bœuf. Parmi eux se trouvait une pau-

πενιχρά, μεθ' ἧς καὶ ὁ παῖς εἰσῆλθε. Προϊούσης δὲ τῆς εὐωχίας, τὸ παιδίον διὰ χρόνου πληρωθὲν τῶν σπλαγχνῶν καὶ τοῦ οἴνου καὶ διαβασανιζόμενον ἔλεγεν· " Ὦ μῆτερ, ἐμῶ τὰ σπλάγχνα." Ἡ δὲ εἶπεν· "Οὐχὶ τὰ σά, τέκνον, ἃ δὲ κατέφαγες."
Οὗτος ὁ λόγος ἁρμόττει πρὸς ἄνδρα χρεωφειλέτην, ὅστις ἑτοίμως τὰ ἀλλότρια λαμβάνων, ὅταν ἀποτίνειν δέῃ, οὕτως ἀπέχθεται ὡς οἴκοθεν προϊέμενος.

48. Βωταλὶς καὶ νυκτερίς

Βωταλὶς ἀπό τινος θυρίδος κρεμαμένη νυκτὸς ᾖδε. Νυκτερὶς δὲ ἐξήκουσε αὐτῆς τὴν φωνὴν καὶ προσελθοῦσα ἐπυνθάνετο ἀπ' αὐτῆς τὴν αἰτίαν δι' ἣν ἡμέρας μὲν ἡσυχάζει, νύκτωρ δὲ ᾄδει. Τῆς δὲ λεγούσης ὡς οὐ μάτην τοῦτο πράττει· ἡμέρας γάρ ποτε ᾄδουσα συνελήφθη, διὸ ἀπ' ἐκείνου ἐσωφρονίσθη, ἡ νυκτερὶς εἶπεν· "'Αλλ' οὐ νῦν σε δεῖ φυλάττεσθαι, ὅτε οὐδὲν ὄφελός ἐστι, τότε δὲ πρὶν ἢ συλληφθῆναι."
Ὁ λόγος δηλοῖ ὅτι ἐπὶ τοῖς ἀτυχήμασι μετάνοια ἀνωφελὴς καθέστηκεν.

49. Βουκόλος μόσχον ἀπολέσας καὶ λέων

Βουκόλος βόσκων ἀγέλην ταύρων ἀπόλεσε μόσχον. Περιελθὼν δὲ καὶ μὴ εὑρὼν ηὔξατο τῷ Διί, ἐὰν τὸν κλέπτην εὕρῃ, ἔριφον αὐτῷ θῦσαι. Ἐλθὼν δὲ εἴς τινα δρυμῶνα καὶ θεασάμενος λέοντα κατεσθίοντα τὸν μόσχον, περίφοβος γενόμενος, ἐπάρας τὰς χεῖρας εἰς τὸν οὐρανὸν εἶπε· "Δέσποτα Ζεῦ, πάλαι μέν σοι ηὐξάμην ἔριφον θῦσαι ἂν τὸν κλέπτην εὕρω· νῦν δὲ ταῦρόν σοι θύσω, ἐὰν τὰς τοῦ κλέπτου χεῖρας ἐκφύγω."

vresse, accompagnée de son enfant. Comme le festin était déjà avancé, l'enfant, que son ventre gorgé de tripes et de vin faisait souffrir, s'écria : « Maman ! Je vomis mes tripes ! » Sa mère lui répondit : « Non pas les tiennes, mon petit, mais celles que tu as mangées [64]. »

La fable vise le débiteur, qui s'empresse d'accepter le bien d'autrui, mais souffre, à se le voir réclamer, autant que s'il payait de sa poche.

48 (Ch. 75). La linotte et la chauve-souris [65].

Dans une cage suspendue à une embrasure, une linotte passait ses nuits à chanter. Une chauve-souris entendit sa voix, s'approcha, et lui demanda pour quelle raison elle se taisait le jour pour chanter la nuit. Ce n'était pas par simple caprice, lui répondit la linotte : car elle avait été capturée de jour à cause de son chant, et depuis lors, elle avait retenu la leçon. « Mais tes précautions », lui rétorqua la chauve-souris, « il ne faut pas les prendre maintenant qu'elles sont inutiles : tu aurais dû y songer avant d'être prise [66] ! »

La fable montre que les regrets sont vains quand le malheur survient.

49 (Ch. 74). Le lion et le bouvier qui avait perdu un veau [67].

Un homme qui faisait paître un troupeau de bœufs avait perdu un veau. Après avoir parcouru les environs sans le retrouver, le bouvier pria Zeus et fit vœu de lui sacrifier un chevreau s'il découvrait le voleur. Il pénétra ensuite dans un bois de chênes, où il vit un lion qui dévorait le veau ; épouvanté, il tendit les mains vers le ciel : « O Zeus ! » s'exclama-t-il, « je t'ai promis tout à l'heure le sacrifice d'un chevreau si je trouvais le voleur ; à présent, si j'échappe à ses griffes, c'est un taureau que je te sacrifierai ! »

Οὗτος ὁ λόγος λεχθείη ἂν ἐπ' ἀνδρῶν
δυστυχούντων, οἵτινες ἀπορούμενοι εὔχονται
εὑρεῖν, εὑρόντες δὲ ζητοῦσιν ἀποφυγεῖν.

50. Γαλῆ καὶ Ἀφροδίτη

Γαλῆ ἐρασθεῖσα νεανίσκου εὐπρεποῦς ηὔξατο
τῇ Ἀφροδίτῃ ὅπως αὐτὴν μεταμορφώσῃ εἰς
γυναῖκα. Καὶ ἡ θεὸς ἐλεήσασα αὐτῆς τὸ πάθος
μετετύπωσεν αὐτὴν εἰς κόρην εὐειδῆ, καὶ οὕτως
ὁ νεανίσκος θεασάμενος αὐτὴν καὶ ἐρασθεὶς
οἴκαδε ὡς ἑαυτὸν ἀπήγαγε. Καθημένων δὲ αὐτῶν
ἐν τῷ θαλάμῳ, ἡ Ἀφροδίτη, γνῶναι βουλομένη εἰ
μεταβαλοῦσα τὸ σῶμα ἡ γαλῆ καὶ τὸν τρόπον
ἤλλαξε, μῦν εἰς τὸ μέσον καθῆκεν. Ἡ δὲ
ἐπιλαθομένη τῶν παρόντων ἐξαναστᾶσα ἀπὸ τῆς
κοίτης τὸν μῦν ἐδίωκε καταφαγεῖν θέλουσα. Καὶ
ἡ θεὸς ἀγανακτήσασα κατ' αὐτῆς πάλιν αὐτὴν
εἰς τὴν ἀρχαίαν φύσιν ἀποκατέστησεν.
Οὕτω καὶ τῶν ἀνθρώπων οἱ φύσει πονηροί, κἂν
φύσιν ἀλλάξωσι, τὸν γοῦν τρόπον οὐ
μεταβάλλονται.

51. Γεωργὸς καὶ ὄφις

Γεωργοῦ παῖδα ὄφις ἑρπύσας ἀπέκτεινεν. Ὁ δὲ
ἐπὶ τούτῳ δεινοπαθήσας πέλεκυν ἀνέλαβε καὶ
παραγενόμενος εἰς τὸν φωλεὸν αὐτοῦ εἱστήκει
παρατηρούμενος, ὅπως, ἂν ἐξίῃ, εὐθέως αὐτὸν
πατάξῃ. Παρακύψαντος δὲ τοῦ ὄφεως,
κατενεγκὼν τὸν πέλεκυν τοῦ μὲν διήμαρτε, τὴν
δὲ παρακειμένην πέτραν διέκοψεν. Εὐλαβηθεὶς
δὲ ὕστερον παρεκάλει αὐτὸν ὅπως αὐτῷ
διαλλαγῇ. Ὁ δὲ εἶπεν· "Ἀλλ' οὔτε ἐγὼ δύναμαί
σοι εὐνοῆσαι, ὁρῶν τὴν κεχαραγμένην πέτραν,
οὔτε σὺ ἐμοί, ἀποβλέπων εἰς τὸν τοῦ παιδὸς
τάφον."
Ὁ λόγος δηλοῖ ὅτι αἱ μεγάλαι ἔχθραι οὐ
ῥᾳδίας τὰς καταλλαγὰς ἔχουσι.

Cette fable pourrait se dire de certains hommes en proie à l'adversité : dans leur embarras, ils souhaitent trouver une issue, mais une fois trouvée, ils cherchent à l'éviter.

50 (Ch. 76). Aphrodite et la belette [68].

Une belette tombée amoureuse d'un beau jeune homme pria Aphrodite de la métamorphoser en femme. La déesse prit sa passion en pitié, et fit d'elle une charmante jeune fille. C'est ainsi que le jeune homme fut séduit au premier regard et la prit pour femme. Comme ils reposaient sur le lit nuptial, Aphrodite, curieuse de savoir si la belette, en changeant de corps, avait aussi pris d'autres mœurs, lâcha une souris au milieu de la pièce : oubliant sa situation, l'épousée bondit hors de sa couche et poursuivit la souris pour la dévorer. Alors la déesse courroucée la rétablit dans son ancienne nature.

Ainsi des hommes : ceux qui ont un mauvais naturel peuvent changer de façons, mais leur nature reste inchangée.

51 (Ch. 81). Le paysan et le serpent.

Le fils d'un paysan avait été tué par un serpent qui avait rampé jusqu'à lui. Fou de douleur, le père, armé d'une hache, s'était posté auprès du trou du serpent, pour le frapper dès qu'il en sortirait. Quand le serpent montra la tête, la hache du paysan s'abattit, mais le manqua, et fendit le roc qui se trouvait là. Par la suite, craignant pour sa sûreté, le paysan proposa au serpent une réconciliation. Mais ce dernier lui répondit : « Je ne puis pas plus être bien disposé envers toi, quand je vois le roc fissuré, que tu ne peux l'être envers moi, quand tu jettes les yeux sur la tombe de ton enfant. »

La fable montre que les haines profondes sont pratiquement irréconciliables.

52. Γεωργὸς καὶ κύνες

Γεωργὸς ὑπὸ χειμῶνος ἐναποληφθεὶς ἐν τῇ ἐπαύλει, ἐπειδὴ οὐκ ἐδύνατο προελθεῖν καὶ ἑαυτῷ τροφὴν πορίσαι, τὸ μὲν πρῶτον τὰ πρόβατα κατέφαγεν. Ἐπειδὴ δὲ ἔτι ὁ χειμὼν ἐπέμενε, καὶ τὰς αἶγας κατεθοινήσατο. Ἐκ τρίτου δέ, ὡς οὐδεμία ἄνεσις ἐγίνετο, καὶ ἐπὶ τοὺς ἀροτῆρας βοῦς ἐχώρησεν. Οἱ δὲ κύνες θεασάμενοι τὰ πραττόμενα ἔφασαν πρὸς ἀλλήλους· " Ἀπιτέον ἡμῖν ἐνθένδε· ὁ δεσπότης γάρ, εἰ οὐδὲ τῶν συνεργαζομένων βοῶν ἀπέσχετο, ἡμῶν πῶς φείσεται;"
Ὁ λόγος δηλοῖ ὅτι δεῖ τούτους μάλιστα φυλάττεσθαι οἳ οὐδὲ τῆς κατὰ τῶν οἰκείων ἀδικίας ἀπέχονται.

53. Γεωργοῦ παῖδες στασιάζοντες

Γεωργοῦ παῖδες ἐστασίαζον. Ὁ δέ, ὡς πολλὰ παραινῶν οὐκ ἠδύνατο πεῖσαι αὐτοὺς λόγοις μεταβαλέσθαι, ἔγνω δεῖν διὰ πράγματος τοῦτο πρᾶξαι, καὶ παρῄνεσεν αὐτοῖς ῥάβδων δέσμην κομίσαι. Τῶν δὲ τὸ προσταχθὲν ποιησάντων, τὸ μὲν πρῶτον δοὺς αὐτοῖς ἀθρόας τὰς ῥάβδους ἐκέλευσε κατεάσσειν. Ἐπειδὴ δὲ καίπερ βιαζόμενοι οὐκ ἠδύναντο, ἐκ δευτέρου λύσας τὴν δέσμην ἀνὰ μίαν αὐτοῖς ῥάβδον ἐδίδου. Τῶν δὲ ῥᾳδίως κατακλώντων, ἔφη· " Ἀτὰρ οὖν καὶ ὑμεῖς, ὦ παῖδες, ἐὰν μὲν ὁμοφρονῆτε, ἀχείρωτοι τοῖς ἐχθροῖς ἔσεσθε, ἐὰν δὲ στασιάζητε, εὐάλωτοι."
Ὁ λόγος δηλοῖ ὅτι τοσοῦτον ἰσχυροτέρα ἐστὶν ἡ ὁμόνοια ὅσον εὐκαταγώνιστος ἡ στάσις.

54. Κοχλίαι

Γεωργοῦ παῖς κοχλίας ὤπτα. Ἀκούσας δὲ αὐτῶν τριζόντων ἔφη· " Ὦ κάκιστα ζῷα, τῶν οἰκιῶν ὑμῶν ἐμπιπραμένων, αὐτοὶ ᾄδετε;"

52 (Ch. 80). Les chiens et le paysan.

Un paysan que la mauvaise saison tenait assiégé dans sa ferme et empêchait de sortir se ravitailler mangea d'abord ses moutons. Comme le climat restait rude, il consomma aussi ses chèvres ; puis, comme l'accalmie se faisait attendre, ce fut le tour de ses bœufs de labour. Alors ses chiens, voyant ce qui se tramait, murmurèrent l'un à l'autre : « Filons d'ici ! si notre maître n'a pas même épargné les bœufs, ses compagnons de travail, pourquoi nous ferait-il grâce ? »

La fable montre qu'il faut se garder spécialement des criminels qui n'épargnent pas même leurs proches.

53 (Ch. 86). Les enfants du paysan [69].

Les enfants d'un paysan ne parvenaient pas à s'entendre. Malgré ses instances, comme il ne trouvait pas de mots pour les persuader de s'amender, il résolut d'illustrer son propos, et leur demanda de lui apporter un faisceau de baguettes. Lorsqu'ils se furent exécutés, il leur tendit tout d'abord les baguettes liées ensemble, puis leur ordonna de les briser : ses enfants redoublèrent d'efforts, mais n'y parvinrent pas. Alors, après les avoir déliées, il leur donna les baguettes l'une après l'autre : ils les rompirent sans difficulté. « Vous aussi, mes enfants », conclut le paysan, « si vous vivez en bonne intelligence, vous n'offrirez aucune prise à vos ennemis ; mais si vous êtes brouillés, vous leur serez une proie facile ! »

La fable montre qu'autant l'union fait la force, autant la discorde est aisément vaincue.

54 (Ch. 172). Les escargots [70].

L'enfant d'un paysan faisait frire des escargots [71]. En les entendant grésiller, il s'écria : « Vilaines bestioles ! Vos maisons brûlent, et vous, vous chantez ! »

Ὁ λόγος δηλοῖ ὅτι πᾶν τὸ παρὰ καιρὸν δρώμενον ἐπονείδιστόν ἐστι.

55. Γυνὴ καὶ θεράπαιναι

Γυνὴ χήρα φιλεργός, θεραπαινίδας ἔχουσα, ταύτας εἰώθει νυκτὸς ἐπὶ τὰ ἔργα ἐγείρειν πρὸς ἀλεκτοροφωνίαν. Αἱ δὲ συνεχῶς καταπονούμεναι ἔγνωσαν δεῖν τὸν ἐπὶ τῆς οἰκίας ἀλέκτορα ἀποπνῖξαι· ἐκεῖνον γὰρ ᾤοντο τῶν κακῶν αἴτιον εἶναι, νύκτωρ ἐγείροντα τὴν δέσποιναν. Συνέβη δὲ αὐταῖς τοῦτο πραξάσαις χαλεπωτέροις τοῖς δεινοῖς περιπεσεῖν· ἡ γὰρ δέσποινα ἀγνοοῦσα τὴν τῶν ἀλεκτρυόνων ὥραν νυχιέστερον αὐτὰς ἐξήγειρεν.

Οὕτω πολλοῖς ἀνθρώποις τὰ ἴδια βουλεύματα κακῶν αἴτια γίνεται.

56. Γυνὴ μάγος

Γυνὴ μάγος ἐπῳδὰς καὶ θείων καταθέσεις μηνιμάτων ἐπαγγελλομένη διετέλει πολλὰ τελοῦσα καὶ ἐκ τούτων οὐ μικρὰ βιοποριστοῦσα. Ἐπὶ τούτοις γραψάμενοί τινες αὐτὴν ὡς καινοτομοῦσαν περὶ τὰ θεῖα εἰς δίκην ἀπήγαγον καὶ κατηγορήσαντες κατεδίκασαν αὐτὴν θανάτῳ. Θεασάμενος δέ τις αὐτὴν ἀπαγομένην ἐκ τῶν δικαστηρίων ἔφη· "Ὦ αὕτη, σὺ τὰς τῶν δαιμόνων ὀργὰς ἀποτρέπειν ἐπαγγελλομένη, πῶς οὐδὲ ἀνθρώπους πεῖσαι ἠδυνήθης;"

Τούτῳ τῷ λόγῳ χρήσαιτο ἄν τις πρὸς γυναῖκα πλάνον, ἥτις τὰ μείζονα κατεπαγγελλομένη τοῖς μετρίοις ἀδύνατος ἐλέγχεται.

57. Γραῦς καὶ ἰατρός

Γυνὴ πρεσβῦτις τοὺς ὀφθαλμοὺς νοσοῦσα ἰατρὸν ἐπὶ μισθῷ παρεκάλεσεν. Ὁ δὲ εἰσιών, ὁπότε αὐτὴν ἔχριε, διετέλει ἐκείνης συμμυούσης

La fable montre que toute action inopportune doit être blâmée.

55 (Ch. 89). La femme et ses servantes [72].

Une femme veuve et dure à la tâche avait des servantes qu'elle éveillait la nuit, au chant du coq, pour les faire travailler. Celles-ci, épuisées par un labeur sans relâche, résolurent d'étrangler le coq de la maison : elles le tenaient en effet pour responsable de leurs maux, puisqu'il réveillait leur maîtresse avant l'aube. Elles le firent donc, mais leur sort n'en fut que plus rude — car la maîtresse, privée du coq qui lui donnait l'heure, les tirait du lit encore plus tôt.

Il est de même bien des gens qui, par leurs décisions, sont les artisans de leurs propres malheurs.

56 (Ch. 91). La magicienne [73].

Une magicienne qui faisait trafic de formules et de rites propitiatoires était fréquemment consultée et gagnait ainsi fort bien sa vie. Là-dessus, accusée d'innover en matière religieuse [74], elle se vit intenter un procès où ses adversaires la firent condamner à mort. Un badaud, la voyant emmener du tribunal, lui lança : « Hé, toi, qui prétendais détourner la colère des dieux, comment n'as-tu même pas pu persuader des hommes ? »

L'on pourrait appliquer cette fable à un charlatan qui promet monts et merveilles et s'avère incapable des choses les plus simples.

57 (Ch. 87). La vieille et le médecin.

Une vieille femme qui avait la vue troublée loua les services d'un médecin. Ce dernier, chaque fois qu'il venait à domicile lui appliquer un onguent, ne man-

καθ' ἕν ἕκαστον τῶν σκευῶν ὑφαιρούμενος. Ἐπειδὴ δὲ πάντα ἐκφορήσας κἀκείνην ἐθεράπευσεν, ἀπήτει τὸν ὡμολογημένον μισθόν· καὶ μὴ βουλομένης αὐτῆς ἀποδοῦναι, ἤγαγεν αὐτὴν ἐπὶ τοὺς ἄρχοντας. Ἡ δὲ ἔλεγε τὸν μὲν μισθὸν ὑπεσχῆσθαι ἐὰν θεραπεύσῃ αὐτῆς τὰς ὁράσεις, νῦν δὲ χεῖρον διατεθῆναι ἐκ τῆς ἰάσεως ἢ πρότερον· "τότε μὲν γὰρ ἔβλεπον πάντα," ἔφη, "τὰ ἐπὶ τῆς οἰκίας σκεύη, νῦν δὲ οὐδὲν ἰδεῖν δύναμαι."

Οὕτως οἱ πονηροὶ τῶν ἀνθρώπων διὰ πλεονεξίαν λανθάνουσι καθ' ἑαυτῶν τὸν ἔλεγχον ἐπισπώμενοι.

58. Γυνὴ καὶ ὄρνις

Γυνὴ χήρα ὄρνιν ἔχουσα καθ' ἑκάστην ἡμέραν ᾠὸν τίκτουσαν ὑπέλαβεν ὅτι, ἐὰν πλείονα αὐτῇ τροφὴν παραβάλῃ, καὶ δὶς τῆς ἡμέρας τέξεται. Καὶ δὴ τοῦτο αὐτῆς ποιούσης συνέβη τὴν ὄρνιν πίονα γενομένην μηκέτι μηδὲ ἅπαξ τεκεῖν.

Ὁ λόγος δηλοῖ ὅτι οἱ πλείονες τῶν ἀνθρώπων διὰ πλεονεξίαν περιττοτέρων ἐπιθυμοῦντες καὶ τὰ παρόντα ἀπολλύουσιν.

59. Γαλῆ καὶ ῥίνη

Γαλῆ εἰσελθοῦσα εἰς χαλκέως ἐργαστήριον τὴν ἐκεῖ κειμένην ῥίνην περιέλειχε. Συνέβη δὲ ἐκτριβομένης τῆς γλώττης πολὺ αἷμα φέρεσθαι. Ἡ δὲ ἐτέρπετο ὑπονοοῦσά τι τοῦ σιδήρου ἀφαιρεῖσθαι, μέχρι παντελῶς ἀπέβαλε τὴν γλῶτταν.

Ὁ λόγος εἴρηται πρὸς τοὺς ἐκ φιλονεικίας ἑαυτοὺς καταβλάπτοντας.

60. Γέρων καὶ Θάνατος

Γέρων ποτὲ ξύλα κόψας καὶ ταῦτα φέρων πολλὴν ὁδὸν ἐβάδιζε. Διὰ δὲ τὸν κόπον τῆς ὁδοῦ

quait pas, tandis qu'elle avait les yeux fermés, de lui soustraire sa vaisselle pièce à pièce. Lorsqu'il eut tout subtilisé, comme la cure touchait à sa fin, il réclama les honoraires promis ; mais la vieille ne voulait rien payer. Il la traîna donc devant les magistrats. Alors la vieille expliqua qu'elle s'était bien engagée à payer si sa vue s'améliorait, mais que depuis le traitement, elle avait encore baissé : « Avant, je voyais chez moi toutes les pièces de ma vaisselle », déclara-t-elle ; « maintenant, je n'y vois plus rien ! »

C'est ainsi que les gens sans scrupules, aveuglés par leur cupidité, fournissent eux-mêmes de quoi les confondre.

58 (Ch. 90). La femme et la poule [75].

Une veuve avait une poule qui lui pondait un œuf par jour. Elle se dit que si elle lui donnait plus de grain, sa poule pondrait deux fois par jour [76] ; aussi accrut-elle sa ration. Mais la poule devenue grasse ne put même plus pondre son œuf quotidien.

La fable fait voir qu'à convoiter plus que ce que l'on a, l'on perd même ce que l'on possède.

59 (Ch. 77). La belette et la lime [77].

Une belette entrée dans une forge se mit à lécher la lime qui y traînait. A force de s'y frotter, sa langue se couvrit de sang — et la belette de s'en réjouir, car elle se figurait qu'elle ôtait quelque chose au fer : tant et si bien qu'elle y laissa toute sa langue.

Cette fable concerne les gens qui, par émulation malsaine, se nuisent à eux-mêmes.

60 (Ch. 78). Le vieillard et la Mort [78].

Il était une fois un vieillard qui, après avoir coupé du bois, portait son fagot en cheminant sur une longue

ἀποθέμενος τὸ φορτίον τὸν Θάνατον ἐπεκαλεῖτο. Τοῦ δὲ Θανάτου φανέντος καὶ πυθομένου δι' ἣν αἰτίαν αὐτὸν παρακαλεῖται, ὁ γέρων ἔφη· " Ἵνα τὸ φορτίον ἄρῃς."
Ὁ λόγος δηλοῖ ὅτι πᾶς ἄνθρωπος φιλόζωος, κἂν δυστυχεῖ.

61. Γεωργὸς καὶ Τύχη

Γεωργός τις εὑρὼν χρυσίον ἐν τῇ γῇ σκάπτων ἔστεφε τὴν Γῆν καθ' ἡμέραν ὡς εὐεργετηθεὶς ὑπ' αὐτῆς. Τούτῳ δὲ ἐπιστᾶσά φησιν ἡ Τύχη· " Ὦ οὗτος, τί τῇ Γῇ τὰ ἐμὰ δῶρα προστίθης, ἅπερ ἐγὼ δέδωκα πλουτίσαι βουλομένη σε; Ἂν γὰρ ὁ καιρὸς μεταλλάξῃ τὴν φύσιν καὶ εἰς ἄλλας χρείας μοχθηρὰς ἐξαναλωθῇ, πάλιν τὴν Τύχην μέμψῃ."
Διδάσκει ἡμᾶς ὁ λόγος ὅτι χρὴ γινώσκειν τὸν εὐεργέτην καὶ τούτῳ χάριτας ἀποδιδόναι.

62. Δελφῖνες καὶ φάλαιναι καὶ κωβιός

Δελφῖνες καὶ φάλαιναι πρὸς ἀλλήλους ἐμάχοντο. Ἐπὶ πολὺ δὲ τῆς διαφορᾶς σφοδρυνομένης, κωβιὸς ἀνέδυ (ἐστὶ δὲ οὗτος μικρὸς ἰχθύς) καὶ ἐπειρᾶτο αὐτοὺς διαλύειν. Εἷς δέ τις τῶν δελφίνων ὑποτυχὼν ἔφη πρὸς αὐτόν· " Ἀλλ' ἡμῖν ἀνεκτότερόν ἐστι μαχομένοις ὑπ' ἀλλήλων διαφθαρῆναι ἢ σοῦ διαλλακτοῦ τυχεῖν."
Οὕτως ἔνιοι τῶν ἀνθρώπων οὐδενὸς ἄξιοι ὄντες, ὅταν ταραχῆς λάβωνται, δοκοῦσί τινες εἶναι.

63. Δημάδης ὁ ῥήτωρ

Δημάδης ὁ ῥήτωρ δημηγορῶν ποτε ἐν Ἀθήναις, ἐκείνων μὴ πάνυ τι αὐτῷ προσεχόντων, ἐδεήθη

route. Epuisé par sa marche, il laissa tomber son fardeau, puis invoqua la Mort. Celle-ci parut, et lui demanda pour quelle raison il l'appelait : « pour que tu m'aides à me charger de mon fardeau ! » répondit le vieillard.

La fable montre que tous les hommes, même dans le malheur, tiennent à la vie.

61 (Ch. 84). Le paysan et la Fortune.

Un paysan, tout en binant, était tombé sur un tas d'or. Aussi couronnait-il chaque jour la Terre, à laquelle il se croyait redevable de ce bienfait. Mais la Fortune lui apparut [79] : « Pourquoi, mon bonhomme », lui dit-elle, « attribues-tu à la Terre les dons que je t'ai accordés, moi qui voulais te rendre riche ? De fait, si les temps viennent à changer et qu'après avoir mangé ton bien, tu sois à nouveau réduit à une pénible indigence [80], je sais bien que c'est encore à la Fortune que tu t'en prendras... »

La fable montre qu'il nous faut reconnaître notre bienfaiteur, et que c'est lui qu'il nous faut remercier.

62 (Ch. 95). Les dauphins, les baleines et le goujon [81].

Des dauphins et des baleines se livraient bataille. Comme l'affrontement se prolongeait et redoublait de violence, un goujon (il s'agit d'un petit poisson) monta à la surface et tenta de les réconcilier. Mais l'un des dauphins l'interrompit pour lui dire : « Il nous est moins intolérable de nous combattre et de nous entre-tuer que de t'avoir pour arbitre ! »

Il est de même des hommes de rien qui, lorsqu'ils traversent une époque troublée, se prennent pour de hauts personnages.

63 (Ch. 96). L'orateur Démade [82].

L'orateur Démade haranguait un jour le peuple athénien. Comme l'assemblée ne l'écoutait guère, il

αὐτῶν ὅπως ἐπιτρέψωσιν αὐτῷ Αἰσώπειον μῦθον εἰπεῖν. Τῶν δὲ συγχωρησάντων αὐτῷ, ἀρξάμενος ἔλεγε· "Δήμητρα καὶ χελιδὼν καὶ ἔγχελυς τὴν αὐτὴν ὁδὸν ἐβάδιζον. Γενομένων δὲ αὐτῶν κατά τινα ποταμὸν, ἡ μὲν χελιδὼν ἔπτη, ἡ δὲ ἔγχελυς κατέδυ." Καὶ ταῦτα εἰπὼν ἐσιώπησεν. Ἐρομένων δὲ αὐτῶν· "Ἡ οὖν Δήμητρα τί ἔπαθεν;" ἔφη· "Κεχόλωται ὑμῖν, οἵτινες τὰ τῆς πόλεως πράγματα ἐάσαντες Αἰσώπειον μῦθον ἀκούειν ἀντέχεσθε."

Οὕτω καὶ τῶν ἀνθρώπων ἀλόγιστοί εἰσιν ὅσοι τῶν μὲν ἀναγκαίων ὀλιγοροῦσι, τὰ δὲ πρὸς ἡδονὴν μᾶλλον αἱροῦνται.

64. Κυνόδηκτος

Δηχθείς τις ὑπὸ κυνὸς περιῄει ζητῶν τὸν ἰασόμενον. Εἰπόντος δέ τινος ὡς ἄρα δέοι αὐτὸν ἄρτῳ τὸ αἷμα ἐκμάξαντα οὕτως τῷ δακόντι κυνὶ βαλεῖν, ὑποτυχὼν ἔφη· "Ἀλλ' ἐὰν τοῦτο πράξω, δεήσει με ὑπὸ πάντων τῶν ἐν τῇ πόλει κυνῶν δάκνεσθαι."

Οὕτως ἡ τῶν ἀνθρώπων πονηρία δελεαζομένη ἔτι μᾶλλον ἀδικεῖν παροξύνεται.

65. Ὁδοιπόροι καὶ ἄρκτος

Δύο φίλοι τὴν αὐτὴν ὁδὸν ἐβάδιζον. Ἄρκτου δὲ αὐτοῖς ἐπιφανείσης, ὁ μὲν ἕτερος φθάσας ἀνέβη ἐπί τι δένδρον καὶ ἐνταῦθα ἐκρύπτετο, ὁ δὲ ἕτερος μέλλων περικατάληπτος γενέσθαι πεσὼν κατὰ τοῦ ἐδάφους τὸν νεκρὸν προσεποιεῖτο. Τῆς δὲ ἄρκτου προσενεγκούσης αὐτῷ τὸ ῥύγχος καὶ περιοσφραινομένης, τὰς ἀναπνοὰς συνεῖχε· φασὶ γὰρ νεκροῦ μὴ ἅπτεσθαι τὸ ζῷον. Ὑποχωρησάσης δέ, ὁ ἀπὸ τοῦ δένδρου ἐπυνθάνετο αὐτοῦ τί ἡ ἄρκτος πρὸς τὸ οὖς εἴρηκεν. Ὁ δὲ εἶπε· "Τοιούτοις τοῦ λοιποῦ μὴ συνοδοιπορεῖν φίλοις, οἳ ἐν κινδύνοις οὐ παραμένουσιν."

demanda qu'on lui permît de raconter une fable d'Esope [83]. La demande accordée, il commença en ces termes : « Déméter, l'hirondelle et l'anguille cheminaient de conserve. Arrivées devant un fleuve, l'hirondelle le franchit à tire-d'aile, et l'anguille y plongea. » Là-dessus, il garda le silence. « Et Déméter, alors », s'écria l'auditoire, « que lui est-il arrivé [84] ? » — « Elle a laissé éclater sa colère [85] contre vous, rétorqua Démade, qui négligez les affaires de la cité pour vous attacher à une fable d'Esope ! »

De même, parmi les hommes, ceux-là ont perdu la raison qui dédaignent le nécessaire pour s'attacher plutôt à leurs plaisirs.

64 (Ch. 177). L'homme mordu par un chien [86].

Mordu par un chien, un homme cherchait de toutes parts quelqu'un pour le guérir. Un badaud lui conseilla d'étancher le sang avec du pain, puis de le jeter au chien qui l'avait mordu. « Mais si je fais cela, je n'y couperai pas », objecta le blessé : « tous les chiens de la ville vont me mordre à leur tour ! »

Il en va ainsi de la méchanceté des hommes : lui tendre un appât, c'est le pousser à se déchaîner.

65 (Ch. 254). Les voyageurs et l'ourse [87].

Deux amis faisaient ensemble un bout de chemin. Une ourse surgit à l'improviste : l'un d'eux grimpa en toute hâte sur un arbre où il se dissimula ; l'autre, sur le point d'être pris, se laissa tomber à terre et fit le mort. L'ourse approcha de lui son museau et le flaira un peu partout — et notre homme de retenir son souffle (car l'ours, dit-on, ne s'en prend pas aux cadavres [88]). Quand elle se fut éloignée, son compère, redescendu de son arbre, voulut savoir ce qu'elle lui avait murmuré à l'oreille : « De ne plus voyager désormais avec des amis qui flanchent face au danger », répondit l'autre.

Ὁ λόγος δηλοῖ ὅτι τοὺς γνησίους τῶν φίλων αἱ συμφοραὶ δοκιμάζουσιν.

66. Νεανίσκοι καὶ μάγειρος

Δύο νεανίσκοι ἐν ταὐτῷ κρέας ὠνοῦντο. Καὶ δὴ, τοῦ μαγείρου περισπασθέντος, ὁ ἕτερος ὑφελόμενος ἀκροκώλιον εἰς τὸν τοῦ ἑτέρου κόλπον καθῆκεν. Ἐπιστραφέντος δὲ αὐτοῦ καὶ ἐπιζητοῦντος, αἰτιωμένου τε ἐκείνους, ὁ μὲν εἰληφὼς ὤμνυε μὴ ἔχειν, ὁ δὲ ἔχων μὴ εἰληφέναι. Καὶ ὁ μάγειρος αἰσθόμενος αὐτῶν τὴν κακοτεχνίαν ἔφη· " Ἀλλὰ κἂν ἐμὲ λάθητε ἐπιορκοῦντες, θεοὺς μέντοι γε οὐ λήσετε."
Ὁ λόγος δηλοῖ ὅτι ἡ αὐτή ἐστιν ἡ ἀσέβεια τῆς ἐπιορκίας, κἂν αὐτήν τις κατασοφίζηται.

67. Ὁδοιπόροι καὶ πέλεκυς

Δύο ἐν ταὐτῷ ὡδοιπόρουν. Τοῦ ἑτέρου δὲ πέλεκυν εὑρόντος, ὁ ἕτερος ἔλεγεν "Εὑρήκαμεν." Ὁ δὲ αὐτῷ παρῄνει μὴ λέγειν "εὑρήκαμεν", ἀλλ᾽ "εὕρηκας." Μετὰ μικρὸν δὲ ἐπελθόντων αὐτοῖς τῶν ἀποβεβληκότων τὸν πέλεκυν, ὁ ἔχων αὐτὸν διωκόμενος ἔλεγε πρὸς τὸν συνοδοιπόρον· " Ἀπολώλαμεν." Ἐκεῖνος δέ φησι· "Οὐκ, ἀλλ᾽ ἀπόλωλα· οὐδὲ γάρ, ὅτε τὸν πέλεκυν εὗρες, ἐμοὶ αὐτὸν ἀνεκοινώσω."
Ὁ λόγος δηλοῖ ὅτι οἱ μὴ μεταλαβόντες τῶν εὐτυχημάτων οὐδὲ ἐν ταῖς συμφοραῖς βέβαιοί εἰσι φίλοι.

68. Ἐχθροὶ δύο

Δύο ἐχθροὶ ἐν μιᾷ νηῒ ἔπλεον. Καὶ βουλόμενοι πολὺ ἀλλήλων διεζεῦχθαι ὥρμησαν ὁ μὲν ἐπὶ τὴν πρώραν, ὁ δὲ ἐπὶ τὴν πρύμναν, καὶ ἐνταῦθα

La fable montre qu'à l'épreuve du malheur, l'on reconnaît ses vrais amis.

66 (Ch. 246). Les jeunes gens et le boucher.

Deux jeunes gens achetaient de la viande au même étal. Comme le boucher était occupé ailleurs, l'un d'eux déroba des abattis qu'il glissa sous le vêtement de son camarade. S'étant retourné, le boucher chercha les morceaux un certain temps, puis s'en prit à ses jeunes clients ; mais celui qui les avait dérobés jurait qu'il ne les avait pas, et celui qui les avait, qu'il ne les avait pas pris. Alors le boucher, flairant leur entourloupette : « Vous pouvez m'échapper par un parjure, mais les dieux, en tout cas, vous ne leur échapperez pas ! »

La fable montre qu'un parjure reste également impie, quelque subtilité qu'on y mette.

67 (Ch. 256). Les voyageurs et la hache.

Deux voyageurs faisaient route ensemble. L'un d'eux trouva une hache. « Nous avons trouvé une hache ! » s'écria l'autre. « Ne dis pas : *nous* avons trouvé, mais : *tu* as trouvé », corrigea son compagnon. Quelques instants plus tard, ceux qui avaient perdu la hache se jetaient sur eux. Celui qui l'avait, au cours de la poursuite, dit à son compagnon : « Nous sommes perdus ! » « Dis plutôt : *je* suis perdu », rétorque l'autre : « quand tu as trouvé la hache, tu n'as pas voulu faire part à deux ! »

La fable montre qu'à ne point partager ses succès avec ses amis, on ne pourra guère compter sur eux dans le malheur.

68 (Ch. 114). Les deux ennemis.

Deux hommes qui se détestaient naviguaient sur le même vaisseau. Pour se tenir à bonne distance, ils

ἔμενον. Χειμῶνος δὲ σφοδροῦ καταλαβόντος καὶ τῆς νηὸς περιτρεπομένης, ὁ ἐν τῇ πρύμνῃ ἐπυνθάνετο παρὰ τοῦ κυβερνήτου περὶ ποῖον μέρος καταδύεσθαι τὸ σκάφος πρῶτον κινδυνεύει. Τοῦ δὲ εἰπόντος· "Κατὰ τὴν πρῶραν", ἔφη· " Ἀλλ' ἔμοιγε οὐκέτι λυπηρὸς ὁ θάνατός ἐστιν, εἴγε ὁρᾶν μέλλω τὸν ἐχθρόν μου προαποπνιγόμενον."

Οὕτως ἔνιοι τῶν ἀνθρώπων διὰ τὴν πρὸς τοὺς πέλας δυσμένειαν αἱροῦνται καὶ αὐτοί τι δεινὸν πάσχειν ὑπὲρ τοῦ κἀκείνους ὁρᾶν δυστυχοῦντας.

69. Βάτραχοι γείτονες

Δύο βάτραχοι ἀλλήλοις ἐγειτνίων. Ἐνέμοντο δὲ ὁ μὲν βαθεῖαν καὶ τῆς ὁδοῦ πόρρω λίμνην, ὁ δὲ ἐν ὁδῷ μικρὸν ὕδωρ ἔχων. Καὶ δὴ τοῦ ἐν τῇ λίμνῃ παραινοῦντος θάτερον μεταβῆναι πρὸς αὐτόν, ἵνα καὶ ἀμείνονος καὶ ἀσφαλεστέρας διαίτης μεταλάβῃ, ἐκεῖνος οὐκ ἐπείθετο λέγων δυσαποσπάστως ἔχειν τῆς τοῦ τόπου συνηθείας, ἕως οὗ συνέβη ἅμαξαν τῇδε παριοῦσαν ὀλέσαι αὐτόν.

Οὕτω καὶ τῶν ἀνθρώπων οἱ τοῖς φαύλοις ἐπιτηδεύμασιν ἐνδιατρίβοντες φθάνουσιν ἀπολλύμενοι πρὶν ἢ ἐπὶ τὰ καλλίονα τρέπεσθαι.

70. Δρῦς καὶ κάλαμος

Δρῦς καὶ κάλαμος ἤριζον περὶ ἰσχύος. Ἀνέμου δὲ σφοδροῦ γενομένου, ὁ μὲν κάλαμος ἀνακλώμενος καὶ συγκλινόμενος ταῖς τούτου πνοαῖς τὴν ἐκρίζωσιν ἐξέφυγεν, ἡ δὲ δρῦς ἀντιστᾶσα ἐκ ῥιζῶν κατηνέχθη.

Ὁ λόγος δηλοῖ ὅτι οὐ δεῖ τοῖς κρείττοσιν ἐρίζειν ἢ ἀνθίστασθαι.

71. Ἀνὴρ δειλὸς λέοντα χρυσοῦν εὑρών

Δειλὸς φιλάργυρος λέοντα χρυσοῦν εὑρὼν ἔλεγεν· "Οὐκ οἶδα τίς γενήσομαι ἐν τοῖς

s'installèrent l'un à la poupe, l'autre à la proue, et n'en bougèrent plus. Une violente tempête éclata ; comme le vaisseau menaçait de sombrer, l'homme posté à la poupe demanda au pilote quelle partie du navire coulerait la première. « La proue », répondit le pilote. « Pourquoi donc la mort m'affligerait-elle », s'exclama l'homme, « si je dois voir mon ennemi se noyer avant moi [89] ? »

C'est ainsi que certains, par haine pour leurs proches, ne se soucient pas des dommages qu'ils éprouvent, pourvu qu'ils voient leurs ennemis mal en point avant eux.

69 (Ch. 67). Les grenouilles voisines.

Deux grenouilles étaient voisines. L'une, à l'écart du chemin, vivait dans un étang profond ; l'autre, à même le chemin, habitait une flaque. Celle de l'étang conseillait à sa voisine de déménager auprès d'elle afin de partager sa vie, plus agréable et plus sûre ; mais l'autre ne voulait rien entendre, alléguant ses difficultés à s'arracher à son séjour familier — tant et si bien qu'un jour, un chariot qui passait par là l'écrasa.

Ainsi des hommes : les gens de mauvaises mœurs ont plus tôt fait de mourir que de s'amender.

70 (Ch. 143). Le chêne et le roseau [90].

Le chêne et le roseau disputaient de leur force, lorsqu'un vent violent se leva. Le roseau, courbé et ployant sous les tourbillons, évita d'être déraciné ; le chêne, qui voulut résister, le fut, et s'abattit.

La fable montre que face à plus fort que soi, rivalité ou résistance ne sont pas de mise.

71 (Ch. 62). L'homme qui avait trouvé un lion d'or [91].

Ayant trouvé un lion d'or, un homme aussi lâche qu'avare se tenait ce langage : « Que vais-je devenir en

παροῦσιν· ἐγὼ ἐκβέβλημαι τῶν φρενῶν καὶ τί πράττειν οὐκ ἔχω· μερίζει με φιλοχρηματία καὶ τῆς φύσεως ἡ δειλία. Ποία γὰρ τύχη ἢ ποῖος δαίμων εἰργάσατο χρυσοῦν λέοντα; Ἡ μὲν γὰρ ἐμὴ ψυχὴ πρὸς τὰ παρόντα ἑαυτῇ πολεμεῖ· ἀγαπᾷ μὲν τὸν χρυσόν, δέδοικε δὲ τοῦ χρυσοῦ τὴν ἐργασίαν· ἅπτεσθαι μὲν ἐλαύνει ὁ πόθος, ἀπέχεσθαι δὲ ὁ τρόπος. Ὢ τύχης διδούσης καὶ μὴ λαμβάνεσθαι συγχωρούσης· ὢ θησαυρὸς ἡδονὴν οὐκ ἔχων· ὢ χάρις δαίμονος ἄχαρις γενομένη. Τί οὖν; ποίῳ τρόπῳ χρήσωμαι; ἐπὶ ποίαν ἔλθω μηχανήν; ἄπειμι τοὺς οἰκέτας δεῦρο κομίσων λαβεῖν ὀφείλοντας τῇ πολυπληθεῖ συμμαχίᾳ, κἀγὼ πόρρω ἔσομαι θεατής."

Ὁ λόγος ἁρμόζει πρός τινα πλούσιον μὴ τολμῶντα προσψαῦσαι καὶ χρήσασθαι τῷ πλούτῳ.

72. Μελισσουργός

Εἰς μελισσουργοῦ τις εἰσελθών, ἐκείνου ἀπόντος, τό τε μέλι καὶ τὰ κηρία ἀφείλετο. Ὁ δὲ ἐπανελθών, ἐπειδὴ ἐθεάσατο ἐρήμους τὰς κυψέλας, εἱστήκει ταῦτα διερευνῶν. Αἱ δὲ μέλισσαι ἐπανελθοῦσαι ἀπὸ τῆς νομῆς, ὡς κατέλαβον αὐτόν, παίουσαι τοῖς κέντροις τὰ πάνδεινα διετίθεσαν. Κἀκεῖνος ἔφη πρὸς αὐτάς· "Ὢ κάκιστα ζῷα, ὑμεῖς τὸν μὲν κλέψαντα ὑμῶν τὰ κηρία ἀθῷον ἀφήκατε, ἐμὲ δὲ τὸν ἐπιμελούμενον ὑμῶν δεινῶς τύπτετε;"

Οὕτως ἔνιοι τῶν ἀνθρώπων δι' ἄγνοιαν τοὺς ἐχθροὺς μὴ φυλαττόμενοι τοὺς φίλους ὡς ἐπιβούλους ἀπωθοῦνται.

73. Δελφὶς καὶ πίθηκος

Ἔθος ἐστὶ τοῖς πλέουσιν ἐπάγεσθαι κύνας Μελιταίους καὶ πιθήκους πρὸς παραμυθίαν τοῦ πλοῦ. Καὶ δή τις πλεῖν μέλλων πίθηκον συνανήνεγκε. Γενομένων δὲ αὐτῶν κατὰ τὸ

cette circonstance ? je l'ignore ; la crainte m'égare et je ne sais que faire : je suis déchiré entre mon avidité et ma pusillanimité... Car enfin, par quel hasard ou par quel dieu a pu être façonné un lion d'or ? Une telle affaire sème le trouble dans mon âme : elle aime l'or, mais en redoute la facture [92] ; mon penchant me porte à m'y attacher, mon tempérament à ne pas y toucher... O Fortune, qui donnes sans permettre de prendre ! O trésor dont on ne peut se délecter ! O grâce divine, de grâce dépourvue ! Que faire, enfin ? Comment en user ? Quelle ressource employer ? Allons chercher mes serviteurs, que j'enverrai ici pour prendre le lion sous bonne escorte, tandis qu'à bonne distance, je les regarderai faire. »

La fable convient à un homme riche qui n'ose ni toucher à ses biens, ni en user.

72 (Ch. 235). L'apiculteur [93].

En l'absence d'un apiculteur, un homme pénétra chez lui et déroba son miel ainsi que les rayons. A son retour, trouvant les ruches vides, l'apiculteur s'arrêta à les examiner. Mais les abeilles qui étaient sorties butiner revinrent et le surprirent : à coups de dard, elles le mirent fort mal en point. « Méchantes bestioles ! » s'exclama l'apiculteur : « Celui qui vous a volé vos rayons, vous l'avez laissé repartir impuni, et moi qui veille sur vous, vous m'accablez de piqûres [94] ? »

Il est ainsi des gens qui par ignorance ne se gardent pas de leurs ennemis, mais repoussent leurs amis, qu'ils croient malveillants.

73 (Ch. 305). Le singe et le dauphin [95].

C'est la coutume, pour une traversée, de prendre comme compagnons de bord de petits chiens de Malte ou des singes, afin de s'en divertir pendant le voyage. Un homme s'embarqua donc avec un singe.

Σούνιον (ἐστὶ δὲ τοῦτο Ἀθηναίων ἀκρωτήριον), συνέβη χειμῶνα σφοδρὸν γενέσθαι. Περιτραπείσης δὲ τῆς νηὸς καὶ πάντων διακολυμβώντων, καὶ ὁ πίθηκος ἐνήχετο. Δελφὶς δὲ θεασάμενος αὐτὸν καὶ οἰόμενος ἄνθρωπον εἶναι ὑπεξελθὼν διεκόμιζεν. Ὡς δὲ ἐγένετο κατὰ τὸν Πειραιᾶ τὸν τῶν Ἀθηναίων λιμένα, ἐπυνθάνετο τοῦ πιθήκου εἰ τὸ γένος Ἀθηναῖός ἐστι. Τοῦ δὲ εἰπόντος καὶ λαμπρῶν ἐνταῦθα τετυχηκέναι γονέων, ἐκ δευτέρου ἠρώτα αὐτὸν εἰ ἐπίσταται τὸν Πειραιᾶ. Καὶ ὅς, ὑπολαβὼν αὐτὸν ἄνθρωπον λέγειν, ἔφασκε καὶ φίλον αὐτὸν καὶ συνήθη γενέσθαι. Καὶ ὁ δελφὶς ἀγανακτήσας κατὰ τῆς αὐτοῦ ψευδολογίας βαπτίζων αὐτὸν ἀπέκτεινε.

Πρὸς ἄνδρα ψευδόλογον ὁ λόγος εὔκαιρος.

74. Ἔλαφος ἐπὶ νάματι

Ἔλαφος δίψῃ συσχεθεῖσα παρεγένετο ἐπί τινα πηγήν. Πιοῦσα δέ, ὡς ἐθεάσατο τὴν ἑαυτῆς σκιὰν κατὰ τοῦ ὕδατος, ἐπὶ μὲν τοῖς κέρασιν ἠγάλλετο, ὁρῶσα τὸ μέγεθος καὶ τὴν ποικιλίαν, ἐπὶ δὲ τοῖς ποσὶ σφόδρα ἤχθετο ὡς λεπτοῖς οὖσι καὶ ἀσθένεσιν. Ἔτι δὲ αὐτῆς διανοουμένης, λέων ἐπιφανεὶς ἐδίωκεν αὐτήν. Κἀκείνη εἰς φυγὴν τραπεῖσα κατὰ πολὺ αὐτοῦ προεῖχεν· ἀλκὴ γὰρ ἐλάφων μὲν ἐν τοῖς ποσί, λεόντων δὲ ἐν καρδίᾳ. Μέχρι μὲν οὖν ψιλὸν ἦν τὸ πεδίον, ἡ μὲν προθέουσα διεσώζετο· ἐπειδὴ δὲ ἐγένετο κατά τινα ὑλώδη τόπον, τηνικαῦτα συνέβη, τῶν κεράτων αὐτῆς ἐμπλακέντων τοῖς κλάδοις, μὴ δυναμένην τρέχειν συλληφθῆναι. Μέλλουσα δὲ ἀναιρεῖσθαι ἔφη πρὸς ἑαυτήν· "Δειλαία ἔγωγε, ἥτις ὑφ᾽ ὧν μὲν ᾠόμην προδοθήσεσθαι, ὑπὸ τούτων ἐσωζόμην, οἷς δὲ καὶ σφόδρα ἐπεποίθειν, ὑπὸ τούτων ἀπωλόμην."

Οὕτω πολλάκις ἐν κινδύνοις οἱ μὲν ὕποπτοι τῶν φίλων σωτῆρες ἐγένοντο, οἱ δὲ σφόδρα ἐμπιστευθέντες προδόται.

75. Ἔλαφος πηρωθεῖσα

Ἔλαφος πηρωθεῖσα τὸν ἕτερον τῶν ὀφθαλμῶν παρεγένετο εἴς τινα αἰγιαλὸν καὶ ἐνταῦθα

Aux environs du cap Sounion (promontoire de l'Attique), une forte tempête éclata. Le navire ayant chaviré, tous les passagers se sauvèrent à la nage, et le singe fit de même. Un dauphin qui l'aperçut, le prenant pour un homme, vint se glisser sous lui pour le soutenir jusqu'à la terre ferme [96]. Parvenu près du Pirée (il s'agit du port d'Athènes), il demanda au singe s'il était natif d'Athènes. Comme le singe lui répondait que oui, et qu'il y avait des parents illustres, le dauphin lui demanda encore s'il connaissait aussi le Pirée. Le singe, croyant qu'il parlait d'un d'homme, dit que oui, et que c'était d'ailleurs un de ses vieux amis. Indigné par ce mensonge, le dauphin jeta le singe à l'eau et le laissa se noyer.

Cette fable peut s'appliquer au menteur.

74 (Ch. 102). Le cerf au bord d'une source [97].

Un cerf assoiffé parvint à une source. Après s'y être étanché, il aperçut son reflet dans l'eau : fier de ses cornes, à voir leur taille et leur complexité [98], il se plaignait en revanche de ses jambes, qui lui paraissaient grêles et faibles. Telles étaient ses pensées lorsque surgit un lion, qui lui donna la chasse. Le cerf prit la fuite, et laissa le lion loin derrière lui — car la force des cerfs est dans leurs jambes, celle des lions dans leur cœur. Tant qu'ils furent en rase campagne, il resta hors d'atteinte ; mais arrivé en un lieu boisé, où ses cornes s'empêtrèrent dans les branches, il ne put poursuivre sa course et se trouva pris. Se voyant près de périr, il se dit en lui-même : « Pauvre de moi ! ce qui me semblait devoir me trahir faisait mon salut ; ce qui avait toute ma confiance a causé ma perte. »

C'est ainsi que souvent, dans le danger, les amis qui paraissent les moins sûrs sont nos sauveurs, et ceux-là nous trahissent auxquels nous nous fions le plus.

75 (Ch. 106). La biche borgne [99].

Une biche borgne se rendit au bord de la mer. Tout en paissant, elle gardait son œil intact tourné vers la

ἐνέμετο, τὸν μὲν ὁλόκληρον ὀφθαλμὸν πρὸς τὴν γῆν ἔχουσα καὶ τὴν τῶν κυνηγῶν ἔφοδον παρατηρουμένη, τὸν δὲ πεπηρωμένον ἐν τῇ θαλάσσῃ· ἔνθεν γὰρ οὐδένα ὑφωρᾶτο κίνδυνον. Καὶ δή τινες παραπλέοντες ἐκεῖνον τὸν τόπον καὶ θεασάμενοι αὐτὴν κατηυστόχησαν. Καὶ ἐπειδὴ ἐλιποψύχει, εἶπε πρὸς ἑαυτήν· " Ἀλλ' ἔγωγε ἀθλία, ἥτις τὴν γῆν ὡς ἐπίβουλον ἐφυλαττόμην, πολὺ χαλεπωτέραν ἔχουσα τὴν θάλασσαν ἐφ' ἣν κατέφυγον."

Οὕτω πολλάκις παρὰ τὴν ἡμετέραν ὑπόληψιν τὰ μὲν χαλεπὰ τῶν πραγμάτων δοκοῦντα εἶναι ὠφέλιμα εὑρίσκεται, τὰ δὲ νομιζόμενα σωτήρια ἐπισφαλῆ.

76. Ἔλαφος καὶ λέων ἐν σπηλαίῳ

Ἔλαφος κυνηγοὺς φεύγουσα ἐγένετο κατά τι σπήλαιον, ἐν ᾧ λέων ἦν, καὶ ἐνταῦθα εἰσῄει κρυβησομένη. Συλληφθεῖσα δὲ ὑπὸ τοῦ λέοντος καὶ ἀναιρουμένη ἔφη· "Βαρυδαίμων ἐγώ, ἥτις ἀνθρώπους φεύγουσα ἐμαυτὴν θηρίῳ ἐνεχείρισα."

Οὕτως ἔνιοι τῶν ἀνθρώπων διὰ φόβον ἐλαττόνων κινδύνων ἑαυτοὺς εἰς μείζονα κακὰ εἰσιᾶσιν.

77. Ἔλαφος καὶ ἄμπελος

Ἔλαφος διωκομένη ὑπὸ κυνηγῶν ἐκρύπτετο ὑπό τινα ἄμπελον. Διελθόντων δὲ τῶν κυνηγῶν κατήσθιε τὰ φύλλα τῆς ἀμπέλου. Εἷς δέ τις τῶν κυνηγῶν, στραφεὶς καὶ θεασάμενος, ᾧ εἶχεν ἀκοντίῳ βαλὼν ἔτρωσεν αὐτήν. Ἡ δὲ μέλλουσα τελευτᾶν στενάξασα πρὸς ἑαυτὴν ἔφη· "Δίκαια πάσχω, ὅτι τὴν σώσασάν με ἄμπελον ἠδίκησα."

Οὗτος ὁ λόγος λεχθείη ἂν κατ' ἀνδρῶν οἵτινες τοὺς εὐεργέτας ἀδικοῦντες ὑπὸ θεῶν κολάζονται.

78. Πλέοντες

Ἐμβάντες τινὲς εἰς σκάφος ἔπλεον. Γενομένων δὲ αὐτῶν πελαγίων, συνέβη χειμῶνα ἐξαίσιον

terre, au cas où des chasseurs surviendraient, et son œil crevé vers le large, car de ce côté, elle ne craignait aucun danger. Mais des gens qui cabotaient près de cette côte l'aperçurent et la tuèrent de leurs flèches. Tandis qu'elle rendait l'âme, elle se dit en elle-même : « Pauvre de moi ! Je surveillais la terre ferme que je croyais hostile, et la mer où je cherchais un havre s'est montrée autrement pernicieuse. »

C'est ainsi que souvent, contre toute attente, ce que l'on croit funeste se montre avantageux, et hasardeux ce que l'on juge salutaire.

76 (Ch. 104). La biche et le lion dans la grotte [100].

Une biche traquée par des chasseurs arriva devant un antre où se trouvait un lion, et y pénétra pour s'y dissimuler. Mais le lion la prit, et se voyant à l'article de la mort, elle s'écria : « Triste destin que le mien ! voulant fuir les hommes, je me suis livrée à un fauve. »

Ainsi des hommes : par crainte d'un moindre danger, ils se jettent parfois dans un danger bien pire.

77 (Ch. 103). La biche et la vigne [101].

Pressée par des chasseurs, une biche se dissimula sous une vigne. Comme les chasseurs s'étaient un peu fourvoyés, la biche se mit à brouter les feuilles de la vigne. Mais l'un des chasseurs, s'étant retourné, l'aperçut et lui jeta son javelot. Alors la biche, mortellement blessée, se dit en gémissant : « Je l'ai bien cherché : je n'aurais pas dû maltraiter la vigne qui m'avait sauvée. »

Cette fable pourrait s'appliquer à qui fait tort à ses bienfaiteurs et s'attire ainsi le châtiment divin.

78 (Ch. 308). Les navigateurs [102].

Des gens s'embarquèrent et mirent à la voile. Lorsqu'ils eurent gagné le large, une forte tempête

γενέσθαι καὶ τὴν ναῦν μικροῦ καταδύεσθαι. Τῶν δὲ πλεόντων ἕτερος περιρρηξάμενος τοὺς πατρῴους θεοὺς ἐπεκαλεῖτο μετ' οἰμωγῆς καὶ στεναγμοῦ, χαριστήρια ἀποδώσειν ἐπαγγελλόμενος ἐὰν περισωθῶσι. Παυσαμένου δὲ τοῦ χειμῶνος καὶ πάλιν γαλήνης γενομένης, εἰς εὐωχίαν τραπέντες ὠρχοῦντό τε καὶ ἐσκίρτων, ἅτε δὴ ἐξ ἀπροσδοκήτου διαπεφευγότες. Καὶ στερρὸς ὁ κυβερνήτης ὑπάρχων ἔφη πρὸς αὐτούς· "᾿Αλλ', ὦ φίλοι, οὕτως ἡμᾶς γεγηθέναι δεῖ ὡς πάλιν, ἐὰν τύχῃ, χειμῶνος ἐσομένου."
Ὁ λόγος διδάσκει μὴ σφόδρα ταῖς εὐτυχίαις ἐπαίρεσθαι, τῆς τύχης τὸ εὐμετάβλητον ἐννοουμένους.

79. Αἴλουρος καὶ μύες

Ἔν τινι οἰκίᾳ πολλοὶ μύες ἦσαν. Αἴλουρος δὲ τοῦτο γνοὺς ἧκεν ἐνταῦθα καὶ συλλαμβάνων ἕνα ἕκαστον κατήσθιεν. Οἱ δὲ μύες συνεχῶς ἀναλισκόμενοι κατὰ τῶν ὀπῶν ἔδυνον, καὶ ὁ αἴλουρος μηκέτι αὐτῶν ἐφικνεῖσθαι δυνάμενος δεῖν ἔγνω δι' ἐπινοίας ἐκκαλεῖσθαι. Διόπερ ἀναβὰς ἐπί τινα πάσσαλον καὶ ἑαυτὸν ἐνθένδε ἀποκρεμάσας προσεποιεῖτο τὸν νεκρόν. Τῶν δὲ μυῶν τις, ὡς ἐθεάσατο αὐτόν, εἶπεν· "᾿Αλλ', ὦ οὗτος, σοί γε, κἂν θύλαξ γένῃ, οὐ προσελεύσομαι."
Ὁ λόγος δηλοῖ ὅτι οἱ φρόνιμοι τῶν ἀνθρώπων, ὅταν τῆς ἐνίων μοχθηρίας πειραθῶσιν, οὐκέτι αὐτῶν ταῖς ὑποκρίσεσιν ἐξαπατῶνται.

80. Μυῖαι

Ἔν τινι ταμιείῳ μέλιτος ἐπεκχυθέντος μυῖαι προσπτᾶσαι κατήσθιον· διὰ δὲ τὴν γλυκύτητα τοῦ καρποῦ οὐκ ἀφίσταντο. Ἐμπαγέντων δὲ αὐτῶν τῶν ποδῶν, ὡς οὐκ ἠδύναντο ἀναπτῆναι, ἀποπνιγόμεναι ἔφασαν· " Ἄθλιαι ἡμεῖς, αἳ διὰ βραχεῖαν ἡδονὴν ἀπολλύμεθα."

éclata, qui menaça de couler leur vaisseau ; et l'un des passagers, tout en lacérant ses vêtements, d'invoquer avec des cris et des gémissements les dieux de sa patrie, auxquels il promettait des ex-voto s'ils devaient en réchapper. La tempête cessa, le calme revint : alors les passagers de festoyer, de danser, de faire la cabriole, en gens qui se tirent d'un mauvais pas imprévu. Mais le pilote, un caractère bien trempé, leur tint ce langage : « Réjouissons-nous, mes amis, mais en gens qu'attend peut-être une autre tempête ! »

La fable enseigne à ne pas se laisser tourner la tête par les faveurs de la fortune, dont il faut méditer l'inconstance.

79 (Ch. 13). Le chat et les souris [103].

Une maison était infestée de souris. Un chat, l'ayant appris, vint s'y installer pour les attraper l'une après l'autre et les croquer. A force d'être prises, les souris se réfugièrent dans leurs trous ; et les voyant hors d'atteinte, le chat songea qu'il fallait les faire sortir par quelque ruse. Il grimpa donc à un crochet et s'y pendit pour faire le mort. L'une des souris se risqua à jeter un coup d'œil et vit son manège : « Dis donc, toi ! » s'écria-t-elle, « même si tu n'es plus qu'un sac, je ne t'approcherai pas. »

La fable montre que les hommes sensés, lorsqu'ils ont eu affaire à des coquins, ne se laissent plus prendre à leurs feintes.

80 (Ch. 239). Les mouches [104].

Du miel s'était répandu dans un cellier ; des mouches y volèrent et se mirent à s'en délecter. La douceur en était telle qu'elles ne pouvaient s'en éloigner. Mais leurs pattes s'y engluèrent, les empêchant de s'envoler, et se sentant étouffer, elles s'écrièrent : « Pauvres de nous ! nous payons de notre vie un plaisir fugitif. »

Οὕτω πολλοῖς ἡ λιχνεία πολλῶν αἰτία κακῶν γίνεται.

81. Πίθηκος βασιλεὺς αἱρεθεὶς καὶ ἀλώπηξ

Ἐν συνόδῳ τῶν ἀλόγων ζῴων πίθηκος εὐδοκιμήσας βασιλεὺς ὑπ' αὐτῶν ἐχειροτονήθη. Ἀλώπηξ δὲ αὐτῷ φθονήσασα, ὡς ἐθεάσατο ἔν τινι πάγῃ κρέας κείμενον, ἀγαγοῦσα αὐτὸν ἐνταῦθα ἔλεγεν ὡς εὑροῦσα θησαυρὸν αὐτὴ μὲν οὐκ ἐχρήσατο, γέρας δὲ αὐτῷ τῆς βασιλείας τετήρηκε, καὶ παρῄνει αὐτῷ λαμβάνειν. Τοῦ δὲ ἀμελήτως ἐπελθόντος καὶ ὑπὸ τῆς πάγης συλληφθέντος, αἰτιωμένου τε τὴν ἀλώπεκα ὡς ἐνεδρεύσασαν αὐτῷ, ἐκείνη ἔφη· " Ὦ πίθηκε, σὺ δὲ τοιαύτην τυχὴν ἔχων τῶν ἀλόγων ζῴων βασιλεύεις;"

Οὕτως οἱ τοῖς πράγμασιν ἀπερισκέπτως ἐπιχειροῦντες ἐπὶ τῷ δυστυχεῖν καὶ γέλωτα ὀφλισκάνουσιν.

82. Ὄνος, ἀλεκτρυὼν καὶ λέων

Ἔν τινι ἐπαύλει ὄνος καὶ ἀλεκτρυὼν ἦσαν. Λέων δὲ λιμώττων, ὡς ἐθεάσατο τὸν ὄνον, οἷός τε ἦν εἰσελθὼν καταθοινήσασθαι. Παρὰ δὲ τὸν ψόφον τοῦ ἀλεκτρυόνος φθεγξαμένου καταπτήξας (φασὶ γὰρ τοὺς λέοντας πτύρεσθαι πρὸς τὰς τῶν ἀλεκτρυόνων φωνάς) εἰς φυγὴν ἐτράπη. Καὶ ὁ ὄνος ἀναπτερωθεὶς κατ' αὐτοῦ, εἴγε ἀλεκτρυόνα ἐφοβήθη, ἐξῆλθεν ὡς ἀποδιώξων αὐτόν. Ὁ δέ, ὡς μακρὰν ἐγένετο, κατέφαγεν αὐτόν.

Οὕτω καὶ τῶν ἀνθρώπων ἔνιοι ταπεινουμένους τοὺς ἑαυτῶν ἐχθροὺς ὁρῶντες, καὶ διὰ τοῦτο καταθρασυνόμενοι, λανθάνουσιν ὑπ' αὐτῶν ἀναλισκόμενοι.

83. Πίθηκος καὶ κάμηλος ὀρχούμενοι

Ἐν συνόδῳ τῶν ἀλόγων ζῴων πίθηκος ἀναστὰς ὠρχεῖτο. Σφόδρα δὲ αὐτοῦ εὐδοκιμοῦντος καὶ

De même, la gourmandise accable de nombreux maux ses nombreuses victimes.

81 (Ch. 38). Le renard et le singe couronné [105].

Au cours d'un congrès des animaux, le singe se concilia leurs faveurs et fut élu roi. Le renard en conçut de la jalousie. Ayant aperçu dans un piège un appât de viande, il y conduisit le singe et lui déclara qu'il avait trouvé un trésor, mais n'avait pas voulu en profiter lui-même afin de le réserver à sa majesté : il l'invitait donc à le prendre. Le singe s'en approcha sans précaution et tomba dans le piège. Comme il accusait le renard de lui avoir tendu une embuscade, celui-ci lui répondit : « Allons donc, singe, avec une malchance comme la tienne, tu voudrais être le roi des animaux ? »

De même, ceux qui tentent une entreprise sans y regarder à deux fois s'exposent à l'échec et au ridicule.

82 (Ch. 269). L'âne, le coq et le lion.

Un âne et un coq se trouvaient dans une ferme. Un lion affamé, voyant l'âne, fit irruption et s'apprêta à le dévorer. Mais les cris bruyants du coq l'effrayèrent (on raconte en effet que les lions craignent la voix du coq [106]), et il prit la fuite. Alors l'âne exalté, prêt à combattre ce lion qu'un coq troublait, sortit pour lui donner la chasse. Mais dès qu'ils se trouvèrent à bonne distance, le lion en fit sa proie.

Il est ainsi des gens, quand leurs ennemis sont à terre, que leur aveugle témérité jette entre leurs griffes.

83 (Ch. 306). Le singe et le chameau danseurs [107].

Au cours d'une assemblée des animaux, le singe se leva et effectua une danse qui fut fort appréciée et

ὑπὸ πάντων ἐπισημαινομένου, κάμηλος φθονήσασα ἐβουλήθη τῶν αὐτῶν ἐφικέσθαι. Διόπερ ἐξαναστᾶσα ἐπειρᾶτο καὶ αὐτὴ ὀρχεῖσθαι. Πολλὰ δὲ αὐτῆς ἄτοπα ποιούσης, τὰ ζῷα ἀγανακτήσαντα ῥοπάλοις αὐτὴν παίοντα ἐξήλασαν.

Πρὸς τοὺς διὰ φθόνον κρείττοσιν ἁμιλλωμένους, εἶτα ἐκ τούτου σφαλλομένους, ὁ λόγος εὔκαιρος.

84. Κάνθαροι δύο

Ἔν τινι νησιδίῳ ταῦρος ἐνέμετο· τῇ δὲ τούτου κόπρῳ κάνθαροι ἐτρέφοντο δύο. Καὶ δὴ τοῦ χειμῶνος ἐνισταμένου, ὁ ἕτερος ἔλεγε πρὸς τὸν φίλον ὡς ἄρα βούλοιτο εἰς τὴν ἤπειρον διαπτάσθαι, ἵνα ἐκείνῳ μόνῳ ὄντι ἡ τροφὴ ἱκανὴ ὑπάρχῃ καὶ αὐτὸς ἐκεῖσε ἐλθὼν τὸν χειμῶνα διαγένηται· ἔλεγε δὲ ὅτι, ἐὰν πολλὴν εὕρῃ τὴν νομήν, καὶ αὐτῷ οἴσει. Παραγενόμενος δὲ εἰς τὴν χέρσον καὶ καταλαβὼν πολλὴν μὲν τὴν κόπρον, ὑγρὰν δέ, μένων ἐνταῦθα ἐτρέφετο. Τοῦ δὲ χειμῶνος διελθόντος, πάλιν εἰς τὴν νῆσον διέπτη. Ὁ δὲ ἕτερος θεασάμενος αὐτὸν λιπαρὸν καὶ εὐεκτοῦντα ᾐτιᾶτο αὐτὸν διότι προϋποσχόμενος αὐτῷ οὐδὲν ἐκόμισεν. Ὁ δὲ εἶπεν· "Μὴ ἐμὲ μέμφου, τὴν δὲ φύσιν τοῦ τόπου· ἐκεῖθεν γὰρ τρέφεσθαι μὲν οἷόν τε, φέρεσθαι δὲ οὐδέν."

Οὗτος ὁ λόγος ἁρμόσειεν ἂν πρὸς ἐκείνους οἳ τὰς φιλίας μέχρις ἑστιάσεως μόνον παρέχονται, περαιτέρω δὲ οὐδὲν τοὺς φίλους ὠφελοῦσιν.

85. Δέλφαξ καὶ πρόβατα

Ἔν τινι ποίμνῃ προβάτων δέλφαξ εἰσελθὼν ἐνέμετο. Καὶ δή ποτε τοῦ ποιμένος συλλαμβάνοντος αὐτὸν ἐκκεκράγει τε καὶ ἀντέτεινε. Τῶν δὲ προβάτων αἰτιωμένων αὐτὸν ἐπὶ τῷ βοᾶν καὶ λεγόντων· "Ἡμᾶς γὰρ συνεχῶς συλλαμβάνει καὶ οὐ κράζομεν", ἔφη πρὸς ταῦτα· "Ἀλλ' οὐχ ὁμοία γε τῇ ὑμετέρᾳ ἡ ἐμὴ σύλληψις·

applaudie de tout le public. Jaloux, le chameau voulut obtenir le même succès. Il se dressa donc et entreprit de danser à son tour ; mais ses poses étaient si grotesques que les animaux outrés le chassèrent à coups de bâton.

La fable convient à ceux qui par jalousie se mesurent à plus fort qu'eux, et se retrouvent ainsi bernés.

84 (Ch. 149). Les deux hannetons.

Un taureau avait un îlot pour pacage, et deux hannetons y vivaient de sa bouse. L'hiver venu, l'un dit à l'autre qu'il comptait voler jusqu'au continent : ainsi son compagnon, resté seul, aurait de quoi se nourrir en suffisance, tandis que lui-même hivernerait au loin. Il ajouta que s'il y trouvait des vivres en abondance, il lui en rapporterait. Il passa donc sur le continent, où il trouva des bouses aussi nombreuses que fraîches, et s'y établit pour s'en nourrir. L'hiver passé, il revint dans l'île. A le voir si gras et si bien portant, son compagnon lui reprocha de ne lui avoir rien rapporté malgré sa promesse. « Ce n'est pas moi qu'il faut blâmer », lui répondit-il, « mais la nature [108] du lieu : cette région-là nourrit bien, mais ne rapporte rien [109] ! »

Cette fable conviendrait à qui se borne à régaler ses amis, sans leur rendre aucun autre service.

85 (Ch. 94). Le cochon et les moutons [110].

Un cochon s'était joint à un troupeau de moutons et paissait avec eux. Un beau jour, le berger chercha à s'emparer de lui ; mais le cochon résistait en criant. Comme les moutons, lui reprochant ses hurlements, lui disaient : « Nous, il ne cesse de nous attraper, et nous ne crions pas pour autant », le cochon leur répliqua : « C'est que votre capture et la mienne ne se

ὑμᾶς γὰρ ἢ διὰ τὰ ἔρια ἀγρεύει ἢ διὰ τὸ γάλα, ἐμὲ δὲ διὰ τὸ κρέας."
Ὁ λόγος δηλοῖ ὅτι εἰκότως ἐκεῖνοι ἀνοιμώζουσιν οἷς ὁ κίνδυνος οὐ περὶ χρημάτων ἐστίν, ἀλλὰ περὶ σωτηρίας.

86. Κίχλα ἐν μυρσινῶνι

Ἔν τινι μυρσινῶνι κίχλα ἐνέμετο, διὰ δὲ τὴν γλυκύτητα τοῦ καρποῦ οὐκ ἀφίστατο. Ἰξευτὴς δὲ παρατηρησάμενος ἐμφιλοχωροῦσαν ἰξεύσας συνέλαβε. Καὶ δὴ μέλλουσα ἀναιρεῖσθαι ἔφη· "Δειλαία ἐγώ, ἥτις διὰ τροφῆς γλυκύτητα ζωῆς στερίσκομαι."
Ὁ λόγος πρὸς ἄνδρα ἄσωτον δι' ἡδυπάθειαν ἀπολωλότα εὔκαιρός ἐστιν.

87. Χὴν χρυσοτόκος

Ἑρμῆς θρησκευόμενος ὑπό τινος περιττῶς χῆνα αὐτῷ ἐχαρίσατο ᾠὰ χρύσεια τίκτουσαν. Ὁ δὲ οὐκ ἀναμείνας τὴν κατὰ μικρὸν ὠφέλειαν, ὑπολαβὼν δὲ ὅτι πάντα τὰ ἐντὸς χρύσεια ἔχει ἡ χήν, οὐδὲν μελλήσας ἔθυσεν αὐτήν. Συνέβη δὲ αὐτῷ μὴ μόνον ὧν προσεδόκησε σφαλῆναι, ἀλλὰ καὶ τὰ ᾠὰ ἀποβαλεῖν· τὰ γὰρ ἐντὸς πάντα σαρκώδη εὗρεν.
Οὕτω πολλάκις οἱ πλεονέκται δι' ἐπιθυμίαν πλειόνων καὶ τὰ ἐν χερσὶν ὄντα προΐενται.

88. Ἑρμῆς καὶ ἀγαλματοποιός

Ἑρμῆς βουλόμενος γνῶναι ἐν τίνι τιμῇ παρὰ ἀνθρώποις ἐστίν, ἦκεν ἀφομοιωθεὶς ἀνθρώπῳ εἰς ἀγαλματοποιοῦ ἐργαστήριον. Καὶ θεασάμενος Διὸς ἄγαλμα ἐπυνθάνετο πόσου. Εἰπόντος δὲ αὐτοῦ ὅτι δραχμῆς, γελάσας ἠρώτα· "Τὸ τῆς Ἥρας πόσου ἐστίν;" Εἰπόντος δὲ ἔτι μείζονος,

comparent pas : s'il vous court après, c'est pour votre laine ou votre lait, mais moi, c'est à ma viande qu'il en veut. »

La fable montre qu'ont raison de gémir ceux qui risquent non leurs biens, mais leur vie.

86 (Ch. 157). La grive dans le buisson.

Une grive picorait dans un buisson de myrte, aux baies si douces qu'elle ne pouvait s'en éloigner [111]. Ayant observé qu'elle s'y plaisait, un oiseleur y plaça un gluau et la prit. Se voyant près de périr, la grive s'écria : « Pauvre de moi ! Il m'est si doux de manger que j'en perds la vie [112]. »

La fable s'applique avec à-propos au viveur, dont les plaisirs causent la perte.

87 (Ch. 287). L'oie aux œufs d'or [113].

Hermès avait un adorateur très zélé, qu'il gratifia d'une oie aux œufs d'or. Mais l'homme ne sut se contenter de cette rente trop modeste ; croyant que son oie avait des entrailles toutes d'or, il n'hésita pas à l'immoler. C'est ainsi qu'il ne fut pas seulement trompé dans son attente, mais privé de ses œufs — car dans son oie, il ne trouva que de la chair.

De même, il arrive souvent que les gens cupides, à vouloir toujours plus, perdent même ce qu'ils possèdent.

88 (Ch. 108). Hermès et le sculpteur.

Hermès, désireux de savoir en quelle estime les mortels le tenaient, prit figure humaine et se rendit dans l'atelier d'un sculpteur. Voyant une statue de Zeus, il s'enquit de son prix : « Une drachme », lui répondit l'artisan. « Et celle d'Héra, combien ? »

θεασάμενος καὶ ἑαυτοῦ ἄγαλμα ὑπέλαβεν ὅτι αὐτόν, ἐπειδὴ καὶ ἄγγελός ἐστι καὶ ἐπικερδής, περὶ πολλοῦ οἱ ἄνθρωποι ποιοῦνται. Διὸ προσεπυνθάνετο· "Ὁ Ἑρμῆς πόσου;" Καὶ ὁ ἀγαλματοποιὸς ἔφη· "Ἀλλ' ἐὰν τούτους ἀγοράσῃς, τοῦτόν σοι προσθήκην δώσω."

Πρὸς ἄνδρα κενόδοξον ἐν οὐδεμίᾳ μοίρᾳ παρὰ τοῖς ἄλλοις ὄντα ὁ λόγος ἁρμόζει.

89. Ἑρμῆς καὶ Τειρεσίας

Ἑρμῆς βουλόμενος τὴν Τειρεσίου μαντικὴν πειρᾶσαι εἰ ἀληθής ἐστιν, κλέψας αὐτοῦ τοὺς βόας ἐξ ἀγροῦ, ἧκεν ὡς αὐτὸν εἰς ἄστυ ὁμοιωθεὶς ἀνθρώπῳ καὶ ἐπεξενώθη παρ' αὐτῷ. Παραγγελθείσης δὲ τῷ Τειρεσίᾳ τῆς τοῦ ζεύγους ἀπωλείας, παραλαβὼν τὸν Ἑρμῆν ἧκεν εἰς τὸ προάστειον οἰωνόν τινα περὶ τῆς κλοπῆς σκεψόμενος, καὶ τούτῳ παρῄνει λέγειν αὐτῷ ὅ τι ἂν θεάσηται ὄρνεον. Καὶ ὁ Ἑρμῆς τὸ μὲν πρῶτον θεασάμενος ἀετὸν ἐξ ἀριστερῶν ἐπὶ δεξιὰ παριπτάμενον ἀπήγγειλεν αὐτῷ. Τοῦ δὲ εἰπόντος μὴ πρὸς αὐτοὺς εἶναι, ἐκ δευτέρου ἰδὼν κορώνην ἐπί τινος δένδρου καθημένην καὶ ποτὲ μὲν ἄνω βλέπουσαν, ποτὲ δὲ εἰς γῆν κύπτουσαν, ἐδήλωσεν αὐτῷ. Ὁ δὲ ὑποτυχὼν εἶπεν· "Ἀλλ' αὕτη γε ἡ κορώνη διόμνυται τόν τε Οὐρανὸν καὶ τὴν Γῆν ὅτι, ἂν σὺ θέλῃς, τοὺς ἐμαυτοῦ βόας ἀπολήψομαι."

Τούτῳ τῷ λόγῳ χρήσαιτο ἄν τις πρὸς ἄνδρα κλέπτην.

90. Ἔχις καὶ ὕδρος

Ἔχις φοιτῶν ἐπί τινα κρήνην ἔπινεν. Ὁ δὲ ἐνταῦθα οἰκῶν ὕδρος ἐκώλυεν αὐτόν, ἀγανακτῶν εἴ γε μὴ ἀρκεῖται τῇ ἰδίᾳ νομῇ, ἀλλὰ καὶ ἐπὶ τὴν αὐτοῦ δίαιταν ἀφικνεῖται. Ἀεὶ δὲ τῆς φιλονεικίας αὐξανομένης, συνέθεντο ὅπως εἰς μάχην ἀλλήλοις καταστῶσι καὶ τοῦ νικῶντος ἥ

demanda Hermès en ricanant. L'autre lui dit qu'elle était plus chère. Enfin Hermès, avisant sa propre image, présuma que de lui, le dieu messager et dispensateur de gains, les hommes devaient faire grand cas ; aussi voulut-il en savoir le prix. « Allez ! », lui répondit le sculpteur, « si tu me prends les deux autres, je te la donne en prime. »

Cette fable convient au prétentieux, pour qui les autres n'ont que dédain.

89 (Ch. 110). Hermès et Tirésias [114].

Hermès, voulant éprouver l'art divinatoire de Tirésias et voir s'il était véridique, lui déroba ses bœufs à la campagne, puis vint le trouver en ville, sous les traits d'un mortel, et se fit recevoir chez lui. A peine eut-il appris la perte de son attelage que Tirésias, flanqué d'Hermès, alla prendre un auspice au sujet du vol. Arrivé hors les murs, il pria son compagnon de lui signaler tout oiseau qu'il apercevrait [115]. Hermès vit d'abord un aigle volant de leur gauche à leur droite, et l'annonça à Tirésias, qui lui répondit que cet oiseau-là ne les concernait pas. A la seconde tentative, Hermès vit une corneille [116] perchée sur un arbre, qui tantôt levait les yeux au ciel, tantôt s'inclinait vers la terre, ce qu'il rapporta au devin. « Hé bien ! » repartit Tirésias, « cette corneille jure par le Ciel et la Terre que si tu y consens, je retrouverai mes bœufs... »

Cette fable pourrait s'appliquer au voleur.

90 (Ch. 117). La vipère et l'hydre.

Une vipère venait régulièrement s'abreuver à une source. L'hydre qui l'habitait s'y opposait, irritée de ce que la vipère, non contente de son propre territoire, voulût encore pénétrer dans son domaine à elle. Comme leur querelle ne cessait de s'aggraver, elles convinrent de se livrer bataille : le vainqueur resterait

τε τῆς γῆς καὶ τοῦ ὕδατος νομὴ γένηται. Ταξαμένων δὲ αὐτῶν προθεσμίαν, οἱ βάτραχοι διὰ μῖσος τοῦ ὕδρου παραγενόμενοι πρὸς τὸν ἔχιν παρεθάρσυνον αὐτὸν ἐπαγγελλόμενοι καὶ αὐτοὶ συμμαχήσειν αὐτῷ. Ἐνσταθείσης δὲ τῆς μάχης, ὁ μὲν ἔχις πρὸς τὸν ὕδρον ἐπολέμει, οἱ δὲ βάτραχοι μηδὲν περαιτέρω δρᾶν δυνάμενοι μεγάλα ἐκεκράγεισαν. Καὶ ὁ ἔχις νικήσας ᾐτιᾶτο αὐτούς, ὅτι γε συμμαχήσειν αὐτῷ ὑποσχόμενοι παρὰ τὴν μάχην οὐ μόνον οὐκ ἐβοήθουν, ἀλλὰ καὶ ᾖδον. Οἱ δὲ ἔφασαν πρὸς αὐτόν· "Ἀλλ' εὖ ἴσθι, ὦ οὗτος, ὅτι ἡ ἡμετέρα συμμαχία οὐ διὰ χειρῶν, διὰ δὲ μόνης φωνῆς συνέστηκεν."

Ὁ λόγος δηλοῖ ὅτι ἔνθα χειρῶν χρεία ἐστὶν ἡ διὰ λόγων βοήθεια οὐδὲν λυσιτελεῖ.

91. Ὄνος καὶ κυνίδιον

Ἔχων τις κύνα Μελιταῖον καὶ ὄνον διετέλει ἀεὶ τῷ κυνὶ προσπαίζων· καὶ δή, εἴ ποτε ἔξω δειπνοίη, ἐκόμιζέ τι αὐτῷ καὶ προσιόντι καὶ σαίνοντι παρέβαλλεν. Ὁ δὲ ὄνος φθονήσας προσέδραμε καὶ σκιρτῶν ἐλάκτισεν αὐτόν. Καὶ ὃς ἀγανακτήσας ἐκέλευσε παίοντας αὐτὸν ἀπαγαγεῖν καὶ τῇ φάτνῃ προσδῆσαι.

Ὁ λόγος δηλοῖ ὅτι οὐ πάντες πρὸς πάντα πεφύκασιν.

92. Κύνες δύο

Ἔχων τις δύο κύνας τὸν μὲν θηρεύειν ἐδίδαξε, τὸν δὲ οἰκουρὸν ἐποίησε. Καὶ δή, εἴ ποτε ὁ θηρευτικὸς ἐξιὼν ἐπ' ἄγραν συνελάμβανέ τι, ἐκ τούτου μέρος καὶ τῷ ἑτέρῳ παρέβαλλεν. Ἀγανακτοῦντος δὲ τοῦ θηρευτικοῦ καὶ τὸν ἕτερον ὀνειδίζοντος, εἴγε αὐτὸς μὲν ἐξιὼν παρ' ἕκαστα μοχθεῖ, ὁ δὲ οὐδὲν ποιῶν τοῖς αὐτοῦ πόνοις ἐντρυφᾷ, ἐκεῖνος ἔφη πρὸς αὐτόν· "Ἀλλὰ

maître de la terre et de l'eau. Lorsqu'elles eurent pris date, les grenouilles, par haine de l'hydre [117], vinrent trouver la vipère et l'encouragèrent, lui promettant qu'elles combattraient elles-mêmes à ses côtés. Le duel s'engagea : la vipère combattait bien l'hydre, mais les grenouilles, à défaut de pouvoir faire plus, poussaient de grands coassements. Après sa victoire, la vipère leur reprocha, elles qui avaient promis de s'engager à ses côtés, de ne l'avoir pas secourue pendant la bataille, et qui plus est d'avoir chanté. « Quant à notre engagement, sache bien, camarade », lui répondirent les grenouilles, « qu'il fut oral, car nous n'y avons pas donné les mains [118] ! »

La fable montre que quand il s'agit de prêter main-forte, les paroles secourables ne servent à rien.

91 (Ch. 275). L'âne et le petit chien [119].

Un homme qui avait un chien maltais et un âne passait son temps à cajoler son chien ; quand il sortait dîner, il ne manquait jamais de lui rapporter un morceau, qu'il lui jetait lorsque le chien venait lui faire fête. Jaloux, l'âne accourut, et tout en bondissant, décocha une ruade à son maître : celui-ci, furieux, le fit chasser à coups de bâton et attacher à son râtelier.

La fable montre que tous ne sont pas propres aux mêmes tâches.

92 (Ch. 175). Les deux chiens [120].

Un homme avait deux chiens. Il dressa l'un à chasser ; de l'autre, il fit un chien de garde. Or quand le premier se mettait en chasse et capturait quelque gibier, le maître en donnait aussi sa part au second. Le chien de chasse, furieux, s'en prit à son compagnon : à lui de sortir et de se donner tout le mal, tandis que l'autre restait sans rien faire, à s'engraisser sur son dos ! « Holà ! » lui répondit le chien de garde, « ce n'est

μὴ ἐμὲ μέμφου, ἀλλὰ τὸν δεσπότην, ὃς οὐ πονεῖν με ἐδίδαξεν, ἀλλοτρίους δὲ πόνους κατεσθίειν."

Οὕτω καὶ τῶν παίδων οἱ ῥάθυμοι οὐ μεμπτέοι εἰσίν, ὅταν αὐτοῖς οἱ γονεῖς οὕτως ἄγωσιν.

93. Ἔχις καὶ ῥίνη

Ἔχις εἰσελθὼν εἰς χαλκουργοῦ ἐργαστήριον παρὰ τῶν σκευῶν ἔρανον ᾔτει. Λαβὼν δὲ παρ' αὐτῶν ἧκε πρὸς τὴν ῥίνην καὶ αὐτὴν παρεκάλει δοῦναί τι αὐτῷ. Ἡ δὲ ὑποτυχοῦσα εἶπεν· "Ἀλλ' εὐήθης εἶ παρ' ἐμοῦ τι ἀποίσεσθαι οἰόμενος, ἥτις οὐ διδόναι, ἀλλὰ λαμβάνειν παρὰ πάντων εἴωθα."

Ὁ λόγος δηλοῖ ὅτι μάταιοί εἰσιν οἱ παρὰ φιλαργύρων τι κερδαίνειν προσδοκῶντες.

94. Πατὴρ καὶ θυγατέρες

Ἔχων τις δύο θυγατέρας τὴν μὲν κηπουρῷ ἐξέδωκε πρὸς γάμον, τὴν δὲ ἑτέραν κεραμεῖ. Χρόνου δὲ προελθόντος, ἧκεν ὡς τὴν τοῦ κηπουροῦ καὶ ταύτην ἠρώτα πῶς ἔχοι καὶ ἐν τίνι αὐτοῖς εἴη τὰ πράγματα. Τῆς δὲ εἰπούσης πάντα μὲν αὐτοῖς παρεῖναι, ἓν δὲ τοῦτο εὔχεσθαι τοῖς θεοῖς, ὅπως χειμὼν γένηται καὶ ὄμβρος, ἵνα τὰ λάχανα ἀρδευθῇ, μετ' οὐ πολὺ παρεγένετο πρὸς τὴν τοῦ κεραμέως καὶ αὐτῆς ἐπυνθάνετο πῶς ἔχοι. Τῆς δὲ τὰ μὲν ἄλλα μὴ ἐνδεῖσθαι εἰπούσης, τοῦτο δὲ μόνον εὔχεσθαι, ὅπως αἰθρία τε λαμπρὰ ἐπιμείνῃ καὶ λαμπρὸς ὁ ἥλιος, ἵνα ξηρανθῇ ὁ κέραμος, εἶπε πρὸς αὐτήν· "Ἐὰν σὺ μὲν εὐδίαν ἐπιζητῇς, ἡ δὲ ἀδελφή σου χειμῶνα, ποτέρᾳ ὑμῶν συνεύξομαι;"

Οὕτως οἱ ἐν ταὐτῷ τοῖς ἀνομοίοις πράγμασιν ἐπιχειροῦντες εἰκότως περὶ τὰ ἑκάτερα πταίουσιν.

95. Ἀνὴρ καὶ γυνὴ ἀργαλέα

Ἔχων τις γυναῖκα πρὸς πάντα λίαν τὸ ἦθος ἀργαλέαν ἠβουλήθη γνῶναι εἰ καὶ πρὸς τοὺς

pas moi qu'il faut blâmer, mais notre maître : c'est lui qui m'a dressé à vivre en oisif du travail d'autrui ! »

De même, la paresse des enfants ne doit pas leur être reprochée, quand ce sont leurs parents qui la leur inculquent.

93 (Ch. 116). La vipère et la lime [121].

Une vipère s'insinua dans l'atelier d'un forgeron et fit la quête parmi les outils. Après avoir recueilli les contributions de chacun, elle alla trouver la lime et l'engagea à lui faire un don. « Tu es bien niaise », lui dit la lime, « de croire que tu vas tirer quelque chose de moi : j'ai pour coutume non de donner, mais de prendre à chacun [122]. »

La fable montre qu'il est vain d'espérer tirer profit des avares.

94 (Ch. 299). Le père et ses filles.

Un homme avait deux filles. Il maria l'une à un maraîcher, l'autre à un potier. Après quelque temps, au cours d'une visite à la femme du maraîcher, il lui demanda de ses nouvelles, et comment marchaient les affaires. Tout allait pour le mieux, lui répondit-elle ; elle n'avait qu'une chose à demander aux dieux : de l'orage et de la pluie pour arroser le potager. Peu après, il alla voir la femme du potier et lui posa la même question : et sa fille de répondre qu'elle ne manquait de rien ; tout ce qu'elle souhaitait, c'était que le ciel reste dégagé et que le soleil brille, pour sécher la poterie. « Si tu désires le beau temps et ta sœur le mauvais », s'exclama le bonhomme, « est-ce à tes prières ou aux siennes que je dois me joindre [123] ? »

De même, qui se lance en même temps dans deux entreprises contraires échouera sans doute dans l'une comme dans l'autre.

95 (Ch. 49). Le mari et sa femme acariâtre [124].

Un homme dont la femme se montrait trop dure envers toute la maisonnée voulut savoir si elle en usait

πατρῴους οἰκέτας ὁμοίως διάκειται· ὅθεν μετὰ προφάσεως εὐλόγου πρὸς τὸν πατέρα αὐτὴν ἔπεμψε. Μετὰ δὲ ὀλίγας ἡμέρας ἐπανελθούσης αὐτῆς ἐπυνθάνετο πῶς αὐτὴν οἱ οἰκεῖοι προσεδέξαντο. Τῆς δὲ εἰπούσης· "Οἱ βουκόλοι καὶ οἱ ποιμένες με ὑπεβλέποντο," ἔφη πρὸς αὐτήν· "Ἀλλ', ὦ γύναι, εἰ τούτοις ἀπήχθου οἳ ὄρθρου μὲν τὰς ποίμνας ἐξελαύνουσιν, ὀψὲ δὲ εἰσίασι, τί χρὴ προσδοκᾶν περὶ τούτων οἷς πᾶσαν τὴν ἡμέραν συνδιέτριβες;"

Οὕτω πολλάκις ἐκ τῶν μικρῶν τὰ μεγάλα καὶ ἐκ τῶν προδήλων τὰ ἄδηλα γνωρίζεται.

96. Ἔχις καὶ ἀλώπηξ

Ἔχις ἐπὶ παλιούρων δέσμῃ εἴς τινα ποταμὸν ἐφέρετο. Ἀλώπηξ δὲ παριοῦσα, ὡς ἐθεάσατο αὐτόν, εἶπεν· "ἄξιος τῆς νηὸς ὁ ναύκληρος."

Πρὸς ἄνδρα πονηρὸν μοχθηροῖς πράγμασιν ἐγκυρήσαντα.

97. Ἔριφος καὶ λύκος αὐλῶν

Ἔριφος ὑστερήσας ἀπὸ ποίμνης ὑπὸ λύκου κατεδιώκετο. Ἐπιστραφεὶς δὲ ὁ ἔριφος λέγει τῷ λύκῳ· "Πέπεισμαι, λύκε, ὅτι σὸν βρῶμά εἰμι· ἀλλ' ἵνα μὴ ἀδόξως ἀποθάνω, αὔλησον, ὅπως ὀρχήσωμαι." Αὐλοῦντος δὲ τοῦ λύκου καὶ ὀρχουμένου τοῦ ἐρίφου, οἱ κύνες ἀκούσαντες καὶ ἐξελθόντες ἐδίωκον τὸν λύκον. Ἐπιστραφεὶς δὲ ὁ λύκος λέγει τῷ ἐρίφῳ· "Ταῦτα ἐμοὶ καλῶς γίνεται· ἔδει γάρ με μακελλάριον ὄντα αὐλητὴν μὴ μιμεῖσθαι."

Οὕτως οἱ παρὰ γνώμην τοῦ καιροῦ τι πράττοντες καὶ ὧν ἐν χερσὶν ἔχουσιν ὑστεροῦνται.

98. Ἔριφος ἐπὶ δώματος ἑστὼς καὶ λύκος

Ἔριφος ἐπί τινος δώματος ἑστὼς λύκον

de même avec les serviteurs de son père. Il trouva donc un prétexte plausible pour l'envoyer chez ce dernier. Quelques jours plus tard, à son retour, il voulut savoir quel accueil lui avaient fait les gens de la maison. « Les bouviers et les bergers me jetaient des regards noirs », répondit-elle. « Eh bien, ma femme ! », lui dit-il, « si tu étais odieuse à ceux qui sortent les troupeaux dès l'aube et ne rentrent que le soir, que dire de ceux avec lesquels tu passais toute la journée ? »

C'est ainsi que bien souvent, l'on juge du grand par le petit, et de l'obscur par l'évident.

96 (Ch. 115). La vipère et le renard [125].

Une vipère descendait un fleuve sur un fagot de paliures [126]. Un renard qui passait la vit et s'exclama : « Tel navire, tel pilote ! »

La fable vise le coquin qui se retrouve en mauvaise posture.

97 (Ch. 107). Le chevreau et le loup qui jouait de la flûte [127].

Un chevreau attardé loin du troupeau était pourchassé par un loup. Il se retourna vers lui et dit : « O loup ! je ne doute pas que je vais te servir de pâture ; mais je ne veux point d'une mort ignominieuse : joue de la flûte, que je puisse danser. » Tandis que le loup jouait de la flûte et que le chevreau dansait, les chiens, alertés par le bruit, accoururent et mirent le loup en fuite. Tournant la tête, le loup dit alors au chevreau : « Je l'ai bien cherché : moi qui suis boucher, je n'avais pas à faire le flûtiste ! »

De même, ceux qui agissent sans tenir compte des circonstances se voient privés même de ce qu'ils tiennent entre leurs mains.

98 (Ch. 106). Le chevreau à l'abri et le loup [128].

Un chevreau qui se trouvait dans un bâtiment injuriait un loup qui passait par là. « Dis donc, toi ! »,

παριόντα ἐλοιδόρει. Ὁ δὲ ἔφη πρὸς αὐτόν· "οὐ σύ με λοιδορεῖς, ἀλλ' ὁ τόπος."
Ὁ λόγος δηλοῖ ὅτι οἱ καιροὶ διδόασι κατὰ τῶν ἀμεινόνων θράσος.

99. Ἀγαλματοπώλης

Ξύλινόν τις Ἑρμῆν κατασκευάσας, τοῦτον προσενεγκὼν εἰς ἀγορὰν ἐπώλει. Μηδενὸς δὲ ὠνητοῦ προσιόντος, ἐκκαλέσασθαί τινας βουλόμενος ἐβόα ὡς ἀγαθοποιὸν δαίμονα καὶ κέρδους δωρητικὸν πιπράσκει. Τῶν δὲ παρατυχόντων τινὸς εἰπόντος πρὸς αὐτόν· "Ὦ οὗτος, καὶ τί τοῦτον τοιοῦτον ὄντα πωλεῖς, δέον τῶν παρ' αὐτοῦ ὠφελειῶν ἀπολαύειν;" ἀπεκρίνατο ὅτι "ἐγὼ μὲν ταχείας ὠφελείας τινὸς δέομαι, αὐτὸς δὲ βραδέως εἴωθε τὰ κέρδη περιποιεῖν."
Πρὸς ἄνδρα αἰσχροκερδῆ μηδὲ θεῶν πεφροντικότα ὁ λόγος εὔκαιρος.

100. Ζεύς, Προμηθεύς, Ἀθηνᾶ, Μῶμος

Ζεὺς καὶ Προμηθεὺς καὶ Ἀθηνᾶ κατασκευάσαντες ὁ μὲν ταῦρον, Προμηθεὺς δὲ ἄνθρωπον, ἡ δὲ οἶκον, Μῶμον κριτὴν εἴλοντο. Ὁ δὲ φθονήσας τοῖς δημιουργήμασιν ἀρξάμενος ἔλεγε τὸν μὲν Δία ἡμαρτηκέναι τοῦ ταύρου τοὺς ὀφθαλμοὺς ἐπὶ τοῖς κέρασι μὴ θέντα, ἵνα βλέπῃ ποῦ τύπτει· τὸν δὲ Προμηθέα, διότι τοῦ ἀνθρώπου τὰς φρένας οὐκ ἔξωθεν ἀπεκρέμασεν, ἵνα μὴ λανθάνωσιν οἱ πονηροί, φανερὸν δὲ ᾖ τί ἕκαστος κατὰ νοῦν ἔχῃ· τρίτον δὲ ἔλεγεν ὡς ἔδει τὴν Ἀθηνᾶν τῷ οἴκῳ τροχοὺς ἐπιθεῖναι, ἵνα, ἐὰν πονηρῷ τις παροικισθῇ γείτονι, ῥᾳδίως μεταβαίνῃ. Καὶ ὁ Ζεὺς ἀγανακτήσας κατ' αὐτοῦ ἐπὶ τῇ βασκανίᾳ τοῦ Ὀλύμπου αὐτὸν ἐξέβαλεν.
Ὁ λόγος δηλοῖ ὅτι οὐδέν οὕτως ἐστὶν ἐνάρετον ὃ μὴ πάντως περί τι ψόγον ἐπιδέχεται.

rétorqua le loup, « ce n'est pas toi qui m'insultes, mais ta position. »

La fable montre qu'on doit souvent aux circonstances l'audace de narguer plus fort que soi.

99 (Ch. 2). Le vendeur de statues.

Un homme qui avait fabriqué un Hermès de bois l'avait amené au marché pour le vendre. Comme aucun client ne se manifestait, afin d'en attirer, il annonça à la criée qu'il offrait un dieu à vendre, une source de bienfaits et de profits [129]. L'un des badauds lui demanda : « Dis donc, s'il a tant de qualités, pourquoi le vends-tu, au lieu d'en tirer bénéfice ? » L'autre de répondre : « Le bénéfice, j'en ai besoin tout de suite, mais lui ne se montre profitable qu'à long terme ! »

La fable s'applique à un homme si âpre au gain qu'il ne se soucie pas même des dieux.

100 (Ch. 124). Zeus, Prométhée [130], Athéna, et Mômos [131].

Zeus, Prométhée, et Athéna, ayant réalisé respectivement un taureau, un homme, et une maison, prirent Mômos pour arbitre. Jaloux de leurs œuvres, Mômos déclara d'abord que Zeus s'était montré étourdi en ne plaçant pas les yeux du taureau sur ses cornes, afin qu'il pût voir où il frappait, et Prométhée de même en ne suspendant pas au-dehors le cœur de l'homme, pour interdire au vice de se dissimuler et rendre manifestes les pensées de chacun, avant de conclure qu'Athéna aurait dû construire une maison à roulettes, qui eût facilité les déménagements en cas de méchant voisin. Indigné de tant de dénigrement, Zeus chassa Mômos de l'Olympe.

La fable montre que rien n'est si parfait qui ne prête le flanc à la chicane.

101. Κολοιὸς καὶ ὄρνεα

Ζεὺς βουλόμενος βασιλέα ὀρνέων καταστῆσαι προθεσμίαν αὐτοῖς ἔταξεν ᾗ παραγενήσονται. Κολοιὸς δέ, συνειδὼς ἑαυτῷ δυσμορφίαν, περιιὼν τὰ ἀποπίπτοντα τῶν ὀρνέων πτερὰ ἀνελάμβανε καὶ ἑαυτῷ περιῆπτεν. Ὡς δὲ ἐνέστη ἡ ἡμέρα, ποικίλος γενόμενος ἧκε πρὸς τὸν Δία. Μέλλοντος δὲ αὐτοῦ διὰ τὴν εὐπρέπειαν βασιλέα αὐτὸν χειροτονεῖν, τὰ ὄρνεα ἀγανακτήσαντα περιέστη καὶ ἕκαστον τὸ ἴδιον πτερὸν ἀφείλετο. Οὕτω τε συνέβη αὐτῷ ἀπογυμνωθέντι πάλιν κολοιὸν γενέσθαι.

Οὕτω καὶ τῶν ἀνθρώπων οἱ χρεωφειλέται, μέχρι μὲν τὰ ἀλλότρια ἔχουσι χρήματα, δοκοῦσί τινες εἶναι· ἐπειδὰν δὲ αὐτὰ ἀποδώσωσιν, ὁποῖοι ἐξ ἀρχῆς ἦσαν εὑρίσκονται.

102. Ἑρμῆς καὶ Γῆ

Ζεὺς πλάσας ἄνδρα καὶ γυναῖκα ἐκέλευσεν Ἑρμῆν ἀγαγεῖν αὐτοὺς ἐπὶ τὴν Γῆν καὶ δεῖξαι ὅθεν ὀρύξαντες σπήλαιον ποιήσουσι. Τοῦ δὲ τὸ προσταχθὲν ποιήσαντος, ἡ Γῆ τὸ μὲν πρῶτον ἐκώλυεν. Ὡς δὲ Ἑρμῆς ἠνάγκαζε λέγων τὸν Δία προστεταχέναι, ἔφη· " Ἀλλ᾽ ὀρυσσέτωσαν ὅσην βούλονται· στένοντες γὰρ αὐτὴν καὶ κλαίοντες ἀποδώσουσιν."

Πρὸς τοὺς ῥᾳδίως δανειζομένους, μετὰ λύπης δὲ ἀποδιδόντας ὁ λόγος εὔκαιρος.

103. Ἑρμῆς καὶ τεχνῖται

Ζεὺς Ἑρμῇ προσέταξε πᾶσι τοῖς τεχνίταις ψεύδους φάρμακον χέαι. Ὁ δὲ τοῦτο τρίψας καὶ μέτρον ποιήσας ἴσον ἑκάστῳ ἐνέχει. Ἐπεὶ δὲ μόνου τοῦ σκυτέως ὑπολειφθέντος πολὺ φάρμακον κατελείπετο, λαβὼν ὅλην τὴν θυΐαν κατ᾽ αὐτοῦ κατέχεεν. Ἐκ τούτου συνέβη τοὺς τεχνίτας πάντας ψεύδεσθαι, μάλιστα δὲ πάντων τοὺς σκυτέας.

101 (Ch. 162). Le geai et les oiseaux [132].

Dans l'intention de couronner un roi des oiseaux, Zeus les assigna tous à comparaître devant lui. Le geai, conscient de sa laideur, recueillit les plumes que les autres oiseaux laissaient tomber pour s'en revêtir. Au jour fixé, il se rendit chez Zeus, arborant son plumage multicolore [133]. Et déjà, pour sa beauté, celui-ci allait le désigner comme roi, lorsque les oiseaux, outrés, firent cercle autour de lui et lui arrachèrent chacun la plume qui lui revenait. Dépouillé de la sorte, notre oiseau ne fut plus qu'un geai.

Il en va ainsi des gens qui ont des dettes : aussi longtemps qu'ils disposent du bien d'autrui, ils semblent être des personnages, mais dès qu'ils l'ont restitué, on les retrouve dans leur état primitif.

102 (Ch. 109). Hermès et la Terre.

Après avoir modelé l'homme et la femme, Zeus ordonna à Hermès de les mener sur la Terre et de leur indiquer l'endroit où creuser une grotte. Hermès fit son devoir, mais la Terre se montra d'abord réticente. Comme Hermès lui intimait d'obéir à l'ordre de Zeus : « Qu'ils creusent donc toute la terre qu'ils voudront ! » s'écria-t-elle, « car ils me la rendront avec bien des pleurs et des lamentations. »

La fable s'applique à qui emprunte sans grand mal, mais s'acquitte à grand-peine.

103 (Ch. 111). Hermès et les artisans [134].

Zeus ordonna à Hermès de verser à tous les artisans le poison du mensonge. Hermès le broya, en mesura des doses égales pour chacun, et le leur infusa. Mais lorsqu'il ne resta plus que le cordonnier, Hermès, qui disposait encore de beaucoup de poison, vida sur lui tout le mortier. Depuis lors, tous les artisans sont menteurs, mais les cordonniers plus encore que tous les autres.

Πρὸς ἄνδρα ψευδόλογον ὁ λόγος εὔκαιρος.

104. Ζεὺς καὶ Ἀπόλλων

Ζεὺς καὶ Ἀπόλλων περὶ τοξικῆς ἤριζον. Τοῦ δὲ Ἀπόλλωνος ἐντείναντος τὸ τόξον καὶ τὸ βέλος ἀφέντος, Ζεὺς τοσοῦτον διέβη ὅσον Ἀπόλλων ἐτόξευσεν.

Οὕτως οἱ τοῖς κρείττοσιν ἀνθαμιλλώμενοι, πρὸς τῷ ἐκείνων μὴ ἐφικέσθαι, καὶ γέλωτα ὀφλισκάνουσιν.

105. Ἀνθρώπου ἔτη

Ζεὺς ἄνθρωπον ποιήσας ὀλιγοχρόνιον ἐποίησε. Ὁ δὲ τῇ ἑαυτοῦ συνέσει χρώμενος, ὅτε ἐνίστατο ὁ χειμών, οἶκον ἑαυτῷ κατεσκεύασε καὶ ἐνταῦθα διέτριβε. Καὶ δή ποτε σφοδροῦ κρύους γενομένου καὶ τοῦ Διὸς ὕοντος, ἵππος ἀντέχειν μὴ δυνάμενος ἧκε δρομαῖος πρὸς τὸν ἄνθρωπον καὶ τούτου ἐδεήθη ὅπως σκέπῃ αὐτόν. Ὁ δ᾿ οὐκ ἄλλως ἔφη τοῦτο ποιήσειν, ἐὰν μὴ τῶν ἰδίων ἐτῶν μέρος αὐτῷ δῷ. Τοῦ δὲ ἀσμένως παραχωρήσαντος, παρεγένετο μετ᾿ οὐ πολὺ καὶ βοῦς, οὐδ᾿ αὐτὸς δυνάμενος ὑπομένειν τὸν χειμῶνα. Ὁμοίως δὲ τοῦ ἀνθρώπου μὴ πρότερον ὑποδέξεσθαι φάσκοντος, ἐὰν μὴ τῶν ἰδίων ἐτῶν ἀριθμόν τινα αὐτῷ παράσχῃ, καὶ αὐτὸς μέρος δοὺς ὑπεδέχθη. Τὸ δὲ τελευταῖον κύων ψύχει διαφθειρόμενος ἧκε καὶ τοῦ ἰδίου χρόνου μέρος ἀπονείμας σκέπης ἔτυχε. Οὕτω δὲ συνέβη τοὺς ἀνθρώπους, ὅταν μὲν ἐν τῷ τοῦ Διὸς χρόνῳ γένωνται, ἀκεραίους τε καὶ ἀγαθοὺς εἶναι· ὅταν δὲ εἰς τὰ τοῦ ἵππου ἔτη γένωνται, ἀλαζόνας τε καὶ ὑψαύχενας εἶναι· ἀφικνουμένους δὲ εἰς τὰ τοῦ βοὸς ἔτη, ἀχθεινοὺς ὑπάρχειν· ἐπὶ δὲ τὸν τοῦ κυνὸς χρόνον διανύοντας ὀργίλους καὶ ὑλακτικοὺς γίνεσθαι.

Τούτῳ τῷ λόγῳ χρήσαιτο ἄν τις πρὸς πρεσβύτην θυμώδη καὶ δύστροπον.

106. Ζεὺς καὶ χελώνη

Ζεὺς γαμῶν τὰ ζῷα πάντα εἱστία. Μόνης δὲ χελώνης ὑστερησάσης, διαπορῶν τὴν αἰτίαν τῇ

La fable s'applique au menteur.

104 (Ch. 121). Zeus et Apollon [135].

Zeus et Apollon disputaient du tir à l'arc. Apollon banda son arc et décocha un trait ; Zeus fit alors une enjambée qui porta aussi loin que la flèche d'Apollon.

Ainsi, à rivaliser avec plus fort que soi, non seulement on ne l'égale pas, mais on fait rire à ses dépens.

105 (Ch. 139). Le cheval, le bœuf, le chien, et l'homme [136].

Quand Zeus fit l'homme, il ne lui concéda qu'une brève existence. Mais l'homme, usant de son intelligence, se construisit quand vint l'hiver une maison où il séjourna. Un jour de grand froid et de pluie, le cheval n'y tint plus et vint chez lui au galop pour lui demander de l'abriter. L'homme répondit qu'il n'y consentirait que si le cheval lui cédait une part de ses propres années. Le cheval accepta de bonne grâce. Peu de temps après, le bœuf se présenta à son tour : lui non plus ne pouvait supporter le mauvais temps. L'homme lui dit de même qu'il ne l'accueillerait pas avant d'avoir reçu de lui un certain nombre de ses années : le bœuf lui en donna une part et fut reçu. Enfin le chien, mourant de froid, vint également, et trouva refuge au prix d'une fraction de son propre temps. Voici ce qui en résulta pour les hommes : lorsqu'ils vivent le temps de Zeus, ils sont purs et bons ; arrivés aux années du cheval, ils fanfaronnent et secouent leur crinière ; dans les années du bœuf, ils sont durs à la tâche [137] ; et lorsqu'ils touchent à leur terme, dans le temps du chien, ils deviennent irritables et grondeurs.

Cette fable pourrait s'appliquer à un vieillard irascible et acariâtre [138].

106 (Ch. 125). Zeus et la tortue.

Zeus avait invité tous les animaux à son repas de noces. Seule la tortue manquait à l'appel. Intrigué,

ὑστεραίᾳ ἐπυνθάνετο αὐτῆς διὰ τί μόνη ἐπὶ τὸ δεῖπνον οὐκ ἦλθε. Τῆς δὲ εἰπούσης· "Οἶκος φίλος, οἶκος ἄριστος," ἀγανακτήσας κατ' αὐτῆς παρεσκεύασεν αὐτὴν τὸν οἶκον αὐτὸν βαστάζουσαν περιφέρειν.

Οὕτω πολλοὶ τῶν ἀνθρώπων αἱροῦνται μᾶλλον λιτῶς οἰκεῖν ἢ παρ' ἄλλοις πολυτελῶς διαιτᾶσθαι.

107. Ζεὺς καὶ ἀλώπηξ

Ζεὺς ἀγασάμενος ἀλώπεκος τὸ συνετὸν τῶν φρενῶν καὶ τὸ ποικίλον τὸ βασίλειον αὐτῇ τῶν ἀλόγων ζῴων ἐνεχείρισε. Βουλόμενος δὲ γνῶναι εἰ τὴν τύχην μεταλλάξασα μετεβάλετο καὶ τὴν γλισχρότητα, φερομένης αὐτῆς ἐν φορείῳ κάνθαρον παρὰ τὴν ὄψιν ἀφῆκεν. Ἡ δὲ ἀντισχεῖν μὴ δυναμένη, ἐπειδὴ περιίπτατο τῷ φορείῳ, ἀναπηδήσασα ἀκόσμως συλλαβεῖν αὐτὸν ἐπειρᾶτο. Καὶ ὁ Ζεὺς ἀγανακτήσας κατ' αὐτῆς πάλιν αὐτὴν εἰς τὴν ἀρχαίαν τάξιν ἀπεκατέστησεν.

Ὁ λόγος δηλοῖ ὅτι οἱ φαῦλοι τῶν ἀνθρώπων, κἂν τὰ προσχήματα λαμπρότερα ἀναλάβωσι, τὴν γοῦν φύσιν οὐ μετατίθενται.

108. Ζεὺς καὶ ἄνθρωποι

Ζεὺς πλάσας ἀνθρώπους ἐκέλευσεν Ἑρμῇ νοῦν αὐτοῖς ἐγχέαι. Κἀκεῖνος μέτρον ποιήσας ἴσον ἑκάστῳ ἐνέχεεν. Συνέβη δὲ τοὺς μὲν μικροφυεῖς πληρωθέντας τοῦ μέτρου φρονίμους γενέσθαι, τοὺς δὲ μακρούς, ἅτε μὴ ἐφικομένου τοῦ ποτοῦ εἰς πᾶν τὸ σῶμα, ἀφρονεστέρους γενέσθαι.

Πρὸς ἄνδρα εὐμεγέθη μὲν σώματι, κατὰ ψυχὴν δὲ ἀλόγιστον, ὁ λόγος εὔκαιρος.

109. Ζεὺς καὶ Αἰσχύνη

Ζεὺς πλάσας ἀνθρώπους τὰς μὲν ἄλλας διαθέσεις εὐθὺς αὐτοῖς ἐνέθηκε, μόνης δὲ

Zeus lui demanda le lendemain pour quelle raison elle seule ne s'était pas montrée au banquet. « Où je demeure, là est mon cœur », répondit la tortue. Indigné, Zeus lui imposa de porter en tous lieux sa maison avec elle.

De même, bien des gens préfèrent la frugalité domestique aux riches festins d'une table étrangère.

107 (Ch. 119). Zeus et le renard [139].

Admirant l'intelligence et la subtilité ondoyante [140] du renard, Zeus le fit roi des animaux. Cependant, il voulut savoir si, en quittant son ancienne fortune, il avait aussi dépouillé son avidité sordide : comme le renard passait en litière, il lâcha un hanneton sous ses yeux. Le renard ne put y tenir : tandis que le hanneton voletait autour de sa litière, il bondissait à ses trousses, au mépris des bienséances. Indigné contre lui, Zeus le rétablit à son ancien rang.

La fable montre que les gens médiocres ont beau déployer plus de fastes, ils ne changent pas de nature.

108 (Ch. 120). Zeus et les hommes [141].

Quand il eut façonné les hommes, Zeus ordonna à Hermès de leur infuser de l'intelligence. Hermès en mesura des portions égales, puis versa la sienne à chacun. En conséquence, les hommes de petite taille, saturés par leur portion, furent pleins de bon sens, tandis que ceux de grande taille, chez qui le liquide ne pénétra pas tout le corps, furent moins sensés que les autres [142].

La fable s'applique à l'homme au corps bien découplé, mais à l'âme déraisonnable.

109 (Ch. 118). Zeus et la Pudeur.

Quand il eut façonné les hommes, Zeus mit en eux les diverses dispositions, n'oubliant que la seule

Αἰσχύνης ἐπελάθετο. Διόπερ ἀμηχανῶν πόθεν αὐτὴν εἰσαγάγῃ ἐκέλευσεν αὐτὴν διὰ τοῦ ἀρχοῦ εἰσελθεῖν. Ἡ δὲ τὸ μὲν πρῶτον ἀντέλεγε καὶ ἠναξιοπάθει· ἐπεὶ δὲ σφόδρα αὐτῇ ἐπέκειτο, ἔφη· "Ἀλλ' ἔγωγε ἐπὶ ταύταις ταῖς ὁμολογίαις εἴσειμι, ὡς, ἂν ἕτερόν μοι ἐπεισέλθῃ, εὐθέως ἐξελεύσομαι." Ἀπὸ τούτου συνέβη πάντας τοὺς πόρνους ἀναισχύντους εἶναι.

Τούτῳ τῷ λόγῳ χρήσαιτο ἄν τις πρὸς ἄνδρα μάχλον.

110. Ἥρως

Ἥρωά τις ἐπὶ τῆς οἰκίας ἔχων τούτῳ πολυτελῶς ἔθυεν. Ἀεὶ δὲ αὐτοῦ ἀναλισκομένου καὶ πολλὰ εἰς θυσίας δαπανῶντος, ὁ ἥρως ἐπιστὰς αὐτῷ νύκτωρ ἔφη· "Ἀλλ' ὦ οὗτος, πέπαυσο τὴν οὐσίαν διαφθείρων· ἐὰν γὰρ πάντα ἀναλώσας πένης γένῃ, ἐμὲ αἰτιάσῃ."

Οὕτω πολλοὶ διὰ τὴν ἑαυτῶν ἀβουλίαν δυστυχοῦντες τὴν αἰτίαν ἐπὶ τοὺς θεοὺς ἀναφέρουσιν.

111. Ἡρακλῆς καὶ Πλοῦτος

Ἡρακλῆς ἰσοθεωθεὶς καὶ παρὰ Διὶ ἑστιώμενος ἕνα ἕκαστον τῶν θεῶν μετὰ πολλῆς φιλοφροσύνης ἠσπάζετο. Καὶ δὴ τελευταίου εἰσελθόντος τοῦ Πλούτου, κατὰ τὸ ἐδάφους κύψας ἀπεστρέψατο αὐτόν. Ὁ δὲ Ζεὺς θαυμάσας τὸ γεγονὸς ἐπυνθάνετο αὐτοῦ τὴν αἰτίαν δι' ἣν πάντας τοὺς δαίμονας ἀσμένως προσαγορεύσας μόνον τὸν Πλοῦτον ὑποβλέπεται. Ὁ δὲ εἶπεν· "Ἀλλ' ἔγωγε διὰ τοῦτο αὐτὸν ὑποβλέπομαι, ὅτι, παρ' ὃν καιρὸν ἐν ἀνθρώποις ἤμην, ἑώρων αὐτὸν ὡς ἐπὶ πλεῖστον τοῖς πονηροῖς συνόντα."

Ὁ λόγος λεχθείη ἂν ἐπὶ ἀνδρὸς πλουσίου μὲν τὴν τύχην, πονηροῦ δὲ τὸν τρόπον.

112. Μύρμηξ καὶ κάνθαρος

Θέρους ὥρᾳ μύρμηξ περιπατῶν κατὰ τὴν ἄρουραν πυροὺς καὶ κριθὰς συνέλεγεν,

Pudeur. Ne sachant par où l'introduire, il lui ordonna donc d'entrer par l'anus. La Pudeur, mortifiée, commença par protester, mais comme Zeus redoublait ses instances : « Eh bien, soit ! », dit-elle enfin ; « j'entre, mais à une condition : si quelqu'un d'autre [143] entre derrière moi, je ressors aussitôt ! » Voilà pourquoi, depuis lors, les prostitués n'ont aucune pudeur.

Cette fable pourrait s'appliquer aux efféminés.

110 (Ch. 131). Le héros [144].

Un homme possédait chez lui un héros, auquel il offrait de somptueux sacrifices. Comme il ne cessait de se mettre en frais et de consacrer à ses offrandes des sommes énormes, le héros lui apparut une nuit pour lui dire : « Cesse, mon ami, de dissiper ainsi ton bien : car si toute ta fortune y passe et si tu finis dans la pauvreté, c'est à moi que tu t'en prendras [145]. »

De même, bien des gens imputent aux dieux le malheur qu'ils doivent à leur propre irréflexion.

111 (Ch. 130). Héraklès et Plutus [146].

Après son apothéose, Héraklès, admis à la table de Zeus, faisait à chacun des dieux un accueil très cordial. Mais lorsque vint Plutus, qui était arrivé le dernier, il baissa les yeux vers le sol et se détourna de lui. Surpris par sa conduite, Zeus lui demanda pour quelle raison, après avoir salué de si bonne grâce les autres divinités, il faisait mine d'ignorer le seul Plutus. « Si je l'ignore », répondit Héraklès, « c'est que du temps où j'étais parmi les hommes, je le voyais fréquenter le plus souvent chez les coquins. »

Cette fable pourrait se dire d'un homme que le sort a enrichi, mais dont le caractère est mauvais.

112 (Ch. 241). La fourmi et le hanneton [147].

Par un jour d'été, une fourmi errant dans la campagne glanait du blé et de l'orge qu'elle mettait de côté

ἀποθησαυριζόμενος ἑαυτῷ τροφὴν εἰς τὸν χειμῶνα. Κάνθαρος δὲ τοῦτον θεασάμενος ἐθαύμασεν ὡς ἐπιπονώτατον, εἴγε παρ' αὐτὸν τὸν καιρὸν μοχθεῖ παρ' ὃν τὰ ἄλλα ζῷα πόνων ἀφειμένα ῥαστώνην ἄγει. Ὁ δὲ τότε μὲν ἡσύχαζεν· ὕστερον δέ, ὅτε χειμὼν ἐνέστη, τῆς κόπρου ὑπὸ τοῦ ὄμβρου κλυσθείσης, ὁ κάνθαρος ἧκεν πρὸς αὐτὸν λιμώττων καὶ τροφῶν μεταλαβεῖν δεόμενος. Ὁ δὲ ἔφη πρὸς αὐτόν· " Ὦ κάνθαρε, ἀλλ' εἰ τότε ἐπόνεις, ὅτε με μοχθοῦντα ὠνείδιζες, οὐκ ἂν νῦν τροφῆς ἐπεδέου."

Οὕτως οἱ περὶ τὰς εὐθηνίας τοῦ μέλλοντος μὴ προνοούμενοι περὶ τὰς τῶν καιρῶν μεταβολὰς τὰ μέγιστα δυστυχοῦσιν.

113. Θύννος καὶ δελφίς

Θύννος διωκόμενος ὑπὸ δελφῖνος καὶ πολλῷ τῷ ῥοίζῳ φερόμενος, ἐπειδὴ καταλαμβάνεσθαι ἔμελλεν, ἔλαθεν ὑπὸ σφοδρᾶς ὁρμῆς ἐκβρασθεὶς εἴς τινα ἠιόνα. Ὑπὸ δὲ τῆς αὐτῆς φορᾶς ἐλαυνόμενος καὶ ὁ δελφὶς αὐτῷ συνεξώσθη. Καὶ ὁ θύννος, ὡς ἐθεάσατο, ἐπιστραφεὶς πρὸς αὐτὸν λιποψυχοῦντα ἔφη· " Ἀλλ' ἔμοιγε οὐκέτι λυπηρὸς ὁ θάνατος· ὁρῶ γὰρ καὶ τὸν αἴτιόν μοι θανάτου γενόμενον συναποθνήσκοντα."

Ὁ λόγος δηλοῖ ὅτι ῥᾴδιον φέρουσι τὰς συμφορὰς οἱ ἄνθρωποι, ὅταν ἴδωσι καὶ τοὺς αἰτίους τούτων γεγονότας δυστυχοῦντας.

114. Ἰατρὸς ἐπ' ἐκφορᾷ

Ἰατρὸς ἐκκομιζομένῳ τινὶ τῶν οἰκείων ἐπακολουθῶν ἔλεγε πρὸς τοὺς προπέμποντας ὡς οὗτος ὁ ἄνθρωπος, εἰ οἴνου ἀπείχετο καὶ κλυστήρσιν ἐχρήσατο, οὐκ ἂν ἀπέθανε. Τούτων δέ τις ὑποτυχὼν ἔφη· " Ὦ οὗτος, ἀλλ' οὐ νῦν σε ἔδει ταῦτα λέγειν, ὅτε οὐδὲν ὄφελός ἐστι, τότε δὲ αὐτῷ παραινεῖν, ὅτε καὶ χρῆσθαι ἠδύνατο."

pour s'en nourrir à la mauvaise saison. La voyant faire, un hanneton s'étonna de la trouver si dure à la tâche, elle qui travaillait à l'époque même où les autres animaux oublient leurs labeurs pour jouir de la vie. Sur le moment, la fourmi ne dit rien. Mais plus tard, l'hiver venu, quand la pluie eut détrempé les bouses, le hanneton affamé vint la trouver pour lui quémander quelques vivres : « O hanneton ! », lui répondit alors la fourmi, « si tu avais travaillé au temps où je trimais et où tu me le reprochais, tu ne manquerais pas de provisions aujourd'hui. »

De même, quiconque en période d'abondance ne pourvoit pas au lendemain connaît un dénuement extrême lorsque les temps viennent à changer.

113 (Ch. 132). Le thon et le dauphin.

Un thon que poursuivait un dauphin fendait les flots à grand bruit ; alors qu'il allait être pris, dans la chaleur de la fuite, il s'échoua par mégarde sur le rivage. Or le dauphin, également emporté par son élan, vint se jeter auprès de lui. Le thon se retourna, et voyant qu'il agonisait : « La mort ne m'est plus si amère », dit-il, « quand je vois périr avec moi celui qui a causé ma perte[148] ! »

La fable montre que l'on supporte facilement les malheurs, quand on les voit partagés par ceux qui les provoquent.

114 (Ch. 134). Le médecin aux funérailles.

Aux funérailles d'un ami, un médecin allait répétant aux gens du cortège que si cet homme s'était abstenu de vin et avait pris des lavements, il serait encore en vie. « Excellent homme », lui lança quelqu'un dans l'assistance, « ce n'est pas maintenant qu'il fallait le dire, quand cela ne sert plus à rien : tes conseils, tu aurais dû les donner quand il pouvait encore les suivre ! »

Ὁ λόγος δηλοῖ ὅτι δεῖ τοῖς φίλοις παρὰ τὰς χρείας τὰς βοηθείας παρέχεσθαι, ἀλλὰ μὴ μετὰ τὴν τῶν πραγμάτων ἀπόγνωσιν κατειρωνεύεσθαι.

115. Ἰξευτὴς καὶ ἀσπίς

Ἰξευτὴς ἀναλαβὼν ἰξὸν καὶ τοὺς καλάμους ἐξῆλθεν ἐπ' ἄγραν. Θεασάμενος δὲ κίχλαν ἐπί τινος ὑψηλοῦ δένδρου καθημένην, ταύτην συλλαβεῖν ἠβουλήθη. Καὶ δὴ συνάψας εἰς μῆκος τοὺς καλάμους ἀτενὲς ἔβλεπεν, ὅλος ὢν πρὸς τῷ ἀέρι τὸν νοῦν. Τοῦτον δὲ τὸν τρόπον ἄνω νεύων ἔλαθεν ἀσπίδα πρὸ τῶν ἑαυτοῦ ποδῶν κοιμωμένην πατήσας, ἥτις ἐπιστραφεῖσα δὰξ αὐτὸν ἀνεῖλεν. Ὁ δὲ λιποψυχῶν ἔφη πρὸς ἑαυτόν· " Ἄθλιος ἔγωγε, ὃς ἕτερον θηρεῦσαι βουλόμενος ἔλαθον αὐτὸς ἀγρευθεὶς εἰς θάνατον."
Οὕτως οἱ τοῖς πέλας ἐπιβουλὰς ῥάπτοντες φθάνουσιν αὐτοὶ συμφοραῖς περιπίπτοντες.

116. Καρκίνος καὶ ἀλώπηξ

Καρκίνος ἀναβὰς ἀπὸ τῆς θαλάσσης ἐπί τινος αἰγιαλοῦ μόνος ἐνέμετο. Ἀλώπηξ δὲ λιμώττουσα, ὡς ἐθεάσατο αὐτόν, ἀποροῦσα τροφῆς, προσδραμοῦσα συνέλαβεν αὐτόν. Ὁ δὲ μέλλων καταβιβρώσκεσθαι ἔφη· " Ἀλλ' ἔγωγε δίκαια πέπονθα, ὅτι θαλάσσιος ὢν χερσαῖος ἠβουλήθην γενέσθαι."
Οὕτω καὶ τῶν ἀνθρώπων οἱ τὰ οἰκεῖα καταλιπόντες ἐπιτηδεύματα καὶ τοῖς μηδὲν προσήκουσιν ἐπιχειροῦντες εἰκότως δυστυχοῦσιν.

117. Κάμηλος κεράτων ἐπιθυμήσασα

Κάμηλος θεασαμένη ταῦρον ἐπὶ τοῖς κέρασιν ἀγαλλόμενον, φθονήσασα αὐτῷ ἠβουλήθη καὶ αὐτὴ

La fable montre qu'il faut porter secours à ses amis quand ils en ont besoin, et non pas faire le bel esprit quand tout espoir est perdu.

115 (Ch. 137). L'oiseleur et le serpent.

Muni de glu et de gluaux, un oiseleur se mit en chasse. Une grive était perchée sur un arbre élevé ; l'ayant aperçue, il voulut en faire sa proie. Il assembla un gluau d'une longueur appropriée sans quitter l'oiseau des yeux, concentrant toute son attention sur les hauteurs. Tandis qu'il levait ainsi la tête en l'air, il marcha par mégarde sur un aspic endormi à ses pieds, qui se tordit et lui infligea une morsure mortelle. Sur le point de rendre l'âme, l'oiseleur se dit : « Pauvre de moi ! je visais une proie sans voir que j'étais moi-même un gibier [149]. »

C'est ainsi qu'à tendre des traquenards à son prochain, on le devance dans le malheur.

116 (Ch. 150). Le crabe et le renard.

Un crabe sorti des flots errait seul sur la grève en quête de pâture. Un renard affamé l'aperçut. N'ayant rien à se mettre sous la dent, il se précipita sur lui et le prit. Alors le crabe, sur le point d'être englouti, s'écria : « Ce n'est que justice, puisque j'ai voulu, de créature marine que j'étais, devenir terrestre [150] ! »

Ainsi des hommes : qui délaisse ses propres affaires pour se mêler de celles qui ne le regardent pas peut s'attendre à connaître le malheur.

117 (Ch. 146). Le chameau qui voulait des cornes [151].

A voir le taureau si content de ses cornes, le chameau en fut jaloux et voulut à son tour en obtenir de

τῶν ἴσων ἐφικέσθαι. Διόπερ παραγενομένη πρὸς τὸν Δία τούτου ἐδέετο ὅπως αὐτῇ κέρατα προσνείμῃ. Καὶ ὁ Ζεὺς ἀγανακτήσας κατ' αὐτῆς, εἴγε μὴ ἀρκεῖται τῷ μεγέθει τοῦ σώματος καὶ τῇ ἰσχύι, ἀλλὰ καὶ περισσοτέρων ἐπιθυμεῖ, οὐ μόνον αὐτῇ κέρατα οὐ προσέθηκεν, ἀλλὰ καὶ μέρος τι τῶν ὤτων ἀφείλετο.

Οὕτω πολλοὶ διὰ πλεονεξίαν τοῖς ἄλλοις ἐποφθαλμιῶντες λανθάνουσι καὶ τῶν ἰδίων στερούμενοι.

118. Κάστωρ

Κάστωρ ζῷόν ἐστι τετράπουν ἐν λίμνῃ νεμόμενον. Τούτου λέγεται τὰ αἰδοῖα εἴς τινας θεραπείας χρήσιμα εἶναι. Καὶ δή, εἴ ποτέ τις αὐτὸν θεασάμενος διώκει, εἰδὼς οὗ χάριν διώκεται, μέχρι μέν τινος φεύγει τῇ τῶν ποδῶν ταχυτῆτι χρώμενος, πρὸς τὸ ὁλόκληρον ἑαυτὸν φυλάξαι· ἐπειδὰν δὲ περικατάληπτος γένηται, ἀποκόπτων τὰ ἑαυτοῦ αἰδοῖα ῥίπτει καὶ οὕτως τῆς σωτηρίας τυγχάνει.

Οὕτω καὶ τῶν ἀνθρώπων φρόνιμοί εἰσιν ὅσοι διὰ χρήματα ἐπιβουλευόμενοι ἐκεῖνα ὑπερορῶσιν ὑπὲρ τοῦ ἕνεκα τῆς σωτηρίας μὴ κινδυνεύειν.

119. Κηπουρὸς ἀρδεύων λάχανα

Κηπουρῷ τις ἐπιστὰς ἀρδεύοντι τὰ λάχανα ἐπυνθάνετο αὐτοῦ τὴν αἰτίαν δι' ἣν τὰ μὲν ἄγρια τῶν λαχάνων εὐθαλῆ τέ ἐστι καὶ στερεά, τὰ δὲ ἥμερα λεπτὰ καὶ μεμαρασμένα. Κἀκεῖνος ἔφη· "Ἡ γῆ τῶν μὲν μήτηρ, τῶν δὲ μητρυιά ἐστι."

Οὕτω καὶ τῶν παίδων οὐχ ὁμοίως τρέφονται οἱ ὑπὸ μητρυιᾶς τρεφόμενοι τοῖς μητέρας ἔχουσιν.

120. Κηπουρὸς καὶ κύων

Κηπουροῦ κύων εἰς φρέαρ ἔπεσεν. Ὁ δὲ ἀνιμήσασθαι αὐτὸν βουλόμενος ἐπεκατέβη. Ὁ δὲ

pareilles. Aussi alla-t-il voir Zeus, pour le prier de lui en accorder. Mais Zeus, furieux de voir que non content de sa taille et de sa force, le chameau en désirait toujours plus, non seulement ne lui ajouta pas de cornes, mais lui retrancha une partie de ses oreilles.

De même, bien des gens que leur cupidité pousse à envier autrui se retrouvent sans s'en aviser privés de leurs propres biens.

118 (Ch. 153). Le castor [152].

Le castor est un quadrupède qui vit dans les marais. Ses parties honteuses, dit-on, sont employées dans certains traitements médicaux. Aussi, quand on le déniche et qu'on le poursuit pour les lui couper, l'animal, qui sait bien pourquoi on le traque, tente quelque temps de fuir en comptant sur la vitesse de sa course pour se conserver intact ; mais quand il se voit cerné, il se coupe les parties et les jette, gardant ainsi la vie sauve.

Ainsi des hommes : c'est faire preuve de bon sens, lorsqu'on en veut à vos biens, que de les sacrifier pour ne pas risquer sa vie.

119 (Ch. 154). Le maraîcher arrosant ses légumes.

Voyant un maraîcher arroser ses légumes, un passant lui demanda pourquoi les légumes sauvages étaient florissants et robustes, tandis que les légumes de culture étaient frêles et jaunis. Le maraîcher lui fit cette réponse : « C'est que ceux-là ont pour mère la terre, et que ceux-ci l'ont pour marâtre [153]. »

De même, les enfants élevés par une marâtre ne le sont pas comme ceux qui ont leur mère.

120 (Ch. 155). Le maraîcher et son chien.

Le chien d'un maraîcher était tombé dans un puits. Le maraîcher, pour l'en tirer, y descendit à son tour.

κύων ἠπορημένος, ὡς προσῆλθεν αὐτῷ, οἰόμενος ὑπ' αὐτοῦ βαπτίζεσθαι ἔδακεν αὐτόν. Καὶ ὃς κακῶς διατεθεὶς ἔφη· "'Αλλ' ἔγωγε ἄξια πέπονθα· τί γάρ, σοῦ ἑαυτὸν κατακρημνίσαντος, τοῦ κινδύνου σε ἀπαλλάξαι ἐπειρώμην;"
Πρὸς ἄνδρα ἀχάριστον καὶ τοὺς εὐεργέτας ἀδικοῦντα.

121. Κιθαρῳδός

Κιθαρῳδὸς ἀφυὴς ἐν κεκονιαμένῳ οἴκῳ συνεχῶς ᾄδων, ἀντηχούσης αὐτῷ τῆς φωνῆς, ᾠήθη ἑαυτὸν εὔφωνον εἶναι σφόδρα. Καὶ δὴ ἐπαρθεὶς ἐπὶ τούτῳ ἔγνω δεῖν καὶ εἰς θέατρον εἰσελθεῖν. Ἀφικόμενος δὲ ἐπὶ σκηνὴν καὶ πάνυ κακῶς ᾄδων λίθοις βαλλόμενος ἐξηλάθη.
Οὕτω καὶ τῶν ῥητόρων ἔνιοι ἐν σχολαῖς εἶναί τινες δοκοῦντες, ὅταν ἐπὶ τὰς πολιτείας ἀφίκωνται, οὐδενὸς ἄξιοι εὑρίσκονται.

122. Κλέπται καὶ ἀλεκτρυών

Κλέπται εἴς τινα οἰκίαν εἰσελθόντες οὐδὲν μὲν ἄλλο εὗρον, μόνον δὲ ἀλεκτρυόνα, καὶ τοῦτον λαβόντες ἀπηλλάγησαν. Ὁ δὲ μέλλων ὑπ' αὐτῶν θύεσθαι ἐδέετο ὅπως αὐτὸν ἀπολύσωσιν, λέγων χρήσιμον ἑαυτὸν τοῖς ἀνθρώποις εἶναι νύκτωρ αὐτοὺς ἐπὶ τὰ ἔργα ἐγείροντα. Οἱ δὲ ὑποτυχόντες ἔφασαν· "'Αλλὰ καὶ διὰ τοῦτό σε μᾶλλον θύομεν· ἐκείνους γὰρ ἐγείρων ἡμᾶς οὐκ ἐᾷς κλέπτειν."
Ὁ λόγος δηλοῖ ὅτι ταῦτα μάλιστα τοῖς πονηροῖς ἠναντίωται ἃ δὴ τῶν χρηστῶν ἐστιν εὐεργετήματα.

123. Κολοιὸς καὶ κόρακες

Κολοιὸς τῷ μεγέθει τῶν ἄλλων κολοιῶν διαφέρων, ὑπερφρονήσας τοὺς ὁμοφύλους,

Mais le chien, croyant qu'il était venu l'y noyer, et se voyant acculé, mordit son maître. « Bien fait pour moi ! » s'exclama le maraîcher endolori : « Qu'avais-je aussi à m'empresser de te tirer de là, puisque tu t'y es jeté tout seul ? »

La fable vise les gens ingrats qui font tort à leurs bienfaiteurs.

121 (Ch. 156). Le citharède [154].

Un citharède dénué de talent chantait sans trêve dans une maison dont les murs enduits de chaux lui renvoyaient l'écho de sa voix ; il se figura donc qu'il avait un bel organe, et se monta si bien la tête qu'il trouva indispensable de se produire également au théâtre. Mais une fois sur scène, il chanta si faux qu'on le chassa à coups de pierre.

Il est ainsi certains orateurs qui semblent doués pendant leurs études, mais dont la nullité éclate dès qu'ils entament une carrière politique.

122 (Ch. 158). Le coq et les cambrioleurs [155].

Des cambrioleurs s'introduisirent dans une maison, où il ne trouvèrent qu'un coq. Ils firent donc main basse sur lui, puis repartirent. Voyant qu'ils allaient l'immoler, le coq les supplia de le relâcher : n'était-il pas utile aux hommes, lui qui les éveillait pour leurs travaux avant le point du jour [156] ? « Raison de plus pour te mettre à mort », répondirent les cambrioleurs : « quand tu réveilles les hommes, tu nous empêches de voler [157] ! »

La fable montre que rien n'est plus odieux aux crapules qu'un service rendu aux honnêtes gens.

123 (Ch. 161). Le geai et les corbeaux [158].

Un geai qui l'emportait par sa taille sur les autres geais finit par dédaigner ses congénères et se rendit

παρεγένετο πρὸς τοὺς κόρακας καὶ τούτοις
ἠξίου συνδιαιτᾶσθαι. Οἱ δὲ ἀμφιγνοοῦντες αὐτοῦ
τό τε εἶδος καὶ τὴν φωνὴν παίοντες αὐτὸν
ἐξέβαλον. Καὶ ὃς ἀπελαθεὶς ὑπ' αὐτῶν ἦκε
πάλιν πρὸς τοὺς κολοιούς. Οἱ δὲ ἀγανακτοῦντες
ἐπὶ τῇ ὕβρει οὐ προσεδέξαντο αὐτόν. Οὕτω τε
συνέβη αὐτῷ τῆς ἐξ ἀμφοτέρων διαίτης
στερηθῆναι.

Οὕτω καὶ τῶν ἀνθρώπων οἱ τὰς πατρίδας
ἀπολιπόντες καὶ τὰς ἀλλοδαπὰς προκρίνοντες
οὔτε ἐν ἐκείναις εὐδοκιμοῦσι, διὰ τὸ ξένους
εἶναι, καὶ ὑπὸ τῶν πολιτῶν δυσχεραίνονται, διὰ
τὸ ὑπερπεφρονηκέναι αὐτούς.

124. Κόραξ καὶ ἀλώπηξ

Κόραξ κρέας ἁρπάσας ἐπί τινος δένδρου
ἐκάθισεν. Ἀλώπηξ δὲ θεασαμένη αὐτὸν καὶ
βουλομένη τοῦ κρέως περιγενέσθαι στᾶσα ἐπῄει
αὐτὸν ὡς εὐμεγέθη τε καὶ καλόν, λέγουσα καὶ
ὡς πρέπει αὐτῷ μάλιστα τῶν ὀρνέων βασιλεύειν,
καὶ τοῦτο πάντως ἂν ἐγένετο, εἰ φωνὴν εἶχεν. Ὁ
δὲ παραστῆσαι αὐτῇ θέλων ὅτι καὶ φωνὴν ἔχει,
βαλὼν τὸ κρέας μεγάλα ἐκεκράγει. Ἐκείνη δὲ
προσδραμοῦσα καὶ τὸ κρέας ἁρπάσασα ἔφη· " Ὦ
κόραξ, καὶ φρένας εἰ εἶχες, οὐδὲν ἂν ἐδέησας
εἰς τὸ πάντων σε βασιλεῦσαι."

Πρὸς ἄνδρα ἀνόητον ὁ λόγος εὔκαιρος.

125. Κορώνη καὶ κόραξ

Κορώνη φθονήσασα κόρακι ἐπὶ τῷ διὰ οἰωνῶν
μαντεύεσθαι ἀνθρώποις καὶ τὸ μέλλον
προφαίνειν καὶ διὰ τοῦτο ὑπ' αὐτῶν
μαρτυρεῖσθαι, ἐβουλήθη τῶν αὐτῶν ἐφικέσθαι.
Καὶ δὴ θεασαμένη τινὰς ὁδοιπόρους παριόντας
ἦκεν ἐπί τινος δένδρου καὶ στᾶσα μεγάλα
ἐκεκράγει. Τῶν δὲ πρὸς τὴν φωνὴν
ἐπιστραφέντων καὶ καταπλαγέντων, εἷς τις

chez les corbeaux pour demander à être reçu dans leur société. Mais les corbeaux, qui trouvaient suspectes son apparence et sa voix, le rouèrent de coups et le chassèrent. Et lui, rejeté par les corbeaux, de s'en retourner chez les geais ; mais ceux-ci, choqués par son orgueil, refusèrent de l'accueillir. C'est ainsi qu'il fut privé de la compagnie des uns et des autres [159].

Il en va de même des hommes : ceux qui délaissent leur patrie et lui préfèrent une autre terre y sont mal vus pour y être étrangers, et haïs de leurs concitoyens pour les avoir méprisés.

124 (Ch. 165). Le corbeau et le renard [160].

Un corbeau avait enlevé un morceau de viande, puis s'était perché sur un arbre. Un renard l'aperçut. Voulant s'emparer de sa viande, il vint se tenir devant lui et entreprit de louer sa belle taille et sa prestance ; en outre, nul autre oiseau ne méritait plus que lui la royauté, qu'il aurait sans doute obtenue, pour peu qu'il eût de la voix ! Le corbeau, pour lui prouver qu'il en avait bien, laissa tomber la viande et croassa de toutes ses forces. Alors le renard se précipita et, saisissant la viande : « O corbeau », déclara-t-il, « si tu avais aussi de la cervelle, il ne te manquerait rien pour régner sur tous les animaux ! »

Cette fable s'applique aux imbéciles.

125 (Ch. 170). La corneille et le corbeau.

La corneille enviait au corbeau sa capacité à donner des augures et à prédire l'avenir aux hommes [161], qui le prenaient pour cette raison à témoin ; aussi voulut-elle jouir des mêmes égards. Avisant des voyageurs de passage, elle alla se percher sur un arbre, d'où elle poussa de grands croassements. A ses cris, les voyageurs effrayés se retournèrent ; mais l'un d'eux prit la parole pour dire : « Bah ! en route, camarades : ce n'est

ὑποτυχὼν ἔφη· " Ἀλλ' ἀπίωμεν, ὦ φίλοι· κορώνη γάρ ἐστιν, ἥτις κεκραγυῖα οἰωνὸν οὐκ ἔχει."

Οὕτω καὶ τῶν ἀνθρώπων οἱ τοῖς κρείττοσιν ἀνθαμιλλώμενοι πρὸς τῷ τῶν ἴσων μὴ ἐφικέσθαι καὶ γέλωτα ὀφλισκάνουσιν.

126. Κολοιὸς καὶ ἀλώπηξ

Κολοιὸς λιμώττων ἐπί τινος συκῆς ἐκάθισεν. Εὑρὼν δὲ τοὺς ὀλύνθους μηδέπω πεπείρους προσέμενεν ἕως σῦκα γένωνται. Ἀλώπηξ δὲ θεασαμένη αὐτὸν ἐγχρονίζοντα καὶ τὴν αἰτίαν παρ' αὐτοῦ μαθοῦσα ἔφη· " Ἀλλὰ πεπλάνησαι, ὦ οὗτος, ἐλπίδι προσέχων, ἥτις βουκολεῖν μὲν οἶδε, τρέφειν δὲ οὐδαμῶς."

[Πρὸς ἄνδρα φιλόνεικον.]

127. Κορώνη καὶ κύων

Κορώνη Ἀθηνᾷ θύουσα κύνα ἐφ' ἑστίασιν ἐκάλεσεν. Ὁ δὲ ἔφη πρὸς αὐτήν· "Τί μάτην τὰς θυσίας ἀναλίσκεις; ἡ γὰρ δαίμων οὕτως σε μισεῖ ὡς καὶ τῶν σῶν οἰωνῶν τὴν πίστιν περιελέσθαι." Καὶ ἡ κορώνη ἀπεκρίνατο· " Ἀλλὰ καὶ διὰ τοῦτο αὐτῇ. θύω, διότι οἶδα αὐτὴν ἀπεχθῶς διακειμένην, ἵνα διαλλαγῇ."

Οὕτω πολλοὶ διὰ φόβον τοὺς ἐχθροὺς εὐεργετεῖν οὐκ ὀκνοῦσιν.

128. Κόραξ καὶ ὄφις

Κόραξ τροφῆς ἀπορῶν, ὡς ἐθεάσατο ὄφιν ἔν τινι εὐηλίῳ τόπῳ κοιμώμενον, τοῦτον καταπτὰς ἥρπασε. Τοῦ δὲ ἐπιστραφέντος καὶ δακόντος αὐτόν, ἀποθνῄσκειν μέλλων ἔφη· " Ἀλλ' ἔγωγε δείλαιος, ὅστις τοιοῦτον ἕρμαιον ηὕρηκα ἐξ οὗ καὶ ἀπόλλυμαι."

Οὗτος ὁ λόγος λεχθείη ἂν ἐπ' ἀνδρὸς ὃς διὰ θησαυροῦ εὕρεσιν καὶ περὶ σωτηρίας ἐκινδύνευσεν.

qu'une corneille, ses croassements n'ont pas valeur de présage [162]. »

Ainsi des hommes : à se frotter à plus fort que soi, non seulement on ne l'égale pas, mais on se couvre de ridicule.

126 (Ch. 160). Le geai et le renard.

Un geai affamé s'était perché sur un figuier. Constatant que les figues étaient encore sures, il attendait qu'elles mûrissent [163]. Un renard le vit qui s'éternisait là et lui en demanda la cause : « Quelle erreur, mon cher », s'exclama-t-il dès qu'il l'eut apprise, « que de t'attacher à une telle espérance ! Elle est alléchante, sans doute, mais nourrissante, ça non ! »

[Cette fable vise l'esprit tracassier [164].]

127 (Ch. 171). La corneille et le chien.

Une corneille qui offrait un sacrifice à Athéna invita un chien au banquet. « A quoi bon te mettre en frais pour des sacrifices inutiles ? » lui demanda le chien : « la déesse en effet a pour toi tant de haine qu'elle prive tes augures de tout crédit [165]. » « Voilà bien pourquoi je lui sacrifie », répondit la corneille : « je sais qu'elle m'en veut, et j'espère me la concilier. »

De même, bien des gens n'hésitent pas, par crainte, à couvrir leurs ennemis de bienfaits.

128 (Ch. 167). Le corbeau et le serpent.

Un corbeau à court de provisions avisa un serpent qui dormait au soleil. Il fondit sur lui et l'enleva. Mais le serpent se retourna et le mordit. Sentant sa fin prochaine, le corbeau s'écria : « Pauvre de moi ! Je suis tombé sur une si bonne aubaine que j'en meurs [166] ! »

Cette fable pourrait se dire d'un homme qui, pour avoir trouvé un trésor, se retrouve en danger de mort.

129. Κολοιὸς καὶ περιστεραί

Κολοιὸς ἰδὼν περιστερὰς ἔν τινι περιστεροτροφείῳ καλῶς τρεφόμενας, λευκάνας ἑαυτὸν ἧκεν ὡς τῆς αὐτῆς διαίτης μεταληψόμενος. Αἱ δέ, μέχρι μὲν ἡσύχαζεν, οἰόμεναι περιστερὰν αὐτὸν εἶναι προσίεντο· ἐπειδὴ δέ ποτε ἐκλαθόμενος ἐφθέγξατο, τηνικαῦτα ἀμφιγνοήσασαι αὐτοῦ τὴν φωνὴν ἐξήλασαν αὐτόν. Καὶ ὃς ἀποτυχὼν τῆς ἐνταῦθα τροφῆς ἐπανῆλθε πάλιν πρὸς τοὺς κολοιούς· κἀκεῖνοι οὐ γνωρίζοντες αὐτὸν διὰ τὸ χρῶμα τῆς μετ' αὐτῶν διαίτης ἀπεῖρξαν αὐτόν. Οὕτω τε δυοῖν ἐπιτυχεῖν ζητῶν οὐδὲ μιᾶς ἔτυχεν.
Ἀτὰρ οὖν καὶ ἡμᾶς δεῖ τοῖς ἑαυτῶν ἀρκεῖσθαι, λογιζομένους ὅτι ἡ πλεονεξία πρὸς τῷ μηδὲν ὠφελεῖν πολλάκις καὶ τὰ προσόντα ἀφαιρεῖται.

130. Κοιλία καὶ πόδες

Κοιλία καὶ πόδες περὶ δυνάμεως ἤριζον. Παρ' ἕκαστα δὲ τῶν ποδῶν λεγόντων ὅτι τοσοῦτον προέχουσι τῇ ἰσχύι ὡς καὶ αὐτὴν τὴν γαστέρα βαστάζειν, ἐκείνη ἀπεκρίνατο· " Ἀλλ', ὦ οὗτοι, ἐὰν μὴ ἐγὼ τροφὴν προσλάβωμαι, οὐδὲν ὑμεῖς βαστάζειν δυνήσεσθε."
Οὕτω καὶ ἐπὶ τῶν στρατευμάτων μηδέν ἐστι τὸ πολὺ πλῆθος, ἐὰν μὴ οἱ στρατηγοὶ ἄριστα φρονῶσιν.

131. Κολοιὸς φυγάς

Κολοιόν τις συλλαβὼν καὶ δήσας αὐτοῦ τὸν πόδα λίνῳ τῷ ἑαυτοῦ παιδὶ ἔδωκεν. Ὁ δὲ οὐχ ὑπομείνας τὴν μετ' ἀνθρώπων δίαιταν, ὡς πρὸς ὀλίγον ἀδείας ἔτυχε, φυγὼν ἧκεν εἰς τὴν ἑαυτοῦ καλιάν. Περιειληθέντος δὲ τοῦ δέσμου τοῖς

129 (Ch. 163). Le geai et les colombes [167].

Un geai, avisant dans un pigeonnier des colombes bien nourries, se teignit de blanc et se joignit à elles pour partager leur table. Tant qu'il resta muet, elles le prirent pour une colombe et le reçurent dans leur compagnie. Mais un beau jour, il laissa échapper un cri : comme sa voix leur parut suspecte, elles le chassèrent. Le geai, voyant que leur table lui était désormais interdite, revint chez ses congénères ; mais ceux-ci ne le reconnurent plus à cause de sa couleur, et l'exclurent de leur société. C'est ainsi que pour avoir voulu double ration, il fut privé et de l'une et de l'autre.

Nous aussi, nous devons nous satisfaire de nos propres biens, et songer que souvent, à vouloir toujours plus, non seulement l'on ne gagne rien, mais l'on perd souvent ce que l'on possède.

130 (Ch. 159). L'estomac et les pieds [168].

L'estomac et les pieds contestaient de leur force. A tout bout de champ, les pieds prétendaient qu'en vigueur, ils étaient tellement supérieurs qu'ils portaient l'estomac lui-même. Celui-ci leur fit cette réponse : « Mais enfin, Messieurs les pieds, si je ne suis pas là pour vous ravitailler, vous serez hors d'état de porter quoi que ce soit ! »

Il en va ainsi des armées : sans l'intelligence de leurs chefs, la supériorité du nombre n'est rien.

131 (Ch. 164). Le geai fugitif.

Ayant capturé un geai, un homme lui attacha un fil de lin à la patte et en fit cadeau à son enfant. Or l'oiseau, qui ne supportait pas la compagnie des hommes, profita d'un instant de liberté pour prendre la fuite et regagner son nid. Mais le fil s'enroula aux

κλάδοις, ἀναπτῆναι μὴ δυνάμενος, ἐπειδὴ ἀποθνῄσκειν ἔμελλεν, ἔφη πρὸς ἑαυτόν· "'Αλλ' ἔγωγε δείλαιος, ὅστις τὴν παρὰ ἀνθρώποις δουλείαν μὴ ὑπομείνας ἔλαθον ἐμαυτὸν καὶ σωτηρίας στερήσας."

Οὗτος ὁ λόγος ἁρμόσειεν ἂν ἐπ' ἐκείνων τῶν ἀνθρώπων οἳ μετρίων ἑαυτοὺς κινδύνων ῥύσασθαι βουλόμενοι ἔλαθον εἰς μείζονα δεινὰ περιπεσόντες.

132. Κύων λέοντα διώκων

Κύων θηρευτικὸς λέοντα ἰδὼν τοῦτον ἐδίωκεν. Ὡς δὲ ἐπιστραφεὶς ἐκεῖνος ἐβρυχήσατο, φοβηθεὶς εἰς τοὐπίσω ἔφυγεν. Ἀλώπηξ δὲ θεασαμένη αὐτὸν ἔφη· "Ὦ κακὴ κεφαλή, σὺ λέοντα ἐδίωκες, οὗ οὐδὲ τὸν βρυχηθμὸν ὑπέμεινας;"

Ὁ λόγος λεχθείη ἂν ἐπ' ἀνδρῶν αὐθάδων οἳ τοὺς κατὰ πολὺ δυνατωτέρους συκοφαντεῖν ἐπιχειροῦντες, ὅταν ἐκεῖνοι ἀντιστῶσιν, εὐθέως ἀναχαιτίζουσιν.

133. Κύων κρέας φέρουσα

Κύων κρέας ἔχουσα ποταμὸν διέβαινε. Θεασαμένη δὲ τὴν ἑαυτῆς σκιὰν κατὰ τοῦ ὕδατος ὑπέλαβεν ἑτέραν κύνα εἶναι μεῖζον κρέας ἔχουσαν. Διόπερ ἀφεῖσα τὸ ἴδιον ὥρμησεν ὡς τὸ ἐκείνης ἀφαιρησομένη. Συνέβη δὲ αὐτῇ ἀμφοτέρων στερηθῆναι, τοῦ μὲν μὴ ἐφικομένη, διότι οὐδὲν ἦν, τοῦ δέ, ὅτι ὑπὸ τοῦ ποταμοῦ παρεσύρη.

Πρὸς ἄνδρα πλεονέκτην ὁ λόγος εὔκαιρος.

134. Κύων κοιμώμενος καὶ λύκος

Κύων πρὸ ἐπαύλεώς τινος ἐκοιμᾶτο. Λύκος δὲ τοῦτον θεασάμενος καὶ συλλαβὼν οἷός τε ἦν

branches, empêchant le geai de s'envoler. Voyant qu'il n'en réchapperait pas, il se dit en lui-même : « Pauvre de moi ! Je trouvais intolérable d'être esclave chez les hommes, sans me douter que je me privais ainsi de la vie. »

Cette fable peut s'appliquer aux gens qui, pour se prémunir contre un danger médiocre, se sont jetés par mégarde dans des périls plus redoutables.

132 (Ch. 187). Le chien aux trousses du lion [169].

Un chien de chasse, voyant un lion, se lança à ses trousses. Mais à peine le lion se fut-il retourné pour rugir que le chien terrorisé battit en retraite. Un renard qui l'avait vu faire lui dit : « Pauvre cabot ! tu chassais le lion, toi qui n'as pas même pu supporter son rugissement ? »

Cette fable pourrrait se dire d'hommes arrogants qui cherchent noise à bien plus fort qu'eux, pour tourner casaque dès qu'on leur tient tête.

133 (Ch. 185). La chienne et son morceau de viande [170].

Une chienne tenant un morceau de viande voulait traverser un fleuve, lorsqu'elle aperçut son reflet dans l'eau et se figura que c'était là une autre chienne portant un autre morceau plus gros [171]. Aussi s'élança-t-elle, non sans avoir lâché le sien, pour ravir celui de l'autre. En conséquence, elle les perdit tous deux : l'un, parce qu'elle ne put l'atteindre, puisque aussi bien il n'existait pas, et l'autre, parce qu'il fut emporté par le fleuve.

Cette fable vise l'homme insatiable.

134 (Ch. 184). Le chien faisant la sieste et le loup [172].

Un chien faisait la sieste devant une étable. Un loup l'aperçut, se jeta sur lui, et il s'apprêtait à en faire sa

καταφαγεῖν. Ὁ δὲ αὐτοῦ ἐδεήθη πρὸς τὸ παρὸν μεθεῖναι αὐτόν, λέγων· "Νῦν μὲν λεπτός εἰμι καὶ ἰσχνός· μέλλουσι δέ μου οἱ δεσπόται γάμους ἄγειν· ἐὰν οὖν ἀφῇς με νῦν, ὕστερον λιπαρώτερον καταθοινήσεις με." Ὁ δὲ πεισθεὶς αὐτῷ τότε μὲν ἀπέλυσε· μεθ' ἡμέρας δὲ ὀλίγας ἐλθών, ὡς ἐθεάσατο αὐτὸν ἐπὶ τοῦ δώματος κοιμώμενον, κατεκάλει πρὸς αὐτὸν ὑπομιμνήσκων τῶν ὁμολογιῶν. Ὁ δὲ ὑποτυχὼν ἔφη· " Ἀλλ', ὦ λύκε, ἐὰν αὖθίς με πρὸ τῆς ἐπαύλεως κοιμώμενον ἴδῃς, μηκέτι γάμους ἀναμείνῃς."

Οὕτως οἱ φρόνιμοι τῶν ἀνθρώπων, ὅταν περί τι κινδυνεύσαντες ἐκφύγωσι, ταῦτα ὕστερον φυλάσσονται.

135. Κύνες λιμώττουσαι

Κύνες λιμώττουσαι, ὡς ἐθεάσαντο ἔν τινι ποταμῷ βύρσας βρεχόμενας, μὴ δυνάμεναι αὐτῶν ἐφικέσθαι, συνέθεντο ἀλλήλαις ὅπως πρῶτον τὸ ὕδωρ ἐκπίωσι, εἶθ' οὕτως ἐπὶ τὰς βύρσας παραγένωνται. Συνέβη δὲ αὐταῖς πινούσαις διαρραγῆναι πρὶν ἢ τῶν βυρσῶν ἐφικέσθαι.

Οὕτως ἔνιοι τῶν ἀνθρώπων δι' ἐλπίδα κέρδους ἐπισφαλεῖς μόχθους ὑφιστάμενοι φθάνουσι πρῶτον καταναλισκόμενοι ἢ ὧν βούλονται περιγενόμενοι.

136. Κύων καὶ λαγωός

Κύων θηρευτικὸς λαγωὸν συλλαβών, τοῦτον ποτὲ μὲν ἔδακνε, ποτὲ δὲ αὐτοῦ τὰ χείλη περιέλειχεν. Ὁ δὲ ἀπαυδήσας ἔφη πρὸς αὐτόν· " Ἀλλ', ὦ οὗτος, παῦσαί με καταδάκνων ἢ καταφιλῶν, ἵνα γνῶ πότερον ἐχθρὸς ἢ φίλος μου καθέστηκας."

Πρὸς ἄνδρα ἀμφίβολον ὁ λόγος εὔκαιρος.

137. Κώνωψ καὶ ταῦρος

Κώνωψ ἐπιστὰς κέρατι ταύρου καὶ πολὺν χρόνον ἐπικαθίσας, ἐπειδὴ ἀπαλλάττεσθαι

pâture lorsque le chien le supplia de ne pas l'immoler sur-le-champ : « A présent », dit-il, « je suis maigre et tout sec, mais mes maîtres vont célébrer des noces ; si tu m'épargnes à présent, j'engraisserai, et tu me trouveras alors plus à ton goût. » Le loup se laissa convaincre et le relâcha. Quelques jours plus tard, il revint, pour constater que le chien faisait sa sieste à l'étage : du bas du logis, le loup l'appela, en invoquant leur accord. « O loup », repartit le chien, « si à compter de ce jour tu me vois dormir devant l'étable, n'attends plus jusqu'aux noces ! »

La fable montre que les hommes de sens, lorsqu'ils échappent à un danger, s'en gardent toute leur vie.

135 (Ch. 176). Les chiennes affamées [173].

Des chiennes affamées avaient remarqué des cuirs mis à tremper dans une rivière. Comme ils étaient hors de portée, la bande convint de boire d'abord toute l'eau, afin de pouvoir parvenir jusqu'à eux. Mais les chiennes burent tant qu'elles crevèrent avant d'atteindre les cuirs.

Il est ainsi des gens qui, escomptant un profit, se risquent dans un labeur qui les consume avant qu'ils voient leur désir comblé.

136 (Ch. 182). Le chien et le lièvre [174].

Un chien de chasse avait pris un lièvre. Tantôt il le mordait, tantôt il lui léchait le museau. N'y tenant plus, le lièvre lui dit : « Voyons, toi, cesse soit de me mordre, soit de me baiser, que je sache si tu es mon ennemi ou mon ami [175] ! »

Cette fable convient à l'homme ambigu [176].

137 (Ch. 189). Le moustique et le taureau [177].

Un moustique qui s'était posé sur la corne d'un taureau, après y avoir séjourné longtemps, lui

ἔμελλεν, ἐπυνθάνετο τοῦ ταύρου εἰ ἤδη βούλεται αὐτὸν ἀπελθεῖν. Ὁ δὲ ὑποτυχὼν εἶπεν· " Ἀλλ' οὔτε ὅτε ἦλθες ἔγνων, οὔτε ἐὰν ἀπέλθῃς γνώσομαι."
Τούτῳ τῷ λόγῳ χρήσαιτο ἄν τις πρὸς ἄνδρα ἀδύνατον, ὃς οὔτε παρὼν οὔτε ἀπὼν ἐπιβλαβὴς ἢ ὠφέλιμός ἐστιν.

138. Λαγωοὶ καὶ βάτραχοι

Λαγωοὶ καταγνόντες ἑαυτῶν δειλίαν ἔγνωσαν δεῖν ἑαυτοὺς κατακρημνίσαι. Παραγενομένων δὲ αὐτῶν ἐπί τινα κρημνόν, ᾧ λίμνη ὑπέκειτο, ἐνταῦθα βάτραχοι ἀκούσαντες τῆς ποδοψοφίας ἑαυτοὺς εἰς τὰ βάθη τῆς λίμνης ἐδίδοσαν. Εἷς δέ τις τῶν λαγωῶν θεασάμενος αὐτοὺς ἔφη πρὸς τοὺς ἑτέρους· " Ἀλλὰ μηκέτι ἑαυτοὺς κατακρημνίσωμεν· ἰδοῦ γὰρ ηὕρηται καὶ ἡμῶν δειλότερα ζῷα."
Οὕτω καὶ τοῖς ἀνθρώποις αἱ τῶν ἄλλων συμφοραὶ τῶν ἰδίων δυστυχημάτων παραμυθίαι γίνονται.

139. Λάρος καὶ ἰκτῖνος

Λάρος ἰχθὺν καταπιών, διαρραγέντος αὐτοῦ τοῦ φάρυγγος, ἐπὶ τῆς ἠιόνος νεκρὸς ἔκειτο. Ἰκτῖνος δὲ αὐτὸν θεασάμενος ἔφη· "Ἄξια σύ γε πέπονθας, ὅτι πτηνὸς γεννηθεὶς ἐπὶ θαλάσσης τὴν δίαιταν ἐποίου."
Οὕτως οἱ τὰ οἰκεῖα ἐπιτηδεύματα καταλιπόντες καὶ τοῖς μηδὲν προσήκουσιν ἐπιβαλλόμενοι εἰκότως δυστυχοῦσιν.

140. Λέων ἐρασθείς

Λέων ἐρασθεὶς γεωργοῦ θυγατρὸς ταύτην ἐμνηστεύσατο. Ὁ δὲ μὴ ἐκδοῦναι θηρίῳ τὴν θυγατέρα ὑπομένων, μηδὲ ἀρνεῖσθαι διὰ φόβον δυνάμενος, τοιοῦτον ἐπενόησεν· ἐπειδὴ συνεχῶς

demanda, au moment de repartir, s'il désirait qu'il prît enfin congé. Le taureau lui fit cette réponse : « Je n'avais pas remarqué ton arrivée, je ne remarquerai pas ton départ non plus. »

Cette fable pourrait s'appliquer à l'homme sans pouvoir, dont ni la présence ni l'absence n'est utile ou nuisible.

138 (Ch. 191). Les lièvres et les grenouilles [178].

Les lièvres, obsédés par leur couardise, convinrent de se suicider. Ils se transportèrent donc sur une falaise au pied de laquelle se trouvait un étang. Les grenouilles, au bruit de leurs pas, se réfugièrent dans les profondeurs de l'étang. A ce spectacle, l'un des lièvres dit à ses camarades : « Allons, ne parlons plus de suicide ! Vous voyez bien qu'il existe des animaux encore plus couards que nous ! »

Ainsi des hommes : les malheureux tirent une consolation des malheurs plus graves d'autrui.

139 (Ch. 193). La mouette et le milan.

Une mouette avait avalé un poisson : son gosier se déchira, et elle resta étendue morte sur le rivage [179]. Un milan l'aperçut : « Tu l'as bien mérité », lui dit-il, « toi qui, née oiseau, passais ta vie en mer [180] ! »

De même, ceux qui délaissent leurs propres occupations pour se consacrer à celles qui ne les touchent en rien tombent à juste titre dans le malheur.

140 (Ch. 198). Le lion amoureux [181].

Un lion épris de la fille d'un paysan la demanda en mariage. Or le père, qui ne pouvait ni souffrir de donner sa fille à un fauve, ni éconduire un prétendant aussi redoutable, imagina le subterfuge suivant :

αὐτῷ ὁ λέων ἐπέκειτο, ἔλεγεν ὡς νυμφίον μὲν
αὐτὸν ἄξιον τῆς θυγατρὸς δοκιμάζει· μὴ ἄλλως
δὲ αὐτῷ δύνασθαι ἐκδοῦναι, ἐὰν μὴ τούς τε
ὀδόντας ἐξέλῃ καὶ τοὺς ὄνυχας ἐκτέμῃ· τούτους
γὰρ δεδοικέναι τὴν κόρην. Τοῦ δὲ ῥᾳδίως διὰ
τὸν ἔρωτα ἑκατέρα ὑπομείναντος, ὁ γεωργὸς
καταφρονήσας αὐτοῦ, ὡς παρεγένετο πρὸς αὐτόν,
ῥοπάλοις αὐτὸν παίων ἐξήλασεν.
Ὁ λόγος δηλοῖ ὅτι οἱ ῥᾳδίως τοῖς πέλας
πιστεύοντες, ὅταν τῶν ἰδίων πλεονεκτημάτων
ἑαυτοὺς ἀπογυμνώσωσιν, εὐάλωτοι τούτοις
γίνονται οἷς πρότερον φοβεροὶ καθεστήκεσαν.

141. Λέων καὶ βάτραχος

Λέων ἀκούσας βατράχου κεκραγότος ἐπεστράφη
πρὸς τὴν φωνήν, οἰόμενος μέγα τι ζῷον εἶναι.
Προσμείνας δὲ αὐτοῦ μικρὸν χρόνον, ὡς
ἐθεάσατο αὐτὸν ἀπὸ τῆς λίμνης ἐξέλθοντα,
προσελθὼν κατεπάτησεν εἰπών· "Εἶτα τηλικοῦτος
ὢν τηλικαῦτα βοᾷς;"
Πρὸς ἄνδρα γλωσσαλγίας οὐδὲν πλέον
δυνάμενον ὁ λόγος εὔκαιρος.

142. Λέων καὶ ἀλώπηξ

Λέων γηράσας καὶ μὴ δυνάμενος δι' ἀλκῆς
ἑαυτῷ τροφὴν πορίζειν ἔγνω δεῖν δι' ἐπινοίας
τοῦτο πρᾶξαι. Καὶ δὴ παραγενόμενος εἴς τι
σπήλαιον καὶ ἐνταῦθα κατακλιθεὶς προσεποιεῖτο
νοσεῖν· καὶ οὕτω τὰ παραγενόμενα πρὸς αὐτὸν
ἐπὶ τὴν ἐπίσκεψιν ζῷα συλλαμβάνων κατήσθιε.
Πολλῶν δὲ θηρίων καταναλωθέντων, ἀλώπηξ τὸ
τέχνασμα αὐτοῦ συνεῖσα παρεγένετο, καὶ στᾶσα
ἄποθεν τοῦ σπηλαίου ἐπυνθάνετο αὐτοῦ πῶς
ἔχοι. Τοῦ δὲ εἰπόντος· "Κακῶς" καὶ τὴν αἰτίαν
ἐρομένου δι' ἣν οὐκ εἴσεισιν, ἔφη· "Ἀλλ' ἔγωγε
εἰσῆλθον ἄν, εἰ μὴ ἑώρων πολλῶν εἰσιόντων
ἴχνη, ἐξιόντος δὲ οὐδενός."
Οὕτως οἱ φρόνιμοι τῶν ἀνθρώπων ἐκ τεκμηρίων
προορώμενοι τοὺς κινδύνους ἐκφεύγουσιν.

comme le lion multipliait ses instances, il lui dit qu'il le jugeait digne de la main de sa fille, mais ne pouvait la lui accorder que s'il s'arrachait les crocs et se rognait les griffes, car la demoiselle les craignait. Par amour, le lion se plia sans peine à cette double exigence : alors le paysan ne fit plus aucun cas de lui, et lorsque le lion se présenta, il le chassa à coups de massue.

La fable montre qu'à se fier trop aisément à son prochain, une fois dépouillé de ses propres avantages, l'on devient une proie facile pour ceux dont auparavant on se faisait craindre.

141 (Ch. 201). Le lion et la grenouille [182].

Un lion qui avait entendu coasser une grenouille se dirigea vers la voix, croyant qu'il devait s'agir d'un gros animal. Après avoir attendu quelque temps, il vit sortir la grenouille de l'étang. Alors il s'approcha et l'écrasa avec ces mots : « Quoi ! Avec une telle taille, tu pousses de tels cris ! »

Cette fable s'applique au bavard, qui ne sait que parler.

142 (Ch. 196). Le lion et le renard [183].

Un lion devenu vieux, hors d'état désormais de se procurer sa pâture par la force, estima qu'il fallait jouer de finesse. Il s'installa donc dans une caverne et s'y coucha, feignant d'être malade : ainsi, tous les animaux qui venaient lui rendre visite étaient pris et dévorés. Beaucoup avaient déjà péri quand se présenta le renard, qui l'avait percé à jour : s'arrêtant à bonne distance de la caverne, il prit des nouvelles du lion. « Ça va mal », répondit le lion, qui lui demanda pourquoi il n'entrait pas. « Je l'aurais fait, sans doute », rétorqua le renard, « si je ne voyais beaucoup de traces à l'entrée, mais aucune à la sortie [184]. »

De même, à certains indices, les hommes sensés prévoient le danger, et l'évitent.

143. Λέων καὶ ταῦρος

Λέων ταύρῳ παμμεγέθει ἐπιβουλεύων ἐβουλήθη δόλῳ αὐτοῦ περιγενέσθαι. Διόπερ πρόβατον τεθυκέναι φήσας ἐφ' ἑστίασιν αὐτὸν ἐκάλεσε, βουλόμενος κατακλιθέντα αὐτὸν καταγωνίσασθαι. Ὁ δὲ ἐλθὼν καὶ θεασάμενος λέβητάς τε πολλοὺς καὶ ὀβελίσκους μεγάλους, τὸ δὲ πρόβατον οὐδαμοῦ, μηδὲν εἰπὼν ἀπηλλάττετο. Τοῦ δὲ λέοντος αἰτιωμένου αὐτὸν καὶ τὴν αἰτίαν πυνθανομένου δι' ἣν οὐδὲν δεινὸν παθὼν ἀλόγως ἄπεισιν, ἔφη· "'Αλλ' ἔγωγε οὐ μάτην τοῦτο ποιῶ· ὁρῶ γὰρ παρασκευὴν οὐχ ὡς εἰς πρόβατον, ἀλλ' εἰς ταῦρον ἡτοιμασμένην."
Ὁ λόγος δηλοῖ ὅτι τοὺς φρονίμους τῶν ἀνθρώπων αἱ τῶν πονηρῶν τέχναι οὐ λανθάνουσιν.

144. Λέων ἐγκλεισθεὶς καὶ γεωργός

Λέων εἰς γεωργοῦ ἔπαυλιν εἰσῆλθεν. Ὁ δὲ συλλαβεῖν βουλόμενος τὴν αὐλείαν θύραν ἔκλεισεν. Καὶ ὃς ἐξελθεῖν μὴ δυνάμενος πρῶτον μὲν τὰ ποίμνια διέφθειρεν, ἔπειτα δὲ καὶ ἐπὶ τοὺς βόας ἐτράπη. Καὶ ὁ γεωργὸς φοβηθεὶς περὶ ἑαυτοῦ τὴν θύραν ἀνέῳξεν. Ἀπαλλαγέντος δὲ τοῦ λέοντος, ἡ γυνὴ θεασαμένη αὐτὸν στένοντα εἶπεν· "'Αλλὰ σύ γε δίκαια πέπονθας· τί γὰρ τοῦτον συγκλεῖσαι ἐβούλου, ὃν καὶ μακρόθεν σε ἔδει τρέμειν;"
Οὕτως οἱ τοὺς ἰσχυροτέρους διερεθίζοντες εἰκότως τὰς ἐξ αὐτῶν πλημμελείας ὑπομένουσιν.

145. Λέων καὶ δελφίς

Λέων ἔν τινι αἰγιαλῷ πλαζόμενος, ὡς ἐθεάσατο δελφῖνα παρακύψαντα, ἐπὶ συμμαχίαν παρεκάλεσε, λέγων ὅτι ἁρμόττει μάλιστα φίλους αὐτοὺς καὶ βοηθοὺς γενέσθαι· ὁ μὲν γὰρ τῶν θαλαττίων ζῴων, αὐτὸς δὲ τῶν χερσαίων

143 (Ch. 211). Le lion et le taureau [185].

Un lion qui méditait la mort d'un énorme taureau résolut d'en venir à bout par la ruse. Il lui raconta donc qu'il avait sacrifié un mouton et l'invita au festin, dans l'intention de l'assassiner dès qu'il serait couché à table. Le taureau se présenta : voyant quantité de chaudrons, de longues broches, mais de mouton nulle part, il rebroussa chemin sans souffler mot. Comme le lion le lui reprochait et lui demandait pourquoi il repartait ainsi, alors qu'il n'avait aucun motif de se plaindre : « Je n'agis pas ainsi sans une bonne raison », répondit le taureau : « ce n'est pas pour un mouton qu'est dressé un tel couvert, mais pour un taureau ! »

La fable montre que les gens de bon sens percent à jour les embûches des scélérats.

144 (Ch. 197). Le lion enfermé et le paysan.

Un lion pénétra dans l'étable d'un paysan. Celui-ci, pour le capturer, verrouilla la porte de la cour. Ne pouvant sortir, le lion massacra d'abord le petit bétail, puis s'en prit aux bœufs. Alors le paysan, craignant pour sa vie, ouvrit la porte. Le lion parti, la femme du paysan, le voyant gémir, lui dit : « Bien fait pour toi ! Pourquoi aussi voulais-tu enfermer une bête que tu devrais fuir, même de loin ? »

De même, ceux qui provoquent plus fort qu'eux subissent à juste titre les conséquences de leur balourdise.

145 (Ch. 202). Le lion et le dauphin.

Un lion qui errait à l'aventure sur une grève vit un dauphin qui sortait la tête hors de l'eau, et l'invita à approcher pour conclure un pacte : il leur convenait au plus haut point d'être amis et alliés, car le dauphin régnait sur les animaux marins, tandis que lui-même

βασιλεύει. Τοῦ δὲ ἀσμένως ἐπινεύσαντος, ὁ λέων μετ' οὐ πολὺν χρόνον μάχην ἔχων πρὸς ταῦρον ἄγριον ἐπεκαλεῖτο τὸν δελφῖνα ἐπὶ βοήθειαν. Ὡς δὲ ἐκεῖνος καίπερ βουλόμενος ἐκβῆναι τῆς θαλάσσης οὐκ ἠδύνατο, ἠτιᾶτο αὐτὸν ὁ λέων ὡς προδότην. Ὁ δὲ ὑποτυχὼν εἶπεν· " Ἀλλὰ μὴ ἐμὲ μέμφου, ἀλλὰ τὴν φύσιν, ἥτις με θαλάσσιον ποιήσασα γῆς οὐκ ἐᾷ ἐπιβαίνειν."
Ἀτὰρ οὖν καὶ ἡμᾶς δεῖ φιλίαν σπενδομένους τοιούτους ἐπιλέγεσθαι συμμάχους οἳ ἐν κινδύνοις παρεῖναι ἡμῖν δύνανται.

146. Λέων μῦν φοβηθείς

Λέοντος κοιμωμένου μῦς τὸ σῶμα διέδραμεν. Ὁ δὲ ἐξαναστὰς πανταχοῦ περιειλίττετο ζητῶν τὸν προσεληλυθότα. Ἀλώπηξ δὲ αὐτὸν θεασαμένη ὠνείδιζεν, εἰ λέων ὢν μῦν ἐφοβήθη. Καὶ ὃς ἀπεκρίνατο· "Οὐ τὸν μῦν ηὐλαβήθην, ἐθαύμασα δὲ εἴ τις λέοντος κοιμωμένου τὸ σῶμα ἐπιδραμεῖν ἐτόλμησεν."
Ὁ λόγος διδάσκει δεῖν τοὺς φρονίμους τῶν ἀνθρώπων μηδὲ τῶν μετρίων πραγμάτων καταφρονεῖν.

147. Λέων καὶ ἄρκτος

Λέων καὶ ἄρκτος ἐλάφου νεβρὸν εὑρόντες περὶ τούτου ἐμάχοντο. Δεινῶς δὲ ὑπ' ἀλλήλων διατεθέντες, ἐπειδὴ ἐσκοτώθησαν, ἡμιθανεῖς ἔκειντο. Ἀλώπηξ δὲ παριοῦσα, ὡς ἐθεάσατο τοὺς μὲν παρειμένους, τὸν δὲ νεβρὸν ἐν μέσῳ κείμενον, ἀραμένη αὐτὸν διὰ μέσου αὐτῶν ἀπηλλάττετο. Οἱ δὲ ἐξαναστῆναι μὴ δυνάμενοι ἔφασαν· " Ἄθλιοι ἡμεῖς, εἴ γε ἀλώπεκι ἐμοχθοῦμεν."
Ὁ λόγος δηλοῖ ὅτι εὐλόγως ἐκεῖνοι ἄχθονται οἳ τῶν ἰδίων πόνων τοὺς τυχόντας ὁρῶσι τὰς ἐπικαρπίας ἀποφερομένους.

était roi des animaux terrestres. Le dauphin accepta de bonne grâce. Peu de temps après, le lion eut à combattre un taureau sauvage, et appela le dauphin à la rescousse. Comme ce dernier, malgré toute sa bonne volonté, ne parvenait pas quitter son élément, le lion l'accusa de trahison. « Ne t'en prends pas à moi », dit le dauphin, « mais à la nature [186] : c'est à elle que je dois d'être une créature marine, c'est elle qui m'interdit de marcher sur terre ! »

De même, lorsque nous lions amitié, nous devons choisir des alliés susceptibles de nous assister dans le danger.

146 (Ch. 213). Le lion troublé [187] par une souris.

Tandis qu'un lion dormait, une souris lui passa sur le corps en trottinant ; et lui, réveillé en sursaut, de chercher en tous sens celui qui s'était frotté à lui. A ce spectacle, un renard le blâma : lui, un lion, prendre garde à une souris ! « Ce n'est pas qu'elle m'ait effrayé », répondit le lion, « mais j'ai été surpris qu'on ait osé courir sur le corps du lion pendant sa sieste. »

La fable enseigne que les gens de bon sens ne doivent pas même négliger les circonstances mineures.

147 (Ch. 200). Le lion et l'ours [188].

Un lion et un ours avaient trouvé un faon, qu'ils se disputaient. Après s'être mis l'un l'autre en piteux état, ils furent pris de vertige et tombèrent à demi morts. Survint un renard : les voyant épuisés de part et d'autre du faon, il le prit et s'éloigna en passant entre eux. Incapables de se relever, ils s'exclamèrent alors : « Pauvres de nous ! c'est pour le renard que nous nous sommes donné tant de mal. »

La fable montre qu'ont raison d'être accablés ceux qui voient les premiers venus emporter le fruit de leurs peines.

148. Λέων καὶ λαγωός

Λέων περιτυχὼν λαγωῷ κοιμωμένῳ τοῦτον ἔμελλε καταφαγεῖν. Μεταξὺ δὲ θεασάμενος ἔλαφον παριοῦσαν, ἀφεὶς τὸν λαγωὸν ἐκείνην ἐδίωκεν. Ὁ μὲν οὖν παρὰ τὸν ψόφον ἐξαναστὰς ἔφυγεν· ὁ δὲ λέων ἐπὶ πολὺ διώξας τὴν ἔλαφον, ἐπειδὴ καταλαβεῖν οὐκ ἠδυνήθη, ἐπανῆλθεν ἐπὶ τὸν λαγών. Εὑρὼν δὲ καὶ αὐτὸν πεφευγότα ἔφη· "Ἀλλ' ἔγωγε δίκαια πέπονθα, ὅτι ἀφεὶς τὴν ἐν χερσὶ βορὰν ἐλπίδα μείζονα προέκρινα."

Οὕτως ἔνιοι τῶν ἀνθρώπων μετρίοις κέρδεσι μὴ ἀρκούμενοι, μείζονας δὲ ἐλπίδας διώκοντες, λανθάνουσι καὶ τὰ ἐν χερσὶ προϊέμενοι.

149. Λέων, ὄνος καὶ ἀλώπηξ

Λέων καὶ ὄνος καὶ ἀλώπηξ κοινωνίαν εἰς ἀλλήλους σπεισάμενοι ἐξῆλθον εἰς ἄγραν. Πολλὴν δὲ αὐτῶν συλλαβόντων, ὁ λέων προσέταξε τῷ ὄνῳ διελεῖν αὐτοῖς. Τοῦ δὲ τρεῖς μοίρας ποιήσαντος καὶ ἐκλέξασθαι αὐτῷ παραινοῦντος, ὁ λέων ἀγανακτήσας ἀλλόμενος κατεθοινήσατο αὐτὸν καὶ τῇ ἀλώπεκι μερίσαι προσέταξεν. Ἡ δὲ πάντα εἰς μίαν μερίδα συναθροίσασα καὶ μικρὰ ἑαυτῇ ὑπολιπομένη παρῄνει αὐτῷ ἑλέσθαι. Ἐρομένου δὲ αὐτὴν τοῦ λέοντος τίς αὐτὴν οὕτω διανέμειν ἐδίδαξεν, ἡ ἀλώπηξ εἶπεν· "Αἱ τοῦ ὄνου συμφοραί."

Ὁ λόγος δηλοῖ ὅτι σωφρονισμὸς τοῖς ἀνθρώποις γίνεται τὰ τῶν πέλας δυστυχήματα.

150. Λέων καὶ μῦς ἀντευεργέτης

Λέοντος κοιμωμένου μῦς τῷ σώματι ἐπέδραμεν. Ὁ δὲ ἐξαναστὰς καὶ συλλαβὼν αὐτὸν οἷός τε ἦν καταθοινήσασθαι. Τοῦ δὲ δεηθέντος μεθεῖναι αὐτὸν καὶ λέγοντος ὅτι σωθεὶς χάριτας αὐτῷ

148 (Ch. 204). Le lion et le lièvre [189].

Un lion, tombant sur un lièvre endormi, allait le dévorer. Là-dessus, il vit passer une biche et laissa le lièvre pour se jeter à ses trousses. Eveillé par le bruit, le lièvre prit la fuite. Quant au lion, après avoir longtemps pourchassé la biche sans pouvoir la rejoindre, il revint au lièvre pour constater que lui aussi s'était sauvé. « Bien fait pour moi ! », s'exclama-t-il : « car j'ai lâché la pâture que j'avais sous la main pour lui avoir préféré une espérance plus belle ! »

Ainsi, certains hommes ne se satisfont pas de gains modérés, mais poursuivent de plus belles espérances sans voir qu'ils lâchent ce qu'ils ont en main.

149 (Ch. 209). Le lion, l'âne et le renard.

Après s'être associés, le lion, l'âne et le renard sortirent chasser. Lorsqu'ils eurent pris beaucoup de gibier, le lion ordonna à l'âne de le partager entre eux. L'âne fit trois parts égales et invita le lion à faire son choix : furieux, le lion bondit sur lui et le dévora, puis ordonna au renard de procéder au partage. Celui-ci, après avoir rassemblé le tout en une seule part en ne se réservant que quelques restes, engagea le lion à choisir. Comme le lion lui demandait qui lui avait appris à répartir ainsi : « Le malheur de l'âne », répondit le renard [190].

La fable montre que l'infortune du prochain rend les hommes plus sages.

150 (Ch. 206). Le lion et la souris reconnaissante [191].

Une souris trottinait sur le corps d'un lion endormi. Celui-ci s'éveilla, la saisit, et s'apprêta à la croquer. Mais la souris le supplia de la relâcher, lui disant que s'il l'épargnait, elle le payerait de retour ; le lion éclata

ἀποδώσει, γελάσας ἀπέλυσεν αὐτόν. Συνέβη δὲ αὐτὸν μετ' οὐ πολὺ τῇ τοῦ μυὸς χάριτι περισωθῆναι. Ἐπειδὴ γὰρ συλληφθεὶς ὑπό τινων κυνηγετῶν κάλῳ ἐδέθη τινὶ δένδρῳ, τὸ τηνικαῦτα ἀκούσας ὁ μῦς αὐτοῦ στένοντος ἐλθὼν τὸν κάλων περιέτραγε καὶ λύσας αὐτὸν ἔφη· "Σὺ μὲν οὕτω μου τότε κατεγέλασας ὡς μὴ προσδεχόμενος παρ' ἐμοῦ ἀμοιβὴν κομιεῖσθαι· νῦν δὲ εὖ ἴσθι ὅτι ἔστι τις καὶ παρὰ μυσὶ χάρις."
Ὁ λόγος δηλοῖ ὅτι καιρῶν μεταβολαῖς οἱ σφόδρα δυνατοὶ τῶν ἀσθενεστέρων ἐνδεεῖς γίνονται.

151. Λέων καὶ ὄνος ὁμοῦ θηρεύοντες

Λέων καὶ ὄνος κοινωνίαν πρὸς ἀλλήλους ποιησάμενοι ἐξῆλθον ἐπὶ θήραν. Γενομένων δὲ αὐτῶν κατά τι σπήλαιον ἐν ᾧ ἦσαν αἶγες ἄγριαι, ὁ μὲν λέων πρὸ τοῦ στομίου τὰς ἐξιούσας παρετηρεῖτο, ὁ δὲ εἰσελθὼν ἐνήλατό τε αὐταῖς καὶ ὠγκᾶτο ἐκφοβεῖν βουλόμενος. Τοῦ δὲ λέοντος τὰς πλείστας συλλαβόντος, ἐξελθὼν ἐπυνθάνετο αὐτοῦ εἰ γενναίως ἠγωνίσατο καὶ τὰς αἶγας εὖ ἐδίωξεν. Ὁ δὲ εἶπεν· "Ἀλλ' εὖ ἴσθι ὅτι κἀγὼ ἄν σε ἐφοβήθην, εἰ μὴ ᾔδειν σε ὄνον ὄντα."
Οὕτως οἱ παρὰ τοῖς εἰδόσιν ἀλαζονευόμενοι εἰκότως γέλωτα ὀφλισκάνουσι.

152. Λῃστὴς καὶ συκάμινος

Λῃστὴς ἐν ὁδῷ τινα ἀποκτείνας, ἐπειδὴ ὑπὸ τῶν παρατυχόντων ἐδιώκετο, καταλιπὼν αὐτὸν ἐφῃμαγμένον ἔφυγε. Τῶν δὲ ἄντικρυς ὁδευόντων πυνθανομένων αὐτοῦ τίνι μεμολυσμένας ἔχει τὰς χεῖρας, ἔλεγεν ἀπὸ συκαμίνου νεωστὶ καταβεβηκέναι. Καὶ ὡς ταῦτα ἔλεγεν, οἱ διώκοντες αὐτόν, ἐπελθόντες καὶ συλλαβόντες, ἐπί τινος συκαμίνου ἀνεσταύρωσαν. Ἡ δὲ ἔφη πρὸς αὐτόν· "Ἀλλ' ἔγωγε οὐκ ἄχθομαι πρὸς τὸν

de rire et la laissa partir. Peu après, il arriva que le lion dut son salut à la reconnaissance de la souris. Il fut en effet capturé par des chasseurs qui l'attachèrent à un arbre avec une corde ; alors, entendant ses gémissements, la souris vint ronger son lien et le détacha. « Naguère, tu t'es ri de moi », dit-elle, « parce que tu ne croyais pas que je m'acquitterais de ma dette : sache désormais qu'on trouve de la gratitude jusque chez les souris ! »

La fable montre que dans les revers, les gens les plus puissants ont besoin des plus faibles.

151 (Ch. 208). Le lion et l'âne [192].

Après s'être associés, le lion et l'âne sortirent chasser. Arrivés à une grotte où se trouvaient des chèvres sauvages, le lion resta sur le seuil, à l'affût de leur sortie, tandis que l'âne y pénétra et se mit à ruer et à braire afin de les affoler. Quand le lion eut pris la plupart des chèvres, son compère sortit et lui demanda s'il n'avait pas vaillamment combattu, et s'il ne les avait pas bien fait fuir. « Sache bien », lui répondit le lion, « que tu m'aurais moi-même terrifié, si je n'avais su que tu n'es qu'un âne ! »

De même, à plastronner devant celui qui sait ce qu'il en est, l'on se couvre à juste titre de ridicule.

152 (Ch. 214). Le bandit et le mûrier.

Un bandit de grand chemin qui venait de commettre un meurtre, se voyant poursuivi par des passants, abandonna sa victime ensanglantée et prit la fuite. Ayant croisé des voyageurs qui lui demandaient pourquoi il avait les mains si noires, il répondit qu'il venait de descendre d'un mûrier. Il n'avait pas fini son histoire que ses poursuivants, l'ayant rejoint, se saisirent de lui et le crucifièrent sur le tronc d'un mûrier. Alors l'arbre lui tint ce langage : « Je ne suis pas

σὸν θάνατον ὑπηρετοῦσα· καὶ γὰρ ὃν αὐτὸς φόνον ἀπειργάσω, τοῦτον εἰς ἐμὲ ἀπεμάττου."

Οὕτω πολλάκις καὶ οἱ φύσει χρηστοί, ὅταν ὑπ' ἐνίων ὡς φαῦλοι διαβάλλωνται, κατ' αὐτῶν πονηρεύεσθαι οὐκ ὀκνοῦσι.

153. Λύκοι καὶ πρόβατα

Λύκοι ἐπιβουλεύοντες ποίμνῃ προβάτων, ἐπειδὴ οὐκ ἠδύναντο αὐτῶν περιγενέσθαι διὰ τοὺς φυλάσσοντας αὐτὰ κύνας, ἔγνωσαν δεῖν διὰ δόλου τοῦτο πρᾶξαι. Καὶ πέμψαντες πρέσβεις ἐξῄτουν παρ' αὐτῶν τοὺς κύνας, λέγοντες ὡς ἐκεῖνοι τῆς ἔχθρας αἴτιοί εἰσι καί εἰ ἐγχειρίσουσιν αὐτούς, εἰρήνη μεταξὺ αὐτῶν γενήσεται. Τὰ δὲ πρόβατα μὴ προϊδόμενα τὸ μέλλον ἐξέδωκαν αὐτούς. Καὶ οἱ λύκοι περιγενόμενοι ἐκείνων ῥᾳδίως καὶ τὴν ποίμνην ἀφύλακτον οὖσαν διέφθειραν.

Οὕτω καὶ τῶν πόλεων αἱ τοὺς δημαγωγοὺς ῥᾳδίως προδιδοῦσαι λανθάνουσι καὶ αὐταὶ ταχέως πολεμίοις χειρούμεναι.

154. Λύκος καὶ ἵππος

Λύκος κατά τινα ἄρουραν ὁδεύων κριθὰς εὗρε· μὴ δυνάμενος δὲ αὐταῖς τροφῇ χρήσασθαι καταλιπὼν ἀπῄει. Ἵππῳ δὲ συντυχών, τοῦτον ἐπὶ τὴν ἄρουραν ἀπήγαγε, λέγων ὡς εὑρὼν κριθὰς αὐτὸς μὲν οὐκ ἔφαγε, αὐτῷ δὲ ἐφύλαξεν, ἐπεὶ καὶ ἡδέως αὐτοῦ τὸν ψόφον τῶν ὀδόντων ἀκούει. Καὶ ὁ ἵππος ὑποτυχὼν εἶπεν· " Ἀλλ', ὦ οὗτος, εἰ λύκοι κριθῶν τροφῇ χρῆσθαι ἠδύναντο, οὐκ ἄν ποτε τὰ ὦτα τῆς γαστρὸς προέκρινας."

Ὁ λόγος δηλοῖ ὅτι οἱ φύσει πονηροί, κἂν χρηστότητα ἐπαγγέλλωνται, οὐ πιστεύονται.

155. Λύκος καὶ ἀρήν

Λύκος θεασάμενος ἄρνα ἀπό τινος ποταμοῦ πίνοντα, τοῦτον ἐβουλήθη ἀπό τινος εὐλόγου

mécontent de collaborer à ton supplice : c'est toi qui t'es souillé d'un crime, et c'est sur moi que tu en essuyais le sang ! »

C'est ainsi que bien souvent les gens naturellement bons, lorsqu'ils sont en butte à la calomnie, n'hésitent à sévir durement contre leurs calomniateurs.

153 (Ch. 217). Les loups et les moutons [193].

Des loups avaient juré la perte d'un troupeau de moutons, mais ne pouvaient en venir à bout à cause des chiens qui montaient bonne garde. Ils décidèrent donc d'user de ruse, et dépêchèrent une ambassade aux moutons [194] pour réclamer leurs chiens : eux seuls étaient cause de leur inimitié ; une fois livrés, la paix serait conclue. Les moutons, qui n'avaient pas prévu la suite, livrèrent leurs chiens — et dès qu'ils s'en furent rendus maîtres, les loups n'eurent aucun mal à massacrer le troupeau désormais sans défense.

Il en va de même des cités : celles qui livrent leurs chefs sans résister ne se doutent pas qu'à leur tour, l'ennemi les tiendra bientôt sous sa coupe.

154 (Ch. 225). Le loup et le cheval.

Un loup qui traversait un champ y avait trouvé de l'orge. Comme il ne pouvait s'en nourrir, il poursuivit sa route. Ayant croisé un cheval, il le conduisit jusqu'au champ : il y avait, disait-il, trouvé de l'orge, mais plutôt que de la manger lui-même, il la lui avait réservée : il aimait tant entendre remuer ses mâchoires ! « A d'autres, mon cher ! » lui rétorqua le cheval : « si les loups pouvaient manger de l'orge, jamais tu n'aurais sacrifié ton ventre à tes oreilles ! »

La fable montre que les naturels vicieux ont beau faire profession de vertu, on ne les croit pas.

155 (Ch. 221). Le loup et l'agneau [195].

Un loup avisa un agneau qui s'abreuvait à une rivière, et voulut avancer un prétexte captieux pour

αἰτίας καταθοινήσασθαι. Διόπερ στὰς ἀνωτέρω ἡτιᾶτο αὐτὸν ὡς θολοῦντα τὸ ὕδωρ καὶ πιεῖν αὐτὸν μὴ ἐῶντα. Τοῦ δὲ λέγοντος ὡς ἄκροις τοῖς χείλεσι πίνει καὶ ἄλλως οὐ δυνατὸν κατωτέρω ἑστῶτα ἐπάνω ταράσσειν τὸ ὕδωρ, ὁ λύκος ἀποτυχὼν ταύτης τῆς αἰτίας ἔφη· "'Αλλὰ πέρυσι τὸν πατέρα μου ἐλοιδόρησας." Εἰπόντος δὲ ἐκείνου μηδέπω τότε γεγενῆσθαι, ὁ λύκος ἔφη πρὸς αὐτόν· "'Εὰν σὺ ἀπολογιῶν εὐπορῇς, ἐγώ σε οὐ κατέδομαι;"
Ὁ λόγος δηλοῖ ὅτι οἷς ἡ πρόθεσίς ἐστιν ἀδικεῖν, παρ' αὐτοῖς οὐδὲ δικαία ἀπολογία ἰσχύει.

156. Λύκος καὶ ἐρωδιός

Λύκος καταπιὼν ὀστοῦν περιῄει ζητῶν τὸν ἰασόμενον. Περιτυχὼν δὲ ἐρωδίῳ τοῦτον παρεκάλει ἐπὶ μισθῷ τὸ ὀστοῦν ἐξελεῖν. Κἀκεῖνος καθεὶς τὴν ἑαυτοῦ κεφαλὴν εἰς τὸν φάρυγγα αὐτοῦ τὸ ὀστοῦν ἐξέσπασε καὶ τὸν ὡμολογημένον μισθὸν ἀπῄτει. Ὁ δὲ ὑποτυχὼν εἶπεν· "Ὦ οὗτος, οὐκ ἀγαπᾷς ἐκ λύκου στόματος σῴαν τὴν κεφαλὴν ἐξενεγκών, ἀλλὰ καὶ μισθὸν ἀπαιτεῖς;"
Ὁ λόγος δηλοῖ ὅτι μεγίστη παρὰ τοῖς πονηροῖς εὐεργεσίας ἀμοιβὴ τὸ μὴ προσαδικεῖσθαι ὑπ' αὐτῶν.

157. Λύκος καὶ αἴξ

Λύκος θεασάμενος αἶγα ἐπί τινος κρημνώδους ἄντρου νεμομένην, ἐπειδὴ οὐκ ἠδύνατο αὐτῆς ἐφικέσθαι, κατωτέρω παρῄνει αὐτὴν καταβῆναι, μὴ καὶ πέσῃ λαθοῦσα, λέγων ὡς ἀμείνων ὁ παρ' αὐτῷ λειμών, ἐπεὶ καὶ ἡ πόα σφόδρα εὐανθής. Ἡ δὲ ἀπεκρίνατο πρὸς αὐτόν· "'Αλλ' οὐκ ἐμὲ ἐπὶ νομὴν καλεῖς, αὐτὸς δὲ τροφῆς ἀπορεῖς."
Οὕτω καὶ τῶν ἀνθρώπων οἱ κακοῦργοι, ὅταν

s'en régaler. Il alla donc se poster en amont, puis l'accusa d'agiter la vase, l'empêchant ainsi de boire. L'agneau objecta qu'il ne buvait que du bout des lèvres, et qu'il lui était d'ailleurs impossible, étant en aval, de troubler l'eau en amont. Voyant que son grief faisait long feu, le loup reprit : « Mais l'an dernier, tu as insulté mon père ! » L'agneau rétorqua qu'à l'époque, il n'était même pas né. Alors le loup : « Tu ne manques peut-être pas d'arguments pour ta défense, mais je ne t'en mangerai pas moins ! »

La fable montre que face à des gens résolus à se montrer iniques, le plus juste plaidoyer reste sans effet.

156 (Ch. 224). Le loup et le héron [196].

Un loup qui avait avalé un os cherchait partout quelqu'un qui le soulagerait. Ayant rencontré un héron, il lui demanda d'extraire l'os moyennant salaire. Le héron plongea la tête dans le gosier du loup et en retira l'os, puis réclama le salaire convenu. « Allons, camarade », répondit le loup, « ne te suffit-il pas d'avoir ressorti sans dommage ta tête de la gueule du loup, pour réclamer en outre un salaire ? »

La fable montre que la plus grande marque de reconnaissance qu'on puisse attendre d'un gredin, c'est qu'il vous épargne un nouvel outrage.

157 (Ch. 220). Le loup et la chèvre.

Un loup avait aperçu une chèvre qui broutait au-dessus d'une grotte abrupte. Comme elle se tenait hors d'atteinte, il l'engagea à descendre : elle risquait de tomber par inadvertance ; d'ailleurs, le pré où il se trouvait était plus agréable, car l'herbe en était parsemée de fleurs. « M'invites-tu à la pâture, ou manques-tu de nourriture ? » lui répondit la chèvre.

De même, quand les fripons sévissent parmi des

παρὰ τοῖς εἰδόσι πονηρεύωνται, ἀνόνητοι τῶν τεχνασμάτων γίνονται.

158. Λύκος καὶ γραῦς

Λύκος λιμώττων περιήει ζητῶν ἑαυτῷ τροφήν. Ὡς δὲ ἐγένετο κατά τινα ἔπαυλιν, ἀκούσας γραὸς κλαυθμυριζομένῳ παιδὶ διαπειλούσης, ἐὰν μὴ παύσηται, βαλεῖν αὐτὸν τῷ λύκῳ, προσέμενεν οἰόμενος ἀληθεύειν αὐτήν. Ἑσπέρας δὲ γενομένης, ὡς οὐδὲν τοῖς λόγοις ἀκόλουθον ἐγένετο, ἀπαλλαττόμενος ἔφη· " Ἐν ταύτῃ τῇ ἐπαύλει οἱ ἄνθρωποι ἄλλα μὲν λέγουσιν, ἄλλα δὲ ποιοῦσι."

Οὗτος ὁ λόγος ἁρμόσειεν ἂν πρὸς ἐκείνους τοὺς ἀνθρώπους οἳ τοῖς λόγοις ἀκόλουθα τὰ ἔργα οὐκ ἔχουσι.

159. Λύκος καὶ πρόβατον

Λύκος τροφῆς κεκορεσμένος, ἐπειδὴ ἐθεάσατο πρόβατον ἐπὶ γῆς βεβλημένον, αἰσθόμενος ὅτι διὰ τὸν ἑαυτοῦ φόβον πέπτωκε, προσελθὼν παρεθάρσυνεν αὐτό, λέγων ὡς, ἐὰν αὐτῷ τρεῖς λόγους ἀληθεῖς εἴπῃ, ἀπολύσει αὐτό. Τὸ δὲ ἀρξάμενον ἔλεγε πρῶτον μὲν μὴ βεβουλῆσθαι αὐτῷ περιτυχεῖν· δεύτερον δέ, εἰ ἄρα τοῦτο εἵμαρται, τυφλῷ· τρίτον δέ, ὅτι "Κακοὶ κακῶς ἀπόλοισθε πάντες οἱ λύκοι, ὅτι μηδὲν παθόντες ὑφ' ἡμῶν κακῶς πολεμεῖτε ἡμᾶς." Καὶ ὁ λύκος ἀποδεξάμενος αὐτοῦ τὸ ἀψευδὲς ἀπέλυσεν αὐτό.

Ὁ λόγος δηλοῖ ὅτι πολλάκις ἡ ἀλήθεια καὶ παρὰ πολεμίοις ἰσχύει.

160. Λύκος τετρωμένος καὶ πρόβατον

Λύκος ὑπὸ κυνῶν δηχθεὶς καὶ κακῶς διατεθεὶς ἐβέβλητο τροφὴν ἑαυτῷ περιποιεῖσθαι μὴ δυνάμενος. Καὶ δὴ θεασάμενος πρόβατον, τούτου

gens qui les connaissent, leurs manœuvres ne leur sont d'aucun profit.

158 (Ch. 223). Le loup et la vieille [197].

Un loup affamé qui rôdait en quête de pitance arriva en un lieu où il entendit un enfant qui pleurnichait et une vieille qui le menaçait de le donner au loup s'il ne cessait pas. Croyant que la vieille disait vrai, le loup resta sur place. Mais le soir venu, comme les paroles n'étaient toujours pas suivies d'effet, le loup passa son chemin en murmurant : « Dans cette ferme, on dit une chose et on en fait une autre [198]... »

Cette fable pourrait s'appliquer à qui n'accorde pas ses actes à ses paroles.

159 (Ch. 230). Le loup et la brebis [199].

Un loup rassasié, avisant une brebis gisant sur le sol, comprit qu'elle s'était évanouie de frayeur, et s'approcha pour la rassurer : elle n'avait qu'à lui tenir trois propos vrais, lui dit-il, et il la laisserait repartir. La brebis affirma d'abord qu'elle aurait voulu ne pas le trouver sur son chemin ; deuxièmement, qu'à défaut elle aurait souhaité le trouver aveugle ; enfin, en troisième lieu : « Puissiez-vous tous crever », s'exclama-t-elle, « loups abominables, qui nous livrez une guerre sans merci alors qu'on ne vous a rien fait ! » Le loup admit qu'elle ne mentait pas [200] et lui rendit sa liberté.

La fable montre que même sur l'ennemi, la vérité n'est pas sans effet.

160 (Ch. 231). Le loup blessé et la brebis.

Mordu par des chiens, un loup qui gisait en piteux état, hors d'état de subvenir à sa nourriture, avisa une brebis et lui demanda de lui apporter à boire de la

ἐδεήθη ποτὸν αὐτῷ ὀρέξαι ἐκ τοῦ παραρρέοντος ποταμοῦ· " Ἐὰν γὰρ σύ μοι ποτὸν δῷς, ἐγὼ τὴν τροφὴν ἐμαυτῷ εὑρήσω." Τὸ δὲ ὑποτυχὸν ἔφη· " Ἐὰν ποτόν σοι ἐγὼ ἐπιδῶ, σὺ καὶ τροφῇ μοι χρήσῃ."
Πρὸς ἄνδρα κακοῦργον δι' ὑποκρίσεως ἐνεδρεύοντα ὁ λόγος εὔκαιρος.

161. Μάντις

Μάντις ἐπὶ τῆς ἀγορᾶς καθεζόμενος ἠργυρολόγει. Ἐλθόντος δέ τινος αἰφνίδιον πρὸς αὐτὸν καὶ ἀπαγγείλαντος ὡς τῆς οἰκίας αὐτοῦ αἱ θύραι ἀνεσπασμέναι εἰσὶ καὶ πάντα τὰ ἔνδον ἐκπεφορημένα, ἐκταραχθεὶς ἀνεπήδησε καὶ στενάξας ἔθει δρόμῳ τὸ γεγονὸς ὀψόμενος. Τῶν δὲ παρατυχόντων τις θεασάμενος εἶπεν· " Ὦ οὗτος, σὺ τὰ ἀλλότρια πράγματα προειδέναι ἐπαγγελλόμενος τὰ σαυτοῦ οὐ προεμαντεύου;"
Τούτῳ τῷ λόγῳ χρήσαιτο ἄν τις πρὸς ἐκείνους τοὺς ἀνθρώπους οἳ τὸν ἑαυτῶν βίον φαύλως διοικοῦντες τῶν μηδὲν προσηκόντων προνοεῖσθαι πειρῶνται.

162. Παῖς καὶ κόραξ

Μαντευομένης τινὸς περὶ τοῦ ἑαυτῆς παιδὸς ἔτι νηπίου ὄντος, οἱ μάντεις προέλεγον ὅτι ὑπὸ κόρακος ἀναιρεθήσεται. Διόπερ φοβουμένη λάρνακα μεγίστην κατασκευάσασα ἐν ταύτῃ αὐτὸν καθεῖρξε, φυλαττομένη μὴ ὑπὸ κόρακος ἀναιρεθῇ. Καὶ διετέλει τεταγμέναις ὥραις ἀναπεταννῦσα καὶ τὴν ἐπιτηδείαν αὐτῷ τροφὴν παρεχομένη. Καί ποτε ἀνοιξάσης αὐτῆς καὶ τὸ πῶμα ἐπιθείσης, ὁ παῖς ἀπροφυλάκτως παρέκυψεν. Οὕτω δὲ συνέβη τῆς λάρνακος τὸν κόρακα κατὰ τοῦ βρέγματος κατενεχθέντα ἀποκτεῖναι αὐτόν.
Ὁ λόγος δηλοῖ ὅτι τὸ πεπρωμένον ἀπαρεγχείρητόν ἐστι.

163. Μέλισσαι καὶ Ζεύς

Μέλισσαι φθονήσασαι ἀνθρώποις τοῦ ἰδίου μέλιτος ἧκον πρὸς τὸν Δία καὶ τούτου ἐδέοντο

rivière toute proche : « si tu me donnes à boire, je trouverai tout seul de quoi manger ». « Mais si je te donne à boire », répondit la brebis, « c'est encore moi qui te fournirai ton repas [201]. »

Cette fable vise la canaille qui tend des pièges insidieux.

161 (Ch. 233). Le devin [202].

Un devin tenait boutique au marché et y faisait recette. Soudain, on vint lui annoncer que la porte de sa maison avait été forcée et que tous ses biens avaient été cambriolés. Bouleversé, le devin se leva d'un bond et courut en gémissant constater les dégâts. A ce spectacle, l'un des badauds lui cria : « Alors, mon bonhomme, tu te fais fort de prédire l'avenir à autrui, mais tu ne prévoyais pas ce qui t'arrive ! »

Cette fable pourrait s'appliquer aux gens qui, tout en gouvernant piteusement leurs affaires, prétendent régler des questions qui ne les regardent pas.

162 (Ch. 294). L'enfant et le corbeau.

Une femme qui consultait les devins sur son nourrisson s'entendit prédire qu'il serait tué par un corbeau. Epouvantée, elle fit construire une arche très vaste où elle l'enferma, pour lui éviter d'être tué par un corbeau ; et jour après jour, à heures fixes, elle venait l'ouvrir pour donner à l'enfant la nourriture qu'il réclamait. Mais un jour qu'après avoir ouvert l'arche elle en refermait le couvercle, le nourrisson sortit inconsidérément la tête. Il arriva ainsi que le corbeau de l'arche, s'abattant sur sa fontanelle, le tua [203].

La fable montre que le destin est inébranlable.

163 (Ch. 234). Zeus et les abeilles [204].

Les abeilles, qui se refusaient jalousement à donner de leur miel aux hommes, se rendirent auprès de

ὅπως αὐταῖς ἰσχὺν παράσχῃ παιούσαις τοῖς κέντροις τοὺς προσιόντας τοῖς κηρίοις ἀναιρεῖν. Καὶ ὁ Ζεὺς ἀγανακτήσας κατ' αὐτῶν διὰ τὴν βασκανίαν παρεσκεύασεν αὐτάς, ἡνίκα ἂν τύπτωσί τινα, τὸ κέντρον ἀποβαλεῖν, μετὰ δὲ τοῦτο καὶ τῆς σωτηρίας στερίσκεσθαι.

Οὗτος ὁ λόγος ἁρμόσειεν ἂν πρὸς ἄνδρας βασκάνους, οἳ καὶ αὐτοὶ βλάπτεσθαι ὑπομένουσι.

164. Μηναγύρται

Μηναγύρται ὄνον ἔχοντες τούτῳ εἰώθεσαν τὰ σκεύη ἐπιτιθέντες ὁδοιπορεῖν. Καὶ δή ποτε ἀποθανόντος αὐτοῦ ἀπὸ κόπου, ἐκδείραντες αὐτόν, ἐκ τοῦ δέρματος τύμπανα κατεσκεύασαν καὶ τούτοις ἐχρῶντο. Ἑτέρων δὲ αὐτοῖς μηναγυρτῶν ἀπαντησάντων καὶ πυνθανομένων αὐτῶν ποῦ ἂν εἴη ὁ ὄνος, ἔφασαν τεθνηκέναι μὲν αὐτόν, πληγὰς δὲ τοσαύτας λαμβάνειν ὅσας οὐδὲ ζῶν ὑπέμεινεν.

Οὕτω καὶ τῶν οἰκετῶν ἔνιοι, καίπερ τῆς δουλείας ἀφειμένοι, τῶν δουλικῶν ἔργων οὐκ ἀπαλλάττονται.

165. Μύες καὶ γαλαῖ

Μυσὶ καὶ γαλαῖς πόλεμος ἦν. Ἀεὶ δὲ οἱ μύες ἡττώμενοι, ἐπειδὴ συνῆλθον εἰς ταὐτόν, ὑπέλαβον ὅτι δι' ἀναρχίαν τοῦτο πάσχουσιν· ὅθεν ἐπιλεξάμενοί τινας ἑαυτῶν στρατηγοὺς ἐχειροτόνησαν. Οἱ δὲ βουλόμενοι ἐπισημότεροι τῶν ἄλλων φανῆναι, κέρατα κατασκευάσαντες ἑαυτοῖς συνῆψαν. Ἐνστάσης δὲ τῆς μάχης συνέβη πάντας τοὺς μύας ἡττηθῆναι. Οἱ μὲν οὖν ἄλλοι πάντες ἐπὶ τὰς ὀπὰς καταφεύγοντες ῥᾳδίως εἰσέδυνον, οἱ δὲ στρατηγοὶ μὴ δυνάμενοι εἰσελθεῖν διὰ τὰ κέρατα αὐτῶν συλλαμβανόμενοι κατησθίοντο.

Οὕτω πολλοῖς ἡ κενοδοξία κακῶν αἰτία γίνεται.

166. Μύρμηξ

Μύρμηξ ὁ νῦν τὸ πάλαι ἄνθρωπος ἦν, καὶ τῇ γεωργίᾳ προσέχων τοῖς ἰδίοις πόνοις οὐκ

Zeus, à qui elles demandèrent de leur conférer assez de force pour tuer à coups de dard quiconque s'approcherait de leurs rayons. Zeus, indigné de leur mesquinerie, leur imposa de perdre leur dard, puis la vie, dès qu'elles piqueraient.

La fable pourrait convenir à des esprits sordides qui laissent le tort qu'ils causent se retourner contre eux.

164 (Ch. 236). Les ménagyrtes [205].

Des ménagyrtes avaient un âne, qu'ils chargeaient de leur équipage quand ils prenaient la route. Un beau jour, l'âne succomba à l'épuisement. Les ménagyrtes l'écorchèrent et firent de sa peau des tambourins dont ils jouèrent. D'autres ménagyrtes, les ayant croisés, leur demandèrent où était leur âne : il était mort, répondirent-ils, mais recevait plus de coups que de son vivant.

Il est ainsi des serviteurs qui, même affranchis, restent sujets aux obligations serviles.

165 (Ch. 237). Les rats et les belettes [206].

Les rats et les belettes se faisaient la guerre. Comme les rats avaient toujours le dessous, ils convoquèrent une assemblée. Parvenus à la conclusion que leurs revers étaient dus à leur manque de discipline, ils élurent à main levée des stratèges parmi leur élite. Or ces derniers, qui voulaient être distingués de la piétaille par un insigne, se firent fabriquer des cornes dont ils se parèrent. La bataille s'engagea, et se solda par une déroute des rats. Tous les simples soldats s'enfuirent vers leurs trous, où ils se glissèrent sans peine ; mais les généraux, que leurs cornes empêchaient d'entrer, furent faits prisonniers et dévorés [207].

C'est ainsi que la gloriole fait bien des victimes.

166 (Ch. 240). La fourmi.

La fourmi d'aujourd'hui était jadis un homme qui s'adonnait à l'agriculture, mais qui, non content du

ἠρκεῖτο, ἀλλὰ καὶ τοῖς ἀλλοτρίοις ἐποφθαλμιῶν διετέλει τοὺς τῶν γειτόνων καρποὺς ὑφαιρούμενος. Ζεὺς δὲ ἀγανακτήσας κατὰ τῆς πλεονεξίας αὐτοῦ μετεμόρφωσεν αὐτὸν εἰς τοῦτο τὸ ζῷον ὃς μύρμηξ καλεῖται. Ὁ δὲ καὶ τὴν μορφὴν ἀλλάξας τὴν διάθεσιν οὐ μετεβάλετο· μέχρι γὰρ νῦν κατὰ τὰς ἀρούρας περιιὼν τοὺς ἄλλων πυρούς τε καὶ κριθὰς συλλέγει καὶ ἑαυτῷ ἀποθησαυρίζει.

Ὁ λόγος δηλοῖ ὅτι οἱ φύσει πονηροί, κἂν τὰ μάλιστα κολάζωνται, τὸν τρόπον οὐ μετατίθενται.

167. Μυῖα

Μυῖα ἐμπεσοῦσα εἰς χύτραν κρέως, ἐπειδὴ ὑπὸ τοῦ ζωμοῦ ἀποπνίγεσθαι ἔμελλεν, ἔφη πρὸς ἑαυτήν· "'Αλλ' ἔγωγε καὶ βέβρωκα καὶ πέπωκα καὶ λέλουμαι· κἂν ἀποθάνω, οὐδέν μοι μέλει."

Ὁ λόγος δηλοῖ ὅτι ῥᾴδιον φέρουσι τὸν θάνατον οἱ ἄνθρωποι ὅταν ἀβασανίστως παρακολουθήσῃ.

168. Ναυαγὸς καὶ θάλασσα

Ναυαγὸς ἐκβρασθεὶς εἴς τινα αἰγιαλὸν διὰ τὸν κόπον ἐκοιμᾶτο. Μετὰ μικρὸν δὲ ἐξαναστάς, ὡς ἐθεάσατο τὴν θάλασσαν, ἐμέμφετο αὐτῇ ὅτι γε δελεάζουσα τοὺς ἀνθρώπους τῇ πραότητι τῆς ὄψεως, ἡνίκα ἂν αὐτοὺς προσδέξηται, ἀπαγριουμένη διαφθείρει. Ἡ δὲ ὁμοιωθεῖσα γυναικὶ ἔφη πρὸς αὐτόν· "'Αλλ', ὦ οὗτος, μὴ ἐμὲ μέμφου, ἀλλὰ τοὺς ἀνέμους· ἐγὼ μὲν γὰρ φύσει τοιαύτη εἰμὶ ὁποίαν καὶ νῦν με ὁρᾷς· οἱ δὲ αἰφνίδιόν μοι ἐπέρχονται καὶ κυματοῦσι καὶ ἐξαγριαίνουσιν."

Ἀτὰρ οὖν καὶ ἡμᾶς ἐπὶ τῶν ἀδικημάτων οὐ δεῖ τοὺς δρῶντας αἰτιᾶσθαι, ὅταν ἑτέροις ὑποτεταγμένοι ὦσι, τοὺς δὲ τούτοις ἐπιστατοῦντας.

169. Νέος ἄσωτος καὶ χελιδών

Νέος ἄσωτος καταφαγὼν τὰ πατρῷα, ἱματίου αὐτῷ μόνου περιλειφθέντος, ὡς ἐθεάσατο

fruit de ses peines, lorgnait le bien d'autrui et dérobait sans cesse les récoltes de ses voisins. Indigné de sa cupidité, Zeus le transforma en l'animal que nous appelons fourmi. Mais pour avoir changé de forme, il n'a pas modifié son caractère [208] : aujourd'hui encore, il parcourt les sillons pour glaner le blé et l'orge d'autrui, dont il accumule des réserves à son profit.

La fable montre qu'un mauvais naturel, quelle que soit la sévérité du châtiment, ne saurait s'amender.

167 (Ch. 238). La mouche [209].

Une mouche était tombée dans une marmite de viande. Comme elle se sentait étouffer dans la sauce : « J'ai mangé, j'ai bu, j'ai pris mon bain », se dit-elle : « vienne la mort à présent, que m'importe ? »

La fable montre que les hommes supportent aisément une mort qui survient sans tourments.

168 (Ch. 245). La mer et le naufragé [210].

Rejeté sur la côte, un naufragé recru de fatigue s'était endormi. Peu après, il revint à lui ; voyant la mer, il lui reprocha d'enjôler les hommes par son air tranquille, pour se déchaîner furieusement et les exterminer dès qu'elle les avait accueillis. Alors la mer prit l'apparence d'une femme [211] et lui fit cette réponse : « Homme, ne t'en prends pas à moi, mais aux vents : car pour ma part, je suis naturellement telle que tu me vois à présent ; ce sont eux qui m'attaquent par surprise, m'agitent, et me rendent furieuse. »

De même, nous ne devons pas rendre responsables d'un crime ses exécutants, lorsqu'ils ne sont que de simples subordonnés, mais bien les chefs auxquels ils sont soumis.

169 (Ch. 248). Le jeune prodigue et l'hirondelle [212].

Un jeune prodigue avait mangé tout son patrimoine. Il ne possédait plus qu'un manteau, lorsqu'il

χελιδόνα παρὰ καιρὸν ὀφθεῖσαν, οἰόμενος ἤδη θέρος εἶναι, ὡς μηκέτι δεόμενος τοῦ ἱματίου καὶ τοῦτο φέρων ἀπημπόλησεν. Ὕστερον δὲ χειμῶνος ἐπιλαβόντος καὶ σφοδροῦ τοῦ κρύους γενομένου περιιών, ἐπειδὴ εἶδε τὴν χελιδόνα νεκρὰν ἐρριγωμένην, ἔφη πρὸς αὐτήν· " Ὦ αὕτη, σὺ κἀμὲ καὶ σὲ ἀπώλεσας."
Ὁ λόγος δηλοῖ ὅτι πᾶν τὸ παρὰ καιρὸν δρώμενον ἐπισφαλές ἐστιν.

170. Νοσῶν καὶ ἰατρός

Νοσῶν τις καὶ ἐπερωτώμενος ὑπὸ τοῦ ἰατροῦ πῶς διετέθη, ἔλεγε πλέον τοῦ δέοντος ἱδρωκέναι. Ὁ δὲ ἔφη ἀγαθὸν τοῦτο. Ἐκ δευτέρου δὲ ἐρωτώμενος πῶς ἔχοι, ἔφη φρίκῃ συνεχόμενος διατετινάχθαι. Ὁ δέ· "Καὶ τοῦτο," ἔφη, "ἀγαθόν". Τὸ δὲ τρίτον, ὡς παρεγένετο καὶ ἐπηρώτα αὐτὸν περὶ τῆς νόσου, διαρροίᾳ περιπεπτωκέναι εἶπεν· κἀκεῖνος "ἀγαθὸν καὶ τοῦτο" φήσας ἀπηλλάγη. Τῶν δὲ οἰκείων τινὸς παραγενομένου πρὸς αὐτὸν καὶ πυνθανομένου πῶς ἔχοι, ἔφη· " Ἐγώ σοι ὑπὸ τῶν ἀγαθῶν ἀπόλωλα."
Οὕτω πολλοὶ τῶν ἀνθρώπων ἐπὶ τούτοις ὑπὸ τῶν πέλας μακαρίζονται τῇ ἔξωθεν οἰήσει, ἐφ' οἷς αὐτοὶ παρ' ἑαυτοῖς τὰ μάλιστα δυσφοροῦσιν.

171. Νυκτερίς, βάτος καὶ αἴθυια

Νυκτερὶς καὶ βάτος καὶ αἴθυια κοινωνίαν πρὸς ἀλλήλας στειλάμεναι ἐμπορεύεσθαι διέγνωσαν. Καὶ δὴ ἡ μὲν νυκτερὶς ἀργύριον δανεισαμένη εἰς μέσον κατέθηκεν, ἡ δὲ βάτος ἐσθῆτα ἐνεβάλετο, ἡ δὲ αἴθυια χαλκὸν πριαμένη καὶ τοῦτον ἐνθεμένη ἔπλει. Χειμῶνος δὲ σφοδροῦ γενομένου

aperçut une hirondelle qui arrivait hors de saison. Croyant le printemps venu [213], et que son manteau ne lui servirait plus, il s'en alla le vendre aussi. Mais peu après, comme l'hiver avait repris et qu'il gelait à pierre fendre, le jeune homme tomba au cours d'une promenade sur le cadavre de l'hirondelle, raide de froid. « Misérable ! » lui dit-il : « tu as causé et ta perte, et la mienne ! »

La fable montre que tout ce qui se fait hors de saison est hasardeux.

170 (Ch. 249). Le malade et son médecin [214].

Un malade que son médecin interrogeait sur son état lui répondit qu'il avait été pris de fortes sueurs. « Ça va bien », dit le médecin. Questionné une seconde fois sur ses dispositions, il dit qu'il avait été secoué de frissons. « Ça va encore », dit le médecin. A sa troisième visite, comme il s'enquérait de sa maladie, le patient lui déclara qu'il avait eu la diarrhée. « Ça va toujours », dit le médecin avant de prendre congé. Aussi, quand un de ses parents vint lui demander comment il allait, notre malade s'exclama : « Moi ? Ça va tellement bien que j'en crève ! »

Il en est ainsi de bien des gens : leurs proches, qui s'en fient aux apparences extérieures, les estiment heureux pour des choses qui leur causent en leur for intérieur la plus grande affliction.

171 (Ch. 250). La chauve-souris, la ronce et la mouette [215].

Une chauve-souris, une ronce et une mouette s'étaient associées pour se lancer dans le négoce. La chauve-souris emprunta des capitaux qu'elle investit dans leur société, la ronce fournit des vêtements, et la mouette acheta du cuivre, qu'elle apporta avant de s'embarquer. Mais une violente tempête éclata et fit

καὶ τῆς νηὸς περιτραπείσης, πάντα ἀπολέσασαι αὐταὶ ἐπὶ τὴν γῆν διεσώθησαν. Καὶ ἡ μὲν αἴθυια ἀπ' ἐκείνου τὸν χαλκὸν ζητοῦσα ἐπὶ τοῦ βυθοῦ δύνει, οἰομένη ποτὲ εὑρήσειν· ἡ δὲ νυκτερὶς τοὺς δανειστὰς φοβουμένη ἡμέρας μὲν οὐ φαίνεται, νυκτὸς δὲ ἐπὶ νομὴν ἔξεισιν· ἡ δὲ βάτος τὰς ἐσθῆτας ἐπιζητοῦσα τῶν παριόντων ἐπιλαμβάνεται τῶν ἱματίων, προσδοκῶσα τῶν ἰδίων τι ἐπιγνώσεσθαι.
Ὁ λόγος δηλοῖ ὅτι περὶ ταῦτα μᾶλλον σπουδάζομεν περὶ ἃ ἂν πρότερον πταίσωμεν.

172. Νυκτερὶς καὶ γαλαῖ

Νυκτερὶς ἐπὶ τῆς γῆς πεσοῦσα ὑπὸ γαλῆς συνελήφθη. Μέλλουσα δὲ ἀναιρεῖσθαι παρεκάλει περὶ τῆς σωτηρίας. Τῆς δὲ λεγούσης ὡς οὐ δύναται αὐτὴν ἀπολῦσαι, φύσει γὰρ πᾶσι πολεμεῖ πτηνοῖς, ἔφησεν ἑαυτὴν μὴ ὄρνεον εἶναι, ἀλλὰ μῦν, καὶ οὕτως ἀφείθη. Ὕστερον δὲ πάλιν πεσοῦσα καὶ συλληφθεῖσα ὑπὸ ἑτέρας γαλῆς ἐδεῖτο ὅπως μεθείη αὐτήν. Τῆς δὲ εἰπούσης ἅπασι τοῖς μυσὶ διεχθραίνειν, ἔλεγεν ἑαυτὴν μὴ μῦν εἶναι, ἀλλὰ νυκτερίδα, καὶ πάλιν ἀπελύθη. Οὕτω τε συνέβη αὐτῇ δὶς ἐναλλαξαμένη τὸ ὄνομα τῆς σωτηρίας περιγενέσθαι.
Ἀτὰρ οὖν καὶ ἡμᾶς δεῖ μὴ ἀεὶ τοῖς αὐτοῖς ἐπιμένειν, λογιζομένους ὅτι οἱ τοῖς καιροῖς συμμετασχηματιζόμενοι πολλάκις καὶ τοὺς σφοδροὺς τῶν κινδύνων ἐκφεύγουσιν.

173. Ξυλευόμενος καὶ Ἑρμῆς

Ξυλευόμενός τις παρά τινα ποταμὸν τὸν πέλεκυν ἀπέβαλε· τοῦ δὲ ῥεύματος παρασύραντος αὐτόν, καθήμενος ἐπὶ τῆς ὄχθης ὠδύρετο, μέχρις οὗ ὁ Ἑρμῆς ἐλεήσας αὐτὸν ἧκε. Καὶ μαθὼν παρ'

chavirer leur vaisseau. Les trois associées purent regagner le rivage, mais perdirent toute leur cargaison. Depuis ce temps-là, la mouette plonge dans les profondeurs, croyant qu'elle y retrouvera un jour son cuivre ; la chauve-souris, par crainte de ses créanciers, ne se montre pas le jour, mais attend la nuit pour sortir en quête de nourriture ; et la ronce agrippe les vêtements des passants, dans l'espoir d'y reconnaître les siens, qu'elle cherche encore.

La fable montre que lorsqu'un point nous touche de près, nous revenons toujours y buter.

172 (Ch. 251). La chauve-souris et les belettes [216].

Une chauve-souris tombée à terre avait été prise par une belette. Se voyant en danger de mort, elle demanda sa grâce. La belette lui répondit qu'elle ne pouvait la lui accorder : sa nature la poussait en effet à faire la guerre à la gent ailée. Sa proie lui répliqua qu'elle n'était pas un oiseau, mais une souris, ce qui lui valut d'être relâchée. Quelque temps après, elle tomba encore et fut prise par une autre belette, qu'elle supplia de ne pas l'immoler. La belette lui ayant dit qu'elle haïssait toutes les souris [217], sa captive déclara qu'elle n'était pas une souris, mais une chauve-souris, gagnant une fois encore sa liberté. C'est ainsi qu'à deux reprises, en changeant de nom, elle eut la vie sauve.

Nous aussi, loin de recourir toujours aux mêmes moyens, nous devons songer qu'à s'adapter aux circonstances, l'on échappe souvent aux pires dangers.

173 (Ch. 253). Hermès et le bûcheron [218].

Un homme coupait du bois au bord d'un fleuve lorsqu'il perdit sa cognée, que le courant emporta ; et il restait assis à gémir sur la berge. Enfin Hermès le prit en pitié, et vint le trouver. Lorsqu'il eut appris la

αὐτοῦ τὴν αἰτίαν δι' ἣν ἔκλαιε, τὸ μὲν πρῶτον καταβὰς χρυσοῦν αὐτῷ πέλεκυν ἀνήνεγκε καὶ ἐπυνθάνετο εἰ οὗτος αὐτοῦ εἴη. Τοῦ δὲ εἰπόντος μὴ τοῦτον εἶναι, ἐκ δευτέρου ἀργυροῦν ἀνήνεγκε καὶ πάλιν ἀνηρώτα εἰ τοῦτον ἀπέβαλε. Ἀρνησαμένου δὲ αὐτοῦ, τὸ τρίτον τὴν ἰδίαν ἀξίνην ἐκόμισεν αὐτῷ. Τοῦ δὲ ἐπιγνόντος, ἀποδεξάμενος αὐτοῦ τὴν δικαιοσύνην πάσας αὐτῷ ἐχαρίσατο. Καὶ ὃς ἐπανελόμενος, ἐπειδὴ παρεγένετο πρὸς τοὺς ἑταίρους, τὰ γεγενημένα αὐτοῖς διηγήσατο. Τῶν δέ τις ἐποφθαλμιάσας ἐβουλήθη καὶ αὐτὸς τῶν ἴσων περιγενέσθαι. Διόπερ ἀναλαβὼν πέλεκυν παρεγένετο ἐπὶ τὸν αὐτὸν ποταμὸν καὶ ξυλευόμενος ἐπίτηδες τὴν ἀξίνην εἰς τὰς δίνας ἀφῆκε καθεζόμενός τε ἔκλαιεν. Ἑρμοῦ δὲ ἐπιφανέντος καὶ πυνθανομένου τί τὸ συμβεβηκὸς εἴη, ἔλεγε τὴν τοῦ πελέκεως ἀπώλειαν. Τοῦ δὲ χρυσοῦν αὐτῷ ἀνενεγκόντος καὶ διερωτῶντος εἰ τοῦτον ἀπολώλεκεν, ὑπὸ τοῦ κέρδους ὑποφθὰς ἔφασκεν αὐτὸν εἶναι. Καὶ ὁ θεὸς αὐτῷ οὐκ ἐχαρίσατο, ἀλλ' οὐδὲ τὸν ἴδιον πέλεκυν ἀπεκατέστησεν.
Ὁ λόγος δηλοῖ ὅτι ὅσον τοῖς δικαίοις τὸ θεῖον συναγωνίζεται, τοσοῦτον τοῖς ἀδίκοις ἐναντιοῦται.

174. Ὁδοιπόρος καὶ Τύχη

Ὁδοιπόρος πολλὴν ὁδὸν διανύσας, ἐπειδὴ κόπῳ συνείχετο, πεσὼν παρά τι φρέαρ ἐκοιμᾶτο. Μέλλοντος δὲ αὐτοῦ ὅσον οὐδέπω καταπίπτειν, ἡ Τύχη ἐπιστᾶσα καὶ διεγείρασα αὐτὸν εἶπεν· "Ὦ οὗτος, εἴ γε ἐπεπτώκεις, οὐκ ἂν τὴν σεαυτοῦ ἀβουλίαν, ἀλλ' ἐμὲ ᾐτιῶ."
Οὕτω πολλοὶ τῶν ἀνθρώπων δι' ἑαυτοὺς δυστυχήσαντες τοὺς θεοὺς αἰτιῶνται.

175. Ὁδοιπόροι καὶ πλάτανος

Ὁδοιπόροι θέρους ὥρᾳ περὶ μεσημβρίαν ὑπὸ καύματος τρυχόμενοι, ὡς ἐθεάσαντο πλάτανον,

cause de ses pleurs, il plongea une première fois, rapporta une cognée d'or, et lui demanda si c'était bien la sienne. Le bûcheron lui répondit que ce n'était pas celle-là. La deuxième fois, le dieu revint avec une hache d'argent, et lui redemanda s'il avait perdu celle-là ; mais l'homme dit que non. La troisième fois, Hermès lui rapporta la sienne. Le bûcheron la reconnut, et sa droiture fut si agréable au dieu qu'il lui donna toutes les haches. Le bûcheron s'en chargea et alla trouver ses compagnons pour leur conter son aventure. L'un d'eux, jaloux, se proposa d'en obtenir autant. Muni d'une hache, il se rendit donc au bord du même fleuve, et tout en coupant du bois jeta exprès sa cognée dans les tourbillons du courant, puis s'assit en pleurant. A son tour, il vit apparaître Hermès, qui lui demanda ce qui se passait, et notre homme lui raconta la perte de sa hache. Le dieu lui rapporta donc une cognée d'or, lui demanda si c'était celle qu'il avait perdue — et lui, entraîné par l'appât du gain, de s'écrier que c'était bien elle. Aussi Hermès ne lui donna-t-il pas la hache d'or, et ne lui rendit pas même la sienne.

La fable montre qu'autant la divinité assiste les honnêtes gens, autant elle est hostile aux coquins.

174 (Ch. 261). Le voyageur et la Fortune [219].

Un voyageur fourbu après une longue route s'abattit au bord d'une citerne et s'endormit. Il allait y rouler, lorsque la Fortune lui apparut et l'éveilla pour lui dire : « Eh bien, mon ami ! si tu étais tombé, c'est à moi que tu t'en serais pris, et non pas à ta propre irréflexion [220]... »

De même, bien des gens, responsables de leur propre malheur, en accusent les dieux.

175 (Ch. 257). Les voyageurs et le platane.

Un jour d'été, vers midi, deux voyageurs accablés de chaleur, ayant aperçu un platane, allèrent s'abriter

ὑπὸ ταύτην καταστήσαντες καὶ ἐν τῇ σκιᾷ κατακλιθέντες ἀνεπαύοντο. Ἀναβλέψαντες δὲ εἰς τὴν πλάτανον ἔλεγον πρὸς ἀλλήλους· "Ὡς ἀνωφελές τι τοῦτο καὶ ἄκαρπον ἀνθρώποις ἐστὶ τὸ δένδρον." Ἡ δὲ ὑποτυχοῦσα ἔφη· "Ὦ ἀχάριστοι, ἔτι τῆς ἐξ ἐμοῦ εὐεργεσίας ἀπολαύοντες ἀχρείαν με καὶ ἄκαρπον ἀποκαλεῖτε;"

Οὕτω καὶ τῶν ἀνθρώπων τινὲς οὕτω ἀτυχεῖς εἰσιν ὡς καὶ εὐεργετοῦντες τοὺς πέλας ἐπὶ τῇ χρηστότητι ἀπιστεῖσθαι.

176. Ὁδοιπόρος καὶ ἔχις

Ὁδοιπόρος χειμῶνος ὁδοιπορῶν ὥρᾳ, ὡς ἐθεάσατο ἔχιν ὑπὸ κρύους διαφθειρόμενον, τοῦτον ἐλεήσας ἀνείλατο καὶ βαλὼν εἰς τὸν ἑαυτοῦ κόλπον θερμαίνειν ἐπειρᾶτο. Ὁ δέ, μέχρι μὲν ὑπὸ τοῦ ψύχους συνείχετο, ἠρέμει· ἐπειδὴ δὲ ἐθερμάνθη, εἰς τὴν αὐτοῦ γαστέρα ἔδακε. Καὶ ὃς ἀποθνήσκειν μέλλων ἔφη· "Ἀλλ' ἔγωγε δίκαια πέπονθα· τί γὰρ τοῦτον ἀπολλύμενον ἔσῳζον, ὃν ἔδει καὶ ἐρρωμένον ἀναιρεῖν;"

Ὁ λόγος δηλοῖ ὅτι πονηρία εὐεργετουμένη πρὸς τῷ ἀμοιβὰς μὴ ἀποδιδόναι καὶ κατὰ τῶν εὐεργετῶν ἀναπτεροῦται.

177. Ὁδοιπόροι καὶ φρύγανα

Ὁδοιπόροι κατά τινα αἰγιαλὸν ὁδεύοντες, ὡς ἦλθον ἐπί τινα σκοπιάν, ἐνθένδε θεασάμενοι φρύγανα πόρρωθεν ἐπιπλέοντα ᾠήθησαν ναῦν εἶναι μεγάλην. Διὸ προσέμενον ὡς μέλλουσαν προσορμίζεσθαι. Ἐπεὶ δὲ ὑπὸ ἀνέμου φερόμενα τὰ φρύγανα μικρὸν προσεπέλαζον, ἀπεκαραδόκουν ὑπολαμβάνοντες πλοῖον εἶναι οὐκέτι μέγα ὡς τὸ πρότερον. Ἐγγὺς δὲ παντελῶς ἐξενεχθέντων αὐτῶν, ἰδόντες φρύγανα ὄντα, ἔφασαν πρὸς ἀλλήλους· "Τὸ μηδὲν ὂν ἡμεῖς μάτην προσεδεχόμεθα."

sous ses branches et s'étendirent à son ombre pour se reposer. Les yeux levés vers les frondaisons, ils en étaient à se dire l'un à l'autre : « Voilà bien un arbre stérile, sans aucune utilité pour l'homme ! » lorsque le platane les interrompit : « Ingrats ! » s'exclama-t-il, « alors même que vous jouissez de mes bienfaits, vous me traitez de stérile et de bon à rien [221] ? »

Il en va de même pour certains hommes : ils sont si malchanceux que toute leur bienfaisance envers leur prochain ne suffit pas à persuader de leur bonté.

176 (Ch. 82). Le voyageur et la vipère [222].

En plein hiver, un voyageur trouva sur son chemin une vipère qui mourait de froid. Pris de pitié, il la ramassa et la mit dans un pli de son manteau pour la réchauffer. Tant qu'il resta engourdi, le serpent ne bougea pas ; mais une fois rechauffé, il mordit le voyageur à l'estomac. Celui-ci, se sentant mourir, s'écria : « Bien fait pour moi ! Quelle idée de sauver cette vermine, qui même en pleine forme ne mériterait que la mort [223] ! »

La fable montre que la perversité non seulement ne rend pas bienfait pour bienfait, mais se dresse même contre ses bienfaiteurs.

177 (Ch. 258). Les voyageurs et les broussailles [224].

Des voyageurs qui cheminaient le long de la mer parvinrent sur une hauteur, d'où ils aperçurent des broussailles qui flottaient au loin. Les prenant pour un grand navire de guerre, ils attendirent pour le voir accoster. Poussées par le vent, les broussailles se rapprochèrent : ils crurent alors voir non plus un navire de guerre, mais un vaisseau marchand. Enfin, une fois échouées, ils virent que c'étaient des broussailles, et se dirent l'un à l'autre : « Que nous étions niais d'attendre une chose aussi insignifiante ! »

Οὕτω καὶ τῶν ἀνθρώπων ἔνιοι ἐξ ἀπόπτου δοκοῦντες φοβεροὶ εἶναι, ὅταν εἰς διάπειραν ἔλθωσιν, εὑρίσκονται οὐδενὸς ἄξιοι.

178. Ὁδοιπόρος καὶ Ἑρμῆς

Ὁδοιπόρος πολλὴν ὁδὸν ἀνύων ηὔξατο ὧν ἂν εὕρηται τὸ ἥμισυ τῷ Ἑρμῇ ἀναθήσειν. Περιτυχὼν δὲ πήρᾳ ἐν ᾗ ἀμύγδαλά τε ἦν καὶ φοίνικες, ταύτην ἀνείλατο οἰόμενος ἀργύριον εἶναι. Ἐκτινάξας δέ, ὡς εὗρε τὰ ἐνόντα, ταῦτα καταφαγὼν καὶ λαβὼν τῶν τε ἀμυγδάλων τὰ κελύφη καὶ τῶν φοινίκων τὰ ὀστᾶ, ταῦτα ἐπί τινος βωμοῦ ἔθηκεν, εἰπών· "Ἀπέχεις, ὦ Ἑρμῆ, τὴν εὐχήν· καὶ γὰρ τὰ ἐντὸς ὧν εὗρον καὶ τὰ ἐκτὸς πρὸς σὲ διανενέμημαι."

Πρὸς ἄνδρα φιλάργυρον διὰ πλεονεξίαν καὶ θεοὺς κατασοφιζόμενον ὁ λόγος εὔκαιρος.

179. Ὄνος καὶ κηπουρός

Ὄνος κηπουρῷ δουλεύων, ἐπειδὴ ὀλίγα μὲν ἤσθιε, πολλὰ δὲ ἐκακοπάθει, ηὔξατο τῷ Διὶ ὅπως τοῦ κηπουροῦ αὐτὸν ἀπαλλάξας ἑτέρῳ δεσπότῃ ἐγχειρίσῃ. Ὁ δὲ Ἑρμῆν πέμψας ἐκέλευσε κεραμεῖ αὐτὸν πωλῆσαι. Πάλιν δὲ αὐτοῦ δυσφοροῦντος, ἐπειδὴ καὶ πολλῷ πλείονα ἀχθοφορεῖν ἠναγκάζετο, καὶ τὸν Δία ἐπικαλουμένου, τὸ τελευταῖον ὁ Ζεὺς παρεσκεύασεν αὐτὸν βυρσοδέψῃ πραθῆναι. Καὶ ὁ ὄνος ἰδὼν τὰ ὑπὸ τοῦ δεσπότου πραττόμενα ἔφη· "Ἀλλ' ἔμοιγε αἱρετώτερον ἦν παρὰ τοῖς προτέροις δεσπόταις ἀχθοφοροῦντι λιμώττειν ἢ ἐνταῦθα παραγενέσθαι, ὅπου, ἐὰν ἀποθάνω, οὐδὲ ταφῆς τεύξομαι."

Ὁ λόγος δηλοῖ ὅτι τότε μάλιστα τοὺς πρώτους δεσπότας ποθοῦσιν οἱ οἰκέται, ὅταν ἑτέρων πεῖραν λάβωσιν.

La fable montre que certains hommes semblent redoutables au premier abord, mais qu'à l'épreuve, leur nullité éclate.

178 (Ch. 260). Hermès et le voyageur.

Un voyageur qui avait une longue route à faire fit vœu, s'il trouvait quelque aubaine, d'en consacrer la moitié à Hermès [225]. Or il tomba sur une besace pleine d'amandes et de dattes. Croyant qu'elle contenait de l'argent, il la ramassa et la vida d'une secousse ; mais lorsqu'il en eut découvert le contenu, il le mangea, avant de recueillir les coques des amandes et les noyaux des dattes pour les déposer sur un autel avec ces mots : « Je suis quitte de mon vœu, Hermès : ne t'ai-je pas attribué le dehors et le dedans de ce que j'ai trouvé [226] ? »

Cette fable s'applique à l'avare qui, par cupidité, va jusqu'à user de finesse avec les dieux.

179 (Ch. 273). L'âne et le maraîcher [227].

Un âne au service d'un maraîcher n'avait qu'une maigre pitance pour un labeur écrasant. Aussi pria-t-il Zeus de le délivrer du maraîcher et de le faire passer à un autre maître. Zeus chargea donc Hermès de le faire vendre à un potier. Mais l'âne à nouveau se trouva mal loti, car ses fardeaux étaient beaucoup plus lourds, et il invoqua Zeus une fois encore. Enfin celui-ci le fit vendre à un tanneur. L'âne, lorsqu'il eut vu quel était le métier de son maître, s'écria : « J'aurais mieux fait de rester chez mes premiers patrons, l'échine chargée et le ventre creux, plutôt que d'échouer chez un homme qui à ma mort ne m'accordera même pas une sépulture ! »

La fable montre que les serviteurs ne regrettent jamais tant leurs premiers maîtres qu'après avoir tâté des suivants.

180. Ὄνος ἅλας βαστάζων

Ὄνος ἅλας φέρων ποταμὸν διέβαινεν. Ὀλισθὼν δέ, ὡς κατέπεσεν εἰς τὸ ὕδωρ, ἑκτακέντος τοῦ ἁλός, κουφότερος ἐξανέστη. Ἡσθεὶς δὲ ἐπὶ τούτῳ, ἐπειδὴ ὕστερόν ποτε σπόγγους ἐμπεφορτισμένος κατά τινα ποταμὸν ἐγένετο, ᾠήθη ὅτι ἐὰν πάλιν πέσῃ ἐλαφρότερος διεγερθήσεται· καὶ δὴ ἑκὼν ὤλισθε. Συνέβη δ' αὐτῷ, τῶν σπόγγων ἀνασπασάντων τὸ ὕδωρ, μὴ δυνάμενον ἐξανίστασθαι ἐνταῦθα ἀποπνιγῆναι. Οὕτω καὶ τῶν ἀνθρώπων ἔνιοι διὰ τὰς ἰδίας ἐπινοίας λανθάνουσιν εἰς συμφορὰς ἐνσειόμενοι.

181. Ὄνος καὶ ἡμίονος

Ὀνηλάτης ἐπιθεὶς ὄνῳ καὶ ἡμιόνῳ γόμους ἤλαυνεν. Ὁ δὲ ὄνος, μέχρι μὲν πεδίον ἦν, ἀντεῖχε πρὸς τὸ βάρος· ὡς δὲ ἐγένετο κατά τι ὄρος, μὴ δυνάμενος ὑποφέρειν, παρεκάλει τὴν ἡμίονον μέρος τι τοῦ γόμου αὐτοῦ προσδέξασθαι, ἵνα τὸ λοιπὸν αὐτὸς διακομίσαι δύνηται. Τῆς δὲ παρ' οὐδὲν θεμένης αὐτοῦ τοὺς λόγους, ὁ μὲν κατακρημνισθεὶς διερράγη· ὁ δὲ ὀνηλάτης, ἀπορῶν ὅ τι ποιήσει, οὐ μόνον τοῦ ὄνου τὸν γόμον τῇ ἡμιόνῳ προσέθηκεν, ἀλλὰ καὶ αὐτὸν τὸν ὄνον ἐκδείρας ἐπεσώρευσε. Καὶ ἣ οὐ μετρίως καταπονηθεῖσα ἔφη πρὸς ἑαυτήν· "Δίκαια πέπονθα· εἰ γὰρ παρακαλοῦντι τῷ ὄνῳ μικρὰ κουφίσαι ἐπείσθην, οὐκ ἂν νῦν μετὰ τῶν αὐτοῦ φορτίων καὶ αὐτὸν ἔφερον."

Οὕτω καὶ τῶν δανειστῶν ἔνιοι διὰ φιλαργυρίαν, ἵνα μικρὰ τοῖς χρεώσταις μὴ παράσχωσι, πολλάκις καὶ αὐτὸ τὸ κεφάλαιον ἀπολλύουσιν.

182. Ὄνος βαστάζων ἄγαλμα

Ὄνῳ τις ἐπιθεὶς ἄγαλμα ἤλαυνεν εἰς ἄστυ. Τῶν δὲ συναντώντων προσκυνούντων τὸ ἄγαλμα,

180 (Ch. 265). L'âne chargé de sel [228].

Un âne chargé de sel qui passait un gué glissa et tomba dans l'eau. Le sel s'y étant dissous, l'âne se releva soulagé de son poids, et fort satisfait de l'incident. Quelque temps après, alors qu'il portait des éponges, il se retrouva au bord d'une rivière : croyant qu'une nouvelle chute l'allégerait, il se laissa glisser exprès. Mais les éponges se gorgèrent d'eau, si bien que notre âne ne put se relever et se noya.

Ainsi parfois les hommes ne voient pas que c'est leur subtilité même qui les plonge dans le malheur.

181 (Ch. 141). L'âne et la mule [229].

Un ânier poussait devant lui son âne et sa mule, qu'il avait chargés de fardeaux. Tant qu'ils cheminèrent en plaine, l'âne supporta sa charge ; mais une fois en montagne, n'y tenant plus, il demanda à la mule d'en prendre une partie, afin de pouvoir transporter lui-même le reste. La mule ne voulut rien entendre, et l'âne finit par verser dans l'escarpement, où il s'éventra. L'ânier, n'ayant pas d'autre recours, ne se contenta pas de faire passer sur la mule le fardeau de l'âne : il écorcha celui-ci, et l'ajouta à son bagage. Alors la mule accablée se dit en elle-même : « Je n'ai que ce que je mérite ! Si j'avais écouté l'âne qui me demandait de le soulager un peu, je ne serais pas en train de le porter [230] avec sa charge ! »

Il est de même des usuriers que leur rapacité pousse à ne pas faire la plus petite concession à leurs débiteurs, et qui souvent perdent du même coup jusqu'à leur capital.

182 (Ch. 266). L'âne chargé d'une idole [231].

Un homme menait à la ville son âne, qu'il avait chargé d'une idole. Comme les passants se proster-

ὁ ὄνος, ὑπολαβὼν ὅτι αὐτὸν προσκυνοῦσιν, ἀναπτερωθεὶς ὠγκᾶτο τε καὶ οὐκέτι περαιτέρω προϊέναι ἐβούλετο. Καὶ ὁ ὀνηλάτης, αἰσθόμενος τὸ γεγονός, τῷ ῥοπάλῳ αὐτὸν παίων ἔφη· " Ὦ κακὴ κεφαλή, ἔτι καὶ τοῦτο λοιπὸν ἦν, ὄνον σε ὑπ' ἀνθρώπων προσκυνεῖσθαι;"
Ὁ λόγος δηλοῖ ὅτι οἱ τοῖς ἀλλοτρίοις ἀγαθοῖς ἐπαλαζονευόμενοι παρὰ τοῖς εἰδόσιν αὐτοὺς γέλωτα ὀφλισκάνουσιν.

183. Ὄνος ἄγριος καὶ ὄνος ἥμερος

Ὄνος ἄγριος ὄνον ἥμερον θεασάμενος ἔν τινι εὐηλίῳ τόπῳ προσελθὼν ἐμακάριζεν αὐτὸν ἐπὶ τῇ εὐεξίᾳ τοῦ σώματος καὶ τῇ τῆς τροφῆς ἀπολαύσει. Ὕστερον δὲ ἰδὼν αὐτὸν ἀχθοφοροῦντα καὶ τὸν ὀνηλάτην ὄπισθεν ἑπόμενον καὶ ῥοπάλῳ παίοντα εἶπεν· " Ἀλλ' ἔγωγε οὐκέτι σε εὐδαιμονίζω· ὁρῶ γὰρ ὅτι οὐκ ἄνευ κακῶν μεγάλων τὴν ἀφθονίαν ἔχεις."
Οὕτως οὐκ ἔστι ζηλωτὰ τὰ μετὰ κινδύνων καὶ ταλαιπωριῶν περιγιγνόμενα κέρδη.

184. Ὄνος καὶ τέττιγες

Ὄνος ἀκούσας τεττίγων ᾀδόντων ἥσθη ἐπὶ τῇ εὐφωνίᾳ καὶ ζηλώσας αὐτῶν τὴν φωνὴν ἐπυνθάνετο τί σιτούμενοι τοιαύτην φωνὴν ἀφιᾶσι. Τῶν δὲ εἰπόντων· "Δρόσον," ὁ ὄνος προσμένων δρόσον λιμῷ διεφθάρη.
Οὕτως οἱ τῶν παρὰ φύσιν ἐπιθυμοῦντες πρὸς τῷ μὴ ἐφικνεῖσθαι καὶ τὰ μέγιστα δυστυχοῦσιν.

185. Ὄνοι πρὸς τὸν Δία

Ὄνοι ποτὲ ἀχθόμενοι ἐπὶ τῷ συνεχῶς ἀχθοφορεῖν καὶ ταλαιπωρεῖν πρέσβεις ἔπεμψαν

naient devant elle, l'âne se figura que c'était lui qu'on adorait. Gonflé d'orgueil, il se mit à braire et refusa de faire un pas de plus. Mais l'ânier, qui l'avait percé à jour, lui donna des coups de bâton : « Mauvaise tête ! » lui dit-il, « il ne manquait plus que ça : voir des hommes prosternés devant un âne comme toi ! »

La fable montre que les gens qui se targuent des qualités d'autrui se rendent ridicules aux yeux de ceux qui les connaissent.

183 (Ch. 264). L'âne et l'onagre [232].

Un onagre, avisant un âne domestique qui prenait le soleil, s'approcha pour le féliciter de son embonpoint et de la pâture dont il jouissait. Mais quelque temps après, il le revit portant son faix et suivi de l'ânier qui le frappait de son bâton : « Ah ! je n'envie plus ton bonheur », s'écria-t-il : « à ce que je vois, ton opulence ne va pas sans grandes souffrances ! »

De même, les avantages accompagnés de dangers et de misères ne sont pas à envier.

184 (Ch. 278). L'âne et les cigales.

Ayant entendu chanter des cigales, un âne, jaloux de leur voix mélodieuse, leur demanda quel était leur régime pour faire résonner une telle voix. « De la rosée », répondirent-elles. L'âne s'en tint dès lors à la rosée, et mourut de faim [233].

Ceux dont les désirs s'opposent à leur nature, non seulement ne les satisfont pas, mais souffrent les pires malheurs [234].

185 (Ch. 262). Zeus et l'ambassade des ânes [235].

Un jour, n'en pouvant plus de leurs continuelles corvées de bêtes de somme, les ânes dépêchèrent une

πρὸς τὸν Δία, λύσιν τινὰ αἰτούμενοι τῶν πόνων. Ὁ δὲ αὐτοῖς ἐπιδεῖξαι βουλόμενος ὅτι τοῦτο ἀδύνατόν ἐστιν, ἔφη τότε αὐτοὺς ἀπαλλαγήσεσθαι τῆς κακοπαθείας, ὅταν οὐροῦντες ποταμὸν ποιήσωσι. Κἀκεῖνοι αὐτὸν ἀληθεύειν ὑπολαβόντες, ἀπ' ἐκείνου καὶ μέχρι τοῦ νῦν, ἔνθα ἂν ἀλλήλων οὖρον ἴδωσιν, ἐνταῦθα καὶ αὐτοὶ περιιστάμενοι οὐροῦσιν.
Ὁ λόγος δηλοῖ ὅτι τὸ ἑκάστῳ πεπρωμένον ἀθεράπευτόν ἐστιν.

186. Ὄνος καὶ ὀνηλάτης

Ὄνος ὑπὸ ὀνηλάτου ἀγόμενος, ὡς μικρὸν τῆς ὁδοῦ προῆλθεν, ἀφεὶς τὴν λείαν ἀτραπὸν διὰ κρημνῶν ἐφέρετο. Μέλλοντος δὲ αὐτοῦ κατακρημνίζεσθαι, ὁ ὀνηλάτης ἐπιλαβόμενος τῆς οὐρᾶς ἐπειρᾶτο μεταπεριάγειν αὐτόν. Τοῦ δὲ εὐτόνως ἀντιπίπτοντος, ἀφεὶς αὐτὸν ἔφη· "Νίκα· κακὴν γὰρ νίκην νικᾷς."
Πρὸς ἄνδρα φιλόνεικον ὁ λόγος εὔκαιρος.

187. Λύκος ἰατρός

Ὄνος ἔν τινι λειμῶνι νεμόμενος, ὡς ἐθεάσατο λύκον ἐπ' αὐτὸν ὁρμώμενον, χωλαίνειν προσεποιεῖτο. Τοῦ δὲ προσελθόντος αὐτῷ καὶ τὴν αἰτίαν πυνθανομένου δι' ἣν χωλαίνει, ἔλεγεν ὡς φραγμὸν διαβαίνων σκόλοπα ἐπάτησε καὶ παρῄνει αὐτῷ πρῶτον ἐξελεῖν τὸν σκόλοπα, εἶθ' οὕτως αὐτὸν καταθοινήσασθαι, ἵνα μὴ ἐσθίων περιπαρῇ. Τοῦ δὲ πεισθέντος καὶ τὸν πόδα αὐτοῦ ἐπάραντος, ὅλον τε τὸν νοῦν πρὸς τῇ ὁπλῇ ἔχοντος, ὁ ὄνος λὰξ εἰς τὸ στόμα τοὺς ὀδόντας αὐτοῦ ἐξετίναξε. Καὶ ὃς κακῶς διατεθεὶς ἔφη· "Ἀλλ' ἔγωγε δίκαια πέπονθα· τί γὰρ, τοῦ πατρός με μαγειρικὴν τέχνην διδάξαντος, αὐτὸς ἰατρικῆς ἐπελαβόμην;"
Οὕτω καὶ τῶν ἀνθρώπων οἱ τοῖς μηδὲν

ambassade à Zeus, pour lui demander de mettre un terme à leur labeur. Pour leur faire voir que c'était impossible, Zeus leur annonça qu'ils seraient soulagés de leurs maux le jour où, à force de pisser, ils feraient couler un fleuve. Mais les ânes le prirent au mot. Depuis ce temps, et jusqu'à aujourd'hui, quand un âne pisse quelque part, les autres, voyant la flaque, s'arrêtent aux alentours pour pisser aussi.

La fable montre qu'on ne peut remédier à sa destinée.

186 (Ch. 277). L'âne et l'ânier.

Après avoir fait un peu de chemin, un âne que menait un ânier quitta le sentier frayé pour prendre par les escarpements. Comme il allait tomber dans un gouffre, l'ânier le saisit par la queue et s'efforça de le ramener en arrière ; mais l'âne s'arc-boutait en sens inverse. Enfin l'ânier le lâcha avec ces mots : « Amère victoire que la tienne ! Je ne te la dispute pas. »

La fable convient au disputeur [236].

187 (Ch. 281). Le loup médecin [237].

Alors qu'il broutait dans un pré, un âne aperçut un loup qui fondait sur lui et fit mine de boiter. Arrivé à ses côtés, le loup lui demanda pourquoi il boitait. L'âne lui expliqua qu'en franchissant une palissade il avait marché sur une écharde, et le pria de la lui retirer avant de le dévorer : il éviterait ainsi de se transpercer la gueule pendant son repas. Le loup y consentit, souleva la patte de l'âne, fixa toute son attention sur le sabot — et l'âne lui décocha alors dans la gueule une ruade qui lui froissa la mâchoire. Et le loup, en piteux état, de s'exclamer : « Bien fait pour moi ! Pourquoi aussi me lancer dans la médecine, quand mon père m'avait formé à la boucherie ? »

De même chez les hommes : quand on se mêle de

προσήκουσιν ἐπιχειροῦντες εἰκότως δυστυχοῦσιν.

188. Ὄνος ἐνδυσάμενος λεοντῆν

Ὄνος ἐνδυσάμενος λέοντος δορὰν περιῄει ἐκφοβῶν τὰ ἄλογα ζῷα. Καὶ δὴ θεασάμενος ἀλώπεκα ἐπειρᾶτο καὶ ταύτην δεδίττεσθαι. Ἡ δέ (ἐτύγχανε γὰρ αὐτοῦ φθεγξαμένου προακηκουῖα) ἔφη πρὸς αὐτόν· " Ἀλλ᾽ εὖ ἴσθι ὡς καὶ ἐγὼ ἄν σε ἐφοβήθην, εἰ μὴ ὀγκωμένου ἤκουσα."
Οὕτως ἔνιοι τῶν ἀπαιδεύτων, τοῖς ἔξωθεν τύφοις δοκοῦντές τινες εἶναι, ὑπὸ τῆς ἰδίας γλωσσαλγίας ἐλέγχονται.

189. Ὄνος καὶ βάτραχοι

Ὄνος ξύλων γόμον φέρων λίμνην διέβαινεν. Ὀλισθὼν δέ, ὡς κατέπεσεν, ἐξαναστῆναι μὴ δυνάμενος ὠδύρετό τε καὶ ἔστενεν. Οἱ δὲ ἐν τῇ λίμνῃ βάτραχοι ἀκούσαντες αὐτοῦ τῶν στεναγμῶν ἔφασαν· "Ὦ οὗτος, καὶ τί ἂν ἐποίησας εἰ τοσοῦτον ἐνταῦθα χρόνον διέτριβες ὅσον ἡμεῖς, ὅτε πρὸς ὀλίγον πεσὼν οὕτως ὀδύρῃ;"
Τούτῳ τῷ λόγῳ χρήσαιτο ἄν τις πρὸς ἄνδρα ῥᾴθυμον ἐπ᾽ ἐλαχίστοις πόνοις δυσφοροῦντα, αὐτὸς τοὺς πλείονας ῥᾳδίως ὑφιστάμενος.

190. Ὄνος, κόραξ καὶ λύκος

Ὄνος ἡλκωμένος τὸν νῶτον ἔν τινι λειμῶνι ἐνέμετο. Κόρακος δὲ ἐπικαθίσαντος αὐτῷ καὶ τὸ ἕλκος κρούοντος, ὁ ὄνος ἀλγῶν ὠγκᾶτό τε καὶ ἐσκίρτα. Τοῦ δὲ ὀνηλάτου πόρρωθεν ἑστῶτος καὶ γελῶντος, λύκος παριὼν ἐθεάσατο καὶ πρὸς ἑαυτὸν ἔφη· " Ἄθλιοι ἡμεῖς, οἳ κἂν αὐτὸ μόνον ὀφθῶμεν, διωκόμεθα, τούτους δὲ καὶ προσιόντας προσγελῶσιν."

ce qui ne vous regarde pas, on essuie à juste titre des revers.

188 (Ch. 267). L'âne à peau de lion [238].

Un âne revêtu d'une peau de lion semait la terreur parmi les animaux, lorsqu'il avisa un renard, qu'il entreprit d'effrayer à son tour. Mais le renard, qui avait peu auparavant entendu sa voix, lui dit : « Crois-moi, tu m'aurais épouvanté, moi aussi, si je ne t'avais pas entendu braire ! »
Ainsi parfois des gens sans éducation, qui doivent à leur train fastueux de sembler des personnages, sont trahis par leur irrépressible caquet.

189 (Ch. 271). L'âne et les grenouilles.

Alors qu'il traversait un marais, un âne portant une charge de bois glissa et tomba. Incapable de se relever, il gémissait et soupirait. Ayant entendu ses plaintes, les grenouilles du marais lui dirent : « Hé bien, toi, que serait-ce si tu avais séjourné ici aussi longtemps que nous, toi qui te lamentes ainsi pour une chute d'un instant ? »
Cette fable pourrait être appliquée à l'homme douillet, qui n'endure pas les peines les plus légères, par celui qui en supporte sans mal de plus grandes.

190 (Ch. 274). L'âne, le corbeau et le loup.

Un âne qui avait une plaie au dos broutait dans un pré. Un corbeau se posa sur lui pour becqueter la chair à vif, et l'âne se mit à braire et à ruer de douleur. Comme l'ânier, à quelque distance, se contentait d'en rire, un loup qui passait se dit en lui-même à ce spectacle : « Pauvres de nous ! pour peu qu'on nous voie, on nous pourchasse, tandis que pour eux, même s'ils approchent, on est tout sourire... »

Ὁ λόγος δηλοῖ ὅτι οἱ κακοῦργοι τῶν ἀνθρώπων καὶ ἐξ ἀπροόπτου δῆλοί εἰσιν.

191. Ὄνος, ἀλώπηξ καὶ λέων

Ὄνος καὶ ἀλώπηξ κοινωνίαν συνθέμενοι πρὸς ἀλλήλους ἐξῆλθον ἐπ' ἄγραν. Λέοντος δὲ αὐτοῖς περιτυχόντος, ἡ ἀλώπηξ ὁρῶσα τὸν ἐπηρτημένον κίνδυνον προσελθοῦσα τῷ λέοντι ὑπέσχετο παραδώσειν αὐτῷ τὸν ὄνον, ἐὰν αὐτῇ τὸ ἀκίνδυνον ἐπαγγείληται. Τοῦ δὲ αὐτὴν ἀπολύσειν φήσαντος, προσαγαγοῦσα τὸν ὄνον εἴς τινα πάγην ἐμπεσεῖν παρεσκεύασε. Καὶ ὁ λέων ὁρῶν ἐκεῖνον φεύγειν μὴ δυνάμενον πρῶτον τὴν ἀλώπεκα συνέλαβεν, εἶθ' οὕτως ἐπὶ τὸν ὄνον ἐτράπη.

Οὕτως οἱ τοῖς κοινωνοῖς ἐπιβουλεύοντες λανθάνουσι πολλάκις καὶ ἑαυτοὺς συναπολλύντες.

192. Ὄρνις καὶ χελιδών

Ὄρνις ὄφεως ᾠὰ εὑροῦσα καὶ ταῦτα ἐπιμελῶς ἐκθερμάνασα ἐξεκόλαψε. Χελιδὼν δὲ θεασαμένη αὐτὴν ἔφη· " Ὦ ματαία, τί ταῦτα ἀνατρέφεις, ἅπερ, ἂν αὐξηθῇ, ἀπὸ σοῦ πρώτης τοῦ ἀδικεῖν ἄρξεται;"

Οὕτως ἀτιθάσσευτός ἐστιν ἡ πονηρία, κἂν τὰ μάλιστα εὐεργετῆται.

193. Ὀρνιθοθήρας καὶ κορύδαλος

Ὀρνιθοθήρας πτηνοῖς πάγην ἵστη. Κορύδαλος δὲ αὐτὸν θεασάμενος ἠρώτα τί ποιεῖ. Τοῦ δὲ εἰπόντος πόλιν κτίζειν καὶ μικρὸν ὑποχωρήσαντος, πεισθεὶς τοῖς λόγοις προσῆλθε καὶ τὸ δέλεαρ ἐσθίων ἔλαθεν ἐμπεσὼν εἰς τοὺς βρόχους. Τοῦ δὲ ὀρνιθοθέρου προσδραμόντος καὶ συλλαβόντος αὐτόν, ὁ κορύδαλος ἔφη· " Ὦ οὗτος, ἐὰν τοιαύτας πόλεις κτίζῃς, πολλοὺς εὑρήσεις τοὺς ἐνοικοῦντας."

Ὁ λόγος δηλοῖ ὅτι τότε μάλιστα καὶ οἶκοι καὶ

La fable montre que les gredins se reconnaissent non seulement à leur mine, mais au premier coup d'œil [239].

191 (Ch. 270). L'âne, le renard et le lion.

Après avoir conclu un accord, l'âne et le renard étaient sortis chasser. Or un lion croisa leur chemin. Le renard, devant l'imminence du danger, s'approcha du lion et s'engagea, en échange de son immunité, à lui livrer l'âne. Le lion lui promit la liberté ; le renard attira donc l'âne dans un piège où il le fit tomber. Alors le lion, voyant que l'âne ne pouvait lui échapper, s'empara du renard avant de se retourner contre l'âne.

De même, à tramer la perte de ses associés, l'on cause souvent la sienne sans s'en douter.

192 (Ch. 287). La poule et l'hirondelle.

Une poule avait trouvé des œufs de serpent, qu'elle couva avec soin puis fit éclore. L'ayant vue faire, une hirondelle lui dit : « Pauvre sotte, pourquoi élèves-tu des petits dont tu seras la première victime s'ils deviennent grands [240] ? »

De même, la perversité ne se laisse pas amadouer, même par les plus grands bienfaits.

193 (Ch. 283). L'oiseleur et l'alouette huppée.

Un oiseleur tendait des lacs aux oiseaux. Une alouette huppée, l'ayant vu de loin, lui demanda ce qu'il faisait. Il lui répondit qu'il fondait une ville [241], puis partit se cacher. L'alouette, se fiant à son explication, s'approcha et fut prise au lacet. Comme l'oiseleur accourait, elle lui dit : « Eh bien ! si tu fondes des villes pareilles, tu y trouveras [242] beaucoup d'habitants. »

La fable montre que si les maisons et les villes sont

πόλεις ἐρημοῦνται, ὅταν οἱ προεστῶτες χαλεποὶ ὦσιν.

194. Ὀρνιθοθήρας καὶ πελαργός

Ὀρνιθοθήρας δίκτυα γεράνοις ἀναπετάσας πόρρωθεν ἀπεκαραδόκει τὴν ἄγραν. Πελαργοῦ δὲ σὺν τοῖς γεράνοις ἐπικαθίσαντος, ἐπιδραμὼν μετ' ἐκείνων καὶ αὐτὸν συνέλαβε. Τοῦ δὲ δεομένου μεθεῖναι αὐτὸν καὶ λέγοντος ὡς οὐ μόνον ἀβλαβής ἐστι τοῖς ἀνθρώποις, ἀλλὰ καὶ ὠφελιμώτατος, τοὺς γὰρ ὄφεις καὶ τὰ λοιπὰ ἑρπετὰ συλλαμβάνων κατεσθίει, ὁ ὀρνιθοθήρας ἔφη· "Ἀλλ' εἰ τὰ μάλιστα οὐ φαῦλος ὑπάρχεις, δι' αὐτὸ τοῦτο γοῦν ἄξιος εἶ κολάσεως, ὅτι μετὰ πονηρῶν κεκάθικας."
Ἀτὰρ οὖν καὶ ἡμᾶς δεῖ τὰς τῶν πονηρῶν συνηθείας περιφεύγειν, ἵνα μὴ καὶ αὐτοὶ τῆς ἐκείνων κακίας κοινωνεῖν δόξωμεν.

195. Κάμηλος τὸ πρῶτον ὀφθεῖσα

Ὅτε πρῶτον κάμηλος ὤφθη, οἱ ἄνθρωποι φοβηθέντες καὶ τὸ μέγεθος καταπλαγέντες ἔφευγον. Ὡς δέ, χρόνου προϊόντος, συνεῖδον αὐτῆς τὸ πρᾷον, ἐθάρρησαν μέχρι τοῦ προσελθεῖν. Αἰσθόμενοι δὲ κατὰ μικρὸν ὡς χολὴν τὸ ζῷον οὐκ ἔχει, εἰς τοσοῦτον καταφρονήσεως ἦλθον ὥστε καὶ χαλινοὺς αὐτῇ περιθέντες παισὶν ἐλαύνειν δεδώκασι.
Ὁ λόγος δηλοῖ ὅτι τὰ φοβερὰ τῶν πραγμάτων ἡ συνήθεια μεγάλως καταπραΰνει.

196. Ὄφις καὶ καρκίνος

Ὄφις καὶ καρκίνος ἐν ταὐτῷ διέτριβον. Καὶ ὁ μὲν καρκίνος ἁπλῶς τῷ ὄφει καὶ εὐνοϊκῶς

désertées, c'est avant tout quand les maîtres y sont rudes.

194 (Ch. 284). L'oiseleur et la cigogne [243].

Après avoir tendu ses panneaux aux grues, un oiseleur restait de loin à l'affût. Une cigogne vint à se poser parmi les grues : l'oiseleur accourut et la prit avec elles. La cigogne le supplia de la relâcher, disant qu'elle ne nuisait en rien aux hommes, mais leur rendait même les plus grands services : n'attrapait-elle pas les serpents et les autres reptiles pour s'en nourrir [244] ? « A tout prendre », répondit l'oiseleur, « tu n'es peut-être pas mauvaise, mais voilà bien pourquoi tu mérites d'être châtiée, toi qui t'es posée parmi une mauvaise troupe [245] ! »

Nous aussi devons éviter les mauvaises fréquentations, de crainte de paraître en partager les vices.

195 (Ch. 148). Le chameau vu pour la première fois [246].

La première fois qu'ils virent un chameau, les hommes furent saisis d'effroi ; épouvantés par sa taille, ils s'enfuirent. Mais avec le temps, s'étant avisés de sa douceur, ils s'enhardirent jusqu'à l'approcher. Enfin, ils finirent par remarquer que cet animal ne s'emportait jamais, et en vinrent alors à le tenir en si grand mépris qu'ils le bridèrent et en confièrent la conduite à des enfants.

La fable montre que les choses effrayantes, avec l'habitude, font moins impression.

196 (Ch. 290). Le serpent et le crabe [247].

Un serpent et un crabe vivaient sur le même territoire [248]. Le crabe se comportait envers le serpent avec

προσεφέρετο, ὁ δὲ ὄφις ἀεὶ ὕπουλός τε καὶ πονηρὸς ἦν. Τοῦ δὲ καρκίνου συνεχῶς αὐτῷ παραινοῦντος ἐξαπλοῦσθαι τὰ πρὸς αὐτὸν καὶ τὴν αὐτοῦ διάθεσιν μιμεῖσθαι, ἐκεῖνος οὐκ ἐπείθετο. Διόπερ ἀγανακτήσας, παρατηρησάμενος αὐτὸν κοιμώμενον, τοῦ φάρυγγος αὐτὸν ἐπιλαβόμενος ἀνεῖλε, καὶ ἰδὼν αὐτὸν ἐκτεταμένον ἔφη· " Ὦ οὗτος, οὐ νῦν σε ἐχρῆν ἁπλοῦν εἶναι, ἀλλ' ὅτε σοὶ παρῄνουν καὶ οὐκ ἐπήκουες."

Οὗτος ὁ λόγος εἰκότως ἂν λέγοιτο ἐπ' ἐκείνων τῶν ἀνθρώπων οἳ παρὰ τὸν ἑαυτῶν βίον εἰς τοὺς φίλους πονηρευόμενοι μετὰ θάνατον εὐεργεσίας κατατίθενται.

197. Ὄφις καὶ γαλῆ καὶ μύες

Ὄφις καὶ γαλῆ ἔν τινι οἰκίᾳ ἐμάχοντο. Οἱ δὲ ἐνταῦθα μύες ἀεὶ καταναλισκόμενοι ὑπὸ ἀμφοτέρων, ὡς ἐθεάσαντο αὐτοὺς μαχομένους, ἐξῆλθον βαδίζοντες. Οἱ δὲ ἰδόντες τοὺς μύας, ἀφέντες τὴν πρὸς ἑαυτοὺς μάχην, ἐπ' ἐκείνους ἐτράπησαν.

Οὕτω καὶ ἐπὶ τῶν πόλεων οἱ ἐν ταῖς τῶν δημαγωγῶν στάσεσιν ἑαυτοὺς παρεισκυκλοῦντες λανθάνουσιν αὐτοὶ ἑκατέρων παρανάλωμα γιγνόμενοι.

198. Ὄφις πατούμενος καὶ Ζεύς

Ὄφις ὑπὸ πολλῶν πατούμενος ἀνθρώπων τῷ Διὶ ἐνετύγχανε περὶ τούτου. Ὁ δὲ Ζεὺς πρὸς αὐτὸν εἶπεν· " Ἀλλ' εἰ τὸν πρότερόν σε πατήσαντα ἔπληξας, οὐκ ἂν ὁ δεύτερος ἐπεχείρισε τοῦτο ποιῆσαι."

Ὁ λόγος δηλοῖ ὅτι οἱ τοῖς πρώτοις ἐπιβαίνουσιν ἀνθιστάμενοι τοῖς ἄλλοις φοβεροὶ γίνονται.

199. Παῖς καὶ σκορπίος

Παῖς πρὸ τοῦ τείχους ἀκρίδας ἐθήρευε. Πολλὰς δὲ συλλαβών, ὡς ἐθεάσατο σκορπίον,

droiture et bienveillance ; mais celui-ci se montrait toujours sournois et mauvais. Le crabe ne cessait de l'exhorter à laisser là ses manières tortueuses envers lui et à imiter sa propre droiture, mais l'autre faisait la sourde oreille. Aussi le crabe indigné guetta le moment où le serpent dormait, le saisit à la gorge et le tua. Voyant le cadavre étendu de tout son long, il s'exclama : « Ah ! toi, ce n'est pas maintenant que tu es mort qu'il te fallait cesser d'être tortueux, mais quand je t'y engageais, sans que tu m'écoutes [249] ! »

Cette fable pourrait fort à propos s'appliquer aux hommes qui leur vie durant se conduisent mal envers leurs amis, mais leur rendent service après leur mort.

197 (Ch. 289). Le serpent, la belette, et les souris.

Un serpent et une belette se battaient dans une maison. Lorsqu'elles les virent se livrer bataille, les souris du logis, que l'un et l'autre avaient toujours décimées, sortirent se promener. Mais à peine les combattants les eurent-ils aperçues qu'ils renoncèrent à leur lutte pour se retourner contre elles.

De même dans les cités : ceux qui interviennent dans les querelles des chefs du peuple ne voient pas qu'ils se rendent odieux aux deux partis.

198 (Ch. 291). Le serpent piétiné et Zeus.

Un serpent que les hommes ne cessaient de fouler aux pieds alla s'en ouvrir à Zeus. Celui-ci lui répondit : « Si tu avais mordu le premier à le faire, le second ne s'y serait pas frotté ! »

La fable montre qu'en tenant tête à ses premiers agresseurs, l'on se fait redouter des suivants.

199 (Ch. 293). L'enfant et le scorpion.

Au pied du rempart, un enfant faisait la chasse aux sauterelles [250]. Après en avoir pris un grand nombre, il

νομίσας ἀκρίδα εἶναι, κοιλάνας τὴν χεῖρα οἷός τε ἦν καταφέρειν αὐτοῦ. Καὶ ὃς τὸ κέντρον ἐπάρας εἶπεν· "Εἴθε γὰρ τοῦτο ἐποίησας, ἵνα καὶ ἃς συνείληφας ἀκρίδας ἀποβάλῃς."
Οὗτος ὁ λόγος ἡμᾶς διδάσκει μὴ δεῖν πᾶσι τοῖς χρηστοῖς καὶ πονηροῖς κατὰ ταὐτὰ προσφέρεσθαι.

200. Παῖς κλέπτης καὶ μήτηρ

Παῖς ἐκ διδασκαλείου τὴν τοῦ συμφοιτητοῦ δέλτον ὑφελόμενος τῇ μητρὶ ἐκόμισε. Τῆς δὲ οὐ μόνον αὐτὸν μὴ ἐπιπληξάσης ἀλλὰ καὶ ἐπαινεσάσης αὐτόν, ἐκ δευτέρου ἱμάτιον κλέψας ἤνεγκεν αὐτῇ, καὶ ἔτι μᾶλλον ἐκείνη ἀπεδέξατο. Προϊὼν δὲ τοῖς χρόνοις, ὡς νεανίας ἐγένετο, ἤδη καὶ τὰ μείζονα κλέπτειν ἐπεχείρει. Ληφθεὶς δέ ποτε ἐπ' αὐτοφώρῳ καὶ περιαγκωνισθεὶς ἐπὶ τὸν δήμιον ἀπήγετο. Τῆς δὲ μητρὸς ἐπακολουθούσης αὐτῷ καὶ στερνοκοπουμένης, ὁ νεανίας εἶπεν βούλεσθαί τι αὐτῇ εἰπεῖν πρὸς τὸ οὖς. Καὶ ἐπεὶ τάχιστα αὐτῷ προσῆλθε, τοῦ ὠτίου ἐπιλαβόμενος κατέδακεν αὐτό. Τῆς δὲ κατηγορούσης αὐτοῦ δυσσέβειαν, εἴπερ μὴ ἀρκεσθεὶς οἷς ἤδη πεπλημμέληκεν καὶ τὴν μητέρα ἐλωβήσατο, ἐκεῖνος ἔφη· "Ἀλλὰ τότε ὅτε σοι πρῶτον τὴν δέλτον κλέψας ἤνεγκα, εἰ ἔπληξάς με, οὐκ ἂν μέχρι τούτου ἐχώρησα ὡς καὶ ἐπὶ θάνατον ἀπάγεσθαι."
Ὁ λόγος δηλοῖ ὅτι τὸ κατ' ἀρχὰς μὴ κωλυόμενον ἐπὶ μεῖζον αὔξεται.

201. Περιστερὰ διψῶσα

Περιστερὰ δίψει συνεχομένη, ὡς ἐθεάσατο ἔν τινι πίνακι κρατῆρα ὕδατος γεγραμμένον, ὑπέλαβεν ἀληθινὸν εἶναι. Διόπερ πολλῷ ῥοίζῳ ἐνεχθεῖσα ἔλαθεν ἑαυτὴν τῷ πίνακι ἐντινάξασα. Συνέβη δὲ αὐτῇ τῶν πτερῶν περιθλασθέντων ἐπὶ τὴν γῆν καταπεσοῦσαν ὑπό τινος τῶν παρατυχόντων συλληφθῆναι.
Οὕτως ἔνιοι τῶν ἀνθρώπων διὰ σφοδρὰς

aperçut un scorpion. Croyant qu'il s'agissait d'une sauterelle, il allait le saisir dans le creux de sa main quand le scorpion dressa son dard : « Si seulement tu l'avais fait ! » dit-il : « tu aurais ainsi perdu jusqu'aux sauterelles que tu as prises [251]. »

Cette fable enseigne qu'il ne faut pas traiter de même les bons et les méchants.

200 (Ch. 296). L'enfant voleur et sa mère.

Au retour de l'école, un enfant remit à sa mère la tablette de son camarade, qu'il avait dérobée. Comme celle-ci, loin de le gronder, le félicitait, il vola ensuite un manteau et le lui apporta. Sa mère ne l'en loua que davantage. L'enfant grandit ; devenu un jeune homme, il passa à des rapines plus conséquentes. Un jour, cependant, il fut pris en flagrant délit ; ses mains liées dans le dos, on le mena au bourreau. Sa mère l'escortait en se frappant la poitrine. Il dit alors qu'il voulait lui murmurer quelque chose à l'oreille. A peine se fut-elle approchée qu'il lui saisit le lobe entre les dents et le mordit sauvagement. Elle lui reprocha son impiété : comme si ses crimes passés ne lui suffisaient pas, il lui fallait encore mutiler sa mère ! « Le jour », lui rétorqua-t-il, « où je t'ai apporté la tablette, mon premier larcin, si tu m'avais grondé, je ne me verrais pas au point où j'en suis, conduit à la mort. »

La fable montre qu'un vice qu'on ne corrige pas d'emblée ne fait qu'empirer.

201 (Ch. 301). La colombe assoiffée [252].

Une colombe assoiffée, apercevant dans un tableau un cratère d'eau qu'elle crut véritable, s'en approcha en claquant des ailes, jusqu'à se heurter par mégarde contre la peinture. Les ailes brisées, elle tomba à terre et fut capturée par un passant.

De même, certains hommes, entraînés par la vio-

ἐπιθυμίας ἀπερισκέπτως τοῖς πράγμασιν ἐπιχειροῦντες ἑαυτοὺς εἰς ὄλεθρον βάλλουσιν.

202. Περιστερὰ καὶ κορώνη

Περιστερὰ ἔν τινι περιστερεῶνι τρεφομένη ἐπὶ πολυτεκνίᾳ ἐφρυάττετο. Κορώνη δὲ ἀκούσασα αὐτῆς τῶν λόγων ἔφη· " Ἀλλ', ὦ αὕτη, πέπαυσο ἐπὶ τούτῳ ἀλαζονευομένη· ὅσῳ γὰρ ἂν πλείονα τέκνα σχῇς, τοσούτῳ περισσοτέρας δουλείας στενάξεις."
Οὕτω καὶ τῶν οἰκετῶν δυστυχέστεροί εἰσιν ὅσοι ἐν τῇ δουλείᾳ τεκνοποιοῦσιν.

203. Πίθηκος καὶ ἁλιεῖς

Πίθηκος ἐπί τινος ὑψηλοῦ δένδρου καθήμενος, ὡς ἐθεάσατο ἁλιεῖς ἐπί τινος ᾐόνος σαγήνην βάλλοντας, παρετηρεῖτο τὰ ὑπ' αὐτῶν πραττόμενα. Ὡς δὲ ἐκεῖνοι τὴν σαγήνην ἀνασπάσαντες μικρὸν ἄποθεν ἠρίστων, ὁ πίθηκος καταβὰς ἐπειρᾶτο καὶ αὐτὸς τὰ αὐτὰ πράττειν· φασὶ γὰρ μιμητικὸν εἶναι τὸ ζῷον. Ἐφαψάμενος δὲ τῶν δικτύων, ὡς συνελήφθη, ἔφη πρὸς ἑαυτόν· " Ἀλλ' ἔγωγε δίκαια πέπονθα· τί γὰρ ἁλιεύειν μὴ μαθὼν τούτῳ ἐπεχείρουν;"
Ὁ λόγος δηλοῖ ὅτι ἡ τῶν μηδὲν προσηκόντων ἐπιχείρησις οὐ μόνον ἀσύμφορος, ἀλλὰ καὶ ἐπιβλαβής ἐστιν.

204. Πλούσιος καὶ βυρσοδέψης

Πλούσιος βυρσοδέψει παρῳκίσθη· μὴ δυνάμενος δὲ τὴν δυσωδίαν φέρειν διετέλει ἑκάστοτε αὐτῷ ἐπικείμενος ἵνα μεταβῇ. Ὁ δὲ ἀεὶ αὐτὸν διανεβάλλετο, λέγων μετ' ὀλίγον χρόνον μεταβήσεσθαι. Τούτου δὲ συνεχῶς γενομένου, συνέβη χρόνου διελθόντος τὸν πλούσιον ἐν συνηθείᾳ γενόμενον τῆς δυσωδίας μηκέτι αὐτῷ ἐνοχλεῖν.

lence de leurs désirs, se lancent à l'aveuglette dans une entreprise sans se douter qu'elle causera leur perte.

202 (Ch. 302). La colombe et la corneille.

Une colombe élevée dans un pigeonnier se targuait de sa nombreuse descendance [253]. Une corneille l'entendit se vanter : « Allons, toi ! », lui dit-elle, « cesse de t'en prévaloir : plus tu auras d'enfants, plus tu auras d'esclavages à déplorer. »

De même, les serviteurs les plus malheureux sont ceux qui, dans la servitude, ont le plus d'enfants.

203 (Ch. 304). Le singe et les pêcheurs.

Un singe assis dans un grand arbre, ayant avisé des pêcheurs qui jetaient leur seine dans la rivière, observait leur manière de s'y prendre. Lorsqu'ils l'eurent posée, ils allèrent déjeuner non loin de là. Descendu de son arbre, le singe tenta de les imiter (car cet animal, à ce qu'on dit, a un tempérament d'imitateur) ; mais à peine eut-il touché aux filets qu'il s'y empêtra. « Bien fait pour moi ! », se dit-il alors : « pourquoi me suis-je mêlé de pêcher sans l'avoir appris [254] ? »

Cette fable montre qu'une entreprise à laquelle on ne connaît rien non seulement est sans profit, mais n'est pas sans dommage.

204 (Ch. 309). Le riche et le tanneur.

Un homme riche vint se loger près d'un tanneur. Comme il trouvait la puanteur insupportable, il le pressait sans relâche de déménager ; mais le tanneur ne cessait de repousser son déménagement, promettant que ce serait pour bientôt — tant et si bien qu'à la longue l'homme riche finit par se faire à l'odeur et cessa d'importuner son voisin.

Ὁ λόγος δηλοῖ ὅτι ἡ συνήθεια καὶ τὰ δυσχερῆ τῶν πραγμάτων καταπραΰνει.

205. Πλούσιος καὶ θρηνῳδοί

Πλούσιος δύο θυγατέρας ἔχων, τῆς ἑτέρας ἀποθανούσης, θρηνούσας ἐμισθώσατο. Τῆς δὲ ἑτέρας παιδὸς λεγούσης πρὸς τὴν μητέρα· " Ἄθλιαι ἡμεῖς, εἴγε αὗταί, ὧν ἐστι τὸ πάθος, θρηνεῖν οὐκ ἴσμεν, αἱ δὲ μηδὲν προσήκουσαι οὕτω σφοδρῶς κόπτονται καὶ κλαίουσιν," ἐκείνη ὑποτυχοῦσα εἶπεν· "Μὴ θαύμαζε, τέκνον, εἰ οὕτως οἰκτρῶς αὗται θρηνοῦσιν· ἐπὶ γὰρ ἀργυρίῳ τοῦτο ποιοῦσιν."

Οὕτως ἔνιοι τῶν ἀνθρώπων διὰ φιλαργυρίαν οὐκ ὀκνοῦσιν ἀλλοτρίας συμφορὰς ἐργολαβεῖν.

206. Ποιμὴν καὶ κύων

Ποιμὴν ἔχων κύνα παμμεγέθη τούτῳ εἰώθει τὰ ἔμβρυα καὶ τὰ ἀποθνῄσκοντα τῶν προβάτων παραβάλλειν. Καὶ δή ποτε εἰσελθούσης τῆς ποίμνης, ὁ ποιμὴν θεασάμενος τὸν κύνα προσιόντα τοῖς προβάτοις καὶ σαίνοντα αὐτὰ εἶπεν· "'Αλλ', ὦ οὗτος, ὃ θέλεις σὺ τούτοις ἐπὶ τῇ σῇ κεφαλῇ γένοιτο."

Πρὸς ἄνδρα κόλακα ὁ λόγος εὔκαιρος.

207. Ποιμὴν καὶ θάλασσα

Ποιμὴν ἔν τινι παραθαλασσίῳ τόπῳ νέμων, ὡς ἐθεάσατο τὴν θάλασσαν γαληνιῶσάν τε καὶ πραεῖαν, ἐπεθύμησε πλεῖν. Διόπερ πωλήσας τὰ πρόβατα, φοίνικας ἀγοράσας καὶ ναῦν ἐμφορτισάμενος, ἀνήχθη. Χειμῶνος δὲ σφοδροῦ γενομένου καὶ τῆς νηὸς περιτραπείσης, πάντα

La fable montre que l'habitude atténue les désagréments [255].

205 (Ch. 310). Le riche et les pleureuses.

Un homme riche avait deux filles. L'une d'elles étant morte, il engagea des pleureuses. « Nous sommes bien malheureuses », dit alors l'autre fille à sa mère : « nous qui sommes frappées par ce deuil, nous ne savons pas le déplorer, tandis que ces femmes, qui ne nous sont rien, se frappent la poitrine et se lamentent avec une telle intensité ! » — « Rien d'étonnant, ma fille », lui répondit sa mère, « à ce qu'elles poussent des gémissements si pitoyables : c'est qu'elles sont payées pour ça ! »

Il est ainsi des gens qui, par appât du gain, ne craignent pas de vivre du malheur d'autrui.

206 (Ch. 312). Le berger et son chien.

Un berger avait l'habitude de jeter à son énorme chien les agneaux morts-nés et les carcasses de moutons. Un jour, après avoir rentré le troupeau à l'étable, le berger vit son chien qui s'approchait des moutons et leur faisait fête. « Dis donc, toi ! » s'exclama-t-il, « puisse le sort que tu leur souhaites retomber sur ta tête [256] ! »

La fable s'applique au flatteur.

207 (Ch. 311). Le berger et la mer [257].

Un berger qui faisait paître son troupeau sur la côte, voyant la sérénité des flots, voulut se lancer dans le trafic maritime. En conséquence, il vendit ses moutons pour acheter des dattes, affréta un navire, puis leva l'ancre. Mais une violente tempête éclata, qui fit chavirer son vaisseau ; notre homme perdit toute sa

ἀπολέσας, μόλις ἐπὶ γῆς διενήξατο. Πάλιν δὲ γαλήνης γενομένης, ὡς ἐθεάσατό τινα ἐπὶ τῆς ἠιόνος ἐπαινοῦντα τῆς θαλάσσης τὴν ἠρεμίαν, ἔφη· " Ἀλλ', ὦ οὗτος, αὕτη γάρ σοι φοινίκων ἐπιθυμεῖ."
Οὕτω πολλάκις τὰ παθήματα τοῖς φρονίμοις γίνεται μαθήματα.

208. Ποιμὴν καὶ πρόβατα

Ποιμὴν εἰσηλάσας τὰ πρόβατα εἴς τινα δρυμῶνα, ὡς ἐθεάσατο δρῦν παμμεγέθη μεστὴν βαλάνων, ὑποστρώσας τὸ ἱμάτιον ἐπὶ ταύτην ἀνέβη καὶ τὸν καρπὸν ἀντέσειε. Τὰ δὲ πρόβατα ἐσθίοντα τὰς βαλάνους ἔλαθε καὶ τὸ ἱμάτιον συγκαταφαγόντα. Ὁ δὲ ποιμὴν καταβάς, ὡς ἐθεάσατο τὸ γεγονός, εἶπεν· " Ὦ κάκιστα ζῷα, ὑμεῖς τοῖς λοιποῖς ἔρια εἰς ἐσθῆτα παρέχετε, ἐμοῦ δὲ τοῦ τρέφοντος καὶ τὸ ἱμάτιον ἀφείλεσθε."
Οὕτω τῶν ἀνθρώπων πολλοὶ δι' ἄγνοιαν τοὺς μηδὲν προσήκοντας εὐεργετοῦντες κατὰ τῶν οἰκείων φαῦλα ἐργάζονται.

209. Ποιμὴν καὶ λυκιδεῖς

Ποιμὴν εὑρὼν λυκιδεῖς τούτους μετὰ πολλῆς ἐπιμελείας ἔτρεφεν, οἰόμενος ὅτι τελειωθέντες οὐ μόνον τὰ ἑαυτοῦ πρόβατα τηρήσουσιν, ἀλλὰ καὶ τὰ ἑτέρων ἁρπάζοντες ἑαυτῷ οἴσουσιν. Οἱ δέ, ὡς τάχιστα ηὐξήθησαν, ἀδείας τυχόντες πρῶτον αὐτοῦ τὴν ποίμνην διαφθείρειν ἤρξαντο. Καὶ ὡς ταῦτα ᾔσθετο, ἀναστενάξας εἶπεν· " Ἀλλ' ἔγωγε δίκαια πέπονθα· τί γὰρ τούτους νηπίους ὄντας ἔσῳζον, οὓς ἔδει καὶ ηὐξημένους ἀναιρεῖν;"
Οὕτως οἱ τοὺς πονηροὺς περισῳζόντες λανθάνουσι καθ' ἑαυτῶν πρῶτον αὐτοὺς ῥωννύντες.

cargaison et parvint à grand-peine à gagner la terre ferme à la nage. Lorsque la mer se fut apaisée, apercevant un passant qui louait ses flots étales, il lui rétorqua : « Voyons, mon ami, c'est qu'elle a envie de dattes ! »

La fable montre que des épreuves naît l'expérience.

208 (Ch. 316). Le berger et ses moutons.

Un berger conduisit ses brebis dans une chênaie, où il avisa un très gros chêne chargé de glands. Après avoir déployé son manteau au pied de l'arbre, il grimpa dessus pour en secouer les fruits. Mais ses moutons, tout en mangeant les glands, dévorèrent aussi par inadvertance son manteau. Une fois redescendu, le berger s'en aperçut. « Sales bêtes ! » s'écria-t-il alors : « vous qui donnez à autrui votre laine pour son vêtement, vous m'avez enlevé, à moi qui vous nourris, jusqu'à mon manteau [258] ! »

Ainsi des hommes : par sottise, nombreux sont ceux qui rendent service à de parfaits inconnus, tout en maltraitant leurs proches.

209 (Ch. 313). Le berger et les louveteaux.

Un berger avait trouvé des louveteaux qu'il élevait avec grand soin, dans l'idée qu'une fois adultes, non seulement ils surveilleraient ses brebis, mais iraient encore en ravir d'autres pour les lui ramener. Or à peine furent-ils devenus grands qu'à la première occasion de nuire impunément, ils commencèrent par massacrer son troupeau. Lorsqu'il s'en avisa, le berger s'exclama en gémissant : « Bien fait pour moi ! Pourquoi leur ai-je sauvé la vie quand ils étaient tout petits, alors que même grands, il faudrait les exterminer [259] ? »

De même, épargner les méchants revient à nourrir à notre insu des forces dont nous serons les premières victimes.

210. Ποιμὴν παίζων

Ποιμὴν ἐξελαύνων αὐτοῦ τὴν ποίμνην ἀπό τινος κώμης πορρωτέρω, διετέλει τοιαύτῃ παιδιᾷ χρώμενος· ἐπιβοώμενος γὰρ τοὺς κωμήτας ἐπὶ βοήθειαν ἔλεγε ὡς λύκοι τοῖς προβάτοις ἐπῆλθον. Δὶς δὲ καὶ τρὶς τῶν ἐκ τῆς κώμης ἐκπλαγέντων καὶ ἐκπηδησάντων, εἶτα μετὰ γέλωτος ἀπαλλαγέντων, συνέβη τὸ τελευταῖον τῇ ἀληθείᾳ λύκους ἐπελθεῖν. Ἀποτεμνομένων δὲ αὐτῶν τὴν ποίμνην καὶ τοῦ ποιμένος ἐπὶ βοηθείᾳ τοὺς κωμήτας ἐπιβοῶντος, ἐκεῖνοι ὑπολαβόντες αὐτὸν παίζειν κατὰ τὸ ἔθος, ἧττον ἐφρόντιζον· καὶ οὕτως αὐτῷ συνέβη ἀπολέσαι τὰ πρόβατα.

Ὁ λόγος δηλοῖ ὅτι τοῦτο κερδαίνουσιν οἱ ψευδόμενοι, τὸ μηδὲ ὅταν ἀληθεύωσι πιστεύεσθαι.

211. Παῖς λουόμενος

Παῖς ποτε λουόμενος ἔν τινι ποταμῷ ἐκινδύνευσεν ἀποπνιγῆναι. Ἰδὼν δέ τινα ὁδοιπόρον, τοῦτον ἐπὶ βοήθειαν ἐφώνει. Ὁ δὲ ἐμέμφετο τῷ παιδὶ ὡς τολμηρῷ. Τὸ δὲ μειράκιον εἶπε πρὸς αὐτόν· "Ἀλλὰ νῦν μοι βοήθει, ὕστερον δὲ σωθέντι μέμψῃ."

Ὁ λόγος εἴρηται πρὸς τοὺς ἀφορμὴν καθ' ἑαυτῶν διδόντας ἀδικεῖσθαι.

212. Πρόβατον κειρόμενον

Πρόβατον ἀφυῶς κειρόμενον πρὸς τὸν κείροντα ἔφη· "Εἰ μὲν ἔριον ζητεῖς, ἀνωτέρω τέμνε· εἰ δὲ κρεῶν ἐπιθυμεῖς, ἅπαξ με καταθύσας τοῦ κατὰ μικρὸν βασανίζειν ἀπάλλαξον."

Πρὸς τοὺς ἀφυῶς ταῖς τέχναις προσφερομένους ὁ λόγος εὔκαιρος.

213. Ῥοιὰ καὶ μηλέα καὶ ἐλαία καὶ βάτος

Ῥοιὰ καὶ μηλέα καὶ ἐλαία περὶ εὐκαρπίας ἤριζον. Πολλοῦ δὲ τοῦ νείκος ἀναφθέντος, βάτος

210 (Ch. 318). Le berger farceur.

Un berger qui conduisait son troupeau assez loin du village ne se lassait pas de la farce suivante : il appelait à grands cris les villageois au secours, sous prétexte que les loups attaquaient ses moutons. Les deux ou trois premières fois, les gens du village, effarés, accoururent à la hâte, avant de s'en retourner dupés. Mais un beau jour les loups passèrent bel et bien à l'attaque, et tandis qu'ils décimaient le troupeau, le berger eut beau appeler à l'aide les villageois, ceux-ci supposèrent qu'il leur jouait son tour habituel et ne firent aucun cas de lui. C'est ainsi qu'il finit par perdre ses moutons.

La fable montre que les menteurs, pour tout salaire, ne sont pas crus, même lorsqu'ils disent vrai.

211 (Ch. 297). L'enfant qui se baigne [260].

Un jour, un enfant qui se baignait dans un fleuve se vit en danger d'être noyé. Ayant aperçu un voyageur, il l'appela au secours. Celui-ci lui reprocha sa témérité. « Pour l'instant, sauve-moi », lui rétorqua le garçon ; « tu me gronderas quand tu m'auras tiré de là ! »

La fable s'applique à ceux qui fournissent contre eux-mêmes des raisons de leur faire tort.

212 (Ch. 321). La brebis tondue [261].

Une brebis tondue maladroitement dit à celui qui la tondait : « Si tu veux ma laine, coupe plus haut ; si c'est ma chair que tu désires, finissons-en une bonne fois pour toutes, mais cesse de me taillader pièce à pièce ! »

La fable convient à ceux qui pratiquent leur métier maladroitement.

213 (Ch. 324). Le grenadier, le pommier, l'olivier et la ronce.

Le grenadier, le pommier, et l'olivier se disputaient le prix du meilleur fruit [262]. Comme la discussion

ἐκ τοῦ πλησίον φραγμοῦ ἀκούσασα εἶπεν· "'Ἀλλ', ὦ φίλαι, παυσώμεθά ποτε μαχόμεναι."

Οὕτω παρὰ τὰς τῶν ἀμεινόνων στάσεις καὶ οἱ μηδενὸς ἄξιοι πειρῶνται δοκεῖν τι εἶναι.

214. Σπάλαξ

Σπάλαξ (ἐστὶ δὲ τοῦτο τὸ ζῷον τυφλόν) λέγει πρὸς τὴν ἑαυτοῦ μητέρα ὅτι βλέπει. Κἀκείνη πειράζουσα αὐτὸν χόνδρον λιβανωτοῦ δοῦσα αὐτῷ ἐπηρώτα τί ποτε εἴη. Τοῦ δὲ εἰπόντος ψηφῖδα, εἶπεν· " Ὦ τέκνον, οὐ μόνον τοῦ βλέπειν ἐστέρησαι, ἀλλὰ καὶ τὰς ὀσφρήσεις ἀπώλεσας."

Οὕτως ἔνιοι τῶν ἀλαζόνων καὶ τὰ ἀδύνατα ἐπαγγέλλονται καὶ ἐν τοῖς ἐλαχίστοις ἐλέγχονται.

215. Σφῆκες καὶ πέρδικες καὶ γεωργός

Σφῆκές ποτε καὶ πέρδικες δίψει συνεχόμενοι ἧκον πρὸς γεωργὸν καὶ παρὰ τούτου ποτὸν ᾔτουν, ἐπαγγελλόμενοι ἀντὶ τοῦ ὕδατος, οἱ μὲν πέρδικες περισκάψειν τὰς ἀμπέλους καὶ τοὺς βότρυας εὐπρεπεῖς ποιῆσαι, οἱ δὲ σφῆκες κύκλῳ περιστάντες τοῖς κέντροις τοὺς κλέπτας ἀπώσασθαι. Κἀκεῖνος ὑποτυχὼν ἔφη· "'Ἀλλ' ἔμοιγέ εἰσι δύο βόες, οἵτινες μηδέν μοι κατεπαγγελλόμενοι πάντα ποιοῦσιν· οἷς ἄμεινόν ἐστιν ἢ ὑμῖν τὸ ποτὸν παρασχεῖν."

Πρὸς ἄνδρα ἀχάριστον ὁ λόγος εὔκαιρος.

216. Σφὴξ καὶ ὄφις

Σφὴξ ἐπὶ κεφαλὴν ὄφεως καθίσας καὶ συνεχῶς τῷ κέντρῳ πλήσσων ἐχείμαζε. Ὁ δὲ περιώδυνος

s'envenimait, une ronce qui les écoutait de la haie voisine leur dit : « Voyons, mes amis, laissons là nos querelles ! »

De même, lorsque la discorde oppose les meilleurs citoyens, les gens de rien cherchent à se hausser du col [263].

214 (Ch. 326). La taupe.

Une taupe (il s'agit d'un animal aveugle) soutenait à sa mère qu'elle pouvait voir. Celle-ci, pour la mettre à l'épreuve, lui tendit un grain d'encens et lui demanda ce que c'était. « C'est un caillou », affirma la taupe. « Ma pauvre enfant », s'exclama la mère, « non seulement tu es privée de la vue, mais tu as perdu l'odorat ! »

Il est de même des fanfarons qui promettent l'impossible, mais à qui la première bagatelle venue cloue le bec.

215 (Ch. 330). Les guêpes, les perdrix et le paysan.

Pressées par la soif, des guêpes et des perdrix vinrent demander à boire à un paysan, en lui promettant, pour prix de son eau, de lui rendre un service : les perdrix, de lui bêcher sa vigne, et les guêpes, de monter la garde à ses alentours et d'en repousser les voleurs avec leurs dards. Le paysan leur fit cette réponse : « Fort bien, mais j'ai une paire de bœufs qui font tout sans rien promettre ; mieux vaut donc que je les abreuve, eux, plutôt que vous. »

La fable s'applique à l'individu ingrat.

216 (Ch. 331). La guêpe et le serpent.

Une guêpe qui s'était posée sur la tête d'un serpent le tourmentait sans répit en le piquant de son dard. Le

γενόμενος καὶ τὸν ἐχθρὸν οὐκ ἔχων ἀμύνασθαι, τὴν κεφαλὴν ἁμάξης τροχῷ ὑπέθηκε καὶ οὕτω τῷ σφηκὶ συναπέθανεν.
Πρὸς τοὺς συναποθνήσκειν τοῖς ἐχθροῖς ὑπομένοντας.

217. Ταῦρος καὶ αἶγες ἄγριαι

Ταῦρος διωκόμενος ὑπὸ λέοντος κατέφυγεν εἴς τι σπήλαιον, ἐν ᾧ ἦσαν αἶγες ἄγριαι. Τυπτόμενος δὲ ὑπ' αὐτῶν καὶ κερατιζόμενος ἔφη· "Οὐχ ὑμᾶς φοβούμενος ἀνέχομαι, ἀλλὰ τὸν πρὸ τοῦ στομίου ἑστῶτα."
Οὕτω πολλοὶ διὰ φόβον τῶν κρειττόνων καὶ τὰς ἐκ τῶν ἡττόνων ὕβρεις ὑπομένουσιν.

218. Πιθήκου παῖδες

Τοὺς πιθήκους φασὶ δύο τίκτειν καὶ τὸ μὲν ἓν τῶν γεννημάτων στέργειν καὶ μετ' ἐπιμελείας τρέφειν, τὸ δὲ ἕτερον μισεῖν καὶ ἀμελεῖν. Συμβαίνει δὲ κατά τινα θείαν τύχην τὸ μὲν ἐπιμελούμενον ἀποθνήσκειν, τὸ δὲ ὀλιγωρούμενον τελειοῦσθαι.
Ὁ λόγος δηλοῖ ὅτι πάσης προνοίας ἡ τύχη δυνατωτέρα καθέστηκε.

219. Ταὼς καὶ κολοιός

Τῶν ὀρνέων βουλευομένων περὶ βασιλείας, ταὼς ἠξίου ἑαυτὸν χειροτονῆσαι βασιλέα διὰ τὸ κάλλος. Ὁρμωμένων δὲ ἐπὶ τοῦτο τῶν ὀρνέων, κολοιὸς ἔφη· "Ἀλλ' ἐὰν σοῦ βασιλεύοντος ὁ ἀετὸς ἡμᾶς διώκῃ, πῶς ἡμῖν ἐπαρκέσεις;"
Ὁ λόγος δηλοῖ ὅτι δεῖ τοὺς δυνάστας μὴ κάλλει ἀλλὰ δυνάμει κεκοσμῆσθαι.

serpent, fou de douleur et ne pouvant payer son ennemi de retour, mit sa tête sous la roue d'un char, entraînant ainsi la guêpe dans la mort.

La fable vise ceux qui vont jusqu'à périr avec leurs ennemis.

217 (Ch. 332). Le taureau et les chèvres sauvages [264].

Pourchassé par un lion, un taureau s'était réfugié dans une grotte où se trouvaient des chèvres sauvages. Comme celles-ci le frappaient de leurs cornes, il s'écria : « Si je vous laisse faire, ce n'est pas que je vous craigne, mais bien le lion qui se trouve sur le seuil [265] ! »

C'est ainsi que bien des gens, par crainte du plus fort, supportent jusqu'aux outrages du plus faible.

218 (Ch. 307). Les petits de la guenon.

On dit que la guenon, qui met au monde des jumeaux, chérit et allaite avec sollicitude l'un des petits, tout en négligeant l'autre, qu'elle hait. Or il se trouve, par un décret de la divine Fortune, que celui qu'elle choie périt, tandis que celui qu'elle dédaigne atteint l'âge adulte.

La fable fait voir que toute notre prévoyance ne peut rien contre la fortune.

219 (Ch. 334). Le paon et le geai.

Les oiseaux délibéraient pour se choisir un roi, et le paon se jugeait digne d'être élu en raison de sa beauté. Déjà les oiseaux se rangeaient à son avis, lorsqu'un geai s'écria : « Mais si, sous ton règne, l'aigle nous pourchasse, quel secours nous apporteras-tu ? »

La fable montre que les chefs doivent se distinguer non par leur beauté, mais par leur puissance.

220. Κάμηλος, ἐλέφας καὶ πίθηκος

Τῶν ἀλόγων ζώων βουλευομένων βασιλέα ἑλέσθαι, κάμηλος καὶ ἐλέφας καταστάντες ἐφιλονείκουν, καὶ διὰ τὸ μέγεθος τοῦ σώματος καὶ διὰ τὴν ἰσχὺν ἐλπίζοντες πάντων προκρίνεσθαι. Πίθηκος δὲ ἀμφοτέρους ἀνεπιτηδείους ἔφη εἶναι· τὴν μὲν κάμηλον διότι χολὴν οὐκ ἔχει κατὰ τῶν ἀδικούντων, τὸν δὲ ἐλέφαντα ὅτι "δέος ἐστὶ μὴ αὐτοῦ βασιλεύοντος χοιρίδιον, ὃ δέδοικεν, ἡμῖν ἐπιθῆται."

Ὁ λόγος δηλοῖ ὅτι πολλάκις καὶ τὰ μέγιστα τῶν πραγμάτων διὰ μικρὰν αἰτίαν κωλύονται.

221. Ζεὺς καὶ ὄφις

Τοῦ Διὸς γαμοῦντος πάντα τὰ ζῷα ἀνήνεγκαν δῶρα. Ὄφις δὲ ἕρπων, ῥόδον ἀναλαβὼν τῷ στόματι, ἀνέβη. Ἰδὼν δὲ αὐτὸν ὁ Ζεὺς εἶπε· "Τῶν ἄλλων ἁπάντων καὶ ἐκ ποδῶν δῶρα δέχομαι· ἀπὸ δὲ τοῦ σοῦ στόματος οὐδὲν λαμβάνω."

Ὁ λόγος δηλοῖ ὅτι πάντων τῶν πονηρῶν αἱ χάριτες φοβεραί εἰσιν.

222. Ὗς καὶ κύων

Ὗς καὶ κύων πρὸς ἀλλήλας διεφέροντο. Τῆς δὲ ὑὸς ὀμνυούσης τὴν Ἀφροδίτην ὅτι, ἐὰν μὴ παύσηται, τοῖς ὀδοῦσι ἀνατεμεῖ, ἡ κύων ἔλεγε καὶ κατ' αὐτὸ τοῦτο αὐτὴν ἀγνωμονεῖν, εἴγε Ἀφροδίτη μισεῖ, ὥστε ἐὰν φάγῃ τις κρέας ὑός, τοῦτον οὐκ ἐᾷ εἰς τὸ ἱερὸν αὐτῆς εἰσιέναι. Καὶ ἡ ὗς ὑποτυχοῦσα ἔφη· "Ἀλλὰ τοῦτό γε οὐ στυγοῦσά με ποιεῖ, προνοουμένη δέ, ἵνα μηδείς με θύσῃ."

Οὕτως οἱ φρόνιμοι τῶν ῥητόρων πολλάκις καὶ τὰ ὑπὸ τῶν ἐχθρῶν φερόμενα ὀνείδη εἰς ἐπαίνους μετασχηματίζουσι.

223. Ὗς καὶ κύων (περὶ εὐτοκίας)

Ὗς καὶ κύων περὶ εὐτοκίας ἤριζον. Τῆς δὲ κυνὸς εἰπούσης ὅτι μόνη τῶν τετραπόδων ταχέως

220 (Ch. 145). Le chameau, l'éléphant, et le singe.

Les animaux délibéraient sur le choix d'un roi. Le chameau et l'éléphant, tous deux candidats, se disputaient la couronne, comptant sur leur taille et leur force pour être préférés à tous leurs rivaux. Mais un singe les déclara également inaptes au trône : « le chameau, parce qu'il ne fait pas sentir sa colère à ceux qui lui font tort [266], et l'éléphant, parce qu'il est à craindre que sous son règne, un porcelet, animal redoutable à ses yeux, ne s'en prenne à nous ».

La fable montre qu'une cause mineure ruine souvent les plus hautes aspirations.

221 (Ch. 122). Zeus et le serpent.

Aux noces de Zeus, tous les animaux apportèrent des présents. Le serpent, une rose à la gueule, monta en rampant jusqu'à lui. Lorsqu'il le vit, Zeus s'écria : « Les dons de tous les autres m'agréent, même s'ils me les tendent avec les pieds ; mais de ta gueule, je ne veux rien recevoir ! »

La fable montre que d'un méchant, les dons gracieux sont redoutables.

222 (Ch. 329). La truie et la chienne.

Une truie et une chienne s'accablaient d'injures. La truie jura par Aphrodite que si la chienne continuait, elle la déchirerait à belles dents. La chienne lui rétorqua que décidément, elle ne savait pas ce qu'elle disait, elle qu'Aphrodite haïssait au point d'interdire l'accès de son temple à quiconque a goûté la chair du porc. « Ce n'est pas de la haine », répliqua la truie, « mais de la prévoyance : elle voulait m'éviter d'être sacrifiée ! »

La fable montre que les orateurs éprouvés tournent souvent à leur éloge les insultes de leurs adversaires.

223 (Ch. 342). La truie et la chienne (rivalisant de fécondité).

Une truie et une chienne se disputaient le prix de la fécondité. La chienne affirmait que parmi les quadru-

ἀποκυεῖ, ἡ ὗς ὑποτυχοῦσα ἔφη· " Ἀλλ' ὅταν τοῦτο λέγῃς, γίνωσκε ὅτι τυφλοὺς τίκτεις."
Ὁ λόγος δηλοῖ ὅτι οὐκ ἐν τῷ τάχει τὰ πράγματα, ἀλλ' ἐν τῇ τελειότητι κρίνεται.

224. Ὗς ἄγριος καὶ ἀλώπηξ

Ὗς ἄγριος ἑστὼς παρά τι δένδρον τοὺς ὀδόντας ἠκόνα. Ἀλώπεκος δὲ αὐτὸν ἐρομένης τὴν αἰτίαν δι' ἣν μήτε κυνηγέτου μήτε κινδύνου ἐφεστῶτος τοὺς ὀδόντας θήγει, ἔφη· " Ἀλλ' οὐ ματαίως τοῦτο ποιῶ· ἐὰν γάρ με κίνδυνος καταλάβῃ, οὐ τότε περὶ τὸ ἀκονᾶν ἀσχολήσομαι, ἑτοίμοις δὲ οὖσι χρήσομαι."
Ὁ λόγος διδάσκει ὅτι δεῖ πρὸ τῶν κινδύνων τὰς παρασκευὰς ποιεῖσθαι.

225. Φιλάργυρος

Φιλάργυρός τις τὴν οὐσίαν ἐξαργυρισάμενος βῶλον χρυσοῦν ὠνήσατο καὶ τοῦτον πρὸ τοῦ τείχους κατορύξας διετέλει συνεχῶς ἐρχόμενος καὶ ἐπισκεπτόμενος. Τῶν δὲ περὶ τὸν τόπον ἐργατῶν τις παρατηρησάμενος αὐτοῦ τὰς ἀφίξεις καὶ ὑπονοήσας τὸ ἀληθές, ἀπαλλαγέντος αὐτοῦ τὸ χρυσίον ἀνείλετο. Ὁ δὲ ἐπανελθὼν καὶ κενὸν εὑρὼν τὸν τόπον ἔκλαιέ τε καὶ τὰς τρίχας ἔτιλλε. Ἰδὼν δέ τις αὐτὸν ὑπερπαθοῦντα καὶ μαθὼν τὴν αἰτίαν ἔφη πρὸς αὐτόν· "Μὴ λυποῦ, ἑταῖρε, ἀλλὰ λαβὼν λίθον κατάθες ἐν τῷ αὐτῷ τόπῳ καὶ νόμιζε τὸ χρυσίον κεῖσθαι· οὐδὲ γὰρ ὅτε ἦν ἐχρῶ αὐτῷ."
Ὁ λόγος δηλοῖ ὅτι τὸ μηδέν ἐστιν ἡ κτῆσις, ἐὰν μὴ ἡ χρῆσις παρῇ.

226. Χελώνη καὶ λαγωός

Χελώνη καὶ λαγωὸς περὶ ὀξύτητος ἤριζον. Καὶ δὴ προθεσμίαν στήσαντες καὶ τόπον

pèdes, elle seule avait des portées rapides. La truie lui répliqua : « Ça, tu peux le dire, mais n'oublie pas d'ajouter que tes chiots naissent aveugles ! »

La fable montre que les actes ne se jugent pas à leur vitesse, mais à leur degré d'achèvement.

224 (Ch. 327). Le sanglier et le renard.

Un sanglier aiguisait ses défenses au pied d'un arbre. Un renard lui demanda pourquoi il les affûtait ainsi, alors que ni chasseur ni danger ne menaçaient. « Ce n'est pas en pure perte », répondit le sanglier : « en cas de danger, je n'aurai pas le temps de les aiguiser, mais je les trouverai alors prêtes à l'emploi. »

La fable enseigne qu'il faut prendre ses précautions avant l'heure du danger.

225 (Ch. 344). L'avare [267].

Après avoir converti tout son bien en monnaie, un avare acheta un lingot d'or qu'il enfouit devant le rempart, où il ne cessait de revenir le contempler. Mais l'un des ouvriers des environs, qui avait observé ses allées et venues et deviné de quoi il retournait, attendit son départ et déroba le lingot. Peu après, notre avare revint à son tour ; découvrant que sa cachette était vide, il éclata en sanglots et s'arracha les cheveux. A le voir dans une telle affliction, un passant lui en demanda la raison, puis lui dit : « Allons, mon ami, cesse donc de te désespérer : ramasse plutôt un caillou, cache-le au même endroit, et figure-toi que c'est ton or ; car du temps où tu l'avais encore, tu n'en usais pas davantage ! »

La fable montre que sans l'usage, la possession n'est rien.

226 (Ch. 352). La tortue et le lièvre [268].

Une tortue et un lièvre se disputaient le prix de vitesse. Ils convinrent donc d'une date et d'un lieu,

ἀπηλλάγησαν. Ὁ μὲν οὖν λαγωὸς διὰ τὴν φυσικὴν ὠκύτητα ἀμελήσας τοῦ δρόμου, πεσὼν παρὰ τὴν ὁδὸν ἐκοιμᾶτο. Ἡ δὲ χελώνη συνειδυῖα ἑαυτῇ τὴν βραδύτητα οὐ διέλιπε τρέχουσα, καὶ οὕτω κοιμώμενον τὸν λαγωὸν παραδραμοῦσα ἐπὶ τὸ βραβεῖον τῆς νίκης ἀφίκετο.
Ὁ λόγος δηλοῖ ὅτι πολλάκις φύσιν ἀμελοῦσαν πόνος ἐνίκησεν.

227. Χελιδὼν καὶ δράκων

Χελιδὼν ἔν τινι δικαστηρίῳ νεοττοποιησαμένη ἐξέπτη. Δράκων δὲ προσερπύσας κατέφαγεν αὐτῆς τοὺς νεοττούς. Ἡ δὲ ἐπανελθοῦσα καὶ τὴν καλιὰν κενὴν εὑροῦσα ὑπερπαθῶς ἔστενεν. Ἑτέρας δὲ χελιδόνος παρηγορεῖν αὐτὴν πειρωμένης καὶ λεγούσης ὅτι οὐ μόνον αὐτὴν τέκνα ἀποβαλεῖν συμβέβηκεν, ὑποτυχοῦσα ἔφη· "Ἀλλ' ἔγωγε οὐ τοσοῦτον ἐπὶ τοῖς τέκνοις κλαίω ὅσον ὅτι ἐν τούτῳ τῷ τόπῳ ἠδίκημαι ἐν ᾧ οἱ ἀδικούμενοι βοηθοῦνται."
Ὁ λόγος δηλοῖ ὅτι χαλεπώτεραι γίνονται τοῖς πάσχουσιν αἱ συμφοραί, ὅταν ὑφ' ὧν ἥκιστα προσεδόκησαν πάσχωσιν.

228. Χῆνες καὶ γέρανοι

Χῆνες καὶ γέρανοι τὸν αὐτὸν λειμῶνα ἐνέμοντο. Ἐπιφανέντων δὲ αὐτοῖς θηρευτῶν, αἱ μὲν γέρανοι ἐλαφραὶ οὖσαι διεσώθησαν, οἱ δὲ χῆνες μείναντες διὰ τὸ βάρος τῶν σωμάτων συνελήφθησαν.
Οὕτω καὶ τῶν ἀνθρώπων, ἐπὰν πόλεμος ἐν πόλει γένηται, οἱ μὲν πένητες εὐπρόφοροι ὄντες ῥᾳδίως ἀπὸ πόλεως εἰς ἑτέραν πόλιν διασῴζονται τῆς ἐλευθερίας μετέχοντες, οἱ δὲ πλούσιοι διὰ τὴν τῶν ὑπαρχόντων ὑπερβολὴν μένοντες πολλάκις δουλεύουσιν.

229. Χελιδὼν καὶ κορώνη

Χελιδὼν καὶ κορώνη περὶ κάλλους ἐφιλονείκουν. Ὑποτυχοῦσα δὲ ἡ κορώνη πρὸς

puis se séparèrent. Or le lièvre, qui comptait sur sa rapidité naturelle, ne se soucia pas de la course, mais se coucha au bord de la route pour une sieste ; quant à la tortue, consciente de sa lenteur, elle fit la course d'une traite et dépassa le lièvre endormi, remportant ainsi la victoire et le prix.

La fable montre que souvent l'effort triomphe d'un naturel doué mais négligent.

227 (Ch. 347). L'hirondelle et le serpent [269].

Une hirondelle avait quitté son nid, qu'elle avait bâti dans un tribunal. Un serpent s'y introduisit en rampant et engloutit les oisillons. A son retour, lorsqu'elle trouva son nid vide, elle se mit à gémir, au comble de la douleur. Une autre hirondelle, cherchant à la consoler, lui dit qu'elle n'était pas la seule à avoir souffert la perte de ses enfants. « Sans doute », lui répondit-elle, « mais je ne déplore pas tant le sort de mes petits que d'avoir vu toute justice bafouée à l'endroit même où l'on obtient son secours [270] ! »

La fable montre que le malheur frappe plus rudement ses victimes, lorsqu'il provient de ceux auxquels elles s'attendaient le moins.

228 (Ch. 353). Les oies et les grues.

Des oies et des grues paissaient dans le même pré. Des chasseurs survinrent. Les grues, légères, s'enfuirent ; les oies, que leur poids clouait sur place, furent prises.

De même chez les hommes : lorsque la guerre éclate dans une cité, les pauvres, qui se déplacent sans peine, ont tôt fait de passer d'une ville à une autre, où ils trouvent leur salut et conservent leur liberté, tandis que les riches, que l'excès de leurs biens fixe à demeure, sont souvent réduits en servitude.

229 (Ch. 348). L'hirondelle et la corneille [271].

L'hirondelle et la corneille se disputaient le prix de beauté. La corneille interrompit l'hirondelle pour lui

αὐτὴν ἔφη· " Ἀλλὰ τὸ μὲν σὸν κάλλος τὴν ἐαρινὴν ὥραν ἀνθεῖ, τὸ δὲ ἐμὸν σῶμα καὶ χειμῶνι παρατείνεται."
Ὁ λόγος δηλοῖ ὅτι ἡ παράτασις τοῦ σώματος εὐπρεπείας καλλίων.

230. Χελώνη καὶ ἀετός

Χελώνη θεασαμένη ἀετὸν πετόμενον ἐπεθύμησε καὶ αὐτὴ πέτεσθαι. Προσελθοῦσα δὲ τοῦτον παρεκάλει ἐφ' ᾧ βούλεται μισθῷ διδάξαι αὐτήν. Τοῦ δὲ πείθοντος καὶ λέγοντος ἀδύνατον εἶναι καὶ ἔτι αὐτῆς ἐπικειμένης καὶ ἀξιούσης, ἄρας αὐτὴν καὶ μετέωρος ἀρθεὶς ἀφῆκεν ἐπί τινος πέτρας, ὅθεν κατενεχθεῖσα ἀπερράγη καὶ ἀπέθανεν.
Ὁ μῦθος δηλοῖ ὅτι πολλοὶ ἐν φιλονεικίαις τῶν φρονιμωτέρων παρακούσαντες ἑαυτοὺς καταβλάπτουσιν.

231. Ψύλλα καὶ ἀθλητής

Ψύλλα ποτὲ πηδήσασα ἐκάθισεν ἐπὶ ταρσοῦ ποδὸς ἀνδρὸς ἀθλητοῦ νοσοῦντος καὶ ἁλλομένη ἐνῆκε δῆγμα. Ὁ δὲ ἀκροχολήσας, εὐτρεπίσας τοὺς ὄνυχας οἷός τε ἦν συνθλάσαι τὴν ψύλλαν. Ἡ δὲ ὑφ' ὁρμῆς φύξιον πήδημα λαβοῦσα ἀπέδρα τοῦ θανεῖν ἀπαλλαγεῖσα. Καὶ ὃς στενάξας εἶπεν· " Ὦ Ἡράκλεις, ὅταν πρὸς ψύλλαν οὕτως, πῶς ἐπὶ τοὺς ἀνταγωνιστὰς συνεργός μοι γενήσῃ;"
Ἀτὰρ οὖν καὶ ἡμᾶς ὁ λόγος διδάσκει μὴ δεῖν ἐπὶ τὰ ἐλάχιστα καὶ ἀκίνδυνα πράγματα ἐπ' εὐθείας τοὺς θεοὺς ἐπικαλεῖν, ἀλλ' ἐπὶ ταῖς μείζοσιν ἀνάγκαις.

232. Ἀλώπεκες ἐπὶ τῷ Μαιάνδρῳ ποταμῷ

Ποτὲ ἀλώπεκες ἐπὶ τὸν Μαίανδρον ποταμὸν συνηθροίσθησαν, πιεῖν ἐξ αὐτοῦ θέλουσαι. Διὰ

dire : « Ta beauté ne fleurit qu'à la saison printanière, tandis que mon corps résiste aussi aux frimas [272] ! »

La fable montre que la longévité l'emporte en beauté sur la prestance.

230 (Ch. 351). La tortue et l'aigle [273].

Une tortue, voyant un aigle voler, désira voler à son tour. Elle vint donc le trouver et le supplia de la prendre pour élève, en fixant lui-même son prix. L'aigle avait beau remontrer à la tortue qu'elle demandait l'impossible, elle ne l'en priait que plus ardemment. Il la prit donc dans ses serres, l'emporta dans les hauteurs, puis la lâcha au-dessus d'un rocher : la tortue tomba, et périt fracassée.

A se laisser emporter par l'esprit d'émulation et à négliger les avis de plus sensé que soi, l'on se fait souvent tort à soi-même.

231 (Ch. 356). La puce et l'athlète [274].

Un jour, une puce vint atterrir d'un bond sur l'orteil d'un athlète malade, qu'elle mordit entre deux sauts. Déjà l'athlète furieux tenait ses ongles prêts à l'écraser ; mais la puce, prenant son élan, l'esquiva d'un bond et trouva son salut dans la fuite. « Ah ! Héraklès », dit l'athlète avec un soupir, « si tel est le secours que tu m'apportes contre une puce, comment m'aideras-tu à lutter contre mes adversaires ? »

Cette fable nous enseigne à notre tour à ne pas nous hâter d'invoquer les dieux dans des affaires sans conséquence ni danger, mais à attendre qu'une nécessité plus grave nous presse.

232 (Ch. 29). Les renards au bord du Méandre.

Des renards s'étaient un jour rassemblés sur les rives du Méandre pour s'y désaltérer. Mais devant les

δὲ τὸ ῥοιζηδὸν φέρεσθαι τὸ ὕδωρ, ἀλλήλας προτρεπόμεναι οὐκ ἐτόλμων εἰσελθεῖν. Μιᾶς δὲ αὐτῶν διεξιούσης, ἐπὶ τῷ εὐτελίζειν τὰς λοιπάς, καὶ δειλίαν καταγελώσης, ἑαυτὴν ὡς γενναιοτέραν προκρίνασα θαρσαλέως εἰς τὸ ὕδωρ ἐπήδησεν. Τοῦ δὲ ῥεύματος ταύτην εἰς μέσον κατασύραντος, καὶ τῶν λοιπῶν παρὰ τὴν ὄχθην τοῦ ποταμοῦ ἑστηκυιῶν, πρὸς αὐτὴν εἰπουσῶν· " Μὴ ἐάσῃς ἡμᾶς, ἀλλὰ στραφεῖσα ὑπόδειξον τὴν εἴσοδον δι' ἧς ἀκινδύνως δυνησόμεθα πιεῖν", ἐκείνη ἀπαγομένη ἔλεγεν· "Ἀπόκρισιν ἔχω εἰς Μίλητον, καὶ ταύτην ἐκεῖσε ἀποκομίσαι βούλομαι· ἐν δὲ τῷ ἐπανιέναι με ὑποδείξω ὑμῖν."

Πρὸς τοὺς κατὰ ἀλαζονείαν ἑαυτοῖς κίνδυνον ἐπιφέροντας.

233. Κύκνος καὶ δεσπότης

Τοὺς κύκνους φασὶ παρὰ τὸν θάνατον ᾄδειν. Καὶ δή τις περιτυχὼν κύκνῳ πωλουμένῳ καὶ ἀκούσας ὅτι εὐμελέστατόν ἐστι ζῷον, ἠγόρασε. Καὶ ἔχων ποτὲ συνδείπνους, προσελθὼν παρεκάλει αὐτὸν ᾆσαι ἐν τῷ πότῳ. Τοῦ δὲ τότε μὲν ἡσυχάζοντος, ὕστερον δέ ποτε, ὡς ἐνόησεν ὅτι ἀποθνήσκειν ἔμελλε, ἑαυτὸν θρηνοῦντος, ὁ δεσπότης αὐτοῦ ἀκούσας ἔφη· "Ἀλλ' εἰ σὺ οὐκ ἄλλως ᾄδεις, ἐὰν μὴ ἀποθνήσκῃς, ἐγὼ μάταιος ἦν, ὃς τότε μὲν παρεκάλουν, ἀλλ' οὐκ ἔθυον."

Οὕτως ἔνιοι τῶν ἀνθρώπων, ἃ μὴ ἑκόντες χαρίσασθαι βούλονται, ταῦτα ἄκοντες ἐπιτελοῦσιν.

234. Λύκος καὶ ποιμήν

Λύκος ἀκολουθῶν ποίμνῃ προβάτων οὐδὲν ἠδίκει. Ὁ δὲ ποιμὴν κατὰ μὲν ἀρχὰς ἐφυλάττετο αὐτὸν ὡς ἐχθρὸν καὶ δεδοικὼς παρετηρεῖτο. Ἐπεὶ δὲ συνεχῶς ἐκεῖνος παρεπόμενος οὐδὲν

grondements du courant, tout en s'exhortant mutuellement à se jeter à l'eau, ils ne s'y risquaient pas. Alors l'un d'eux, après un discours où il gourmandait ses compagnons et tournait leur lâcheté en dérision, voulut se montrer plus brave qu'eux et sauta vaillamment à l'eau. Comme le courant l'entraînait vers le milieu du fleuve, les autres renards lui criaient de la berge : « Ne nous abandonne pas ! Reviens ! Montre-nous par où passer pour boire sans danger ! » — et lui, emporté par le courant, de répondre : « J'ai une lettre pour Milet, et je veux l'y porter ; à mon retour, je vous indiquerai le passage ».

La fable vise les fiers-à-bras qui se mettent eux-mêmes en péril.

233 (Ch. 174). Le cygne et son maître.

Les cygnes, dit-on, chantent avant de mourir [275]. Un homme tomba sur un cygne à vendre ; comme il s'était laissé dire que c'était un oiseau très mélodieux, il l'acheta. Un jour qu'il recevait à dîner, il fit chercher son cygne et le pria de chanter au moment des boissons : en cette occasion, le cygne resta muet. Mais quelque temps après, sentant sa mort prochaine, il entonna son chant funèbre. A l'entendre, son maître s'écria : « Si tu ne chantes qu'à l'article de la mort, j'ai été bien sot naguère de te demander de chanter, au lieu de t'immoler ! »

Il est de même des gens qui accomplissent malgré eux ce qu'ils se refusent à concéder de bonne grâce.

234 (Ch. 229). Le loup et le berger [276].

Un loup rôdait près d'un troupeau de moutons sans lui faire de mal. Tout d'abord, le berger s'en gardait comme d'un ennemi et le surveillait avec inquiétude ; mais comme le loup ne cessait de le suivre sans tenter ne fût-ce que l'ombre d'un enlèvement, le berger finit

ἠδίκει, ἀλλ' οὐδὲ ἀρχὴν τοῦ ἁρπάζειν
ἐνεχειρεῖτο, τηνικαῦτα ἐννοήσας φύλακα μᾶλλον
εἶναι αὐτὸν ἢ ἐπίβουλον, ἐπειδὴ χρεία τις
αὐτὸν κατέλαβεν εἰς ἄστυ παραγενέσθαι,
καταλιπὼν παρ' αὐτῷ τὰ πρόβατα ἀπῆλθεν. Καὶ
ὅς, καιρὸν ἔχειν ὑπολαβών, τὰ πλεῖστα
εἰσπεσὼν διεφόρησεν. Ὁ δὲ ποιμὴν ἐπανελθὼν
καὶ θεασάμενος τὴν ποίμνην διεφθαρμένην ἔφη·
"Δίκαια πέπονθα· τί γὰρ λύκῳ πρόβατα
ἐπίστευον;"

Οὕτω καὶ τῶν ἀνθρώπων οἱ τοῖς φιλαργύροις
καὶ πλεονέκταις τὰς παρακαταθήκας
ἐγχειρίζοντες εἰκότως ἀποστεροῦνται.

235. Μύρμηξ καὶ περιστερά

Μύρμηξ διψήσας, κατελθὼν εἰς πηγὴν
βουλόμενος πιεῖν, ἀπεπνίγετο. Περιστερὰ δὲ
καθεζομένη ἐν τῷ παρεστηκότι δένδρῳ κλάσασα
φύλλον ἔρριψε, δι' οὗ ἐπιβὰς ὁ μύρμηξ ἐσώθη.
Ἰξευτὴς δέ τις παρασταθεὶς καὶ συνθεὶς τοὺς
καλάμους τὴν περιστερὰν λαβεῖν ἤθελεν. Ὁ δὲ
μύρμηξ ἐξελθὼν ἔδακεν αὐτὸν εἰς τὸν πόδα·
κἀκεῖνος περιτιναξάμενος ἔσεισε τοὺς καλάμους,
κἀντεῦθεν φυγοῦσα ἡ περιστερὰ διεσώθη.

Δύνανται καὶ τὰ μικρὰ μεγάλας ἀμοιβὰς τοῖς
εὐεργέταις παρέχειν.

236. Ὁδοιπόροι καὶ κόραξ

Πορευομένοις τισὶν ἐπὶ πρᾶξίν τινα κόραξ
ὑπήντησε τὸν ἕτερον τῶν ὀφθαλμῶν πεπηρωμένος.
Ἐπιστραφέντων δὲ αὐτῶν καί τινος ὑποστρέψαι
παραινοῦντος, τοῦτο γὰρ σημαίνειν τὸν οἰωνόν,
ἕτερος ὑποτυχὼν εἶπεν· "Καὶ πῶς οὗτος ἡμῖν
δύναται τὰ μέλλοντα μαντεύεσθαι, ὃς οὐδὲ τὴν
ἰδίαν πήρωσιν προείδετο, ἵνα φυλάξηται;"

Οὕτω καὶ οἱ ἐν τοῖς ἰδίοις ἄβουλοι καὶ εἰς
τὰς τῶν πέλας συμβουλίας ἀδόκιμοι.

237. Ὄνον ἀγοράζων

Ὄνον τις ἀγοράσαι μέλλων ἐπὶ πείρᾳ αὐτὸν
ἔλαβε, καὶ εἰσαγαγὼν ἐπὶ τῆς φάτνης μετὰ τῶν

par se dire qu'il s'agissait là d'un gardien plutôt que d'un ennemi à l'affût, tant et si bien qu'un jour qu'il lui fallait aller en ville, il laissa ses moutons près du loup et partit. Alors le loup, pensant tenir sa chance, se jeta sur les moutons et en mit la plupart en pièces. A son retour, voyant son troupeau massacré, le berger s'exclama : « C'est tout ce que je mérite ! Pourquoi devais-je confier des moutons à un loup ? »

Ainsi des hommes : un dépôt confié à des gens avares et cupides sera évidemment perdu.

235 (Ch. 242). La fourmi et la colombe [277].

Une fourmi altérée était descendue dans une source pour y boire, et allait s'y noyer. Mais une colombe perchée sur un arbre voisin arracha et laissa tomber une feuille sur laquelle la fourmi put se mettre à l'abri. Là-dessus, un oiseleur s'approcha avec ses gluaux ajustés pour y prendre la colombe ; mais la fourmi débarqua et le mordit au pied. L'oiseleur, en sursautant, fit bouger ses gluaux et alerta la colombe, qui se sauva.

Même les petites gens peuvent rendre de grands services à leurs bienfaiteurs.

236 (Ch. 255). Les voyageurs et le corbeau.

Des hommes qui avaient une affaire à traiter croisèrent au cours de leur voyage un corbeau borgne, qu'ils suivirent du regard. L'un d'eux estima qu'il fallait rebrousser chemin : tel devait être le sens du présage [278]. Mais un autre prit la parole : « Et comment cet oiseau pourrait-il nous prédire l'avenir », dit-il, « lui qui n'a même pas su prévenir la perte de son œil [279] ? »

Il en va de même des hommes : si l'on ne sait régler ses propres affaires, l'on ne saurait régler celles de son prochain.

237 (Ch. 263). L'âne et son acheteur.

Un homme qui voulait acheter un âne le prit à l'essai et le mena au râtelier parmi ses propres bêtes.

ἰδίων αὐτοῦ ὄνων αὐτὸν ἔστησεν. Ὁ δὲ καταλιπὼν τοὺς ἄλλους παρὰ τῷ ἀργοτάτῳ καὶ ἀδηφάγῳ ἔστη. Καὶ ὡς οὐδὲν ἐποίει, δήσας αὐτὸν καὶ ἀπαγαγὼν τῷ ἰδίῳ δεσπότῃ ἀπέδωκε. Τοῦ δὲ διερωτῶντος εἰ οὕτως ἀξίαν αὐτοῦ τὴν δοκιμασίαν ἐποιήσατο, ὑποτυχὼν εἶπεν· " Ἀλλ' ἔγωγε οὐδὲν ἐπιδέομαι πείρας· οἶδα γὰρ ὅτι τοιοῦτός ἐστιν ὁποῖον ἐξ ἁπάντων τὸν συνήθη ἐπελέξατο."

Ὅτι τοιοῦτος ἕκαστος ὑπολαμβάνεται εἶναι ὁποίοις ἂν ἥδηται τοῖς ἑταίροις.

238. Ὀρνιθοθήρας καὶ περιστεραί

Ὀρνιθοθήρας πετάσας τὰ λίνα ἐκ τῶν ἡμέρων περιστερῶν προσέδησεν· εἶτα ἀποστὰς αὐτὸς πόρρωθεν ἀπεκαραδόκει τὸ μέλλον. Ἀγρίων δὲ ταύταις προσελθουσῶν καὶ τοῖς βρόχοις ἐμπλακεισῶν, προσδραμὼν συλλαμβάνειν αὐτὰς ἐπειρᾶτο. Τῶν δὲ αἰτιωμένων τὰς ἡμέρους, εἴγε ὁμόφυλοι οὖσαι αὐταῖς τὸν δόλον οὐ προεμήνυσαν, ἐκεῖναι ὑποτυχοῦσαι ἔφασαν· " Ἀλλ' ἡμῖν γε ἄμεινον δεσπότας φυλάττεσθαι ἢ τῇ ἡμετέρᾳ συγγενείᾳ χαρίζεσθαι."

Οὕτω καὶ τῶν οἰκετῶν οὐ μεμπτέοι εἰσὶν ὅσοι δι' ἀγάπην τῶν οἰκείων δεσποτῶν παραπίπτουσι τῆς τῶν οἰκείων συγγενῶν φιλίας.

239. Παρακαταθήκην εἰληφὼς καὶ Ὅρκος

Παρακαταθήκην τις λαβὼν φίλου ἀποστερεῖν διενοεῖτο. Καὶ δὴ προσκαλουμένου αὐτὸν ἐκείνου ἐπὶ ὅρκον, εὐλαβούμενος εἰς ἀγρὸν ἐπορεύετο. Γενόμενος δὲ κατὰ τὰς πύλας, ὡς ἐθεάσατό τινα χωλὸν ἐξιόντα, ἐπυνθάνετο αὐτοῦ τίς τε ἦν καὶ ποῖ πορεύεται. Τοῦ δὲ εἰπόντος Ὅρκον ἑαυτὸν εἶναι, καὶ ἐπὶ τοὺς ἀσεβεῖς βαδίζειν, ἐκ δευτέρου ἤρετο αὐτὸν διὰ πόσου χρόνου ἐπιφοιτᾶν ταῖς πόλεσιν εἴωθεν. Ὁ δὲ

Le nouveau venu, délaissant les autres ânes, alla rejoindre le plus paresseux et le plus glouton. Voyant qu'il restait oisif, l'homme lui remit son licou et le ramena à son propriétaire, auquel il le rendit. Comme celui-ci lui demandait si l'essai était concluant : « Pour ma part, toute autre épreuve est superflue », répondit-il : « je suis sûr qu'il est pareil au compagnon qu'il s'est choisi entre tous ! »

La fable montre que l'on nous croit pareils à ceux que nous aimons fréquenter.

238 (Ch. 282). L'oiseleur et les pigeons [280].

Après avoir tendu ses panneaux, auxquels il avait attaché des pigeons domestiques, un oiseleur alla se poster à quelque distance pour se mettre à l'affût. Des pigeons sauvages, venus se joindre aux appeaux, s'empêtrèrent dans les filets ; l'oiseleur accourut et entreprit de les capturer. Comme ils reprochaient aux pigeons domestiques, qui étaient pourtant leurs congénères, de ne pas leur avoir dénoncé le piège, ceux-ci rétorquèrent : « Mieux vaut, pour nous, éviter de déplaire à nos maîtres que chercher à plaire à nos parents. »

De même, il ne faut pas blâmer les serviteurs qui, pour complaire à leurs maîtres, manquent aux devoirs de l'amitié envers leurs propres parents.

239 (Ch. 298). Serment [281] et le dépositaire.

Un homme qui avait reçu un dépôt d'un ami songeait à l'en dépouiller. Comme son ami le citait en justice pour prêter serment, il partit par mesure de précaution pour la campagne. Parvenu aux portes de la ville, il aperçut un boiteux qui sortait, et lui demanda qui il était et où il allait. L'autre lui dit qu'il était Serment et marchait contre les impies. L'homme lui posa alors une nouvelle question : avec quelle fré-

ἀπεκρίνατο· "Δι' ἐτῶν τεσσαράκοντα, ἐνίοτε δὲ καὶ τριάκοντα." Καὶ ὃς οὐδὲν μελλήσας τῇ ὑστεραίᾳ ὤμοσε μὴ εἰληφέναι τὴν παρακαταθήκην. Περιπεσὼν δὲ τῷ Ὅρκῳ καὶ ἀπαγόμενος ὑπ' αὐτοῦ ἐπὶ κρημνόν, ἠτιᾶτο αὐτὸν ὅτι, προειπὼν ὡς διὰ τριάκοντα ἐτῶν ἐπιπορεύεται, οὐδὲ πρὸς μίαν αὐτῷ ἡμέραν ἄδειαν δίδωσιν. Ὁ δὲ ὑποτυχὼν ἔφη· "Ἀλλ' εὖ ἴσθι ὡς, ὅταν με λίαν τις ἀνιάσῃ, καὶ αὐθημερὸν ἐπιφοιτᾶν εἴωθα."

Ὅτι ἀδιόριστός ἐστι τοῖς κακοῖς ἡ ἐκ θεοῦ τιμωρία.

240. Προμηθεὺς καὶ ἄνθρωποι

Προμηθεὺς κατὰ πρόσταξιν τοῦ Διὸς ἀνθρώπους ἔπλασε καὶ θηρία. Ὁ δὲ Ζεὺς θεασάμενος πολλῷ πλείονα τὰ ἄλογα ζῷα ἐκέλευσεν αὐτὸν τῶν θηρίων τινὰ διαφθείραντα ἀνθρώπους μετατυπῶσαι. Τοῦ δὲ τὸ προσταχθὲν ποιήσαντος, συνέβη ἐκ τούτου τοὺς μὴ ἐξ ἀρχῆς ἀνθρώπους πλασθέντας τὴν μὲν μορφὴν ἀνθρώπων ἔχειν, τὰς δὲ ψυχὰς θηριώδεις.

Πρὸς ἄνδρα σκαιὸν καὶ θηριώδη ὁ λόγος εὔκαιρος.

241. Τέττιξ καὶ ἀλώπηξ

Τέττιξ ἐπί τινος ὑψηλοῦ δένδρου ᾖδεν. Ἀλώπηξ δὲ βουλομένη αὐτὸν καταφαγεῖν τοιοῦτόν τι ἐπενόησεν. Ἄντικρυς στᾶσα ἐθαύμαζεν αὐτοῦ τὴν εὐφωνίαν καὶ παρεκάλει καταβῆναι, λέγουσα ὅτι ἐπιθυμεῖ θεάσασθαι πηλίκον ζῷον τηλικαῦτα φθέγγεται. Κἀκεῖνος, ὑπονοήσας αὐτῆς τὴν ἐνέδραν, φύλλον ἀποσπάσας καθῆκε. Προσδραμούσης δὲ ὡς ἐπὶ τὸν τέττιγα, ἔφη· "Ἀλλὰ πεπλάνησαι, ὦ αὕτη, εἰ ὑπέλαβές με καταβήσεσθαι· ἐγὼ γὰρ ἀπ' ἐκείνου ἀλώπεκας φυλάττομαι ἀφ' οὗ ἐν ἀφοδεύματι ἀλώπεκος πτερὰ τέττιγος ἐθεασάμην."

quence visitait-il d'ordinaire les cités ? « Tous les quarante ans », répondit-il, « parfois tous les trente ». Notre homme, sans plus hésiter, jura dès le lendemain qu'il n'avait pas reçu le dépôt. Mais il tomba sur Serment, qui se saisit de lui pour le traîner au précipice ; et l'homme de protester que Serment, qui lui avait pourtant dit ne revenir que tous les trente ans, ne lui laissait pas même un jour de répit. « Sache bien », répondit Serment, « que quand on veut me provoquer, je reviens d'habitude le jour même ! »

La divinité n'a pas de date fixée pour le châtiment des impies.

240 (Ch. 322). Prométhée et les hommes.

Prométhée, selon les instructions de Zeus, avait modelé les hommes et les bêtes. Mais Zeus, constatant que les animaux étaient beaucoup plus nombreux, lui ordonna d'en détruire certains pour les transformer en hommes. Prométhée exécuta cet ordre ; en conséquence, ceux des hommes qui n'ont pas reçu d'emblée leur figure ont bien une forme humaine, mais une âme de bête.

Cette fable convient au lourdaud et à la brute.

241 (Ch. 335). La cigale et le renard [282].

Une cigale chantait du haut d'un grand arbre. Un renard qui comptait la croquer conçut la ruse suivante : posté devant l'arbre, il admira la voix mélodieuse de la cigale, qu'il invita à descendre sous prétexte qu'il désirait voir de ses yeux la taille de l'animal qui chantait avec une telle puissance. Mais la cigale, qui flairait le piège, arracha une feuille qu'elle laissa tomber — et le renard de se précipiter, croyant déjà tenir sa proie. « Si tu as cru que je descendrais », lui dit la cigale, « tu t'es bien trompé — car avec vous autres, je reste sur mes gardes depuis que j'ai vu des ailes de cigale dans de la fiente de renard. »

"Ότι τοὺς φρονίμους τῶν ἀνθρώπων τῶν πέλας αἱ συμφοραὶ σωφρονίζουσι.

242. Ὕαινα καὶ ἀλώπηξ

Τὰς ὑαίνας φασί, παρ' ἐνιαυτὸν ἀλλασσομένης αὐτῶν τῆς φύσεως, ποτὲ μὲν ἄρρενας, ποτὲ δὲ θηλείας γίνεσθαι. Καὶ δὴ ὕαινα θεασαμένη ἀλώπεκα ἐμέμφετο αὐτὴν ὅτι φίλην αὐτῇ γενέσθαι θέλουσαν οὐ προσίεται. Κἀκείνη ὑποτυχοῦσα εἶπεν· "'Αλλ' ἐμὲ μὴ μέμφου, τὴν δὲ σὴν φύσιν, δι' ἣν ἀγνοῶ πότερον ὡς φίλη ἢ ὡς φίλῳ σοι χρήσομαι."
Πρὸς ἄνδρα ἀμφίβολον.

243. Ὕαιναι

Τὰς ὑαίνας φασὶ παρ' ἐνιαυτὸν ἀλλάττειν τὴν φύσιν καὶ ποτὲ μὲν ἄρρενας γίνεσθαι, ποτὲ δὲ θηλείας. Καὶ δή ποτε ἄρσην ὕαινα θηλείᾳ παρὰ φύσιν διετέθη. Ἡ δὲ ὑποτυχοῦσα ἔφη· "'Αλλ', ὦ οὗτος, οὕτω ταῦτα πράττε ὡς ἐγγὺς τὰ αὐτὰ πεισόμενος."
Πρὸς ἄρχοντας λογοθετοῦντας τοὺς ὑπ' αὐτοὺς καὶ πάλιν ἐκ τοῦ συμβεβηκότος ὑπ' ἐκείνων λογοθετουμένους.

244. Ψιττακὸς καὶ γαλῆ

Ψιττακόν τις ἀγοράσας ἀφῆκεν ἐπὶ τῆς οἰκίας νέμεσθαι. Ὁ δὲ τῇ ἡμερότητι χρησάμενος, ἀναπηδήσας ἐπὶ τὴν ἑστίαν ἐκάθισε κἀκεῖθεν τερπνὸν ἐκεκράγει. Γαλῆ δὲ θεασαμένη ἐπυνθάνετο αὐτοῦ τίς τέ ἐστι καὶ πόθεν ἦλθεν. Ὁ δὲ εἶπεν· "Ὁ δεσπότης με νεωστὶ ἐπρίατο."
"Οὐκοῦν, ἰταμώτατε ζῷον," ἔφη, "πρόσφατος ὢν τοιαῦτα βοᾷς, ὅτε ἐμοὶ τῇ οἰκογενεῖ οὐκ

Les hommes de bon sens tirent la leçon des malheurs de leurs proches.

242 (Ch. 341). L'hyène et le renard.

L'on dit que les hyènes, dont la nature changerait chaque année, sont tantôt mâles, tantôt femelles [283]. — Une hyène, charmée à la vue d'un renard, lui reprochait de ne pas céder à ses avances, alors qu'elle désirait devenir son amie. « Ne t'en prends pas à moi, lui dit le renard, mais à ta nature [284], qui m'interdit de savoir si tu seras mon amie ou mon ami ! »

Cette fable vise l'homme ambigu [285].

243 (Ch. 340). Les hyènes.

L'on dit que les hyènes changent chaque année de nature, et qu'elles sont tantôt mâles, tantôt femelles. Il était une fois une hyène mâle qui s'apprêtait à jouir contre nature d'une hyène femelle. Celle-ci lui déclara : « Vas-y donc, mon bonhomme, mais songe que ce sera bientôt ton tour ! »

Ceci s'adresse aux magistrats en charge qui demandent des comptes à leurs subordonnés, puis leur en rendent à la suite d'un renversement de situation.

244 (Ch. 355). Le perroquet et la belette [286].

Un homme ramena du marché un perroquet qu'il laissa voleter dans la maison à sa guise. Le perroquet, qui était apprivoisé, sauta sur le foyer où il se percha, et d'où il se mit à pousser son divertissant caquet. L'ayant aperçu, une belette lui demanda qui il était et d'où il venait. « Le maître m'a acheté tout à l'heure », lui répondit le perroquet. « Comment, bête impudente entre toutes », s'exclama la belette, « toi, le dernier venu, tu pousses des cris pareils, tandis que moi, qui

ἐπιτρέπουσιν οἱ δεσπόται φθέγγεσθαι, ἀλλ' ἐάν ποτε τοῦτο πρᾶξαι τολμήσω, προσαγανακτοῦντες ἀπελαύνουσί με." Ὁ δὲ ἀπεκρίνατο λέγων· "Οἰκοδέσποινα, ἀλλὰ σύ γε βάδιζε μακρὰν ἐντεῦθεν· οὐχ ὁμοίως γὰρ δυσχεραίνουσιν οἱ δεσπόται ἐπὶ τῇ ἐμῇ φωνῇ ὅσον ἐπὶ τῇ σῇ."
Πρὸς ἄνδρα ψογερὸν κατὰ φθόνων αἰτίαν τοῖς πέλας προσάγοντα.

245. Ἀνὴρ δειλὸς καὶ κόρακες

Ἀνὴρ δειλὸς ἐπὶ πόλεμον ἐξῄει. Φθεγξαμένων δὲ κοράκων, τὰ ὅπλα θεὶς ἡσύχαζεν. Εἶτα ἀναλαβὼν αὖθις ἐξῄει, καὶ φθεγγομένων πάλιν ὑπέστη καὶ τέλος εἶπεν· "Ὑμεῖς κεκράξεσθε μὲν ὡς δύνασθε μέγιστον· ἐμοῦ δὲ οὐ γεύσεσθε."
Ὁ μῦθος περὶ τῶν σφόδρα δειλῶν.

246. Γυνὴ καὶ ἀνὴρ μέθυσος

Γυνή τις ἄνδρα μέθυσον εἶχε· τοῦ δὲ πάθους αὐτὸν ἀπαλλάξαι θέλουσα τοιόνδε τι σοφίζεται. Κεκαρωμένον γὰρ αὐτὸν ὑπὸ τῆς μέθης παρατηρήσασα καὶ νεκροῦ δίκην ἀναισθητοῦντα, ἐπ' ὤμων ἄρασα, ἐπὶ τὸ πολυάνδριον ἀπενεγκοῦσα κατέθετο καὶ ἀπῆλθεν. Ἡνίκα δ' αὐτὸν ἤδη ἀνανήφειν ἐστοχάσατο, προσελθοῦσα τὴν θύραν ἔκοπτε τοῦ πολυανδρίου. Ἐκείνου δὲ φήσαντος· "Τίς ὁ τὴν θύραν κόπτων;" ἡ γυνὴ ἀπεκρίνατο· "Ὁ τοῖς νεκροῖς τὰ σῖτα κομίζων ἐγὼ πάρειμι." Κἀκεῖνος· "Μή μοι φαγεῖν, ἀλλὰ πιεῖν, ὦ βέλτιστε, προσένεγκε· λυπεῖς γάρ με βρώσεως, ἀλλὰ μὴ πόσεως μνημονεύων." Ἡ δὲ τὸ στῆθος πατάξασα· "Οἴμοι τῇ δυστήνῳ," φησίν, "οὐδὲν γὰρ οὐδὲ σοφισαμένη ὤνησα· σὺ γάρ, ἄνερ, οὐ μόνον οὐκ ἐπαιδεύθης, ἀλλὰ καὶ χείρων σαυτοῦ γέγονας, εἰς ἕξιν σοι καταστάντος τοῦ πάθους."
Ὁ μῦθος δηλοῖ ὅτι οὐ δεῖ ταῖς κακαῖς

suis née dans la maison, les maîtres me l'interdisent — et si par hasard je m'y risque, ils se fâchent et me flanquent dehors ! » « Mille grâces, mademoiselle ! », repartit l'autre, « va te promener : c'est que ma voix n'agace pas nos maîtres comme la tienne. »

Cette fable s'applique au critique mesquin qui ne cesse par malveillance de s'en prendre à ses proches.

245 (Ch. 47). Le couard et les corbeaux.

Un couard partait en campagne. Des corbeaux croassèrent [287] : il déposa ses armes et se tint coi ; puis il les reprit et poursuivit sa route. Comme les corbeaux croassaient de plus belle, il s'arrêta : « Croassez donc à gorge déployée », finit-il par leur dire, « vous ne tâterez pas de ma chair ! »

Cette fable concerne les pleutres.

246 (Ch. 88). La femme et l'ivrogne [288].

Une femme avait épousé un ivrogne. Pour le guérir de son vice, elle inventa la ruse suivante : après avoir attendu que son mari, abruti par l'ivresse et comme mort, eût sombré dans l'inconscience, elle le chargea sur son dos pour le porter au cimetière, où elle le coucha avant de se retirer. Quand elle estima qu'il devait être dégrisé, elle revint et frappa à la porte du cimetière. « Qui frappe à la porte ? » demanda l'ivrogne. « C'est moi, le gardien, qui viens porter le pain des morts », répondit la femme. « Ce n'est pas du pain, mon cher, mais du vin qu'il te faut m'apporter », s'écria le mari : « je n'aime pas t'entendre parler de manger au lieu de boire ! » Alors sa femme, en se frappant la poitrine : « Hélas, pauvre de moi ! Même ma ruse n'a servi à rien... Ah, mon homme ! non seulement tu ne t'es pas corrigé, mais tu es tombé encore plus bas : ton vice te colle à la peau ! »

La fable montre qu'il ne faut pas laisser une mau-

πράξεσιν ἐγχρονίζειν· ἔστι γὰρ ὅτε καὶ μὴ θέλοντι τῷ ἀνθρώπῳ τὸ ἔθος ἐπιτίθεται.

247. Διογένης ὁδοιπορῶν

Διογένης ὁ κύων ὁδοιπορῶν, ὡς ἐγένετο κατά τινα ποταμὸν πλημμυροῦντα, εἱστήκει ἀμηχανῶν. Εἷς δέ τις τῶν διαβιβάζειν εἰθισμένων θεασάμενος αὐτὸν διαποροῦντα, προσελθὼν καὶ ἀράμενος αὐτόν, σὺν φιλοφροσύνῃ διεπέρασεν αὐτόν. Ὁ δὲ εἱστήκει τὴν αὑτοῦ πενίαν μεμφόμενος, δι' ἣν ἀμείψασθαι τὸν εὐεργέτην οὐ δύναται. Ἔτι δὲ αὐτοῦ ταῦτα διανοουμένου, ἐκεῖνος θεασάμενος ἕτερον ὁδοιπόρον διελθεῖν μὴ δυνάμενον προσδραμὼν καὶ αὐτὸν διεπέρασε. Καὶ ὁ Διογένης προσελθὼν αὐτῷ εἶπεν· " Ἀλλ' ἔγωγε οὐκέτι σοι χάριν ἔχω ἐπὶ τῷ γεγονότι· ὁρῶ γὰρ ὅτι οὐ κρίσει ἀλλὰ νόσῳ αὐτὸ ποιεῖς."
Ὁ μῦθος δηλοῖ ὅτι οἱ μετὰ τῶν σπουδαίων καὶ τοὺς ἀνεπιτηδείους εὐεργετοῦντες οὐκ εὐεργεσίας δόξαν, ἀλογιστίας δὲ μᾶλλον ὀφλισκάνουσι.

248. Διογένης καὶ φαλακρὸς

Διογένης ὁ κυνικὸς φιλόσοφος, λοιδορούμενος ὑπό τινος φαλακροῦ, εἶπεν· " Ἐγὼ μὲν οὐ λοιδορῶ, μὴ γένοιτο· ἐπαινῶ δὲ τὰς τρίχας ὅτι κρανίου κακοῦ ἀπηλλάγησαν."

249. Κάμηλος ὀρχουμένη

Κάμηλος ἀναγκαζομένη ὑπὸ τοῦ ἰδίου δεσπότου ὀρχήσασθαι εἶπεν· " Ἀλλ' οὐ μόνον ὀρχουμένη εἰμὶ ἄσχημος, ἀλλὰ καὶ περιπατοῦσα."
Ὁ λόγος εἴρηται ἐν παντὶ ἔργῳ ἀπρέπειαν ἔχοντι.

250. Καρύα

Καρύα παρά τινα ὁδὸν οὖσα καὶ ὑπὸ τῶν παριόντων λίθοις βαλλομένη στενάξασα πρὸς

vaise conduite s'invétérer ; car il arrive un moment où l'habitude s'impose, qu'on le veuille ou non.

247 (Ch. 98). Diogène [289] en voyage.

Au cours d'un voyage, Diogène le Chien parvint à un fleuve en crue et s'arrêta, ne sachant que faire. Voyant son embarras, un homme habitué à faire passer le gué s'approcha, le prit sur ses épaules, et le porta obligeamment jusqu'à l'autre rive ; et Diogène de rester là, maudissant sa pauvreté qui ne lui permettait pas de payer de retour son bienfaiteur. Il y songeait encore, lorsque l'homme, avisant un autre voyageur qui ne pouvait passer, courut à lui et le fit traverser. Alors Diogène s'approcha : « Quant à moi », lui dit-il, « je ne te suis plus reconnaissant de ton aide — car à ce que je vois, quand tu agis ainsi, ce n'est pas du discernement, c'est de la rage ! »

La fable montre qu'à répandre ses bienfaits sur les braves gens comme sur les propres à rien, on ne passe pas tant pour complaisant que pour sot.

248 (Ch. 97). Diogène et le chauve.

Diogène, le philosophe cynique, essuyait les avanies d'un chauve. « Proférer des injures, moi ? » s'exclamat-il : « les Dieux m'en préservent ! Au contraire, je n'ai que louanges pour les cheveux qui ont déserté un si méchant crâne. »

249 (Ch. 147). Le chameau danseur [290].

Contraint par son propre maître à danser, un chameau s'écria : « Ma danse manque sans doute d'allure, mais mon amble aussi ! »
La fable peut se dire de tout acte inélégant.

250 (Ch. 152). Le noyer.

Un noyer qui poussait au bord d'un chemin, gaulé à coups de pierre par les passants, se dit en soupirant :

ἑαυτὴν εἶπεν· " Ἀθλία εἰμὶ ἐγώ, ἥτις κατ᾽ ἐνιαυτὸν ἐμαυτῇ ὕβρεις καὶ λύπας παρέχω."
Ὁ λόγος πρὸς τοὺς ἐπὶ τῶν ἰδίων ἀγαθῶν λυπουμένους.

251. Κορυδαλός

Κορυδαλὸς εἰς πάγην ἁλοὺς θρηνῶν ἔλεγεν· " Ὤμοι τῷ ταλαιπώρῳ καὶ δυστήνῳ πτηνῷ· οὐ χρυσὸν ἐνοσφισάμην τινός, οὐκ ἄργυρον, οὐκ ἄλλο τι τῶν τιμίων· κόκκος δὲ σίτου μικρὸς τὸν θάνατόν μοι προὐξένησεν."
Ὁ μῦθος πρὸς τοὺς διὰ κέρδος εὐτελὲς μέγαν ὑφισταμένους κίνδυνον.

252. Κύων, ἀλέκτωρ καὶ ἀλώπηξ

Κύων καὶ ἀλεκτρυὼν ἑταιρείαν ποιησάμενοι ὥδευον. Ἑσπέρας δὲ καταλαβούσης, ὁ μὲν ἀλεκτρυὼν ἐπὶ δένδρου ἐκάθευδεν ἀναβάς, ὁ δὲ κύων πρὸς τῇ ῥίζῃ τοῦ δένδρου κοίλωμα ἔχοντος. Τοῦ δὲ ἀλεκτρυόνος κατὰ τὸ εἰωθὸς νύκτωρ φωνήσαντος, ἀλώπηξ ἀκούσασα πρὸς αὐτὸν ἔδραμε καὶ στᾶσα κάτωθεν πρὸς ἑαυτὴν κατελθεῖν ἠξίου· ἐπιθυμεῖν γὰρ ἀγαθὴν οὕτω φωνὴν ζῷον ἔχον ἀσπάσασθαι. Τοῦ δὲ εἰπόντος τὸν θυρωρὸν πρότερον διυπνίσαι ὑπὸ τὴν ῥίζαν καθεύδοντα, ὡς, ἐκείνου ἀνοίξαντος, κατελθεῖν, κἀκείνης ζητούσης αὐτὸν φωνῆσαι, ὁ κύων αἴφνης πηδήσας αὐτὴν διεσπάραξεν.
Ὁ μῦθος δηλοῖ ὅτι οἱ φρόνιμοι τῶν ἀνθρώπων τοὺς ἐχθροὺς ἐπελθόντας πρὸς ἰσχυροτέρους πέμπουσι παραλογιζόμενοι.

253. Κύων καὶ κόχλος

Ὠιά τις κύων καταπίνειν εἰθισμένος, ἰδών τινα κόχλον, χάνας τὸ στόμα αὐτοῦ, μεγίστῃ συνολκῇ κατεπέπωκε τοῦτον, οἰηθεὶς ᾠὸν εἶναι.

« Pauvre de moi ! Chaque année, j'attire sur moi-même les coups et les chagrins ! »

La fable vise ceux que leurs propres biens accablent de soucis.

251 (Ch. 169). L'alouette huppée.

Une alouette huppée, prise au lacet, déplorait ainsi son sort : « Hélas ! pauvre de moi, misérable oiseau que je suis ! Je n'ai soustrait à personne ni or, ni argent, ni rien de précieux : c'est un minuscule grain de blé qui a provoqué ma perte [291] ! »

La fable vise ceux qui courent un gros risque pour un maigre profit.

252 (Ch. 180). Le chien, le coq et le renard.

S'étant liés d'amitié, un chien et un coq voyageaient de conserve. Au crépuscule, le coq se percha sur un arbre, tandis que le chien se tapit dans un creux entre les racines. Comme à son habitude, le coq chanta pendant la nuit ; à sa voix, un renard accourut, et se posta au bas de l'arbre pour lui demander de descendre jusqu'à lui : il brûlait d'embrasser un animal doué d'une si belle voix [292]. Qu'il éveille d'abord le portier qui dormait entre les racines, lui répondit le coq ; lui-même descendrait dès qu'il aurait ouvert. Le renard chercha donc à parler au portier : aussitôt le chien bondit sur lui et le mit en pièces.

La fable montre que l'homme de bon sens égare son ennemi et détourne son attaque sur plus fort que lui.

253 (Ch. 181). Le chien et le coquillage.

Un chien habitué à gober des œufs, voyant un coquillage [293], ouvrit la gueule et l'avala d'un coup, le prenant pour un œuf. Mais lorsqu'il sentit ses

Βαρούμενος δὲ τὰ σπλάγχνα καὶ ὀδυνώμενος ἔλεγε· "Δίκαια ἔγωγε πέπονθα, εἴγε πάντα περιφερῆ ᾠὰ πεπίστευκα."

Διδάσκει ἡμᾶς ὁ λόγος ὅτι οἱ ἀδικάστως πρᾶγμα προσιόντες λανθάνουσιν ἑαυτοὺς περιπείροντες ἀτοπίαις.

254. Κύων καὶ μάγειρος

Κύων εἰς μαγειρεῖον εἰσελθών, τοῦ μαγείρου ἀσχολουμένου, καρδίαν ἁρπάσας ἔφυγεν. Ὁ δὲ μάγειρος ἐπιστραφείς, ὡς ἐθεάσατο αὐτὸν φεύγοντα, ἔφη· " Ὦ οὗτος, ὅπου ἂν ᾖ, φυλάξομαί σοι· οὐ γὰρ ἀπ' ἐμοῦ καρδίαν εἴληφας, ἀλλ' ἔμοιγε καρδίαν δέδωκας."

Ὁ μῦθος δηλοῖ ὅτι πολλάκις τὰ παθήματα τοῖς ἀνθρώποις μαθήματα γίνονται.

255. Κώνωψ καὶ λέων

Κώνωψ πρὸς λέοντα ἐλθὼν εἶπεν· "Οὔτε φοβοῦμαί σε οὔτε δυνατώτερός μου εἶ· εἰ δὲ μή, τί σοί ἐστιν ἡ δύναμις; ὅτι ξύεις τοῖς ὄνυξι καὶ δάκνεις τοῖς ὀδοῦσι; τοῦτο καὶ γυνὴ τῷ ἀνδρὶ μαχομένη ποιεῖ. Ἐγὼ δὲ λίαν ὑπάρχω σου ἰσχυρότερος. Εἰ δὲ θέλεις, ἔλθωμεν καὶ εἰς πόλεμον." Καὶ σαλπίσας ὁ κώνωψ ἐνεπήγετο, δάκνων τὰ περὶ τὰς ῥίνας αὐτοῦ ἄτριχα πρόσωπα. Καὶ ὁ λέων τοῖς ἰδίοις ὄνυξι κατέλυεν αὐτόν, ἕως ἀπηύδησεν. Ὁ δὲ κώνωψ νικήσας τὸν λέοντα, σαλπίσας καὶ ἐπινίκιον ᾄσας, ἔπτατο· καὶ ἀράχνης δεσμῷ ἐμπλακεὶς ἐσθιόμενος ἀπωδύρετο πῶς μεγίστοις πολεμῶν ὑπὸ εὐτελοῦς ζῴου, τῆς ἀράχνης, ἀπώλετο.

entrailles alourdies et douloureuses, il dit : « Bien fait pour moi, qui prends tout ce qui est rond pour un œuf ! »

La fable nous apprend qu'à se jeter à l'étourdie dans une affaire, l'on prête à son insu le flanc à d'étranges difficultés.

254 (Ch. 183). Le chien et le boucher.

Un chien déboula dans une boucherie ; comme le boucher était occupé, il s'empara d'un cœur et prit la fuite. Le boucher se retourna ; le voyant fuir, il s'exclama : « Hé, toi, où que tu ailles, sache que je t'aurai à l'œil : car ce n'est pas à cause de toi que je vais manquer de cœur, au contraire : tu m'en donnes à l'ouvrage [294]. »

La fable montre que pour les hommes l'expérience naît souvent de l'épreuve.

255 (Ch. 188). Le moustique et le lion [295].

Le moustique vint trouver le lion et lui déclara : « Je ne te crains pas, et tu n'es pas plus puissant que moi. Tu soutiens le contraire ? dis-moi donc à quoi tient ta force : serait-ce aux déchirures de tes griffes et aux morsures de tes crocs ? Une femme qui se chamaille avec son mari en fait autant. Moi, je suis autrement plus robuste que toi ; d'ailleurs, si tu veux, je te provoque au combat. » Là-dessus, le moustique fit sonner sa trompette et s'élança sur lui, pour le piquer sur la chair sans poils du museau. De guerre lasse, le lion, qui se lacérait de ses propres griffes, finit par s'incliner. Ayant triomphé du lion, le moustique sonna la retraite, entonna un chant de victoire, et prit son envol. C'est alors qu'il s'empêtra dans une toile d'araignée — et tout en se sentant dévorer, il déplorait, lui qui affrontait les plus puissants adversaires, de périr entre les pattes d'une bestiole aussi vulgaire que l'araignée.

256. Λαγωοὶ καὶ ἀλώπεκες

Λαγωοί ποτε πολεμοῦντες ἀετοῖς παρεκάλουν εἰς συμμαχίαν ἀλώπεκας. Αἱ δὲ ἔφασαν· "'Εβοηθήσαμεν ἂν ὑμῖν, εἰ μὴ ᾔδειμεν τίνες ἦτε καὶ τίσι πολεμεῖτε."
Ὁ λόγος δηλοῖ ὅτι οἱ φιλονεικοῦντες τοῖς κρείττοσι τῆς ἑαυτῶν σωτηρίας καταφρονοῦσιν.

257. Λέαινα καὶ ἀλώπηξ

Λέαινα, ὀνειδιζομένη ὑπὸ ἀλώπεκος ἐπὶ τῷ διὰ παντὸς ἕνα τίκτειν, ἔφη· "'Αλλὰ λέοντα."
Ὁ λόγος δηλοῖ ὅτι τὸ καλὸν οὐκ ἐν πλήθει, ἀλλ' ἐν ἀρετῇ.

258. Λέων νοσῶν, λύκος καὶ ἀλώπηξ

Λέων γηράσας ἐνόσει κατακεκλιμένος ἐν ἄντρῳ. Παρῆσαν δ' ἐπισκεψόμενα τὸν βασιλέα, πλὴν ἀλώπεκος, τἆλλα τῶν ζῴων. Ὁ τοίνυν λύκος λαβόμενος εὐκαιρίας κατηγόρει παρὰ τῷ λέοντι τῆς ἀλώπεκος, ἅτε δὴ παρ' οὐδὲν τιθεμένης τὸν πάντων αὐτῶν κρατοῦντα, καὶ διὰ ταῦτα μηδ' εἰς ἐπίσκεψιν ἀφιγμένης. Ἐν τοσούτῳ δὲ παρῆν καὶ ἡ ἀλώπηξ, καὶ τῶν τελευταίων ἠκροάσατο τοῦ λύκου ῥημάτων. Ὁ μὲν οὖν λέων κατ' αὐτῆς ἐβρυχᾶτο· ἡ δ' ἀπολογίας καιρὸν αἰτήσασα· "Καὶ τίς," ἔφη, "τῶν συνελθόντων τοσοῦτον ὠφέλησεν ὅσον ἐγώ, πανταχόσε περινοστήσασα, καὶ θεραπείαν ὑπὲρ σοῦ παρ' ἰατρῶν ζητήσασα καὶ μαθοῦσα;" Τοῦ δὲ λέοντος εὐθὺς τὴν θεραπείαν εἰπεῖν κελεύσαντος, ἐκείνη φησίν· "Εἰ λύκον ζῶντα ἐκδείρας τὴν αὐτοῦ δορὰν θερμὴν ἀμφιέσῃ." Καὶ τοῦ λύκου αὐτίκα νεκροῦ κειμένου,

256 (Ch. 190). Les lièvres et les renards.

Un jour les lièvres, en guerre contre les aigles, invitèrent les renards à conclure une alliance. « Nous vous aurions porté secours », répondirent les renards, « si nous ne savions pas qui vous êtes [296], et qui vous combattez. »
La fable montre que les gens qui se frottent à plus fort qu'eux n'ont que mépris pour leur propre salut.

257 (Ch. 194). La lionne et la renarde.

A la renarde qui lui reprochait de ne jamais mettre bas qu'un seul petit, une lionne répondit : « Un seul, mais un lion ! »
La fable montre que la beauté ne se mesure pas au nombre, mais à la valeur.

258 (Ch. 205). Le lion malade, le loup et le renard [297].

Devenu vieux, le lion souffrant gardait le lit dans son antre. Tous les animaux sauf le renard étaient venus rendre visite à leur roi. Saisissant l'occasion, le loup, devant le lion, accusa le renard, qui ne faisait aucun cas de leur maître à tous, et n'était pour cette raison pas seulement venu le visiter. C'est alors que survint le renard, juste à temps pour surprendre les dernières paroles du loup. Le lion, mécontent du renard, poussait des rugissements ; mais celui-ci, après avoir demandé une chance de se défendre : « Et qui donc, dans cette assistance », dit-il, « t'a rendu un aussi grand service que moi, qui ai couru par monts et par vaux demander aux médecins un remède pour toi, et qui l'ai trouvé ? » Comme le lion lui ordonnait de le lui indiquer sur-le-champ : « Prends un loup », répondit le renard, « écorche-le vif, et couvre-toi de sa dépouille encore chaude. » Le loup fut aussitôt mis à mort, et le

ἡ ἀλώπηξ γελῶσα εἶπεν· "Οὕτως οὐ χρὴ τὸν δεσπότην πρὸς δυσμένειαν παρακινεῖν, ἀλλὰ πρὸς εὐμένειαν."
Ὁ μῦθος δηλοῖ ὅτι ὁ καθ' ἑτέρου μηχανώμενος καθ' ἑαυτοῦ τὴν μηχανὴν περιτρέπει.

259. Λέων, Προμηθεὺς καὶ ἐλέφας

Λέων κατεμέμφετο Προμηθέα πολλάκις ὅτι μέγαν αὐτὸν ἔπλασε καὶ καλόν, καὶ τὴν μὲν γένυν ὥπλισε τοῖς ὀδοῦσι, τοὺς δὲ πόδας ἐκράτυνε τοῖς ὄνυξιν, ἐποίησέ τε τῶν ἄλλων θηρίων δυνατώτερον· "Ὁ δὲ τοιοῦτος," ἔφασκε, "τὸν ἀλεκτρυόνα φοβοῦμαι." Καὶ ὁ Προμηθεὺς ἔφη· "Τί με μάτην αἰτιᾷ; τὰ γὰρ ἐμὰ πάντα ἔχεις ὅσα πλάττειν ἐδυνάμην, ἡ δέ σου ψυχὴ πρὸς τοῦτο μόνον μαλακίζεται." Ἔκλαιεν οὖν ἑαυτὸν ὁ λέων καὶ τῆς δειλίας κατεμέμφετο καὶ τέλος ἀποθανεῖν ἤθελεν. Οὕτω δὲ γνώμης ἔχων, ἐλέφαντι περιτυγχάνει καὶ προσαγορεύσας εἱστήκει διαλεγόμενος. Καὶ ὁρῶν διαπαντὸς τὰ ὦτα κινοῦντα· "Τί πάσχεις;" ἔφη, "καὶ τί ποτε οὐδὲ μικρὸν ἀτρεμεῖ σου τὸ οὖς;" Καὶ ὁ ἐλέφας, κατὰ τύχην περιπτάντος αὐτῷ κώνωπος· "Ὁρᾷς," ἔφη, "τοῦτο τὸ βραχύ, τὸ βομβοῦν; ἢν εἰσδύνῃ μου τῇ τῆς ἀκοῆς ὁδῷ, τέθνηκα." Καὶ ὁ λέων· "Τί οὖν ἔτι ἀποθνῄσκειν," ἔφη, "με δεῖ, τοσοῦτον ὄντα καὶ ἐλέφαντος εὐτυχέστερον ὅσον κρείττων κώνωπος ἀλεκτρύων;"
Ὁρᾷς ὅσον ἰσχύος ὁ κώνωψ ἔχει, ὡς καὶ ἐλέφαντα φοβεῖν.

260. Λύκος διὰ τὴν αὐτοῦ σκιὰν γαυρωθεὶς

Λύκος πλανώμενός ποτ' ἐν ἐρήμοις τόποις, κλίνοντος ἤδη πρὸς κατάδυσιν ἡλίου,

renard, ricanant, eut ce mot : « C'est la bienveillance et non la malveillance d'un maître qu'il importe de susciter [298] ! »

La fable montre que piège tendu à autrui se retourne contre son auteur.

259 (Ch. 210). Le lion, Prométhée et l'éléphant.

Le lion faisait souvent à Prométhée le grief suivant : celui-ci l'avait fait grand et beau, avait armé de crocs sa mâchoire et renforcé ses pattes de griffes, l'avait doué de plus de force que tous les autres animaux — « mais tel que je suis », répétait-il, « j'ai peur du coq [299] ». « Pourquoi ces vaines accusations ? » rétorqua Prométhée : « tu tiens de moi tout ce qu'il était en mon pouvoir de façonner ; ce qui, dans ce seul cas, fait preuve de mollesse, c'est ton âme ». Le lion, qui déplorait donc son sort et incriminait sa propre couardise, voulut finalement mettre fin à ses jours [300]. Telles étaient ses pensées lorsqu'il croisa l'éléphant ; il le salua et s'arrêta pour deviser. Voyant qu'il ne cessait de remuer les oreilles : « Qu'as-tu ? » lui demanda-t-il, « et pourquoi donc tes oreilles ne peuvent-elles rester immobiles ne serait-ce qu'un instant ? » L'éléphant, auprès duquel un moustique se trouvait justement en train de voleter, lui répondit : « Tu vois cette bestiole qui bourdonne ? Qu'elle se glisse dans le conduit de mon oreille et je suis mort. » « Et après cela », s'exclama le lion, « il me faudrait mourir, moi qui suis si fort, moi qui l'emporte en bonheur sur l'éléphant autant que le coq l'emporte en puissance sur le moustique ? »

On voit que le moustique est assez fort pour se faire craindre même de l'éléphant.

260 (Ch. 219). Le loup fier de son ombre.

Un jour un loup errant à l'aventure dans un lieu désert, à l'heure où le soleil penche vers l'occident, vit

δολιχὴν ἑαυτοῦ τὴν σκιὰν ἰδὼν ἔφη·
"Λέοντ' ἐγὼ δέδοικα, τηλικοῦτος ὤν;
πλέθρου δ' ἔχων τὸ μῆκος οὐ θηρῶν ἁπλῶς
πάντων δυνάστης ἀθρόων γενήσομαι;"
Λύκον δὲ γαυρωθέντα καρτερὸς λέων
ἑλὼν κατῆσθι'· ὁ δ' ἐβόησε μετανοῶν·
"Οἴησις ἡμῖν πημάτων παραιτία."

261. Λύκος καὶ ἀρνίον

Λύκος ἀρνίον ἐδίωκε· τὸ δὲ εἴς τι ἱερὸν κατέφυγε. Προσκαλουμένου δὲ αὐτὸ τοῦ λύκου καὶ λέγοντος ὅτι θυσιάσει αὐτὸ ὁ ἱερεύς, εἰ καταλάβοι, τῷ θεῷ, ἐκεῖνο ἔφη· " Ἀλλ' αἱρετώτερόν μοί ἐστι θεοῦ θυσίαν γενέσθαι ἢ ὑπὸ σοῦ διαφθαρῆναι."
Ὁ λόγος δηλοῖ ὅτι οἷς ἐπίκειται τὸ ἀποθανεῖν κρείττων ἐστὶν ὁ μετὰ δόξης θάνατος.

262. Ξύλα καὶ ἐλαία

Ξύλα ποτὲ ἐπορεύθη τοῦ χρῖσαι ἐφ' ἑαυτῶν βασιλέα καὶ εἶπαν τῇ ἐλαίᾳ· "Βασίλευσον ἐφ' ἡμῶν". Καὶ εἶπεν αὐτοῖς ἡ ἐλαία· "Ἀφεῖσα τὴν πιότητά μου, ἣν ἐδόξασεν ἐν ἐμοὶ ὁ Θεὸς καὶ οἱ ἄνθρωποι, πορευθῶ ἄρχειν τῶν ξύλων;" Καὶ εἶπαν τὰ ξύλα τῇ συκῇ· "Δεῦρο, βασίλευσον ἐφ' ἡμῶν." Καὶ εἶπεν αὐτοῖς ἡ συκῆ· " Ἀφεῖσα τὴν γλυκύτητά μου καὶ τὸ γέννημά μου τὸ ἀγαθὸν πορευθῶ τοῦ ἄρχειν τῶν ξύλων;" Καὶ εἶπαν τὰ ξύλα πρὸς τὴν ῥάμνον· "Δεῦρο, βασίλευσον ἐφ' ἡμῶν." Καὶ εἶπεν ἡ ῥάμνος πρὸς τὰ ξύλα· "Εἰ ἐν ἀληθείᾳ ὑμεῖς χρίετέ με εἰς βασιλέα ἐφ' ὑμῶν, δεῦτε ὑπόστητε ἐν τῇ σκέπῃ μου· καὶ εἰ μή, ἐξέλθοι πῦρ ἐκ τῆς ῥάμνου καὶ καταφάγοι τὰς κέδρους τοῦ Λιβάνου."

263. Ὄνος καὶ ἡμίονος

Ὄνος καὶ ἡμίονος ἐν ταὐτῷ ἐβάδιζον. Καὶ δὴ ὁ ὄνος ὁρῶν τοὺς ἀμφοῖν γόμους ἴσους ὄντας

son ombre qui s'allongeait. « Craindre le lion », s'écriat-il, « avec ma taille ! moi qui mesure un bon plèthre [301], je ne deviendrais pas le roi des animaux, tous autant qu'ils sont ? » Il était tout à sa fierté lorsqu'un puissant lion le prit et se mit à le dévorer ; alors le loup, changeant d'avis, de hurler : « O présomption ! que de souffrances tu nous vaux ! »

261 (Ch. 222). Le loup et l'agnelet [302].

Un loup poursuivait un agnelet, qui chercha asile dans un temple. Comme le loup l'invitait à se rendre et lui disait que le prêtre le sacrifierait au dieu s'il le trouvait là : « Eh bien ! » répliqua l'agnelet, « j'aime mieux être sacrifié au dieu qu'égorgé par tes soins. »

La fable montre que si la mort est inéluctable, il faut la choisir honorable.

262 (Ch. 252). Les arbres et l'olivier [303].

Un jour, les arbres [304] se mirent en quête d'un roi à désigner et dirent à l'olivier : « Règne sur nous ! » Et l'olivier leur répondit : « Moi, renoncer à mon huile, qui fait ma gloire auprès de Dieu et des hommes, pour aller régner sur les arbres ? » Et les arbres dirent au figuier : « Viens, règne sur nous ! » Et le figuier répondit à son tour : « Moi, renoncer à ma douceur et au beau fruit que je donne pour aller régner sur les arbres ? » Et les arbres dirent au buisson [305] épineux : « Viens, règne sur nous ! » Et le buisson répondit aux arbres : « En vérité, si vous me donnez l'onction royale, venez sous moi vous mettre à l'abri ; sinon, puisse du feu jaillir de mon épine et dévorer les cèdres du Liban ! »

263 (Ch. 272). L'âne et la mule.

Un âne et une mule allaient de conserve. Constatant que leurs fardeaux étaient égaux, l'âne indigné se

ἠγανάκτει καὶ ἐσχετλίαζεν, εἴγε διπλασίονος τροφῆς ἠξιωμένη ἡ ἡμίονος οὐδὲν περιττότερον βαστάζει. Μικρὸν δὲ αὐτῶν τῆς ὁδοῦ προϊόντων, ὁ ὀνηλάτης ὁρῶν τὸν ὄνον ἀντέχειν μὴ δυνάμενον, ἀφελόμενος αὐτοῦ τὸ φορτίον τῇ ἡμιόνῳ ἐπέθηκεν. Ἔτι δὲ αὐτῶν πόρρω προβαινόντων, ὁρῶν ἔτι μᾶλλον ἀποκάμνοντα, πάλιν ἀπὸ τοῦ γόμου μετετίθει, μέχρι τὰ πάντα λαβὼν καὶ ἀφελόμενος ἀπ' αὐτοῦ τῇ ἡμιόνῳ ἐπέθηκε. Καὶ τότε ἐκείνη ἀποβλέψασα εἰς τὸν ὄνον εἶπεν· "Ὦ οὗτος, ἆρά σοι οὐ δοκῶ δικαίως τῆς διπλῆς τροφῆς ἀξιωθῆναι;"

Ἀτὰρ οὖν καὶ ἡμᾶς προσήκει μὴ ἀπὸ τῆς ἀρχῆς, ἀλλ' ἀπὸ τοῦ τέλους τὴν ἑκάστου δοκιμάζειν διάθεσιν.

264. Ὄνος καὶ κύων συνοδοιποροῦντες

Ὄνος καὶ κύων ἐν ταὐτῷ ὡδοιπόρουν. Εὑρόντες δὲ ἐπὶ γῆς ἐσφραγισμένον γραμμάτιον, ὁ ὄνος λαβὼν καὶ ἀναρρήξας τὴν σφραγῖδα καὶ ἀναπτύξας, διεξῄει εἰς ἐπήκοον τοῦ κυνός. Περὶ βοσκημάτων δὲ ἐτύγχανε τὰ γράμματα, χόρτου τε, φημί, καὶ κριθῆς καὶ ἀχύρου. Ἀηδῶς οὖν ὁ κύων, τοῦ ὄνου ταῦτα διεξιόντος, διέκειτο· ἔνθεν δὴ καὶ ἔφησε τῷ ὄνῳ· "Ὑπόβαθι, φίλτατε, μικρόν, μή τι καὶ περὶ κρεῶν καὶ ὀστέων εὕρῃς διαλαμβάνον." Ὁ δὲ ὄνος ἅπαν τὸ γραμμάτιον διεξελθὼν καὶ μηδὲν εὑρηκὼς ὧν ὁ κύων ἐζήτει, ἀντέφησεν αὖθις ὁ κύων· "Βάλε κατὰ γῆς, ὡς ἀδόκιμον πάντῃ, φίλε, τυγχάνον."

265. Ὀρνιθοθήρας καὶ πέρδιξ

Ὀρνιθοθήρας, ὀψιαίτερον αὐτῷ ξένου παραγενομένου, μὴ ἔχων ὅ τι αὐτῷ παραθείη, ὥρμησε ἐπὶ τὸν τιθασσὸν πέρδικα καὶ τοῦτον θύειν ἔμελλε. Τοῦ δὲ αἰτιωμένου αὐτὸν ὡς ἀχάριστον, εἴγε πολλὰ ὠφελούμενος παρ' αὐτοῦ τοὺς ὁμοφύλους ἐκκαλουμένου καὶ παραδιδόντος, αὐτὸς ἀναιρεῖν αὐτὸν μέλλει, ἔφη· "Ἀλλὰ διὰ

plaignait de ce que la mule, jugée digne d'une double ration, ne fût pas pour autant plus chargée que lui. Mais lorsqu'ils eurent abattu un peu de chemin, l'ânier, constatant que l'âne n'en pouvait plus, le soulagea d'une part de son fardeau pour en charger la mule ; et un peu plus loin, le voyant plus épuisé encore, il le déchargea d'une autre partie, pour enfin prendre le tout, en débarrasser l'âne et le mettre sur la mule. Alors celle-ci, jetant un coup d'œil vers son compagnon : « Eh bien, toi », dit-elle, « ne trouves-tu pas que je la mérite, ma double ration ? »

Nous aussi, nous ne devons pas juger des dispositions de chacun par le début, mais par la fin.

264 (Ch. 276). L'âne et le chien cheminant de conserve.

Un âne et un chien qui cheminaient ensemble trouvèrent à terre une lettre cachetée. L'âne la ramassa, rompit le cachet, l'ouvrit et la lut à haute voix, de façon à être entendu du chien. Or cette lettre traitait de fourrage — en d'autres termes, de foin, d'orge et de paille. Aussi le chien, qui goûtait fort peu la lecture de l'âne, finit-il par lui dire : « Saute quelques lignes, mon très cher : peut-être trouveras-tu qu'il est question de viandes et d'os. » Mais comme l'âne, après avoir lu toute la lettre, ne trouvait rien de ce que recherchait le chien, celui-ci intervint à nouveau : « Jette ce chiffon à terre, mon ami ; il n'a absolument aucun intérêt. »

265 (Ch. *ed. mai.* 286). La perdrix et l'homme [306].

Un hôte se présenta à une heure avancée chez un oiseleur. N'ayant rien à lui offrir, celui-ci s'en fut prendre sa perdrix apprivoisée, qu'il allait immoler lorsqu'elle lui reprocha son ingratitude : elle qui l'avait si bien servi en attirant par ses cris ses congénères pour les lui livrer, voilà qu'il allait la tuer ! « Raison de

τοῦτό σε μᾶλλον θύσω, εἰ μηδὲ τῶν ὁμοφύλων ἀπέχῃ."
Ὁ λόγος δηλοῖ ὅτι οἱ τοὺς οἰκείους προδιδόντες οὐ μόνον ὑπὸ τῶν ἀδικουμένων μισοῦνται, ἀλλὰ καὶ ὑπὸ τούτων οἷς προδίδονται.

266. Πῆραι δύο

Προμηθεὺς πλάσας ποτὲ ἀνθρώπους δύο πήρας ἐξ αὐτῶν ἀπεκρέμασε, τὴν μὲν ἀλλοτρίων κακῶν, τὴν δὲ ἰδίων, καὶ τὴν μὲν τῶν ὀθνείων ἔμπροσθεν ἔταξε, τὴν δὲ ἑτέραν ὄπισθεν ἀπήρτησεν. Ἐξ οὗ δὴ συνέβη τοὺς ἀνθρώπους τὰ μὲν ἀλλότρια κακὰ ἐξ ἀπροόπτου κατοπτάζεσθαι, τὰ δὲ ἴδια μὴ προορᾶσθαι.
Τούτῳ τῷ λόγῳ χρήσαιτο ἄν τις πρὸς ἄνδρα πολυπράγμονα, ὃς ἐν τοῖς ἑαυτοῦ πράγμασι τυφλώττων τῶν μηδὲν προσηκόντων κήδεται.

267. Ποιμὴν καὶ λύκος σὺν κυσὶ τρεφόμενος

Ποιμὴν νεογνὸν λύκου σκύμνον εὑρὼν καὶ ἀνελόμενος σὺν τοῖς κυσὶν ἔτρεφεν. Ἐπεὶ δὲ ηὐξήθη, εἴ ποτε λύκος πρόβατον ἥρπασε, μετὰ τῶν κυνῶν καὶ αὐτὸς ἐδίωκε. Τῶν δὲ κυνῶν ἔσθ' ὅτε μὴ δυναμένων καταλαβεῖν τὸν λύκον καὶ διὰ ταῦτα ὑποστρεφόντων, ἐκεῖνος ἠκολούθει, μέχρις ἂν τοῦτον καταλαβών, οἷα δὴ λύκος, συμμετάσχῃ τῆς θήρας· εἶτα ὑπέστρεφεν. Εἰ δὲ μὴ λύκος ἔξωθεν ἁρπάσειε πρόβατον, αὐτὸς λάθρᾳ θύων ἅμα τοῖς κυσὶν ἐθοινεῖτο, ἕως ὁ ποιμήν, στοχασάμενος καὶ συνεὶς τὸ δρώμενον, εἰς δένδρον αὐτὸν ἀναρτήσας ἀπέκτεινεν.
Ὁ μῦθος δηλοῖ ὅτι φύσις πονηρὰ χρηστὸν ἦθος οὐ τρέφει.

268. Σκώληξ καὶ δράκων

Σκώληξ θεασαμένη δράκοντα κοιμώμενον ἐζήλωσεν αὐτοῦ τὸ μῆκος. Βουλομένη δὲ αὐτῷ

plus pour te mettre à mort », répliqua l'oiseleur, « puisque tu t'en prends même à tes congénères. »

La fable montre que les traîtres à leurs parents sont odieux tant à leurs victimes qu'à ceux à qui ils les livrent.

266 (Ch. 303). Les deux besaces [307].

Jadis, après avoir façonné les hommes, Prométhée leur accrocha à l'épaule deux besaces, dont l'une contenait les vices d'autrui, et l'autre, ceux de chacun. Le sac à vices du prochain fut placé par devant ; quant à l'autre, Prométhée le fit pendre dans le dos. Voilà pourquoi l'homme a la vue si perçante pour les vices d'autrui, mais ne voit pas les siens [308].

Cette fable pourrait s'appliquer à l'homme tracassier, aveugle en ses affaires, plein de zèle pour celles qui ne le regardent pas.

267 (Ch. 314). Le berger et le loup.

Un berger trouva un louveteau nouveau-né, qu'il emporta pour l'élever avec ses chiens. Une fois adulte, quand un loup venait à enlever une brebis, il le prenait lui aussi en chasse, avec les chiens. Parfois ceux-ci, ne pouvant rattraper le loup, rebroussaient chemin ; mais lui continuait la poursuite jusqu'à le rejoindre, pour obtenir alors, en tant que loup, sa part de la proie ; puis il rentrait à son tour. Mais si un loup ne ravissait pas de brebis, lui-même en égorgeait une en cachette pour la dévorer avec les chiens — jusqu'au jour où le berger, d'après quelques indices, comprit ses manigances et pendit le loup à un arbre.

La fable montre que d'un mauvais naturel ne peut naître un bon caractère.

268 (Ch. 33). Le vermisseau et le serpent [309].

Ayant aperçu un serpent endormi, un vermisseau [310] lui envia sa longueur : aspirant à l'égaler, il se coucha à

ἐξισωθῆναι παραπεσοῦσα ἐπειρᾶτο ἑαυτὴν ἐκτείνειν, μέχρις οὗ ὑπερβιαζομένη ἔλαθε ῥαγεῖσα.

Τοῦτο πάσχουσιν οἱ τοῖς κρείττοσιν ἀνθαμιλλόμενοι· θᾶττον γὰρ αὐτοὶ διαρρήγνυνται ἢ ἐκείνων ἐφικέσθαι δύνανται.

269. Σῦς ἄγριος, ἵππος καὶ κυνηγέτης

Σῦς ἄγριος καὶ ἵππος ἐν ταὐτῷ ἐνέμοντο. Τοῦ δὲ συὸς παρ' ἕκαστα τὴν πόαν διαφθείροντος καὶ τὸ ὕδωρ θολοῦντος, ὁ ἵππος βουλόμενος αὐτὸν ἀμύνασθαι κυνηγέτην σύμμαχον παρέλαβε. Κἀκείνου εἰπόντος μὴ ἄλλως δύνασθαι αὐτῷ βοηθεῖν, ἐὰν μὴ χαλινόν τε ὑπομείνῃ καὶ αὐτὸν ἐπιβάτην δέξηται, ὁ ἵππος πάντα ὑπέστη. Καὶ ὁ κυνηγέτης ἐποχθεὶς αὐτῷ καὶ τὸν σῦν κατηγωνίσατο καὶ τὸν ἵππον προσαγαγὼν τῇ φάτνῃ προσέδησεν.

Οὕτω πολλοὶ δι' ἀλόγιστον ὀργήν, ἕως τοὺς ἐχθροὺς ἀμύνασθαι θέλουσιν, ἑαυτοὺς ἑτέροις ὑπορρίπτουσιν.

270. Τοῖχος καὶ πάλος

Τοῖχος σπαραττόμενος ὑπὸ πάλου ἐφώνει· "Τί με σπαράττεις μηδὲν ἠδικηκότα;" Καὶ ὅς· "Οὐκ ἐγώ," φησίν, "αἴτιος τούτου, ἀλλ' ὁ ὄπισθεν σφοδρῶς με τύπτων."

271. Χειμὼν καὶ ἔαρ

Χειμὼν ἔσκωψε εἰς τὸ ἔαρ καὶ αὐτὸ ὠνείδισεν ὅτι εὐθὺς φανέντος ἡσυχίαν ἄγει ἔτι οὐδὲ εἷς, ἀλλ' ὁ μέν τις ἐπὶ λειμῶνας καὶ ἄλση γίνεται, ὅτῳ ἄρα φίλον δρέπεσθαι ἀνθέων καὶ κρίνων, ἢ καὶ ῥόδον τι περιαγαγεῖν τε τοῖς ἑαυτοῦ ὄμμασιν καὶ παραθέσθαι παρὰ τὴν κόμην· ὁ δὲ

ses côtés et tenta de s'allonger, tant et si bien que sans y prendre garde, à trop présumer de ses forces, il se déchira.

Tel est le sort de qui se mesure à plus fort que soi : il a plus tôt fait de crever que de pouvoir l'égaler.

269 (Ch. 328). Le sanglier, le cheval et le chasseur [311].

Un sanglier et un cheval se partageaient un territoire. Comme le sanglier ne cessait de gâter l'herbe et de troubler l'eau, le cheval voulut s'en débarrasser, et fit appel à un chasseur. Ce dernier lui déclara qu'il ne pourrait lui porter secours que s'il se soumettait au frein et acceptait de se laisser monter ; le cheval y consentit. C'est ainsi que le chasseur à cheval vint à bout du sanglier, puis conduisit sa monture chez lui, où il l'attacha au râtelier.

De même, bien des gens qu'aveugle leur colère se livrent au pouvoir d'autrui pour avoir voulu se défaire de leurs ennemis.

270 (Ch. 337). La muraille et la cheville.

Une muraille, brutalement percée par une cheville, criait : « pourquoi me perces-tu, moi qui ne t'ai rien fait ? » « Ce n'est pas moi qui en suis cause », dit la cheville, « mais celui qui, derrière moi, me tape dessus comme un sourd. »

271 (Ch. 346). L'Hiver et le Printemps.

L'Hiver raillait le Printemps et l'accablait de reproches : dès son apparition, nul ne tenait plus en place, mais l'un gagnait les prés et les bois, s'il aimait à cueillir des fleurs et des lis ou à faire tourner des roses sous ses yeux avant d'en orner sa chevelure ; tel autre

ἐπιβὰς νεὼς καὶ διαβαίνων πέλαγος, ἂν τύχῃ, παρ' ἄλλους ἤδη ἀνθρώπους ἔρχεται· καὶ ὅτι ἅπαντες ἀνέμων ἢ πολλοῦ ἐξ ὄμβρων ὕδατος ἔχουσι φροντίδα οὐκέτι. "Ἐγώ," ἔφη, "ἄρχοντι καὶ αὐτοδεσπότῃ ἔοικα, καὶ οὐδὲ εἰς οὐρανόν, ἀλλὰ κάτω που καὶ εἰς τὴν γῆν ἐπιτάττω βλέπειν καὶ δεδιέναι καὶ τρέμειν καὶ ἀγαπητῶς διημερεύειν ἔστιν ὅτε οἴκοι ἠνάγκασα." "Τοιγαροῦν," ἔφη τὸ ἔαρ, "σοῦ μὲν κἂν ἀπαλλαγεῖεν ἄνθρωποι ἀσμένως· ἐμοῦ δὲ αὐτοῖς καλὸν καὶ αὐτὸ εἶναι δοκεῖ τοὔνομα, καὶ νὴ μὰ Δία γε ὀνομάτων κάλλιστον, ὥστε καὶ ἀπόντος μέμνηνται καὶ φανέντος ἐπαγάλλονται."

272. Ψύλλα καὶ ἄνθρωπος

Ψύλλα δέ ποτέ τινι πολλὰ ἠνόχλει.
Καὶ δὴ συλλαβών· "Τίς εἶ σύ," ἀνεβόα,
ὅτι πάντα μου μέλη κατεβοσκήσω
εἰκῆ καὶ μάτην ἐμὲ καταναλίσκων;"
Ἡ δὲ ἐβόα· "Οὕτως ζῶμεν, μὴ κτείνῃς·
μέγα γὰρ κακὸν οὐ δύναμαι ποιῆσαι."
Ὁ δὲ γελάσας πρὸς αὐτὴν οὕτως ἔφη·
"Ἄρτι τεθνήξῃ χερσί μου ταῖς ἰδίαις·
ἅπαν γὰρ κακόν, οὐ μικρὸν οὐδὲ μέγα
οὐδ' ὅλως πρέπει καθόλου που φυῆναι."
Ὁ μῦθος δηλοῖ ὅτι ὁ κακὸς οὐ πρέπει
ἐλεηθῆναι, κἂν μέγας ᾖ, κἂν μικρός.

273. Ψύλλα καὶ βοῦς

Ψύλλα δέ ποτε τὸν βοῦν οὕτως ἠρώτα· "Τί δὴ παθὼν ἀνθρώποις ὁσημέραι δουλεύεις, καὶ ταῦτα ὑπερμεγέθης καὶ ἀνδρεῖος τυγχάνων, ἐμοῦ σάρκας αὐτῶν οἰκτίστως διασπώσης καὶ τὸ αἷμα χανδὸν πινούσης;" Καὶ ὅς· "Οὐκ ἄχαρις ἔσομαι", φησί, "μερόπων γένει· στέργομαι γὰρ παρ' αὐτῶν καὶ φιλοῦμαι ἐκτόπως, τρίβομαί τε συχνῶς

s'embarquait pour traverser la mer et visiter, si l'occasion s'en présentait, des nations étrangères ; des vents ou des grosses averses, personne n'avait plus cure. « Mais moi », concluait-il, « je suis pareil à un maître au pouvoir absolu, et ce n'est pas vers les cieux, mais en bas, vers la terre, que j'enjoins de tourner les regards ; je force les hommes à craindre, à trembler, et à passer parfois chez eux toute la journée sans murmurer. » « Et voilà bien pourquoi, répliqua le Printemps, les hommes se réjouiraient tant d'être débarrassés de toi, tandis que moi, mon nom même leur semble beau — que dis-je, par Zeus ! de tous les noms le plus beau : aussi se souviennent-ils de moi en mon absence et accueillent-ils ma venue avec joie. »

272 (Ch. 357). La puce et l'homme.

Il était une fois une puce qui ne laissait à un homme aucun répit. Il l'attrapa et lui demanda : « Qui es-tu, toi qui t'es gobergée de tous mes membres en me mordant à tort et à travers ? » « C'est ainsi que nous vivons », répondit la puce ; « épargne-moi, car je ne puis faire grand mal. » L'homme éclata de rire : « Tu vas périr sur-le-champ », lui dit-il, « et de ma main : qu'il soit petit ou grand, il faut absolument extirper le mal sous toutes ses formes. »

La fable montre qu'il ne faut pas avoir pitié de qui fait peu ou prou le mal.

273 (Ch. 358). La puce et le bœuf.

La puce demandait un jour au bœuf : « Pourquoi donc sers-tu les hommes jour après jour, toi qui es si robuste et si brave ? Regarde-moi : je déchire leurs chairs sans merci et me soûle de leur sang à pleine bouche. » « Je ne veux pas être ingrat envers la race des mortels », lui répondit le bœuf, « car ils me témoignent une affection, un amour extraordinaires, et me

μέτωπόν τε καὶ ὤμους." Ἡ δέ· " Ἀλλ' ἐμοὶ γοῦν τέως τῇ δειλαίᾳ ἡ σοὶ φίλη τρίψις οἴκτιστος μόρος ὅτε καὶ τύχῃ συμβαίνει."

Ὅτι οἱ διὰ τοῦ λόγου ἀλαζόνες καὶ ὑπὸ τοῦ εὐτελοῦς ἡττῶνται.

caressent souvent le front et les épaules. » « Pauvre de moi ! », s'exclama la puce : « ces caresses que tu goûtes tant sont pour moi une fin pitoyable, lorsque le sort me livre entre leurs mains. »

Avec tous leurs beaux discours, les bravaches se laissent démasquer, même par un homme simple.

NOTES

1. La fable semble remonter à Archiloque (*Ep.* I), mais un aigle et un serpent entretiennent des rapports comparables dans une épopée akkadienne, l'*Etana* (voir sur ces points Adrados, *Historia de la fábula greco-latina*, I, 1, p. 319). Le même sujet est repris par Phèdre I, 28. Chambry a recueilli quatre recensions distinctes, qui reposent sur le même fonds : rapports de voisinage et amitié trahie, impuissance de la renarde, châtiment divin. Tous ces traits sont absents chez Phèdre, selon qui la renarde vient trouver l'aigle en suppliante avant de mettre elle-même le feu à l'arbre où niche son ennemi.

2. Voir fable 227.

3. Cf. Babrius 137 ; La Fontaine II, 16. Le texte lacunaire de Babrius semble correspondre à l'une des deux versions en prose recensées par Chambry : dans les deux cas, la fable s'achève sur une plainte typique du geai (qui reconnaît, selon une formule fréquente, qu'il n'a que ce qu'il mérite). La lacune ne permet pas de savoir qui capture le geai chez Babrius ; dans la version anonyme correspondante, ce sont des enfants — ou plus exactement, « les enfants », ce qui paraît indiquer que cette recension ne fait que résumer maladroitement un récit plus détaillé. La Fontaine suit (en la développant) l'autre version anonyme, avec quelques aménagements mineurs (le geai, ou choucas, est remplacé par un corbeau ; la remarque finale du berger est supprimée).

4. Cette fable, à laquelle Aristophane fait allusion, semble remonter à Sémonide d'Amorgos (milieu du VIIe s. av. J.-C.). Cf. La Fontaine II, 8. Chambry donne trois recensions de cette fable. Dans l'une d'entre elles, dont s'inspire le fabuliste français, c'est Zeus (ou Jupiter) qui prend l'initiative « de transporter le temps où l'Aigle fait l'amour/ en une autre saison », faute de pouvoir réconcilier les deux adversaires. Contrairement aux trois versions grecques, La Fontaine n'a pas cru bon d'inventer une morale à cette fable, dont on remarquera qu'elle commence selon un schéma courant (un personnage faible présente une demande au personnage fort, qui peut

alors l'accorder ou la refuser) pour conclure, non sans un effet de surprise, dans un registre étiologique.

5. Cette fable, dont Chambry recueille trois recensions parallèles, dérive du passage suivant d'Hésiode : « Maintenant aux rois, tout sages qu'ils sont, je conterai une histoire. Voici ce que l'épervier dit au rossignol au col tacheté, tandis qu'il l'emportait là-haut, au milieu des nues, dans ses serres ravissantes. Lui, pitoyablement, gémissait, transpercé par les serres crochues ; et l'épervier, brutalement, lui dit : "Misérable, pourquoi cries-tu ? Tu appartiens à bien plus fort que toi. Tu iras où je te mènerai, pour beau chanteur que tu sois, et de toi, à mon gré, je ferai mon repas ou je te rendrai la liberté. Bien fou qui résiste à plus fort que soi : il n'obtient pas la victoire et à la honte ajoute la souffrance." Ainsi dit l'épervier rapide, qui plane ailes éployées » (*Les Travaux et les Jours*, 202-212 ; trad. P. Mazon). Chez Hésiode, si le lien entre la fable et son contexte reste discuté (elle se situe entre l'évocation de l'âge de fer et l'exhortation à respecter la justice que le poète adresse à son frère Persès), l'apologue semble néanmoins s'inscrire dans une réflexion sur les rapports entre force, parole, et droit, et l'épervier n'est pas proposé comme un modèle à suivre : on aura noté que le rossignol dont il se moque est un oiseau chanteur, ἀοιδός comme Hésiode. Par-delà ses modèles ésopiques, La Fontaine s'est-il inspiré de ce dernier ? Un détail, transposé non sans ironie, tendrait à le laisser supposer : de même qu'Hésiode adresse son apologue aux « rois », le milan de La Fontaine invite sa victime, « quand un roi [la] prendra », à lui adresser ses chansons. Quoi qu'il en soit, dans sa version (intitulée *Le milan et le rossignol*, II, 18), il insiste à son tour sur la vanité du chant du rossignol, avant de se distinguer de tous ses prédécesseurs grecs par une morale inédite : « ventre affamé n'a pas d'oreilles ». — Pour un traitement du même thème avec d'autres personnages, cf. fable 18.

6. Fable-plaisanterie, dont il n'existe qu'une recension connue, et qui n'a pas été imitée.

7. Mystères, Panathénées et Dionysies sont trois fêtes religieuses athéniennes qui avaient lieu respectivement aux mois de Boédromion (septembre), Hécatombaïon (juillet), et Elaphèbolion (mars ; les correspondances de calendrier ne sont qu'approximatives).

8. Cf. Babrius 45, dont le récit diffère assez considérablement. Quatre versions recensées par Chambry.

9. La présente version se distingue tant des deux autres fables recueillies par Chambry que de Babrius 121 : elle est la seule à mentionner le déguisement du chat, et à ne pas se réduire à un dialogue entre le « médecin » et une seule poule. On retrouve le chat déguisé et percé à jour dans la fable 79.

10. Cette fable isolée et sans postérité est la seule de tout le recueil à avoir pour héros le fondateur du genre. Ésope est d'ailleurs l'un des trois seuls personnages historiques (ou censés l'être) à jouer un rôle dans l'Augustana, avec Diogène (fables 247 et 248) et Démade (fable 63, qui partage également avec la présente fable le privilège de rapporter, au deuxième degré, la narration d'une fable).

La raison pour laquelle les ouvriers se moquent d'Esope est obscure. S'il faut vraiment chercher à se l'expliquer, peut-être faut-il, compte tenu de la conclusion du récit mythique d'Esope, prendre ici le mot σχολή en mauvaise part : c'est alors son oisiveté que les ouvriers reprocheraient au fabuliste, qui leur démontrerait que leur occupation est plus précaire qu'ils ne le croient. Cette nuance péjorative de σχολή est cependant peu fréquente. Peut-être raillent-ils sa laideur ? On notera par ailleurs que, comme Démade dans la fable 63, Esope joue d'un suspense à trois étapes, dont la troisième rompt la convention narrative.

11. Sept versions recensées par Chambry attestent la popularité du motif. Cf. Phèdre IV, 9 (qui abrège considérablement) et La Fontaine III, 5 (qui s'inspire d'une autre version, selon laquelle le bouc et le renard assoiffés descendent ensemble dans le puits).

12. Voir fable 43.

13. Cette fable, dont il existe trois versions en prose, est restée sans postérité ; cf. cependant fables 195 et 204, ainsi que La Fontaine IV, 10.

14. Cette fable se trouve déjà chez Hérodote (I, 141). Cf. Babrius 9. La Fontaine (X, 10) tire de la fable grecque une pastorale plutôt grinçante : le berger Tircis, cherchant à séduire les poissons pour le compte d'Annette, leur chante une chanson hypocrite (« vous serez traités doucement ») où il fait en outre l'éloge de sa belle ; voyant que le charme n'opère pas, il les pêche sans mot dire. Pour la raillerie que le pêcheur grec adresse aux poissons inconséquents, cf. la fable 54. Cf. enfin la fable 72 (où ce ne sont pas les animaux qui sont les victimes, mais l'homme).

15. Chambry a recensé trois versions de cette fable, que Perry considère comme autant de paraphrases en prose d'un original perdu de Babrius.

16. Jeu de mots intraduisible : la ποικιλία « désigne le dessin bigarré d'un tissu, le scintillement d'une arme, la robe tachetée d'un faon, le dos brillant du serpent constellé de touches sombres. Ce bariolage de couleurs, cet enchevêtrement de formes produisent un effet de chatoiement, d'ondoiement, un jeu de reflets, où le Grec perçoit comme la vibration incessante de la lumière [...] l'épithète *poikilos*, appliquée à un individu, suffit à le désigner comme un esprit retors, un malin fertile en inventions [...], en ruses de toutes sortes » (J.-P. Vernant et M. Detienne : *Les Ruses de l'intelligence*, Paris, Flammarion, coll. « Champs », 1974, pp. 25-26). Sur les ruses du renard, cf. le chap. II du même ouvrage, et notamment les pp. 41-43.

17. Nous possédons trois versions anonymes de cette fable, qui n'a pas été imitée. Peut-être le Socrate du *Phédon* (60 b-c) songe-t-il entre autres, sinon à cette fable, du moins à un récit analogue, lorsqu'il déclare que l'agréable et le pénible « n'acceptent, ni l'un ni l'autre, de se côtoyer dans le même temps chez un homme, et pourtant, on n'a qu'à poursuivre l'un des deux et à l'attraper pour que, forcément, on attrape presque toujours aussi l'autre [...]. M'est avis [...] que, si Esope avait songé à cela, il en aurait fait une fable :

La Divinité, souhaitant les faire renoncer à leur guerre mutuelle et n'y pouvant réussir, ne fit qu'un seul morceau du sommet de leurs deux têtes attachées ensemble, et c'est à cause de cela que, chez celui de nous où l'un des deux est présent, à sa suite l'autre aussi vient par-derrière ! » (trad. L. Robin).

18. Fable isolée sans autre postérité que Babrius 81, qui en donne une version abrégée. Elle semble remonter à Archiloque (*Ep.* VII). Pour un thème semblable, cf. fable 20. Décor et situation se retrouvent dans une fable que Perry considère comme une paraphrase babrienne (*Aes.* 284 = Chambry 59 ; cf. La Fontaine III, 10) : « Un homme et un lion, cheminant un jour de conserve, faisaient assaut de vantardises. Au bord de la route se dressait une stèle de pierre où figurait un homme étouffant un lion. L'homme la désigna à son compagnon : "Tu vois bien, dit-il, que nous sommes plus forts que vous !" Le lion de répliquer alors avec un sourire : "Si les lions savaient sculpter, tu verrais bien des hommes entre les griffes d'un lion !" Tel se vante en paroles d'être vaillant et brave, qui à l'épreuve doit souvent en rabattre. » Sur le motif de l'animal artiste qui accorderait la préséance à sa propre espèce, cf. le fragment B XV de Xénophane de Colophon, poète-philosophe présocratique de la fin du VIIe s. av. J.-C. : « Cependant si les bœufs, <les chevaux> et les lions/ Avaient aussi des mains, et si avec ces mains/ Ils savaient dessiner, et savaient modeler/ Les œuvres qu'<avec art, seuls> les hommes façonnent,/ les chevaux forgeraient des dieux chevalins,/ Et les bœufs donneraient aux dieux forme bovine : / Chacun dessinerait pour son dieu l'apparence/ Imitant la démarche et le corps de chacun » (trad. de J.-P. Dumont, in *Les Présocratiques*, Paris, Gallimard, Bibl. de la Pléiade, 1988, p. 118).

19. Cf. Babrius 19, Phèdre IV, 3, La Fontaine III, 11. Chambry recense six versions différentes dans les manuscrits.

20. Cette fable, dont les manuscrits conservent quatre versions, n'a pas laissé de postérité directe. Cf. cependant fable 155.

21. Pisthétaïros, dans *Les Oiseaux* d'Aristophane (vv. 483-492), improvise une étiologie pour rendre compte de ce pouvoir du chant du coq : ce dernier « était tyran et commandait aux Perses avant tous [...], si bien qu'on l'appelle oiseau de Perse en raison de cette antique souveraineté. [...] Il était alors si fort, si grand, si influent qu'aujourd'hui encore, par un effet de son ancien pouvoir, dès que seulement il chante à l'aube, tous sautent debout pour se mettre à l'ouvrage, forgerons, potiers, corroyeurs, cordonniers, baigneurs, fariniers, tourneurs de lyres et fabricants de boucliers [...] » (trad. H. Van Daele). Le même grief se retrouve dans les fables 55 et 122.

22. Le coq a plutôt la réputation de battre et de mordre son père (cf. Aristophane, *Les Oiseaux*, vv. 1348-1350, ainsi que 755-759 : « Car tout ce qui est honteux, ici [= à Athènes], et réprimé par la loi, tout cela chez nous les oiseaux est beau. S'il est honteux ici aux yeux de la loi de battre son père, cela est beau chez nous, comme de courir sus à ton père et de le frapper en disant : "Lève l'ergot, si tu veux combattre" »).

23. Aristote ne mentionne pas les amours incestueuses des coqs,

mais signale qu'en l'absence de poules, ils se couvrent parfois entre eux, ce qu'il ne qualifie d'ailleurs pas d'offense à la nature. Selon lui, la poule pond toute l'année (à deux mois près) une fois, voire deux fois par jour, et la formation de l'œuf est achevée en une dizaine de jours après l'accouplement. L'argument qu'invoque le coq pour sa défense paraît donc solide...

24. Cf. La Fontaine V, 5, dont la chute est beaucoup plus efficace (« — Votre avis est fort bon, dit quelqu'un de la troupe ; / mais tournez-vous, de grâce, et l'on vous répondra »). Deux versions à peine distinctes figurent dans les manuscrits.

25. Cf. Babrius 6, ainsi que la fable 4 du présent recueil. La fable 134 présente une variation sur le même thème. Deux versions dans les manuscrits.

26. Fable-plaisanterie dont les manuscrits proposent trois versions, mais qui n'a pas été imitée.

27. Pour une réplique du même type, cf. fable 93.

28. Cette fable, qui se présente sous trois formes différentes, n'a pas laissé de postérité. Pour le thème, cf. fable 14.

29. Dans l'Egypte lagide, le gymnasiarque est d'abord un magistrat chargé de superviser le fonctionnement du gymnase où se réunissaient les jeunes gens des communautés grecques ou hellénisées. Il arrive cependant assez fréquemment que le terme de « gymnasiarque » désigne non plus un magistrat, mais un riche citoyen qui accepte (sans doute volontairement) de subvenir pendant un an aux frais du gymnase. Les deux aspects se complètent : comme le note H.-I. Marrou (*Histoire de l'éducation dans l'Antiquité*, Paris, Seuil, 1948 (réimpr. 1981), t. 1, p. 174), « on recherche pour la fonction de gymnasiarque les citoyens non seulement les plus honorables, mais aussi les plus riches et les plus généreux. Cette considération financière l'emporte sur tout autre : c'est pourquoi on voit la gymnasiarquie reportée plusieurs années de suite sur le même dignitaire, attribuée à vie à tel docile bienfaiteur, voire devenir héréditaire [...] ». Par ailleurs, « dans les milieux coloniaux du plat pays d'Egypte [...], les Grecs se sont cramponnés à la gymnastique qui, mieux et plus facilement que le sang, constituait un sûr critère de l'hellénisme » (*op. cit.*, p. 198). En s'inventant des ancêtres gymnasiarques, le crocodile d'Egypte cherche à se faire passer pour un Grec de souche. — Quant à la réplique cinglante du renard, elle fait allusion, soit à l'habitude qu'avaient les athlètes de se frotter d'huile avant les exercices du gymnase, soit à la peau couturée de cicatrices des esclaves fugitifs.

30. Fable sans postérité, dont les manuscrits nous ont conservé trois rédactions distinctes.

31. Sans doute par un requin ou par un dauphin (cf. fable 113), ennemis traditionnels du thon selon les Anciens.

32. « Le thon fut incontestablement le poisson qui eut pour le monde antique la plus grande importance économique [...] sa valeur essentielle ne peut se comparer qu'à celle que revêt de nos jours le hareng pour les pays nordiques. Tout au long de l'année, une foule de pauvres gens comptait sur cette "manne de la Méditerranée",

dont la chair fraîche ou conservée en salaison constituait une nourriture appréciée » (O. Keller, *Die Antike Tierwelt*, Leipzig, 1913, t. II, p. 382).

33. Cf. Babrius 50, Phèdre 28 (appendice de Perotti), ainsi qu'Ovide, *Métamorphoses*, II, 690-706.

34. Pour cette réplique, cf. fable 158 (et la note).

35. Le sujet est repris par La Fontaine X, 7, qui développe les réflexions de la perdrix et leur donne une conclusion inédite (« c'est de l'homme qu'il faut se plaindre seulement »).

36. Le combat de coqs était un spectacle apprécié des Grecs.

37. Cf. Babrius 86 ; La Fontaine III, 17 (où une belette qui engraisse pendant une semaine dans un grenier remplace le renard dans son chêne, comme chez Horace, *Epîtres*, I, 7, 29-33). Trois versions dans les manuscrits.

38. Pour la morale, cf. fable 75. L'alcyon, oiseau mythique (parfois identifié avec le martin-pêcheur), passait pour faire son nid sur l'eau ; selon la légende, Eole, dieu des vents, accordait à l'alcyon deux semaines environ de mer calme autour du solstice d'hiver pour lui permettre de couver en paix : ce sont les jours alcyoniens. Cf. Ovide, *Métamorphoses*, XI, 745 ss. Or dans notre fable l'alcyon est présenté comme un oiseau qui niche « dans les rochers du rivage ». Comme les deux premières phrases ressemblent fort à une notice explicative, il se peut que cette fable, dans une version plus ancienne, jouait du statut de l'alcyon comme oiseau marin, quittant son élément naturel et perdant au change : pour ce motif, cf. par exemple les fables 116 et 139. L'usage d'un tel motif serait ici d'autant plus ironique que c'est la mer elle-même qui prend sa revanche, alors que l'alcyon aurait dû se fier à elle en dépit de sa traîtrise habituelle. L'oubli de la légende de l'alcyon aurait alors entraîné un réaménagement de la fable et l'adjonction des deux phrases introductives.

39. Nøjgaard a observé (*La Fable antique*, p. 330) que cette fable illustre « la transition entre l'histoire naturelle pure et le cas individuel fictif ». Le texte s'ouvre en effet sur « la définition zoologique [...] cependant l'exposé zoologique est interrompu à temps et le récit passe au cas fictif à l'aide d'une formule qui en indique le caractère isolé [c'est-à-dire une expression temporelle singulative] ». Dans le texte grec, l'alcyon, au singulier générique (et sans article), désigne d'abord l'espèce. Dès la troisième phrase, il ne peut plus s'agir que d'un individu de cette espèce. Cependant, le sujet du verbe de cette phrase n'est pas exprimé, et c'est par le biais d'une remarquable ellipse que s'effectue implicitement le passage de l'espèce à l'individu. Dans la fable 118, au contraire, « le castor » désigne l'espèce tout au long de la fable. — Pour d'autres exemples de fables empruntant quelques données à la zoologie, cf. 242 et 243.

40. Aristophane (*Les cavaliers*, vv. 864 ss.) fait allusion à un motif analogue.

41. Cf. Phèdre I, 7 ; La Fontaine IV, 14 (où le masque devient un buste).

42. Fable-plaisanterie. Le jeu de mots porte sur le verbe

εὑρίσκειν (« trouver », ou « atteindre/obtenir un certain prix, trouver preneur »).

43. Toute la fable semble n'être qu'une mise en scène de cette formule proverbiale. Cf. fable 33 pour un autre exemple du même procédé.

44. Certains manuscrits omettent soit la dernière morale, soit les deux dernières ; une autre version intègre les deux premières morales à la narration, en les plaçant dans la bouche du compagnon d'infortune.

45. Cf. Babrius 22 (« la femme est comme la mer : elle vous sourit, puis vous noie ») ; Phèdre II, 2 (« Toujours les femmes dépouillent les hommes, qu'ils les aiment ou en soient aimés »). Chez La Fontaine I, 17, le caractère inconvenant de la situation est effacé, et la misogynie tempérée par la satire du mariage (le grison cherche à se marier, mais finit par y renoncer, car « celle que je prendrais voudrait qu'à sa façon/ je vécusse, et non à la mienne ».)

46. Cette fable, qui n'a pas été imitée, se présente sous trois formes légèrement distinctes dans les manuscrits (variante principale : la mise en scène égyptienne est parachevée en substituant un lion au loup).

47. Le pentathlon, discipline olympique, comprenait cinq épreuves : saut en longueur, course de vitesse, lancer du disque et du javelot, lutte.

48. Expression proverbiale, qui est sans doute à l'origine de la fable. Cf. fable 30.

49. Quatre versions similaires dans les manuscrits pour cette fable sans postérité. La fable 28 propose sous forme différente un thème analogue.

50. La version babrienne de cette fable n'a été conservée que dans une paraphrase en prose. Cf. La Fontaine V, 7.

51. Cf. La Fontaine IV, 19. La fable 89 propose une mise à l'épreuve d'un devin, qui se conclut sur une formule analogue à celle du présent texte.

52. Perry adopte, contre le texte des manuscrits (qui portent λυκιδίου ou λυκίδου), une correction de Bölte, reprise par Hausrath : λυγκιδίου, « petit d'un lynx ». Voir note suivante.

53. Texte des manuscrits. Perry, Bailly, et la plupart des éditeurs adoptent une correction de Lessing (λύκου au lieu de κυνός). Lessing a-t-il trouvé invraisemblable que l'aveugle envisage qu'un animal dont les moutons devront se méfier puisse être un chiot ? Quoi qu'il en soit, en lui substituant un louveteau, il déplace le problème, et sa correction a sans doute entraîné celle qui est signalée dans la note précédente. Er effet, d'après les manuscrits, c'est précisément un louveteau que l'aveugle tient entre les mains ; or si l'aveugle songe un instant à un louveteau, c'est qu'il a déjà dû en palper quelques-uns — mais alors, pourquoi n'identifierait-t-il pas celui-là ? D'où peut-être la métamorphose du louveteau en petit lynx. Reste alors à expliquer comment l'aveugle, pourtant expérimenté, peut prendre un jeune félin pour un renardeau — ou un petit loup-cervier pour un petit loup ! Il paraît plus simple de s'en

tenir au texte des manuscrits, et de supposer que l'aveugle, qui n'avait encore jamais eu l'occasion de palper un louveteau, se borne à faire des rapprochements avec des animaux qu'il connaît mieux.

54. Une rédaction de cette fable, avec pour héroïne la chouette, nous a été conservée par un papyrus du Ier siècle. La chouette tient ce même rôle à deux reprises dans les *Discours* de Dion Chrysostome (Ier siècle ap. J.-C. ; cf. Perry, *Aesopica*, 437 et 437a), dont l'une des versions est plus développée : la chouette met trois fois les oiseaux en garde — contre le chêne et son gui, contre le lin que sèment les hommes et dont ils feront des filets, contre les flèches qu'ils fabriquent avec les plumes de leurs victimes. Il est curieux de noter que chacun des trois avertissements de la chouette de Dion figure dans des fables isolées. Outre le gui de la présente fable, on retrouve en effet dans un fragment d'Eschyle (cf. *Aesopica* 276a) ainsi que dans une paraphrase babrienne (*Aesopica* 276 = Chambry 7, en deux recensions) la flèche empennée, qui vient frapper un aigle, désespéré de « mourir par [ses] propres plumes ». Le lin laisse pour sa part une trace lointaine dans la version de La Fontaine (I, 8), qui le remplace par du chanvre — mais l'héroïne est à nouveau l'hirondelle, et l'on voit réapparaître le rythme ternaire de l'avertissement (au moment des semailles, de la croissance, et de la récolte du chanvre). Signalons enfin que la présente version est la seule dans laquelle l'oiseau prévoyant demande et obtient la protection des hommes, ce qui confère à la fable une tournure nettement étiologique.

55. Comme on l'a vu (cf. note précédente), l'hirondelle est remplacée dans d'autres versions par la chouette, l'oiseau d'Athéna, déesse de la sagesse. La réputation d'intelligence de l'hirondelle semble confirmée par Babrius 72, vv. 16-17, où l'hirondelle, « en vraie Athénienne qu'elle est, fut la première à le [sc. le geai] confondre en lui arrachant la plume qui lui revenait ». Athènes est par excellence la ville de l'esprit ; par ailleurs, cette origine athénienne s'explique par la légende bien connue de Philomèle (fille de Pandion, roi d'Athènes, violée par son beau-frère Térée, et finalement métamorphosée en hirondelle — cf. Ovide, *Métamorphoses*, VI, 412 ss., ainsi que la fable 229 avec la note *ad loc.*).

56. Cf. fables 56 et 161. La version la plus ancienne que nous connaissions de cette anecdote se trouve chez Platon (*Théétète*, 174a), selon qui cette mésaventure serait arrivée à Thalès de Milet, le fameux penseur présocratique (VIe siècle av. J.-C.). Diogène Laërce la rapporte également, sous une forme légèrement différente (I, 34). Cf. enfin La Fontaine II, 13, qui transforme l'astronome en astrologue.

57. Cf. fable 206.

58. Cf. La Fontaine V, 9.

59. Cf. fable 9.

60. Cf. Phèdre I, 2 ; La Fontaine III, 4. Phèdre place la fable dans la bouche d'Ésope, qui la raconte aux Athéniens, sous la tyrannie de Pisistrate (VIe s. av. J.-C.), pour les inviter à prendre leur mal en patience (ce qui rappelle le conseil qu'il donna aux Samiens,

à en croire Aristote, *Rhétorique*, II, 20). La Fontaine, tout en s'inspirant de Phèdre, supprime cette mise en scène pour lui préférer la narration directe.

61. Cf. Babrius 52, chez qui c'est le charretier qui s'en prend à l'essieu.

62. Cf. Babrius 18 ; La Fontaine VI, 3. Hélios : le soleil. Borée : le vent du Nord.

63. La même plaisanterie a été développée sous forme versifiée par Babrius (fable 34).

64. Dans la version babrienne, où l'enfant se rend seul au banquet avant de revenir vomir chez lui, la réplique de la mère se justifie mieux, semble-t-il, par une certaine ambiguïté grammaticale des plaintes du fils (la présence d'un pronom personnel au génitif permettrait en effet de supposer que l'enfant croit bel et bien vomir ses propres tripes).

65. La traduction de βωταλίς (certains manuscrits portent βοταλίς ou βουταλίς) par « linotte » ou « serin » (Chambry) est conjecturale : cet oiseau n'est pas identifié. Perry, qui suit D'Arcy Thompson (*A Glossary of Greek Birds*, p. 65), propose de corriger βουταλίς en βούβαλις (qu'il glose dans son apparat critique par *luscinia*, « rossignol »). Ce dernier terme, une transcription de l'arabe selon D'Arcy Thompson, n'est attesté nulle part ; quant à βωταλίς, c'est un hapax.

66. Répliques du même type dans les fables 11 et 114.

67. Cf. Babrius 23 ; La Fontaine VI, 1-2. La Fontaine propose un texte composite, où se succèdent deux versions : l'une d'Ésope, « le principal Auteur », et l'autre de « son imitateur », qu'il indique en note : « Gabrias » (= Babrius, fable 92).

68. Cf. Babrius 32 ; La Fontaine II, 18. Chez Babrius, Aphrodite n'intervient que pour la métamorphose, et la souris ne surgit pas dans la chambre nuptiale, mais au cours du banquet de noces. Chez La Fontaine, qui traduit γαλῆ par « chatte », c'est le maître de celle-ci qui tombe amoureux et obtient du destin la métamorphose, « par sortilèges et par charmes ». Pour un autre traitement du thème, cf. fable 107.

69. Cf. Babrius 47 ; La Fontaine IV, 18. Chez l'un comme chez l'autre, la leçon est prodiguée à ses fils par un vieillard à l'article de la mort. Babrius ne parle pas de la discorde des fils ; La Fontaine la rejette après la mort de leur père. Enfin, La Fontaine est le seul fabuliste à faire rompre « sans effort » les « dards » par le vieillard mourant.

70. Pour le motif et la morale, cf. fable 11. Pour le motif, cf. fable 72.

71. Selon O. Keller (*Die Antike Tierwelt*, II, p. 519), dans une version primitive, l'enfant les faisait sans doute bouillir. Il signale en outre que contrairement aux Romains, les Grecs n'étaient guère friands d'escargots (auxquels ils attribuaient cependant des vertus aphrodisiaques).

72. Cf. La Fontaine V, 6, chez qui « le réveille-matin eut la gorge coupée ».

73. Cf. fables 40 et 161.

74. De nombreuses fouilles ont livré, sur tout le pourtour méditerranéen, de curieux documents qui permettent peut-être de se faire une idée des pratiques de la magicienne. Il s'agit de rouleaux de plomb portant des formules magiques (généralement d'imprécation) dont certaines comportent des blancs où inscrire le nom de la victime. Ces tablettes de défixion invoquent souvent des puissances assez obscures pour justifier amplement une inculpation pour innovation religieuse. A titre d'échantillon, voici la tablette 230 A du recueil d'Auguste Audollent (*Defixionum Tabellae*, Paris, 1904) : « Kataxin, qui es un grand démon en Egypte : <blanc>, ôte-lui le sommeil jusqu'à ce qu'elle vienne à moi, <blanc>, et contente mon âme — Trabaxian, tout-puissant démon : amène <blanc> amoureuse, brûlant d'amour et de désir pour moi — Nochthiriph, démon contraignant : contrains-la, <blanc>, à coucher avec moi, <blanc> — Bibirixi, qui es un très puissant démon : presse-la, force-la à venir à moi, amoureuse, brûlant d'amour et de désir, <blanc>, pour moi — Rikourith, démon d'Egypte, toi, le meilleur des guides : conduis <blanc> loin de ses parents, de son lit [...] et force-la à m'aimer, à se laisser faire selon mon désir. »

75. Cf. fable 87.

76. Selon Aristote, certaines poules pondent en effet jusqu'à deux fois par jour (cf. fable 16 et la note *ad loc.*).

77. Cf. Phèdre IV, 8, ainsi que La Fontaine V, 16 (qui s'inspire également de la fable 93).

78. Cf. La Fontaine I, 16. L'origine du motif est peut-être à rechercher chez Euripide, *Alceste*, vv. 669 ss.

79. Le verbe grec employé ici, ἐφίστημι, est d'usage courant pour les apparitions en rêve. Cf. fables 110 et 174. Or le texte ne fait aucune allusion au sommeil du paysan. Ce détail indique peut-être que la présente fable remanie une version antérieure en l'abrégeant. Cf. note suivante.

80. Le texte grec de cette phrase est obscur et peut-être corrompu : χρεία pouvant signifier aussi bien « usage, emploi » que « besoin, nécessité », voire « indigence », et μοχθηρός pouvant se traduire tantôt par « pénible, douloureux », tantôt par « méchant, pervers » (mais plutôt, selon Bailly, en parlant de personnes), l'expression εἰς χρείας μοχθηράς admet différents sens : « à/pour un usage vicieux » (avec un εἰς de destination, cf. Bailly s. v., B, III, 4) ou « <pour aboutir> à une pénible indigence » (εἰς marquant le terme final d'un intervalle : cf. Bailly, B, II, 1). Le début de la phrase (ἂν γὰρ ὁ καιρὸς μεταλλάξῃ τὴν φύσιν) est par ailleurs d'autant plus étrange que ὁ καιρὸς ne peut guère être le sujet du second verbe ἐξαναλωθῇ. Le sens général se laisse cependant deviner, et Perry le paraphrase ainsi : « if circumstances change, and this wealth of yours is badly spent [...] » (*Babrius and Phaedrus*, coll. Loeb, Harvard University Press, 1965, p. 432). Reste alors à expliquer ἄλλας : peut-être cette fable résume-t-elle une version qui insistait sur la misère initiale du paysan ?

81. Cf. Babrius 39 (qui substitue un crabe au goujon), ainsi que la fable 213.

82. Démade (v. 380-319 av. J.-C.) : politicien, diplomate et orateur athénien, du parti promacédonien. Seuls quelques fragments de ses discours nous sont parvenus. Cf. La Fontaine VIII, 4. Avec la fable d'Esope au chantier naval (8), elle est la seule de tout le recueil d'Augustana à rapporter une fable au deuxième degré (avec ce raffinement supplémentaire que la morale est tirée de l'inachèvement même du récit) et à mettre en scène (comme les fables 247 et 248, dont le héros est Diogène) un personnage historique ou supposé tel. Enfin, cette fable est la seule à mettre en scène l'emploi argumentatif de la fable (cf. introduction). On notera que la valeur argumentative est tirée ici de la dénonciation du plaisir que le public tire de la fable comme pur récit.

83. Ou tout simplement « une fable », l'expression grecque n'impliquant pas nécessairement qu'Esope soit l'auteur du récit rapporté (cf. introduction).

84. Le choix de Déméter comme protagoniste de cette fable vise peut-être à accentuer le suspense : si l'hirondelle passe par l'air et l'anguille par l'eau, que fera la déesse de la terre labourée ?

85. Dans le texte grec, les deux premiers verbes du récit ainsi que la question du public sont à l'aoriste, qui correspond à peu près, dans un tel emploi, au passé simple français. Démade reprend ensuite sa fable au parfait, temps qui marque la conséquence présente d'un fait passé. La rupture est nette, et difficile à rendre.

86. Cf. Phèdre II, 3 (où Esope adresse l'objection finale au blessé qui applique la recette).

87. La version de La Fontaine (V, 20) diffère sensiblement de celle de l'Augustana : l'expédition des deux amis y est en effet motivée par la chasse à l'ours, dont la peau est vendue d'avance.

88. Cf. Elien, *N. A.*, V, 49. Cette légende constitue le sujet de Babrius 14 (= *Aes.* 288), dont Chambry a recueilli une autre version en vers ainsi qu'une paraphrase en prose sous le n° 63 de son *ed. mai.* : « Un ours se vantait de son amour des hommes, sous prétexte qu'il n'en consommait pas les cadavres. Le renard lui rétorqua : "Si seulement tu déchirais les morts, et non les vivants !" Cette fable dénonce les gens cupides qui vivent dans l'hypocrisie et l'amour d'une vaine gloire. »

89. Cf. fable 113.

90. Cf. Babrius 36 ; La Fontaine I, 22 (ainsi qu'une comparaison de Sophocle, *Antigone*, vv. 712 ss.). Chambry a relevé huit versions distinctes dans la tradition manuscrite, ce qui illustre la popularité du motif, ainsi que sa plasticité : outre le roseau ou les roseaux, les protagonistes sont tantôt les arbres, tantôt des cyprès, tantôt un chêne ou un olivier ; par ailleurs, le déracinement peut soit intervenir dans le cours de la fable — on obtient alors une fable-dispute — soit faire partie de la donnée initiale — ce qui donne lieu à un dialogue explicatif, où l'arbre déraciné demande au roseau le secret de sa résistance. Quant au décor, il n'échappe pas à la variation : dans deux des huit versions recueillies par Chambry, ainsi que dans la fable babrienne, le récit s'ouvre sur le chêne (à l'exclusion de tout autre arbre) emporté par un fleuve. Dans la version que nous avons

retenue, il se peut que le verbe final, κατηνέχθη, ait conservé une trace d'un tel décor, καταφέρω pouvant signifier aussi bien « précipiter, renverser, abattre » que « charrier », en parlant d'un fleuve — cf. Bailly, s. v., II et IV. Dans une telle hypothèse, cette version résumerait une fable plus détaillée qui s'achevait (contrairement aux exemples conservés) par la chute du chêne dans un cours d'eau. Mais il est également possible que les versions « à fleuve » aient développé leur décor à partir du verbe, motivant du même coup la présence du roseau. — La Fontaine s'inspire d'une version analogue à celle que nous avons retenue.

91. Cette fable atypique est la seule du recueil à présenter un caractère rhétorique aussi marqué.

92. L'expression τοῦ χρυσοῦ τὴν ἐργασίαν paraît curieuse. Lorsqu'il a pour complément un nom de matière, le mot ἐργασία signifie en effet « travail, préparation » (Bailly, s. v. II, 1, cite comme exemples le fer, la laine, le bois, la terre) ; lorsque son complément est un objet fabriqué (exemples de Bailly, s. v. II, 3 : murs, vêtements, chaussures), il signifie plutôt « action de produire par son travail, construction, confection », etc. Dans les deux cas, il s'agit d'un nom d'action. Par ailleurs, χρυσός peut désigner soit l'or comme matière, soit un objet d'or (cf. Bailly s. v., I et II). D'où la difficulté de l'expression τοῦ χρυσοῦ τὴν ἐργασίαν : que le complément de nom désigne ici la matière (invitant à interpréter ἐργασία au sens de Bailly II, 1) ou un objet fabriqué (ce qui engage plutôt à comprendre le terme au sens de Bailly II, 3), ni l'un ni l'autre sens ne convient — car dans un cas comme dans l'autre, ἐργασία renvoie, non à un produit achevé, mais à un travail ou à une production (d'un objet, à partir d'une matière). Chambry, pour sa part, adopte une solution moyenne en traduisant « l'œuvre qu'on a tirée de l'or ». Sans doute en effet l'expression qui nous occupe résulte-t-elle d'un compromis entre les nécessités du balancement rhétorique et l'influence, non seulement du mot ἔργον (qui peut signifier « travail accompli, œuvre, ouvrage », et désigner une statue : cf. Bailly, s. v., III, 1), mais aussi d'expressions telles que εἰργασμένη γῆ, λίθοι εἰργασμένοι, θώρακας εὖ εἰργασμένους, où le participe parfait (marquant le résultat achevé d'une action) peut qualifier aussi bien une matière qu'un objet fabriqué (exemples empruntés à Bailly, s. v. ἐργάζομαι, II). Restent deux autres possibilités. D'abord, le génitif τοῦ χρυσοῦ peut être non pas objectif, mais subjectif, ce qui inviterait à comprendre ἐργασία au sens de Bailly, s. v. I, 2 : « force active, force productrice, d'où propriété (physique ou chimique) d'un corps » — mais cette acception d'ἐργασία est très rare. Enfin, ἐργασία peut avoir un sens économique : « revenu du travail, intérêt d'un capital ». Cf. Bailly, s. v. II, 3, *in fine*. Ici encore, l'influence d'ἔργον (cf. Bailly, s. v. III, 2) peut avoir joué — et comme le héros de notre fable est un avare, peut-être le rédacteur anonyme a-t-il voulu jouer de l'ironie que lui permettait ce dernier sens.

93. En dépit de la différence de leurs morales et de leurs situations (où les animaux sont victimes de l'homme qui les raille), cette fable est à rapprocher des fables 11 et 54 (cf. aussi fable 120).

94. Cf. fable 208.

95. Cf. La Fontaine IV, 7, qui marque plus nettement le ressort comique de cette fable-plaisanterie (le singe, que le dauphin prend pour un homme, prend le Pirée pour un homme et détrompe le dauphin par son mensonge). Sur le singe qui se vante de son noble lignage, cf. fable 14.

96. Imitant en cela le dauphin qui, selon la légende, sauva ainsi la vie au poète Arion.

97. Cf. Babrius 43, Phèdre I, 12 (qui remplacent le lion par des chasseurs), La Fontaine VI, 9 (qui se contente d'un limier). Pour la morale, cf. par exemple la fable 25, ainsi que les deux fables suivantes.

98. Sur ce terme, cf. fable 12 et la note.

99. Cf., pour le motif, les fables 74 et 76, ainsi que les fables 25 et 116 pour le décor et la morale.

100. Cf. la fable précédente, avec la note.

101. Cf. La Fontaine V, 15.

102. Cf. Phèdre IV, 18, chez qui la réflexion du pilote est plus générale et fait songer à celle du vieux pêcheur de la fable 13.

103. Cf. Babrius 17 ; Phèdre IV, 2. La version babrienne n'apporte que des aménagements de détail. En revanche, Phèdre fait précéder la sienne de réflexions générales, et son récit (une vieille belette se roule dans la farine et capture ainsi deux souris, avant d'être percée à jour par la troisième) fait également songer à la fable du vieux lion contrefaisant le malade (cf. 142). Cf. enfin fable 7.

104. Dans son introduction à l'édition Gredos des Fables d'Esope (Madrid, 1978), Carlos García Gual propose de rapprocher cette fable de 167, qui en constituerait la réplique hédoniste (*op. cit.*, pp. 22-23. Contrairement à ce qu'écrit García Gual p. 23, Perry a bien recueilli dans ses *Aesopica* la fable Chambry *ed. min.* 239 = *ed. mai.* 241 : il s'agit de la présente fable). Cf. aussi la fable 86.

105. Cf. La Fontaine VI, 6. Le sujet de cette fable est attesté chez Archiloque (*Ep.* VI) chez qui il est question, non pas de la « malchance » (τύχην : texte des manuscrits) ni de « l'esprit » (ψυχήν : conjecture de Schneider adoptée par Perry) du singe, mais de son « cul » (πυγήν) (frag. 187 West).

106. Sur l'aversion du lion pour le coq, à laquelle la fable 259 fait également allusion, cf. par exemple Lucrèce, *De la nature*, IV, 710 ss. (qui la rapporte à l'aspect du coq, et non à son chant) : « la vue du coq qui, applaudissant de ses ailes au départ de la nuit, salue l'aurore d'une voix éclatante, est insupportable au lion ; sa fureur n'y saurait résister, il ne songe plus qu'à la fuite » (trad. Ernout).

107. Sur le chameau danseur, cf. fable 249 et la note *ad loc.*, ainsi que la fable 91. Le motif dériverait d'Archiloque (*Ep.* VI), ainsi que la fable 81. La tradition fabulistique aurait ainsi morcelé un récit complexe du poète archaïque.

108. Voir (entre autres) les fables 145 et 242.

109. L'opposition τρέφεσθαι μὲν οἷόν τε, φέρεσθαι δὲ οὐδέν

constitue peut-être un jeu de mots. Le verbe τρέφω, qui signifie « rendre gras, engraisser, nourrir », peut notamment s'employer pour les productions du sol (cf. Bailly s. v. II, 1, *in fine*, qui cite entre autres un exemple d'Homère : χθὼν τρέφει φάρμακα) ; or φέρειν peut également avoir ce sens (cf. Bailly, s. v. A, I, 3, avec un autre exemple homérique : ἄμπελοι φέρουσιν οἶνον). D'où peut-être la pointe et le paradoxe : le rapprochement des verbes, censés expliquer que « la nature du lieu » est seule à blâmer, invite à les prendre tous deux dans leur sens agricole (« nourrir, faire croître/produire, porter [une récolte] » ; les deux passifs, dont le premier serait alors impersonnel, auraient pour sujet des produits du sol) ; mais leur opposition oblige à distinguer leurs sens (« engraisser/être rapporté », et les deux verbes n'auraient plus le même sujet).

110. Cf. La Fontaine VIII, 12, qui s'inspire d'une autre version (une chèvre, un mouton et un cochon sont menés à la foire) et raffine sur la morale (« Dom Pourceau raisonnait en subtil personnage ;/ mais que lui servait-il ? Quand le mal est certain,/ la plainte ni la peur ne changent le destin [...] »).

111. Les Anciens ont fréquemment noté la prédilection de la grive pour le myrte, à laquelle elle devrait d'être appelée μυρτοπούλι en grec moderne. Cf. D'Arcy Thompson s. v. κίχλη.

112. Cf. fable 80.

113. Cf. Fable 58. Cf. aussi Babrius 123 et La Fontaine V, 13, qui suppriment tous deux Hermès.

114. Tirésias est le fameux devin thébain qui apparaît dans l'*Odyssée*, dans l'*Antigone* et l'*Œdipe Roi* de Sophocle, ainsi que dans les *Bacchantes* et dans les *Phéniciennes* d'Euripide. Il était aveugle (ce qui explique qu'il se fasse accompagner par Hermès pour se faire indiquer le vol des oiseaux). Quant à Hermès, le vol de troupeaux était une de ses spécialités (cf. le quatrième *Hymne Homérique*). — Pour le thème, cf. fable 36.

115. « Nous sommes pour vous Ammon, Delphes, Dodone, Phoibos Apollon. Car vous recourez d'abord aux oiseaux dans toutes vos entreprises, commerce, subsistance, mariage. Et vous estimez oiseau tout signe ayant trait à la divination : une rumeur pour vous est un oiseau ; un éternuement, vous l'appelez oiseau ; une rencontre, oiseau ; une voix, oiseau ; un serviteur, oiseau ; un âne, oiseau ! N'est-il pas évident que nous sommes pour vous l'oracle d'Apollon ? » (Aristophane, *Les Oiseaux*, 716-722).

116. Le pouvoir divinatoire de Tirésias est en l'occurrence d'autant plus admirable que la corneille ne donne en général que de vains présages... Cf. fables 125 et 127.

117. Sur les motifs de cette hostilité, cf. fable 44...

118. Les grenouilles équivoquent probablement sur l'expression διὰ χειρῶν. Le mot χείρ, en effet, marque fréquemment l'action (souvent avec une connotation de violence) « par opposition à la parole ou à la délibération », comme l'écrit Bailly (s. v. A, III, 4, où figurent entre autres exemples des citations de l'*Iliade* I, 77 — ἔπεσιν καὶ χερσὶν ἀρήγειν, « secourir de la parole et de la main » — et d'*Œdipe Roi* 883 — χερσὶν ἢ λόγῳ, « par l'action ou par la

parole »). Mais διὰ χειρῶν peut aussi bien marquer l'agent, l'instrument, ou le moyen, notamment « en parlant de l'organe au moyen duquel se fait l'action » (Bailly, s. v. διά, B *gén.* III, 1) ; et lorsque cette action est la conclusion d'un traité, le contact des mains était pour les Grecs comme pour nous un gage de foi (cf. des exemples chez Bailly, s. v. χείρ, III, 8). La plaisanterie des grenouilles serait alors d'autant plus mordante qu'on les voit mal, et pour cause, serrer la main de la vipère.

119. Cf. Babrius 129. Pour le thème, cf. la fable 83.

120. Cf. La Fontaine VIII, 24.

121. Cf. Phèdre IV, 8 ; La Fontaine V, 16, ainsi que la fable 59.

122. Pour une réplique analogue, cf. fable 19.

123. La fable semble dériver d'une expression proverbiale, dont on trouve déjà des échos chez Théognis, puis chez Sophocle : la pluie de Zeus ne saurait plaire à tous.

124. Cf. La Fontaine VII, 2 (qui en tire une morale contre le mariage).

125. Dans les trois autres versions recueillies par Chambry, la vipère se trouve sur un enclos de paliures lorsqu'elle est surprise par un fleuve en crue. La présente version semble donc n'être qu'un abrégé.

126. Le paliure, ou nerprun, est un arbrisseau épineux à baies noires.

127. Cf. fable 187.

128. Cf. Babrius 96.

129. Hermès est en effet le dieu du commerce, ainsi que celui de la bonne aubaine ou de l'heureuse trouvaille (cf. par exemple fable 178). Il est aussi un dieu rusé et voleur — et c'est peut-être sur ces qualités que le vendeur compte pour tirer un bénéfice rapide de sa statue. Sur le cours des statues d'Hermès, cf. fable 88...

130. Prométhée, le « Prévoyant », est fréquemment associé aux mythes de la création de l'homme et du vol du feu. Dès Hésiode, auquel on se reportera pour sa généalogie, il est présenté comme un défenseur des hommes (à ce titre, il lui revient de parachever par la ruse le partage des domaines qui reviennent respectivement aux Immortels et aux mortels). Eschyle accentue ce trait dans son *Prométhée enchaîné*, où le Titan est présenté comme le bienfaiteur qui ne craint pas de se révolter contre le roi des dieux pour faire don à l'humanité du feu, des arts et des techniques ; en un mot, de tous les instruments de la civilisation. Protagoras, dans le dialogue de Platon qui porte son nom, reprend le mythe pour le nuancer : le feu et le savoir technique ne sont pas dérobés à Zeus, mais à Héphaïstos et Athéna ; du coup, la majesté de Zeus est d'autant moins bafouée que ce dernier reste maître du savoir nécessaire à la vie en commun dans les cités, et qu'il envoie Hermès en faire don aux hommes. Dans les fables, Prométhée ne figure guère que comme créateur des animaux et de l'humanité — du moins quand Zeus ne s'en charge pas lui-même, en confiant à Hermès le soin de régler les derniers détails — et toute trace de conflit entre le Titan et l'Olympien a disparu. Sur Prométhée, cf. J.-P. Vernant, « Prométhée et la fonc-

tion technique », repris dans *Mythe et Pensée chez les Grecs*, Paris, Maspero, 1965.

131. Cf. Babrius 59 (qui substitue Poséidon à Prométhée, et modifie quelques détails). Mômos est la Raillerie personnifiée.

132. Cf. Babrius 72, ainsi que Phèdre I, 3, adapté par La Fontaine IV, 9 (pour ces deux dernières versions, cf. fables 123 et 129).

133. Pour le sens du terme grec, on se reportera à la fable 12 et à la note *ad loc.*

134. Cf. fable 108.

135. Cf. Babrius 68, qui complique le motif : la flèche d'Apollon, le dieu archer par excellence, va se planter dans le jardin des Hespérides, à l'extrémité occidentale du monde ; Zeus s'y rend en une seule enjambée, puis demande : « Où dois-je la décocher, mon fils ? Je n'ai plus de place. » Babrius adapte ainsi plaisamment à la fable une preuve épicurienne (par l'absurde) de l'infinité de l'univers. Cf. Lucrèce, *De la Nature*, I, 967 ss. (trad. Ernout) : « [...] supposons maintenant limité tout l'espace existant ; si quelqu'un dans son élan s'avançait jusqu'au bout de son extrême bord, et que de là il fît voler un trait dans l'espace — ce trait balancé avec grande vigueur, préfères-tu qu'il s'en aille vers son but et s'envole au loin, ou es-tu d'avis qu'il peut y avoir un obstacle pour interrompre sa course ? »

136. Cf. Babrius 74.

137. Correction de Haas, adoptée par Perry dans ses *Aesopica*. Le texte des manuscrits porte ἀρχικούς (« propre à commander, souverain, dominant »). Comme l'indique Hausrath dans son apparat, ce qualificatif est suspect, car non seulement « le propre du bœuf est de travailler, et non pas de commander » (ainsi que le confirme le texte parallèle de Babrius 74, vv. 12-13), mais partout ailleurs dans la phrase, deux adjectifs qualifient les hommes, ce qui semble indiquer que l'un d'eux manque pour caractériser les « années du bœuf ». Outre celle de Haas, plusieurs corrections ont été proposées : ἀσχόλους καὶ μοχθηρούς (Hausrath), ἐργατικούς (Bölte). La conjecture de Bölte a pour elle de fournir un sens satisfaisant ; celle de Hausrath, de proposer en outre une paire d'adjectifs qui vient compléter la série ; celle de Haas, de pouvoir s'expliquer par une lecture fautive d'un copiste. En outre, ἀχθεινός dérive du substantif ἄχθος (« charge, fardeau »), et le bœuf peut à la rigueur être considéré comme ἀχθοφόρος, « bête de somme ». Cependant ἀχθεινός signifie proprement « pénible, déplaisant, qui est à charge », ce qui ne correspond guère à la réputation du bœuf (cf. par exemple fable 273) ; il est vrai cependant qu'en dehors du « temps de Zeus », les qualificatifs n'ont rien de flatteur. Peut-être faut-il conjecturer ἀνδρικούς (« mâle, viril, courageux, vaillant ») ? Ainsi, les « années du bœuf » seraient bien celles de l'homme adulte (à noter que l'adjectif ἀνδρεῖος peut qualifier des animaux, notamment le bœuf, ainsi que l'atteste la fable 273). A moins qu'il ne faille prendre ὑπάρχειν au sens qu'atteste Bailly (s. v., III, 2, *in fine*) : « être prêt à servir quelqu'un, lui être dévoué, lui être utile, l'assister », et considérer l'expression ἀρχικοὺς [ou ἀρχικοῖς ?] ὑπάρχειν comme une alliance de mots.

138. Excellent exemple de morale d'autant plus inappropriée à sa fable que le récit, à caractère étiologique, semble promettre une explication de la longévité humaine — et ce n'est qu'à la dernière phrase que le lecteur comprend qu'il s'agissait de rendre compte des caractères des différents âges de l'homme, parmi lesquels la morale ne retient que la vieillesse. Une justification aussi tortueuse, suivie d'une particularisation aussi arbitraire, peut toutefois avoir pour objectif de surprendre deux fois l'adversaire ou l'auditeur : une première fois par la dérive du motif étiologique, et une deuxième fois par la brusque application *ad hominem* d'une partie de la fable. Pour de tels effets de rupture, cf. fables 8 et 63.

139. Pour ce thème, cf. fable 50.

140. Sur cette « subtilité ondoyante », cf. fable 12 (et la note).

141. Cf. fable 103.

142. On aura remarqué que les qualités, dans ce type de récit étiologique, sont fréquemment décrites comme des liquides dont un artisan imprègne ou remplit une matière ou un récipient. Une des fables qui figurent dans la *Vie d'Esope* fait de la même métaphore, à propos du νοῦς, un usage obscène : une femme avait une fille stupide et suppliait les dieux de lui mettre quelque chose dans la tête (litt. : de lui donner du νοῦς : de l'intelligence, de l'esprit, de la cervelle). Un jour, la fille surprit un homme et lui demanda ce qu'il faisait à son ânesse. Il lui répondit qu'il lui mettait quelque chose dans la tête. La jeune fille lui demanda de lui en faire autant. Quand la mère apprit ce qui s'était produit, elle s'exclama que sa fille avait perdu le peu de tête qu'elle avait.

143. Certains manuscrits portent un texte plus explicite.

144. Cf. Babrius 63.

145. Cf. fables 61 et 174.

146. Cf. Phèdre IV, 12. Plutus, la Richesse personnifiée, est le héros d'une comédie d'Aristophane : après avoir été guéri de sa cécité, il ne visite plus que les honnêtes gens.

147. Pour un motif analogue, cf. Babrius 140, qui a inspiré La Fontaine I, 1. Chambry en a édité une paraphrase en prose (336 = *Aes.* 373) : « Un jour d'hiver, comme leur grain était humide, les fourmis le faisaient sécher. Une cigale affamée leur demanda de quoi manger. "Pourquoi, en été, n'as-tu pas, toi aussi, fait des provisions ?", lui demandèrent les fourmis. "Par manque de temps", répondit la cigale ; "car je chantais avec art." Les fourmis, dans un éclat de rire, lui rétorquèrent : "Fort bien ! tu chantais en été, danse donc en hiver !" La fable montre qu'en toute circonstance, il faut se garder d'être négligent, afin de se soustraire au chagrin et au péril. »

148. Cf. fable 68.

149. Le thème du vainqueur vaincu par un tiers « survenant » se retrouve, par exemple, dans la fable 255, ou à la fin de 235.

150. Cf. fables 25, 75, et 139.

151. Cf. fable 163.

152. Cette croyance est mentionnée par Elien (*N. A.*, 6, 34) et par Pline (*H. N.*, 8, 109). Cf. Phèdre, fable 30 de l'appendice de

Perotti. Nøjgaard note qu'il s'agit ici de la « seule narration [...] où une action répétée est attribuée à l'espèce [...] » (*op. cit.*, I, p. 52). Aussi n'y voit-il pas une fable, car si « la narration [zoologique] est très proche de la fable [...] », elle s'en distingue cependant « par son action répétée et attribuée à l'espèce imaginée » (p. 51). A ses yeux, en effet, « le récit ne devient fictif que s'il est attribué à ou si ses actions sont faites par un personnage (ou groupe de personnages) individuel » (p. 50). Toute la difficulté tient à ce qu'il faut entendre par un tel « groupe de personnages » : l'ensemble des individus de l'espèce constitue-t-il un tel groupe ? « Le castor », par exemple, est un singulier générique, mais un pluriel peut aussi bien servir à désigner une espèce comme telle — cf. l'exemple de Nøjgaard : « les mammouths [...] ne peuvent être porteurs d'une *action*, parce qu'ils ne constituent qu'un groupe uniquement imaginé ; l'espèce, "les mammouths", n'existe pas, mais seuls les exemplaires individuels » (*loc. cit.*). Si nous le comprenons bien, Nøjgaard semble faire une distinction fine entre des groupes non « imaginés » (un certain nombre quelconque, mais déterminé, d'individus), et des groupes « imaginés », tels que l'espèce (qui comprend la totalité numériquement indéterminable des individus passés, présents, et à venir, quoique l'exemple des mammouths, espèce éteinte, complique la question à cet égard). Tous les membres d'une espèce ne pouvant être coprésents, leur ensemble ne peut être qu'imaginé. Il semble cependant difficile d'appuyer une distinction générique entre fable et non-fable sur de telles nuances, puisque la fable étiologique joue précisément de leur suspension : cf. la fable 25, où « l'alcyon » comme espèce devient « l'alcyon » comme héros particulier de la fable, ou la fable 185, où « les ânes » (*tous* les ânes de ce temps mythique de la fable ? la question, précisément, n'a pas grand sens) envoient une ambassade à Zeus, ce qui explique le comportement caractéristique des ânes (tous autant qu'ils sont). Dans la fable 105, l'homme, le cheval, le chien et le bœuf ne sont-ils à proprement parler que des individus « porteurs d'une action » ?

153. Cette fable semble être la mise en scène d'une devinette accompagnée de sa solution, ou λύσις.

154. Chanteur qui s'accompagne à la cithare, l'un des deux principaux instruments à cordes pratiqués par les Grecs (l'autre étant la lyre, dont la cithare constitue une forme élaborée).

155. Cf. Babrius 138, et fable 265 (Chambry, *ed. mai.* 301, recueille quatre recensions qui présentent une légère variation du motif). Sur l'inutilité du recours à l'argumentation contre plus fort que soi, cf. par exemple les fables 4, 16, 155.

156. Même argument (et même issue) dans la fable 16.

157. Pour un thème analogue, cf. *Aes.* 370 = Chambry 325 (paraphrase probable d'un original babrien perdu) : « Un trompette qui sonnait le rassemblement, tombé aux mains de l'ennemi, se mit à crier : "Camarades, ne me massacrez pas pour rien, sur un coup de tête ! Car je n'ai tué aucun d'entre vous, et à part cet instrument, je ne porte rien sur moi." "Raison de plus pour te mettre à mort", lui répondirent-ils, "toi qui, incapable de faire la guerre, excites tout

le monde au combat !" La fable montre que ceux qui poussent des maîtres cruels et redoutables à mal faire commettent une lourde faute. »

158. Cf. fable 127.

159. Pour une conclusion du même type, cf. fables 133 et 148.

160. Cf. Babrius 77, Phèdre I, 13, et La Fontaine I, 2. Chambry donne quatre recensions distinctes de cette fable. Le fromage que tient le corbeau de La Fontaine ne se retrouve que dans l'une d'entre elles, ainsi que dans Phèdre ; par ailleurs, toutes les versions grecques s'achèvent sur une phrase moqueuse du renard (suivie de la morale, sauf chez Babrius), alors que celle de Phèdre conclut sur le dépit du corbeau. Chez ce dernier, cependant, la morale précède le récit, et le renard décampe sans demander son reste ; sur ces deux points, La Fontaine s'inspire des fabulistes grecs : la morale, placée dans la bouche du renard, est du même coup rejetée vers la fin de la fable. — Cf. une situation initiale analogue dans la fable 241.

161. Dès Hésiode, le corbeau est associé à Apollon, dieu oraculaire. Il figure d'ailleurs sur des monnaies delphiques. Sa valeur augurale est fréquemment attestée par les auteurs antiques. Cf. D'Arcy Thompson, *A Glossary of Greek Birds*, s. v. κόραξ.

162. Cf. fable 127 (et la note).

163. Selon Hygin, le corbeau aurait un jour perdu son temps à agir de même, ce qui lui aurait valu d'être châtié par Apollon (cf. D'Arcy Thompson, *A Glossary of Greek Birds*, s. v. κόραξ).

164. Cette morale manifestement absurde ne figure pas dans tous les manuscrits. Peut-être faut-il lire φιλόνικον (« qui aime à vaincre ») au lieu de φιλόνεικον (« qui aime à se disputer ») : le geai espère en vain venir à bout des figues... Cf. fable 186.

165. Sur les raisons pour lesquelles Athéna en veut à la corneille, cf. D'Arcy Thompson, *A Glossary of Greek Birds*, s. v. κορώνη, qui signale l'hostilité entre la corneille et la chouette, oiseau d'Athéna. Cf. aussi Ovide, *Métamorphoses*, II, 547 ss. : la corneille aurait rapporté à la déesse que les trois filles de Cécrops avaient ouvert, malgré son interdiction, la corbeille où reposait Erichthonios (sur la légende de ce dernier, cf. Nicole Loraux, *Les Enfants d'Athéna*, Paris, Seuil, coll. « Points », 1990), et Athéna l'aurait châtiée en donnant désormais la préférence à la chouette. Ovide ne précise pas si Athéna a du même coup privé la corneille de tout pouvoir augural, mais comme il semble bien que cette dernière ait eu pour tort de divulguer un secret sans savoir tenir sa langue (de même que les filles de Cécrops ont découvert ce qui devait rester caché), il n'est pas surprenant qu'elle joue dans le mythe ovidien un rôle analogue à celui de Cassandre — son interlocuteur, le corbeau, ne la croit pas : la corneille est trop bavarde pour que sa parole ait du poids. Cf. déjà Hésiode, *Les Travaux et les Jours*, vv. 746-747 : « Quand tu construis une maison, ne laisse pas de saillies où se perche et croasse la corneille bavarde » (trad. P. Mazon). De façon générale, selon D'Arcy Thompson, la corneille n'est que rarement mentionnée par les auteurs grecs pour sa valeur augurale.

166. Cf. l'*Iliade*, XII, 200-207, ainsi que le proverbe κορώνη

σκορπίον (ἥρπασε), équivalent grec de « tel est pris qui croyait prendre ». Perry considère comme une simple variante de la présente fable Chambry ed. mai. 136, qui ne figure pas dans toutes les recensions : « Un milan enleva un serpent et prit son envol. Le serpent se retourna et le mordit. Tous deux tombèrent du haut du ciel, et le milan se tua. "Fallait-il que tu sois assez fou", lui dit le serpent, "pour vouloir t'en prendre à qui ne te nuisait pas ? Te voilà bien puni de ta rapacité !" A n'écouter que sa cupidité et à faire tort à de plus faibles, l'on risque de tomber sur plus fort que soi et d'expier alors, contre son attente, jusqu'à ses méfaits passés. »

167. Cf. fable 123.

168. Les Egyptiens connaissaient déjà un « débat de la tête et du corps ». — Cf. Tite-Live, *Histoire romaine*, II, XXXII, 9-12, où Ménénius Agrippa (consul en 503 av. J.-C.) raconte cette fable à la plèbe qui avait fait sécession — incident mis en scène par Shakespeare dans son *Coriolan* (I, 1). Cf. aussi La Fontaine III, 2.

169. Cf. Babrius 92 (= *Aes.* 326), dont voici une version en prose recueillie par Chambry (*ed. mai.* 93) : « Un chasseur sur la piste d'un lion demanda à un bûcheron s'il en avait vu les traces, et où trouver son repaire. "Je m'en vais à l'instant te le montrer en chair et en os", répondit le bûcheron. Le chasseur, blême de peur et claquant des dents, reprit : "Je ne cherche que ses traces, et non pas le lion en personne !" Cette fable démasque les hardis poltrons, audacieux non en actes, mais en paroles. » — Pour une inversion du thème, cf. fable 141.

170. Cf. Babrius 79, Phèdre I, 4, La Fontaine VI, 17 ; et pour un thème analogue, fable 148.

171. Sur la confusion entre image et réalité, cf. fable 201, et note de la fable 162.

172. Cf. La Fontaine IX, 10. Pour une variante du même motif, cf. fable 18.

173. Cf. Phèdre I, 20 ; La Fontaine VIII, 25.

174. Cf. Babrius 87, ainsi que la fable 212.

175. La plaisanterie se complique peut-être du fait que les Grecs considèrent eux aussi la morsure comme une marque d'ardeur amoureuse. Cf. Aristophane, *Les Oiseaux* 440 et *Les Acharniens* 1209.

176. Cf. fable 242.

177. Cf. Babrius 84, dont le texte est très proche d'une version babylonienne copiée à Assur en 716 avant notre ère (pour plus de détails, on se reportera à l'introduction).

178. Cf. Babrius 25 ; La Fontaine II, 14. Cf. en outre, pour le motif du suicide, fable 259.

179. Chez les Grecs, la gloutonnerie de la mouette était proverbiale. Cf. par exemple Aristophane, *Les Oiseaux* 567 et *Les Cavaliers* 956.

180. Pour ce reproche, cf. fables 25, 75, et 116.

181. Cf. Diodore de Sicile, XIX, 25, 5 ; Babrius 98 ; La Fontaine IV, 1.

182. Cf., pour une inversion du même thème, la fable 132.

183. Cf. Babrius 103 ; La Fontaine VI, 14. Cette fable est déjà attestée chez Archiloque. Perry n'a pas considéré la présente fable comme une paraphrase babrienne, au contraire d'une autre fable qui lui semble apparentée dès Archiloque : celle du lion, du renard, et du cerf, dont on trouvera une version en prose dans Chambry *ed. min.* sous le numéro 199 (cf. Babrius 95). En voici la traduction : « Le lion, qui gisait malade sous un rocher, dit à son cher renard, qui vivait auprès de lui : "Si tu tiens à ma santé et à ma vie, persuade par tes douces paroles le très gros cerf qui vit dans la forêt de venir se jeter entre mes pattes, car j'ai envie de ses entrailles et de son cœur." Le renard se mit en route, et trouva le cerf qui bondissait dans les bois. Il l'approcha d'un air patelin, le salua, et lui dit : "Je t'apporte une bonne nouvelle. Tu sais que notre roi, le lion, est mon voisin ; or il est malade et à l'article de la mort. Il s'est donc demandé quel animal devrait lui succéder sur le trône. Selon lui, le sanglier manque d'esprit, l'ours n'est qu'un lourdaud, la panthère est trop colère, et le tigre fanfaron : c'est le cerf qui est le plus digne de la couronne, parce qu'il est doté d'une haute stature, d'une longue vie, et de bois redoutables aux serpents. A quoi bon ce long discours ? Tu as été désigné comme roi. Quelle sera ma récompense pour avoir été le premier à te l'annoncer ? Donne-moi vite ta parole : je suis pressé ; il pourrait me faire appeler, car il ne fait rien sans me consulter. Mais si tu veux bien en croire un pauvre vieillard, je te recommande de te rendre à son chevet et de l'assister dans ses derniers instants." Ainsi parla le renard. A ce discours, le cerf fut ébloui d'orgueil, et vint dans l'antre sans se douter de ce qui se tramait. Le lion bondit sur lui, mais dans sa précipitation, ne put que lui lacérer les oreilles avec ses griffes, et le cerf s'enfuit en toute hâte dans les bois. Alors le renard frappa de dépit ses pattes l'une contre l'autre, voyant qu'il avait perdu sa peine. Quant au lion, il gémissait en poussant de grands rugissements, car il était aussi affamé qu'affligé ; puis il supplia instamment le renard de faire une nouvelle tentative et d'attirer à nouveau le cerf par quelque ruse. "La tâche que tu m'assignes est aussi difficile que déplaisante", répondit le renard, "mais je suis à ton service." Alors, comme un chien de chasse, il se lança sur la trace tout en méditant ses fourberies, et demanda à des bergers s'ils n'avaient pas vu un cerf ensanglanté. Ceux-ci lui indiquèrent sa retraite dans les bois. Il l'y trouva qui reprenait haleine, et se présenta effrontément. "Infâme !" s'écria le cerf irrité en hérissant le poil, "tu ne m'y reprendras plus ! Si tu m'approches, c'en est fait de toi. Trouve-toi d'autres dupes sans expérience de tes renarderies, pour les couronner et leur tourner la tête." "Es-tu donc si couard et si poltron ?" répliqua le renard. "C'est donc ainsi que tu nous soupçonnes, nous, tes amis ? Quand le lion t'a saisi par l'oreille, c'est qu'il s'apprêtait à te donner ses conseils et ses instructions sur une royauté si imposante, parce qu'il sentait venir sa fin — et toi, tu n'as pas même supporté une égratignure de la patte d'un malade ! Le voilà à présent encore plus courroucé que toi : il veut faire couronner le loup ! Malheur ! quel méchant maître ! Allons, viens, ne crains rien, et sois doux comme

un agneau. Car je te le jure par toutes les feuilles et toutes les sources, le lion ne te fera aucun mal. Pour ma part, je ne veux servir que toi." C'est ainsi qu'il joua le malheureux et le persuada de revenir. Dès qu'il fut entré dans l'antre, le lion eut son repas : tous les os, la moelle, et les entrailles, qu'il engloutit. Le renard à ses côtés le regardait faire : comme le cœur roulait de côté, il le saisit à la dérobée et le dévora pour prix de sa peine. Mais le lion, en faisant l'inventaire de tous les abattis, ne retrouvait pas le cœur. Le renard, qui se tenait à bonne distance, lui dit alors : "Un cœur ? Vraiment, ce cerf n'en avait pas ; ne cherche plus ! Quel cœur pouvait donc avoir cet animal pour se jeter par deux fois dans le repaire et les pattes du lion ?" A trop aimer les honneurs, on a l'esprit troublé, et l'on ne songe plus aux dangers qui menacent. »

184. Cf. fable suivante pour un récit analogue. On retrouve le recours aux indices pour déjouer une ruse dans la fable 241.

185. Cf. Babrius 97, ainsi que la fable précédente.

186. Cf., par exemple, les fables 84 et 242.

187. Littéralement : φοβηθείς, « effrayé ». Cependant, aucune des trois versions en prose, pas plus que la fable 82 de Babrius, ne permet de supposer que le lion ait réellement été effrayé, comme le renard le croit.

188. Cf. La Fontaine I, 13.

189. Cf. fable 133 pour un motif analogue.

190. Pour un motif analogue, cf. *Aes.* 339 = Chambry 208 (paraphrase, selon Perry, de Babrius 67 ; cf. Phèdre I, 5 et La Fontaine I, 6) : « Le lion et l'onagre chassaient ensemble, l'un comptant sur sa force, l'autre sur sa vitesse. Lorsqu'ils eurent pris du gibier, le lion présida au partage et fit trois lots : "Le premier sera pour moi", dit-il, "puisque je tiens le premier rang : ne suis-je pas le roi ? Le deuxième également, en tant qu'associé pour moitié ; quant au troisième, il te vaudra de gros ennuis, si tu ne consens pas à déguerpir !" Il convient en toutes choses de se régler sur ses forces, et de ne pas se lier ni s'associer à plus puissant que soi. »

191. Cf. Babrius 107 ; La Fontaine II, 11. Cf. aussi fable 235, qui présente une structure et une morale comparables.

192. Cf. Phèdre I, 11 ; La Fontaine II, 19.

193. Cf. La Fontaine III, 13 (qui s'inspire aussi de 209). Un seul manuscrit comporte une variante importante : « Les loups avaient envoyé aux moutons une ambassade pour leur proposer une paix perpétuelle en échange de leurs chiens, qui seraient exécutés. Les stupides moutons étaient disposés à conclure, mais un vieux bélier s'écria : "Comment vous faire confiance et vivre à vos côtés, alors que même sous la protection des chiens je ne puis paître sans trembler ?" Il ne faut pas renoncer à ses garanties en ajoutant foi aux serments d'un ennemi irréconciliable » (pour cette variante, cf. Babrius 93).

194. Dans une fable apparentée, considérée par Perry comme une paraphrase babrienne, ce sont aux chiens que les loups s'adressent : « Les loups tinrent aux chiens ce discours : "Vous qui nous êtes semblables en tous points, pourquoi ne partagez-vous pas

nos vues, comme des frères ? Car enfin, nous ne différons guère que d'opinion : nous, nous vivons dans la liberté, tandis que vous, soumis et asservis aux hommes, vous essuyez leurs coups, vous portez des colliers, vous gardez leurs moutons ; et quand vos maîtres mangent, ils ne vous jettent que les os... Si vous nous en croyez, livrez-nous donc tous leurs troupeaux, et nous aurons de quoi faire ripaille en commun !" Les chiens se laissèrent prendre à leurs arguments — et dès que les loups eurent pénétré dans l'étable, ils furent leurs premières victimes. Tel est le salaire du traître à sa patrie » (*Aes.* 342 = Chambry 216).

195. Cf. Babrius 89 ; Phèdre I, 1 ; La Fontaine I, 10, ainsi que la fable 16.

196. Cf. Babrius 94 ; Phèdre I, 8 ; La Fontaine III, 9.

197. Cf. Babrius 16 ; La Fontaine IV, 16. Chez Babrius, la dernière réplique du loup est adressée à Dame Louve, qui lui reproche de rentrer bredouille : « Et qu'y faire ? Je me suis fié à une femme ! » On retrouve cependant une chute analogue à celle de la présente fable ailleurs dans son recueil (cf. note suivante). Quant à La Fontaine, il invente une fin inédite : la capture du loup et sa mise à mort.

198. Cf. Babrius 33 : un fermier, voyant que les geais et les étourneaux s'envolent chaque fois qu'il réclame sa fronde à son valet, s'entend avec lui pour se la faire apporter dès qu'il lui demandera du pain. L'une de ses victimes prévient alors les hérons : « Evitez l'engeance maudite des hommes : ils ont appris à se dire une chose, et à en faire une autre » (pour cette morale, cf. fable 22).

199. Cf. Babrius 53.

200. On aura remarqué qu'à proprement parler, le troisième « propos » (λόγος) de la brebis n'est ni vrai ni faux, puisqu'il s'agit d'un souhait (à l'optatif). Cf. Aristote : « Tout discours a une signification [...] pourtant tout discours n'est pas une proposition, mais seulement le discours dans lequel réside le vrai et le faux, ce qui n'arrive pas dans tous les cas : ainsi la prière est un discours, mais elle n'est ni vraie, ni fausse » (*De l'interprétation*, 17 a 1 ss. Trad. J. Tricot). Quant aux deux premiers « propos » de la brebis, s'ils sont incontestablement des souhaits par le sens, leur forme grammaticale laisse place au doute. Le loup admet cependant qu'à défaut d'avoir énoncé trois « propos vrais », la brebis a tenu un discours « non mensonger » (ἀψευδές), ce qui constitue une exigence plus faible... à moins que le loup ne soit féru de logique.

201. Cf. fable 157.

202. Cf. les fables 40 et 56. Cette fable-anecdote remonte à Archiloque (*Ep.* V ; cf. fr. 182-183 West).

203. Le jeu de mots sur κόραξ (l'oiseau, mais aussi, par analogie, tout objet recourbé comme le bec du corbeau : marteau de porte, croc, etc.) ne permet pas d'équivalent exact en français (selon le Littré, le corbeau peut être une « grosse console, moindre en hauteur qu'en saillie, dont l'usage est de soulager la portée d'une poutre »). Pour un motif analogue, cf. Babrius 136, dont voici une paraphrase en prose (*Aes.* 363 = Chambry *ed. mai.* 296, en deux

versions) : « Un vieillard craintif avait un fils unique aussi brave que passionné de chasse : il le vit en rêve tué par un lion. De peur que le songe ne fût véridique et ne se réalise, il aménagea à l'étage, pour y faire surveiller son fils, un splendide appartement agrémenté de diverses peintures d'animaux, parmi lesquelles figurait aussi un lion. Mais plus son fils les voyait, plus il avait le cœur lourd. Un beau jour, debout devant le lion, il lui tint ce discours : "Sale bête, c'est à cause de toi et du rêve mensonger de mon père que j'ai été enfermé dans cette prison pour femmes ! Comment te le faire payer ?" Là-dessus, il frappa la paroi de sa main pour crever l'œil du lion. Mais une écharde s'enfonça sous son ongle, lui causant une vive douleur, et provoqua une inflammation qui dégénéra en tumeur ; une fièvre se déclara alors, qui emporta rapidement le jeune homme. C'est ainsi que le lion, pour n'être qu'un lion en peinture, tua tout de même le fils, à qui le subterfuge du père ne servit de rien. Ce qui doit arriver, il faut le supporter d'un cœur vaillant sans jouer au plus fin, car on ne saurait l'éviter. » Pour le rapport d'« homonymie », comme dit Aristote (*Catégories*, I, 1a 1-5) entre original et copie, cf. la fable 201. Enfin, la fable 28 combine l'« homonymie » (bœuf réel/image de bœuf) et l'ambiguïté (« trouver son prix » : recevoir une récompense ou se voir estimer à une certaine valeur).

204. Pour un motif étiologique analogue, cf. fable 117.

205. Prêtres mendiants de la déesse Cybèle, qui prenaient la route chaque mois pour faire la quête. On trouvera la description d'une procession en l'honneur de Cybèle, au cours de laquelle « le bronze et l'argent jonchent le sol des rues en généreuses offrandes », dans Lucrèce, *De Natura Rerum*, II, 600 ss. — Pour cette fable, qui paraît dériver d'une plaisanterie ou d'une devinette, cf. Babrius 141 ; Phèdre IV, 1.

206. Cf. Babrius 31 ; Phèdre IV, 6 ; La Fontaine IV, 6. Aristophane fait allusion à cette fable (*Guêpes*, 1182), qui semble d'origine orientale.

207. Cf. Babrius 4 = *Aes*. 282, dont voici une des deux paraphrases en prose recueillies par Chambry sous le n° 25 de son *ed. mai.* : « Un pêcheur, après avoir retiré de la mer son filet, put saisir les gros poissons, qu'il étendit sur le rivage ; mais les plus petits se faufilèrent entre les mailles et regagnèrent les flots. Si l'on goûte un bonheur modeste, le salut est vite trouvé, mais il est rare de voir réchapper du péril l'homme qui jouit d'une grande célébrité. »

208. Cf. fables 50 et 107.

209. Cf. fable 80 et la note *ad loc*.

210. Cf. Babrius 71.

211. Cette métamorphose de la mer est assez curieuse. D'ordinaire, dans les fables, ce type d'apparition ne se produit qu'en rêve (cf. fables 110 et 174 ; la fable 61 n'est sans doute qu'une exception apparente — cf. la note *ad loc.*). Peut-être, dans une version antérieure, le naufragé adressait-il ses reproches à la mer avant de perdre connaissance. Cf. cependant Babrius 71 : le protagoniste ne s'endort pas, et la mer, sans apparaître, se fait entendre en emprun-

tant une voix féminine. A supposer que Babrius reflète plus fidèlement une version plus ancienne, la présente fable, dans son état actuel, résulterait alors d'une tentative maladroite de traiter cette manifestation atypique de la mer selon le registre plus fréquent de l'apparition en songe.

212. Cf. Babrius 131.

213. Dans la littérature grecque, l'hirondelle annonce le retour du printemps dès Hésiode : « Alors la fille de Pandion, l'hirondelle au gémissement aigu, s'élance/ vers la lumière : c'est le printemps nouveau qui arrive pour les hommes » (*Les Travaux et les Jours*, vv. 568-569. Trad. P. Mazon). Chez Aristophane, chaque saison, associée au travail de la laine, est annoncée par un oiseau : « La grue [...] avertit [...] de tisser un manteau de laine [...]. Le milan à son tour [...] annonce une autre saison, celle où l'on tond la toison printanière des moutons ; puis l'hirondelle dit quand il faut vendre le manteau de laine et acheter un vêtement léger » (*Les Oiseaux*, 710-715). Une peinture de vase nous a conservé une scène à trois personnages : un petit garçon s'exclame : « Regarde, une hirondelle ! », tandis qu'un homme lui répond « Par Héraklès ! tu as raison », et qu'un autre garçon s'écrie : « Revoilà le printemps ! » (cf. E. A. Armstrong, *The Folklore of Birds*, Londres, 1958, fig. 83, p. 182). La popularité du motif est encore attestée par une chanson rhodienne que nous a transmise Athénée (360 C) : « Revoilà, revoilà l'hirondelle,/ qui ramène le beau temps/ et la belle saison,/ l'hirondelle au ventre blanc,/ l'hirondelle au dos noir [...] » (Athénée précise que cette chanson se chantait de porte en porte au mois de Boëdromion, correspondant à peu près à septembre-octobre, ce qui ne laisse pas d'être curieux).

214. Cf. La Fontaine V, 12.

215. Cf. La Fontaine XII, 7, qui remplace la mouette par un canard et supprime le caractère étiologique pour transformer la fable en satire des nobles endettés. Chambry (*ed. min.*, pp. XXXIX-XL) ne semble pas avoir relevé cette imitation par La Fontaine, ni beaucoup apprécié cette fable, puisque après en avoir cité quelques-unes « qui ont mérité de devenir classiques », il en mentionne « d'autres qui sont restées dans nos recueils, sans que jamais imitateur ait eu l'idée de les en sortir. Quelques-unes en effet ont reculé les bornes de l'invraisemblance ; telle est la fable de la *Chauve-Souris*, de la *Ronce* et de la *Mouette*, où l'on voit la chauve-souris emprunter de l'argent, la ronce acheter des étoffes, la mouette du cuivre [...] ». Sur l'usage comique de la narration étiologique, cf. fables 3 et 105, entre autres.

216. Cf. La Fontaine II, 5.

217. Voir fable 165.

218. Cf. La Fontaine V, 1.

219. Cf. Babrius 49, chez qui un ouvrier tient le rôle du voyageur, ainsi que La Fontaine V, 11, qui s'inspire d'une autre version transmise par quelques manuscrits, et dont le protagoniste est un enfant.

220. Pour ce thème, cf. fables 61 et 110.

221. Le platane était réputé pour son ombre (cf. par exemple Platon, *Phèdre*, 229 a-b et 230 b).

222. Cf. Phèdre IV, 20 ; Babrius 143 ; La Fontaine VI, 13.

223. Cf. fables 192 et 209.

224. Cf. La Fontaine IV, 10, vv. 9-19 (les vers 1-8 s'inspirent de la fable 195).

225. Hermès, dieu des voyageurs, dont l'autel se dressait souvent aux carrefours, est aussi celui des bonnes aubaines, ἕρμαια.

226. La façon dont le voyageur s'acquitte de son vœu fait songer à la ruse, rapportée par Hésiode, dont use Prométhée pour attribuer aux dieux et aux hommes leur part respective du sacrifice.

227. Cf. La Fontaine VI, 11 (chez qui l'âne passe du « jardinier » au « corroyeur » puis au « charbonnier », sans jamais craindre pour son cuir).

228. Cf. Babrius 111 ; La Fontaine II, 10. Chez Elien et Plutarque, la fable est présentée comme une anecdote : c'est Thalès de Milet qui aurait conseillé à un ânier de charger sa bête d'éponges, pour la débarrasser d'une mauvaise habitude contractée en transportant du sel.

229. Cf. Babrius 7 ; La Fontaine VI, 16.

230. Dans les versions de Babrius et de La Fontaine citées à la note précédente, l'ânier ne charge que la peau de l'âne sur la mule.

231. Cf. La Fontaine V, 14.

232. Cf., pour le thème, Phèdre III, 7 et La Fontaine I, 5, ainsi que Babrius 100, dont voici une paraphrase en prose : « Un loup, voyant un très gros dogue attaché à un collier, lui demanda : "Qui t'a lié et engraissé de la sorte ?" — Un chasseur, répondit le chien. — "Ah ! puisse mon loup préféré échapper à ton sort ! Mon ventre creux vaut bien ton lourd collier !" La fable montre que dans le malheur, il ne reste pas même les plaisirs du ventre » (*Aes.* 346 = Chambry 227).

233. Cf. le mythe de l'origine des cigales qu'expose Socrate dans le *Phèdre* (259 b-d) : « Quand les Muses furent nées et que le chant eut paru sur la terre, certains hommes alors éprouvèrent un plaisir si bouleversant qu'ils oublièrent en chantant de manger et de boire, et moururent sans s'en apercevoir. C'est d'eux que par la suite naquit l'espèce des cigales : elle a reçu des Muses le privilège de n'avoir nul besoin de nourriture une fois qu'elle est née, mais de se mettre à chanter tout de suite, sans manger ni boire, jusqu'à l'heure de la mort » (trad. P. Vicaire).

234. Pour cette morale, cf. par exemple fable 230.

235. Fable sans postérité. On trouvera cependant chez Phèdre IV, 19 le récit d'une ambassade des chiens auprès de Jupiter qui combine étiologie et scatologie de façon semblable.

236. Jeu de mots probable sur φιλόνεικος/φιλόνικος (« qui aime à se disputer »/« qui aime à vaincre »), favorisé par l'iotacisme.

237. Cf. fable 97, ainsi que Babrius 122 et La Fontaine V, 8. Pour la réflexion finale du loup, cf. fables 97 et 203.

238. Cf. Babrius 139.

239. Sur l'expression ἐξ ἀπροόπτου, cf. fable 266 (où Chambry

adopte la correction ἐξ ἀπόπτου, contrairement à Perry, qui corrige en revanche le texte de la présente fable).

240. Cf. fables 176 et 209. Par ailleurs, la fable 227 met en scène une hirondelle victime d'un serpent. Pour la prévoyance de l'hirondelle, cf. fable 39.

241. La réponse de l'oiseleur paraîtra peut-être moins incongrue si l'on considère que certains accessoires (notamment les grains d'orge ou le myrte destinés à appâter le piège) sont également employés dans le sacrifice rituel de fondation d'une cité. Cf. par exemple Aristophane, *Les Oiseaux*, 43 (comme on sait, cette comédie relate la fondation d'une cité des oiseaux).

242. Nous supprimons ici une négation introduite par les éditeurs et traduisons le texte des manuscrits.

243. Cf. Babrius 13.

244. Plusieurs auteurs antiques confirment l'utilité de la cigogne à cet égard. Les Thessaliens, dit-on, avaient en conséquence promulgué une loi qui assimilait la mise à mort d'une cigogne à un assassinat (Cf. D'Arcy Thompson s. v. πελαργός, ainsi que Keller, *Die Antike Tierwelt*, II, p. 193). Chez Babrius, la cigogne invoque pour sa défense un autre argument plus répandu chez les auteurs : sa piété filiale, qu'atteste déjà Aristophane : « il y a chez nous les oiseaux une loi antique inscrite sur les tables des cigognes : "Quand le père cigogne a mis en état de voler tous les cigogneaux en les nourrissant, les petits doivent à leur tour nourrir le père" » (*Les Oiseaux*, 1353-1357, tr. H. Van Daele).

245. Rien ne semble justifier, ni dans la fable ni dans la tradition, cette mauvaise réputation des grues dont l'oiseleur tire argument contre la cigogne. En revanche, chez Babrius 13, l'oiseleur est remplacé par un fermier dont les grues pillent les semailles.

246. Cf. fables 10 et 204, ainsi que La Fontaine IV, 10, vv. 1-8.

247. Cette fable dérive d'un *skolion* (chant de banquet) attique.

248. Il peut s'agir d'un crabe d'eau douce, d'ailleurs considéré comme un contrepoison souverain. Les porcs et les cerfs, disait-on, s'en nourrissaient pour soigner les morsures de serpent ou d'araignée ; selon Pline, un breuvage à base de lait d'ânesse et de crabe d'eau douce réduit en poudre constitue un excellent antidote contre le venin de scorpion, de serpent, ou de crapaud. Cf. O. Keller, *Die Antike Tierwelt*, Leipzig, 1913, t. II, p. 486.

249. Jeu de mots sur ἁπλῶς (« simplement, en toute franchise »), ἐξαπλοῦσθαι (« déployer, étendre ») et ἁπλοῦς (« simple ; sans détours, honnête »). Bailly ne relève pas l'emploi du verbe au sens figuré, mais ce dernier est suffisamment attesté par le contexte et le personnage. Il est d'ailleurs piquant que ce soit le crabe qui donne des leçons de droiture au serpent. Cf. en effet la fable 152 dans l'*ed. mai.* de Chambry (dont il existe trois versions qui paraissent être des paraphrases de Babrius 109 = *Aes.* 326) : « A sa mère, qui lui disait de ne pas marcher de travers et de ne pas se frotter les flancs contre le récif humide, un crabe rétorqua : "Mère, toi qui veux m'instruire, marche droit : je te regarderai faire et serai ton émule !" Les amateurs de remontrances devraient suivre eux-mêmes le droit chemin,

avant de donner des leçons. » Comme l'écrivent J.-P. Vernant et M. Detienne, « monstre aux jambes torses, le crabe est pour toute la tradition un animal qui ne va pas droit devant lui : il marche de biais, il avance en oblique. Tous les animaux, dit Aristote, se meuvent de la même manière [...] sauf le crabe, qui marche de côté [...]. Et le proverbe grec répond à la description du naturaliste : "Jamais tu ne feras marcher droit un crabe" » (*Les Ruses de l'Intelligence*, Paris, Flammarion, coll. « Champs », 1974, p. 255).

250. Pour s'en nourrir, ou plus probablement pour s'amuser à les conserver dans des petites cages.

251. Dans les quatre autres versions recueillies par Chambry, le scorpion s'exclame : « Va-t'en, gamin, sauve-toi, car si tu me prends, tu perds toutes tes autres prises ! »

252. Mise en fable d'une anecdote qui circule, sous des formes diverses, dans les biographies de plusieurs peintres de l'Antiquité, pour illustrer le réalisme de leurs tableaux. Cf. le fameux concours entre deux des plus célèbres peintres du ve s. av. J.-C., Zeuxis et Parrhasios, tel que nous le rapporte Pline l'Ancien (*Histoire naturelle*, 35, 65) : « Zeuxis apporta des raisins peints avec tant de bonheur que des oiseaux vinrent les becqueter sur la scène. L'autre apporta un rideau peint avec tant de vérité que Zeuxis, tout fier de la sentence des oiseaux, demanda qu'on tirât enfin le rideau pour faire voir le tableau. Puis, reconnaissant son erreur, il céda la palme avec franchise et modestie, disant qu'il n'avait trompé que des oiseaux tandis que Parrhasios l'avait trompé lui, un artiste » (cité et traduit sous le n° 236 par A. Reinach, *La Peinture ancienne* (Recueil Milliet), Paris, éd. Macula, 1985. Cf., dans le même recueil, une anecdote analogue sous le n° 412 : Bucéphale hennit devant un portrait d'Alexandre peint par Apelle). Pour un autre usage du motif image/modèle, cf. note de la fable 162.

253. Aristote revient en effet à plusieurs reprises sur la fécondité de la colombe dans ses traités d'histoire naturelle (cf. par exemple *Génération des animaux*, 749 b 18, ou *Histoire des animaux*, 558 b 24).

254. Pour cette réflexion, cf. fable 187.

255. Voir fables 10 et 195.

256. Cf. fable 41.

257. Cf. La Fontaine IV, 2.

258. Cf. fable 72.

259. Cf. fables 176 et 192.

260. Cf. La Fontaine I, 19 (qui fait de l'homme un maître d'école).

261. Cf. fable 136.

262. Grenade, pomme (ou coing) et olive sont respectivement associées à Héra, Aphrodite, et Athéna, les trois déesses qui se soumettent au jugement de Pâris. Cf. Hellmut Baumann, *Le Bouquet d'Athéna*, Paris, Flammarion, 1984, pp. 50-51, 58, et 142.

263. Cf. fable 62.

264. Cf. Babrius 91, qui réduit le troupeau de chèvres à un seul bouc.

265. Cf. fable 98.
266. Cf. fable 195.
267. Cf. La Fontaine IV, 20.
268. Cf. La Fontaine VI, 10.
269. Cf. Babrius 118, dont la version sans dialogue fait songer à la fable 25.
270. Sur ce genre de paradoxes, cf. par exemple fable 25.
271. Comme le signale Chambry dans l'apparat critique de son *ed. mai.*, cette fable paraît mutilée : les arguments de l'hirondelle manquent. Pour sa vanité, on peut cependant se reporter à une fable comparable (*Aes.* 377 = Chambry 351), considérée par Perry comme une paraphrase babrienne : « Je suis une jeune vierge, moi (dit l'hirondelle à la corneille), une Athénienne, une reine, fille du roi d'Athènes. Et de raconter, par-dessus le marché, le viol commis par Térée, et comment il lui coupa la langue. "Qu'aurais-tu dit", intervint la corneille, "si tu avais encore ta langue, toi qui l'as perdue et l'as encore si bien pendue !" » Sur la légende de Philomèle, cf. fable 39 et la note *ad loc*. A en croire Ovide (*Métamorphoses*, II, 569-571), la corneille s'enorgueillissait également d'être fille de roi, en termes qui font songer à ceux de l'hirondelle.
272. La longévité de la corneille était proverbiale. Cf. le fragment d'Hésiode cité par Plutarque, *Sur la disparition des oracles*, 415 C : « La corneille criarde atteint neuf âges d'hommes／ vigoureux, et le cerf vit quatre fois plus qu'elle ;／ le corbeau, trois fois plus que le cerf ; le phénix／ autant que neuf corbeaux : et nous, nymphes bouclées／ nées de Zeus porte-égide, autant que dix phénix » (trad. R. Flacelière). Selon Aristophane (*Les Oiseaux*, 609), la corneille ne vit que cinq vies d'hommes, et non pas neuf.
273. Cf. Babrius 115 (où c'est l'aigle qui prend l'initiative de proposer à la tortue de lui apprendre à voler ; celle-ci, avant de mourir, conclut la fable sur une formule du type « Bien fait pour moi ! ». Quant aux motifs qui inspirent à l'aigle une telle perfidie, faut-il y voir un écho de son habitude, rapportée par Denys de Philadelphie (Ὀρνιθιακά, I, 3, cité par D'Arcy Thompson), de soigner ses maladies en se nourrissant de tortues ?). Dans Phèdre II, 6, le motif de l'enseignement disparaît. La tortue n'est qu'une proie dont l'aigle ne sait que faire, jusqu'à ce qu'une corneille lui conseille de la précipiter contre un rocher.
274. Cf. La Fontaine VIII, 5.
275. Légende extrêmement répandue dans l'Antiquité. Cf. Platon, *Phédon*, 84 e ss., qui attribue le chant du cygne mourant au pressentiment de ses retrouvailles avec Apollon, le dieu mantique dont il est le serviteur. Hésiode, premier témoin à mentionner le chant du cygne (*Bouclier*, 316), ne fait en revanche aucune allusion à la légende.
276. Cf. fable 209.
277. Cf. La Fontaine II, 12, ainsi que la fable 150.
278. Cf. fable 125.
279. Voir fable 161.
280. Cf. fable 265.

281. Horkos, le Serment personnifié, est cité par Hésiode parmi les enfants de la Nuit comme étant « le pire des fléaux pour tout mortel d'ici-bas qui, de propos délibéré, aura commis un parjure » (*Théogonie*, 231-232) ; dans *les Travaux et les Jours* (219), il poursuit l'injustice, « courant <aussitôt> sur la trace des sentences torses » (Trad. P. Mazon. Voir aussi les vv. 802-804). — La présente fable est inspirée d'un passage d'Hérodote (VI, 86).

282. Voir fables 124 et 142.

283. Croyance attestée par Elien (*N. A.* I, 25).

284. Cf., par exemple, les fables 84 et 145.

285. Cf. fable 136.

286. Chez Babrius 135 (où une perdrix tient le rôle du perroquet), la fable se conclut sur la réplique de la belette.

287. « Des corbeaux qui croassent sont souvent présage de mort » (Pline l'Ancien, *Histoire naturelle*, 10, 15). Sur la valeur augurale des corbeaux, cf. fable 125.

288. Cf. La Fontaine III, 7.

289. Diogène (vers 400-vers 325 av. J.-C.), surnommé « le chien », est le fondateur de l'école cynique. Ses mœurs et son style de prédication lui valurent de devenir assez rapidement une figure quasi légendaire, à laquelle les auteurs postérieurs attribuent quantité de bons mots (voir fable suivante) ou d'anecdotes. Cf. Diogène Laërce, *Vies des philosophes illustres*, VI, 20-81, ainsi que le recueil de fragments et témoignages édité par Léonce Paquet : *Les Cyniques grecs* (Paris, Le Livre de Poche, 1992). Sur le rôle que l'école cynique aurait joué dans la diffusion de la fable, employée sous forme versifiée à des fins de vulgarisation et de propagande, cf. Francisco Rodriguez Adrados, *Historia de la fábula greco-latina*.

290. Selon Carlos García Gual, cette fable, qui semble abrégée, constituait peut-être « la réplique d'une autre fable [...] ayant pour sujet le ridicule du chameau occupé à un emploi si impropre à son espèce (thème très répandu dans la collection). Dans ce cas, la fable originale ne nous aurait pas été conservée » (*Fábulas de Esopo*, Madrid, Gredos, 1978, p. 23). Sur ce « thème répandu », cf. la fable 83 (seule autre mention d'un chameau danseur dans Augustana, mais García Gual envisage sans doute ici le « thème » en un sens plus général : celui de l'inaptitude d'une espèce quelconque à une certaine fonction). Perry considère que la présente fable constitue une imitation en prose de Babrius 80, dont la version est plus développée.

291. Cf. fable 80.

292. Cf. fable 241.

293. Comme le signale O. Keller (*Die Antike Tierwelt*, II, p. 543), la méprise du chien s'explique aisément si ce coquillage est une porcelaine (genre des Cypréidés), ou mieux encore une *Ovula oviformis*.

294. Transposition approximative du jeu de mots grec (à noter que ἡ καρδία peut aussi être le siège de l'intelligence ; c'est ainsi que l'entend Perry).

295. Cf. La Fontaine II, 9.

296. Pour la couardise des lièvres, cf. fable 138.

297. Cf. La Fontaine VIII, 3, ainsi que la fable 142.

298. Cf. la fable *Aes.* 279 = Chambry 16, que Perry considère comme une paraphrase babrienne : « Un homme nourrissait une chèvre et un âne. Or la chèvre, qui enviait à l'âne sa pâture plus abondante, lui répétait qu'il souffrait des maux sans fin, à passer sans répit de la meule aux fardeaux ; elle lui conseillait donc de feindre l'épilepsie et de se laisser tomber dans quelque trou, afin d'obtenir un congé. L'âne se laissa persuader, fit une chute et se brisa les membres. Son maître, ayant fait appeler le vétérinaire, lui demanda de prescrire un remède : ce dernier lui indiqua qu'avec une infusion de poumon de chèvre son âne se rétablirait. C'est ainsi que, pour guérir l'âne, la chèvre fut sacrifiée. Quiconque dresse à autrui des embûches contribue le premier à son propre malheur. »

299. Cf. fable 82.

300. Cf. fable 138.

301. Un plèthre = cent pieds grecs, soit environ trente mètres.

302. Cf. Babrius 132 (chez qui un sacrifice est déjà en cours).

303. Unique exemple dans l'Augustana d'une fable tirée de la Bible (*Juges*, chap. 9, versets 8-15. La parabole de Jotham cite en outre la vigne avant le paliure).

304. Τὰ ξύλα, qui désigne plutôt le bois mort en grec classique, est évidemment à prendre ici au sens qu'il a dans la langue de la *Septante*.

305. Il s'agit du paliure. Cf. fable 96.

306. Cf. fable 122, ainsi que Babrius 138. Chambry (*ed. min.* 300) a retenu une version différente : « Un homme qui avait capturé une perdrix s'apprêtait à l'immoler. "Laisse-moi la vie sauve", le supplia-t-elle, "et, à ma place, je te ferai prendre beaucoup de perdrix." "Raison de plus pour te mettre à mort", rétorqua l'homme, "toi qui veux tendre des pièges à tes familiers et à tes amis !" L'homme qui ourdit des machinations contre ses amis tombera lui-même dans les traquenards et les dangers. »

307. Cf. Babrius 66, Phèdre IV, 10, La Fontaine I, 7, vv. 31-35.

308. L'expression ἐξ ἀπροόπτου ne va pas sans difficultés, et son interprétation est en partie liée à celle des κακά : « vices », ou « malheurs » ? Selon Bailly, ἀπρόοπτος signifierait « imprévu », ce qui est peu compréhensible si l'on donne à κακά un sens moral (« vices », défauts »). D'où sans doute la correction en ἄποπτος (« qu'on voit seulement de loin ; qu'on peut voir de loin ; visible »), due à Sternbach et adoptée par Chambry. L'expression ἐξ ἀπόπτου (cf. fable 177) est d'ailleurs attestée chez Sophocle et dans l'*Axiochos*, où elle signifie simplement « de loin ». Chacun verrait donc « de loin » les « défauts » d'autrui (Chambry, dans son *editio minor*, n'en traduit pas moins ἐξ ἀπόπτου par « d'emblée »). Du coup, dans la dernière phrase du récit, le sens spatial du verbe προορᾶν (« voir devant soi ») doit être retenu, au détriment du sens temporel (« prévoir »). La fable reposerait ainsi tout entière sur une distribution de points de vue spatiaux. Les versions de Babrius (βλέπειν ἀκριβῶς, « distinguer nettement ») et Phèdre (*videre*, « voir »), citées à la note

précédente, appuient cette lecture, que la correction de Sternbach ne fait qu'accentuer. Cependant, cette dernière est peut-être inutile, pour peu que l'on admette que le terme ἀπρόοπτος peut être dérivé de προορᾶν en l'une quelconque de ses trois acceptions principales : 1) voir devant ; 2) voir avant, prévoir (ou pouvoir) ; 3) savoir d'avance ; et, du même coup, l'interprétation morale des κακά, adoptée par tous les traducteurs, n'est plus tout à fait incontestable. 1) Dans la mesure où πρόοπτος signifie « exposé aux regards, visible, manifeste », ἀπρόοπτος pourrait admettre à la rigueur le sens d'« invisible, dissimulé aux regards » (ce qui est d'ailleurs l'un des sens d'ἄποπτος ; le préfixe προ- souligne en l'occurrence que ce qui est vu se trouve devant le regard) : chacun contemplerait alors les κακά d'autrui « d'un point de vue dissimulé <à ce dernier> », ou encore « alors qu'ils ne sont pas offerts à sa vue, alors qu'ils ne lui font pas face » (cf. la fable 190, où un manuscrit établit un parallélisme qui est peut-être d'opposition entre le visage et l'ἀπρόοπτον). A vrai dire, une telle explication paraît controuvée. 2) Il n'est peut-être pas inconcevable de prendre la nuance temporelle en considération, en revenant au sens d' ἀπρόοπτος attesté par Bailly (qui cite comme unique exemple d'emploi de ce terme Eschyle, *Prométhée enchaîné* 1074-1075, où il est d'ailleurs question d'un πῆμα, c'est-à-dire d'un malheur, imprévu). L'expression ἐξ ἀπροόπτου pourrait dans ce cas signifier littéralement « d'après quelque chose d'imprévu », ou encore « dès le temps où l'on ne s'y attendait pas » (pour des emplois de ἐκ au sens temporel avec un adjectif seul, cf. Bailly s. v., B, 1), ou plutôt « contre toute attente », « à l'improviste » (où ἐξ ἀπροόπτου = ἀπροόπτως ; pour des exemples de telles locutions prépositionnelles à valeur adverbiale, cf. Bailly s. v. ἐκ, C, II, 2). Dans le texte de la fable, le verbe προορᾶν devrait alors bien être traduit par « prévoir » ; du même coup, les κακά que chacun anticipe pour son prochain sans les prévoir pour soi-même ne seraient plus les vices, mais les malheurs des hommes. La dernière phrase se traduirait alors à peu près : « voilà pourquoi les hommes distinguent les malheurs d'autrui avant même qu'ils les prévoient, mais sans prévoir les leurs propres ». Cette interprétation, qui conviendrait mal au contexte de la fable 190, semble toutefois forcée, et paraît, comme on l'a vu, contredite par les témoins antiques, du moins en ce qui concerne le sens temporel de προορᾶν — car Babrius, à la fin de sa version, glose bel et bien κακά par συμφοραί, qui ne peut guère signifier que « malheurs », et Phèdre parle de *vitia* (« vices ») dans son récit, puis, dans sa morale, de *nostra mala* (dont le sens obvie, que le vers suivant semble à la vérité contredire, serait « nos malheurs »). Or ce glissement du vice (traduction certaine de *vitia*, douteuse de κακά) au malheur (traduction incontestable de συμφοραί, discutable de *nostra mala*), qui coïncide chez nos deux auteurs avec le passage de la fable à sa morale, se retrouve peut-être dans la présente version, où les κακά du récit deviennent, dans la morale, des πράγματα — dont l'un des sens classiques est « affaires désagréables, désagréments, tracas ». Il est d'ailleurs remarquable que dans les deux versions grecques, le

récit emploie le terme le plus vague (κακά), que la conclusion tend à préciser en un sens non moral (συμφοραί, πράγματα), tandis que Phèdre suit un mouvement inverse : la précision morale de *vitia* dans le récit est fugitivement brouillée par *nostra mala* dans l'avant-dernier vers. 3) Enfin, étant donné que le verbe προορᾶν signifie également « connaître d'avance », ἐξ ἀπροόπτου pourrait se traduire par « sans connaissance préalable, au premier coup d'œil » (d'où peut-être la traduction de Chambry). Ce dernier sens serait compatible avec les deux sens de κακά, et admissible non seulement dans le présent passage, mais aussi dans la fable 190 (où la plupart des éditeurs ont adopté la même correction que ci-dessus). Mais elle ne permet plus de décider de la valeur à donner à προορᾶν : l'homme a-t-il la capacité de « distinguer les malheurs d'autrui au premier coup d'œil [= sans avoir besoin de les prévoir], tout en étant incapable de prévoir les siens propres », ou plutôt celle de « voir d'emblée les vices d'autrui, sans pouvoir contempler les siens en face » ? En conclusion, tout se passe comme si la résolution de l'ambiguïté du terme κακά, facilitée par l'abandon d'un verbe composé lui-même ambigu (προορᾶν) et d'un terme rare qui lui est apparenté (ἀπρόοπτος), avait débouché, par le biais de Phèdre, sur la version de La Fontaine où il n'est plus question que de « défauts ».

309. Cf. Horace, *Satires*, II, III, 314-320 (chez qui les protagonistes sont un veau, une grenouille, et son fils) ; Phèdre I, 24 ; La Fontaine I, 3.

310. σκώληξ (vermisseau, chenille) est une correction de Crusius adoptée par Perry. Les manuscrits portent ἀλώπηξ (renard).

311. Cf. Horace, *Epîtres*, I, 10, 34-41 ; Phèdre IV, 4. Une version légèrement différente (où un cerf remplace le sanglier) est rapportée par Aristote, *Rhétorique*, II, 20, 5, dont s'inspire La Fontaine IV, 13.

BIBLIOGRAPHIE SOMMAIRE

Texte

E. CHAMBRY : *Aesopi Fabulae* [*ed. mai.*]. Paris, Les Belles Lettres, 1925-1926, 2 vv. (texte grec seul ; reproduit les différentes recensions).

E. CHAMBRY : *Esope. Fables* [*ed. min.*]. Paris, Les Belles Lettres, 1985 (1re éd. : 1927. Texte grec d'une seule recension, sans apparat critique, et traduction. Importante introduction, un peu vieillie sur certains points).

A. HAUSRATH : *Corpus Fabularum Aesopicarum*. Leipzig, Teubner, 1957-1959, 2 vv. (texte seul, avec apparat critique).

B. E. PERRY : *Aesopica*. Urbana, The University of Illinois Press, 1952 (*corpus* monumental, indispensable).

B. E. PERRY : *Babrius and Phaedrus*. Harvard University Press [coll. Loeb], Londres-Cambridge, 1965 (texte et traduction. Important appendice).

Etudes

M. NØJGAARD : *La Fable antique*. Copenhague, Nyt Nordisk Verlag, 1964-1967, 2 vv.

M. PUGLIARELLO : *Le Origini della Favolistica Classica*. Brescia, Paideia, 1973.

F. RODRIGUEZ ADRADOS : *Historia de la fábula greco-latina*. Alcalá, Editorial de la Universidad Complutense, s. d. [1979], 3 tt. (4 vv.).

F. RODRIGUEZ ADRADOS (dir.) : *La Fable*. Vandœuvres-Genève, Fondation Hardt (entretiens sur l'Antiquité classique, t. XXX), 1983.

INDEX
(Les chiffres renvoient aux fables)

I. Noms propres

1) lieux

Athènes : 5, 73.
Attique : 73.
Delphes : 36.
Méandre : 232.
Milet : 232.
Nil : 32.
Pirée : 73.
Rhodes : 33.
Sounion : 73.

2) personnages

(N.B. : Pour les personnifications — Fortune, Hiver, Mer, Mort, Printemps, Serment —, on se reportera à l'index des noms communs).

Aphrodite : 50, 222.
Apollon : 104 (v. aussi Delphes).
Athéna : 30, 100, 127.
Borée : 46.
Démade : 63.
Déméter : 63.
Diogène : 247, 248.
Esope : 8, 63.
Hélios : 46.
Héra : 88.
Héraklès : 111, 231.
Hermès : 87, 88, 89, 99, 102, 103, 108, 173, 178, 179.
Mômos : 100.
Plutus : 111.
Prométhée : 100, 240, 259, 266.
Tirésias : 89.
Zeus : 3, 8, 44, 49, 88, 100, 101, 102, 103, 104, 105, 106, 107, 108, 109, 111, 117, 163, 166, 179, 185, 198, 221, 240.

II. Noms communs

1) animaux

Abeille : 72, 163.
Agneau : 2, 41, 155, 206, 261.
Aigle : 1, 2, 3, 89, 219, 230, 256.

INDEX

Alcyon : 25.
Alouette : 193, 251.
Ane : 82, 91, 149, 151, 164, 179, 180, 181, 182, 183, 184, 185, 186, 187, 188, 189, 190, 191, 237, 263, 264.
Anguille : 63.
Araignée : 255.
Aspic : 115.

Baleine : 62.
Biche : 75, 76, 77.
Belette : 50, 59, 165, 172, 197, 244.
Bélier : 2.
Bœuf : 28, 38, 45, 47, 49, 52, 89, 105, 144, 215, 273.
Bouc : 9.
Brebis : v. mouton.

Castor : 118.
Cerf : 74, 148.
Chameau : 83, 117, 195, 220, 249.
Chauve-souris : 48, 171, 172.
Chat : 7, 16, 79.
Cheval : 105, 154, 269.
Chèvre : 1, 6, 52, 151, 157, 217.
Chevreau : 5, 49, 97, 98.
Chien : 41, 52, 64, 73, 91, 92, 97, 105, 120, 127, 132, 133, 134, 135, 136, 153, 160, 206, 222, 223, 252, 253, 254, 264, 267.
Cigale : 184, 241.
Cigogne : 194.
Cochon (v. truie) : 85, 220, 222.
Colombe : 129, 201, 202, 235.
Coq : 16, 23, 55, 82, 122, 252, 259.

Coquillage : 253.
Corbeau : 123, 124, 125, 128, 162, 190, 236, 245.
Corneille : 89, 125, 127, 202, 229.
Crabe : 116, 196.
Crocodile : 20, 32.
Cygne : 233.

Dauphin : 62, 73, 113, 145.
Eléphant : 220, 259.
Epervier : 4.
Escargot : 54.

Faon : 147.
Fourmi : 112, 166, 235.

Geai : 2, 101, 123, 126, 129, 131, 219.
Goujon : 62.
Grenouille : 43, 44, 69, 90, 138, 141, 189.
Grive : 86, 115.
Grue : 194, 228.
Guenon : 218.
Guêpe : 215, 216.

Hanneton : 3, 84, 107, 112.
Héron : 156.
Hirondelle : 39, 63, 169, 192, 227, 229.
Hydre : 44, 90.
Hyène : 242, 243.

Lièvre : 3, 136, 138, 148, 226, 256.
Linotte : 48.
Lion : 10, 49, 71, 74, 76, 82, 132, 140, 141, 142, 143, 144, 145, 146, 147, 148, 149, 150, 151, 188, 191, 217, 255, 257, 258, 259, 260.
Loup : 32, 37, 38, 97, 98, 134, 153, 154, 155, 156, 157, 158, 159, 160, 187, 190, 210, 234, 258, 260, 261, 267.

FABLES

Louveteau : 37, 209, 267.
Mendole : 18.
Milan : 139.
Moineau : 36.
Mouche : 80, 167.
Mouette : 139, 171.
Moustique : 137, 255, 259.
Mouton : 37, 41, 52, 85, 143, 153, 159, 160, 206, 207, 208, 209, 210, 212, 234, 267.
Mule(t) : 181, 263.

Oie : 87, 228.
Oiseaux : 39, 101, 172, 219.
Onagre : 183.
Ours(e) : 65, 147.

Panthère : 12.
Paon : 219.
Perdrix : 23, 215, 265.
Perroquet : 244.
Pigeon : 238.
Poissons : 11, 26.
Porc : v. cochon.
Poule : 7, 16, 58, 192.
Puce : 231, 272, 273.

Rat (v. souris) : 165.
Renard : 1, 9, 10, 12, 14, 15, 17, 19, 20, 22, 24, 27, 37, 41, 81, 96, 107, 116, 124, 126, 132, 142, 146, 147, 149, 188, 191, 224, 232, 241, 242, 252, 256, 257, 258.
Rossignol : 4.

Sanglier : 224, 269.
Sauterelle : 199.
Scorpion : 199.
Serpent : 32, 51, 128, 192, 196, 197, 198, 216, 221, 227, 268.
Singe : 14, 73, 81, 83, 203, 220.
Souris (v. rat) : 50, 79, 146, 150, 172, 197.

Taupe : 214.
Taureau : 49, 84, 100, 117, 137, 143, 145, 217.
Thon : 21, 113.
Tortue : 106, 226, 230.
Truie : 5, 222, 223.

Veau : 49.
Vermisseau : 268.
Vipère : 90, 93, 96, 176.

2) *Végétaux*

Bois : 262.
Broussailles : 177.

Chêne : 4, 24, 39, 49, 70, 208.

Figuier : 126, 262.

Grenadier : 213.
Gui : 39.

Mûrier : 152.
Myrte : 86.

Noyer : 250.

Olivier : 213, 262.

Paliure : 96, 262.
Platane : 175.
Pommier : 213.

Ronce : 19, 171, 213.
Roseau : 70.

Vigne : 15, 42, 77, 215.

3) *Métiers, occupations, etc.*

Anier : 181, 182, 183, 186, 190, 263.
Apiculteur : 72.
Artisan : 103.
Astronome : 40.
Athlète : 33, 231.

Bandit : 152.
Berger : 2, 24, 85, 95, 206, 207, 208, 209, 210, 234, 267.
Boucher : 66, 97, 254.
Bouvier : 49, 95.

Bûcheron : 22, 173.

Cambrioleur : v. voleur.

Charbonnier : 29.

Chasseur : 22, 25, 75, 76, 77, 150, 224, 228, 269.

Chevrier : 6.

Citharède : 121.

Cordonnier : 103.

Créancier : 5, 171.

Débiteur : 5, 47, 181.

Devin : 161, 162.

Flûtiste : 11, 97.

Foulon : 29.

Gymnasiarque : 20.

Laboureur : v. paysan.

Magicienne : 56.

Maraîcher : 94, 119, 120, 179.

Médecin : 7, 34, 57, 114, 170, 187, 258.

Ménagyrte : 164.

Modeleur : 27.

Oiseleur : 86, 115, 193, 194, 235, 238 ; cf. 39.

Ouvrier : 8, 225.

Paysan : 38, 42, 51, 52, 53, 54, 61, 140, 144, 215.

Pêcheur : 11, 13, 18, 21, 26, 203.

Pirate : 28.

Pleureuse : 205.

Potier : 94, 179.

Roi : 44, 81, 101, 107, 145, 219, 220, 258, 260, 262.

Sculpteur : 88.

Tanneur : 179, 204.

Voleur : 41, 49, 57, 72, 89, 122, 161, 200.

Voyageur : 33, 46, 65, 67, 78, 125, 152, 174, 175, 176, 177, 178, 211, 236, 247.

4) Varia

Assassin : 32, 152.

Assemblée : 17, 63, 81, 83, 165, 219, 220.

Athénien : 5, 30, 63.

Augure : 89, 125, 127, 236.

Avare : 71, 93, 178, 225, 234.

Aveugle : 37, 214, 223.

Besace : 178, 266.

Chantier naval : 8.

Chaos : 8.

Chauve : 31, 248.

Cheville : 270.

Cimetière : v. tombeau.

Couardise : 10, 71, 132, 138, 146, 188, 195, 232, 245, 259.

Création de l'homme : v. homme.

Dieux : 28, 30, 34, 56, 66, 78, 94, 99, 110, 111, 174, 178, 231.

Dionysies : 5.

Drachme : 28, 88.

Enfant : 2, 42, 47, 51, 53, 54, 92, 119, 131, 158, 162, 195, 199, 200, 205, 211.

Essieu : 45.

Estomac : 130.

Femme : 31, 34, 47, 50, 55, 57, 58, 94, 95, 102, 144, 158, 162, 200, 205, 246, 255.

Ferme : 7, 52, 88, 158.

Fleuve : 26, 46, 63, 96, 133, 155, 160, 173, 180, 185, 203, 211, 247.

Fortune : 21, 61, 71, 78, 174, 218.

Forge : 59, 93.

Grotte : 6, 76, 102, 151, 157, 217.

Hache : 51, 67, 173.
Hécatombe : 28, 34.
Héros : 110.
Hiver : 35, 84, 105, 112, 169, 176, 229, 271.
Homme : 35, 36, 39, 42, 50, 56, 59, 64, 66, 68, 71, 73, 87, 88, 91, 92, 94, 95, 99, 110, 111, 114, 131, 134, 163, 166, 168, 169, 182, 195, 198, 233, 237, 239, 244, 246, 247, 265, 271, 272. Création de l'homme : 100, 102, 105, 108, 109, 240, 266.

Ivrogne : 246.

Lâcheté : v. couardise.
Lime : 59, 93.

Malade : 7, 28, 34, 142, 170, 231, 258.
Mer : 8, 11, 18, 21, 25, 28, 30, 68, 73, 75, 116, 139, 145, 168, 171, 177, 207, 271.
Mort : 60.
Muraille : 270.

Mystères : 5.

Naufrage : 30, 68, 73, 171, 207. Cf. 78, 168.
Naufragé : 168.

Panathénées : 5.
Pieds : 130.
Présage : v. augure.
Printemps : 169, 230, 271.
Prodigue : 169.
Pudeur : 109.
Puits : 9, 40, 43, 120.

Riche (homme) : 204, 205.
Rivière : v. fleuve.

Sacrifice : 1, 28, 47, 49, 110, 127, 143, 222, 261.
Satyre : 35.
Serment : 239.
Statue : 99, 110, 182.

Tempête : 6, 30, 52, 68, 73, 78, 171, 207.
Tombeau : 14, 246.
Trésor : 42, 61, 71, 81.

TABLE

Introduction 7
Note sur le texte 33

FABLES 39

Notes 253
Bibliographie 289
Index 293

**PUBLICATIONS NOUVELLES
DANS LA GF-FLAMMARION**

DERNIÈRES PARUTIONS

ARISTOTE
Petits Traités d'histoire naturelle (979)
Physique (887)

AVERROÈS
L'Intelligence et la pensée (974)
L'Islam et la raison (1132)

BERKELEY
Trois Dialogues entre Hylas et Philonous (990)

CHÉNIER (Marie-Joseph)
Théâtre (1128)

COMMYNES
Mémoires sur Charles VIII et l'Italie, livres VII et VIII (bilingue) (1093)

DÉMOSTHÈNE
Philippiques, suivi de **ESCHINE**, Contre Ctésiphon (1061)

DESCARTES
Discours de la méthode (1091)

DIDEROT
Le Rêve de d'Alembert (1134)

DUJARDIN
Les lauriers sont coupés (1092)

ESCHYLE
L'Orestie (1125)

GOLDONI
Le Café. Les Amoureux (bilingue) (1109)

HEGEL
Principes de la philosophie du droit (664)

HÉRACLITE
Fragments (1097)

HIPPOCRATE
L'Art de la médecine (838)

HOFMANNSTHAL
Électre. Le Chevalier à la rose. Ariane à Naxos (bilingue) (868)

HUME
Essais esthétiques (1096)

IDRÎSÎ
La Première Géographie de l'Occident (1069)

JAMES
Daisy Miller (bilingue) (1146)
Les Papiers d'Aspern (bilingue) (1159)

KANT
Critique de la faculté de juger (1088)
Critique de la raison pure (1142)

LEIBNIZ
Discours de métaphysique (1028)

LONG & SEDLEY
Les Philosophes hellénistiques (641 à 643), 3 vol. sous coffret (1147)

LORRIS
Le Roman de la Rose (bilingue) (1003)

MEYRINK
Le Golem (1098)

NIETZSCHE
Par-delà bien et mal (1057)

L'ORIENT AU TEMPS DES CROISADES (1121)

PLATON
Alcibiade (988)
Apologie de Socrate. Criton (848)
Le Banquet (987)
Philèbe (705)
Politique (1156)
La République (653)

PLINE LE JEUNE
Lettres, livres I à X (1129)

PLOTIN
Traités I à VI (1155)
Traités VII à XXI (1164)

POUCHKINE
Boris Godounov. Théâtre complet (1055)

RAZI
La Médecine spirituelle (1136)

RIVAS
Don Alvaro ou la Force du destin (bilingue) (1130)

RODENBACH
Bruges-la-Morte (1011)

ROUSSEAU
Les Confessions (1019 et 1020)
Dialogues. Le Lévite d'Éphraïm (1021)
Du contrat social (1058)

SAND
Histoire de ma vie (1139 et 1140)

SENANCOUR
Oberman (1137)

SÉNÈQUE
De la providence (1089)

MME DE STAËL
Delphine (1099 et 1100)

THOMAS D'AQUIN
Somme contre les Gentils (1045 à 1048), 4 vol. sous coffret (1049)

TRAKL
Poèmes I et II (bilingue) (1104 et 1105)

WILDE
Le Portrait de Mr. W.H. (1007)

GF-DOSSIER

ALLAIS
  À se tordre (1149)
BALZAC
  Eugénie Grandet (1110)
BEAUMARCHAIS
  Le Barbier de Séville (1138)
  Le Mariage de Figaro (977)
CHATEAUBRIAND
  Mémoires d'outre-tombe, livres I à V (906)
COLLODI
  Les Aventures de Pinocchio (bilingue) (1087)
CORNEILLE
  Le Cid (1079)
  Horace (1117)
  L'Illusion comique (951)
  La Place Royale (1116)
  Trois Discours sur le poème dramatique (1025)
DIDEROT
  Jacques le Fataliste (904)
  Lettre sur les aveugles. Lettre sur les sourds et muets (1081)
  Paradoxe sur le comédien (1131)
ESCHYLE
  Les Perses (1127)
FLAUBERT
  Bouvard et Pécuchet (1063)
  L'Éducation sentimentale (1103)
  Salammbô (1112)
FONTENELLE
  Entretiens sur la pluralité des mondes (1024)
FURETIÈRE
  Le Roman bourgeois (1073)
GOGOL
  Nouvelles de Pétersbourg (1018)
HUGO
  Les Châtiments (1017)
  Hernani (968)
  Quatrevingt-treize (1160)
  Ruy Blas (908)
JAMES
  Le Tour d'écrou (bilingue) (1034)
LAFORGUE
  Moralités légendaires (1108)
LERMONTOV
  Un héros de notre temps (bilingue) (1077)
LESAGE
  Turcaret (982)
LORRAIN
  Monsieur de Phocas (1111)

MARIVAUX
  La Double Inconstance (952)
  Les Fausses Confidences (978)
  L'Île des esclaves (1064)
  Le Jeu de l'amour et du hasard (976)
MAUPASSANT
  Bel-Ami (1071)
MOLIÈRE
  Dom Juan (903)
  Le Misanthrope (981)
  Tartuffe (995)
MONTAIGNE
  Sans commencement et sans fin. Extraits des Essais (980)
MUSSET
  Les Caprices de Marianne (971)
  Lorenzaccio (1026)
  On ne badine pas avec l'amour (907)
PLAUTE
  Amphitryon (bilingue) (1015)
PROUST
  Un amour de Swann (1113)
RACINE
  Bérénice (902)
  Iphigénie (1022)
  Phèdre (1027)
  Les Plaideurs (999)
ROTROU
  Le Véritable Saint Genest (1052)
ROUSSEAU
  Les Rêveries du promeneur solitaire (905)
SAINT-SIMON
  Mémoires (extraits) (1075)
SOPHOCLE
  Antigone (1023)
STENDHAL
  La Chartreuse de Parme (1119)
TRISTAN L'HERMITE
  La Mariane (1144)
VALINCOUR
  Lettres à Madame la marquise *** sur La Princesse de Clèves (1114)
WILDE
  L'Importance d'être constant (bilingue) (1074)
ZOLA
  L'Assommoir (1085)
  Au Bonheur des Dames (1086)
  Germinal (1072)
  Nana (1106)

GF Flammarion

05/02/112759-II-2005 – Impr. MAURY Eurolivres, 45300 Manchecourt.
N° d'édition FG072106. –Février 1995. – Printed in France.